文学与当代史丛书

丛书主编 洪子诚

文学史写作中的现代性问题

李杨 著

北京大学出版社
PEKING UNIVERSITY PRESS

图书在版编目(CIP)数据

文学史写作中的现代性问题 / 李杨著 .—北京：北京大学出版社，2018.8
（文学与当代史丛书）
ISBN 978-7-301-29544-1

Ⅰ.①文… Ⅱ.①李… Ⅲ.①文学史—写作—研究 Ⅳ.①I109

中国版本图书馆 CIP 数据核字（2018）第 099813 号

书　　名	文学史写作中的现代性问题 WENXUESHI XIEZUO ZHONG DE XIANDAIXING WENTI
著作责任者	李　杨　著
责任编辑	黄敏劼
标准书号	ISBN 978-7-301-29544-1
出版发行	北京大学出版社
地　　址	北京市海淀区成府路 205 号　100871
网　　址	http://www.pup.cn　新浪微博：@北京大学出版社 @培文图书
电子信箱	pkupw@qq.com
电　　话	邮购部 62752015　发行部 62750672　编辑部 62750883
印 刷 者	天津联城印刷有限公司
经 销 者	新华书店
	660 毫米 ×960 毫米　16 开本　25 印张　365 千字
	2018 年 8 月第 1 版　2023 年 3 月第 2 次印刷
定　　价	75.00 元

目 录

导　论　“知识考古/谱系学”视阈中的文学史问题

相信对于每一个文学研究者来说，文学史的重要性是不言而喻的。我们对文学的理解，大多是从文学史著作中来的。“形式纷繁的文学史已经组成一个庞大的家族体系，这个体系通常被视为文学学科的重要基石。许多人对于文学史具有一种特殊的好感：文学史意味着某种坚硬的、无可辩驳的事实描述，这样的描述避免了种种时尚趣味的干扰而成为一种可以信赖的知识。他们心目中，文学史是文学知识的集大成；因此，文学史甚至如同某种有效的证书：文学史的写作标志了一个成熟的学术阶段——标志写作者业已可能纵论和总结一个学科积累的全部资料。”[①] 正是基于这一认识，在 1990 年代以后兴起的对包括文学学科在内的人文学科的现代性的反思中，文学史这个“现代性的装置”聚焦了越来越多的研究者的目光。“学术领域反思自身的一个方法是回顾自己的历史。”[②] 这一观点已经越来越成为研究者的共识。

本书讨论的不是“文学史问题”，而是文学史写作的“现代性问题”，或者换一种说法，也可以称为“现代性理论视阈中的文学史问

---

① 南帆：《文学史与经典》，《文艺理论研究》1998 年第 5 期。

② ［美］海登·怀特：《作为文学虚构的历史文本》，张京媛主编《新历史主义与文学批评》，北京大学出版社，1993 年，第 160 页。

题”。在这一视阈中，“文学史”乃至构成“文学史”的“文学”与“历史”都是“现代”以后才出现的概念，本书中试图讨论的是，这些概念是以何种方式被建构出来的，何种力量参与了这种建构，以及这些概念的出现带来了什么样的后果。也就是说，本书讨论的不是文学史，也不是学科史，而是要把“文学史”本身当作一个问题加以讨论。如果一定要用一种理论概念来定义这一方法，最为接近的应该是所谓的“批判理论”（Critical Theory）或“后现代主义”（Postmodernism），但由于这两种理论在目前中国语境中的含义过于庞杂——除了在跨国与跨文化的理论旅行中被反复释读和挪用，更由于一些不求甚解者有意无意地滥用，因此，本书选择一种更具体的理论方法作为自己的参照，这就是福柯的“知识考古学”与“知识谱系学”。

第一节
从“重写文学史”到“知识考古学”与“知识谱系学”

1980 年代最重要的“文学史问题”是所谓的“重写文学史”。虽然作为一个具体的口号，它指的是 80 年代中期王晓明、陈思和等人在《上海文论》开辟的一个专栏，但“文革”后文学史写作乃至整个文学批评的走向其实都可以用这个口号加以概括。所谓“重写”，与政治上的完全否定“文革”，“拨乱反正”相呼应，开始主要是指对“文革”文学史的“重写”，接下来，由于“文革文学”与“十七年文学”乃至“延安文学”、30 年代“左翼文学”在知识谱系上的联系，同时也伴随着文学主潮由“伤痕文学”转向“反思文学”，对“文革”的批判转向对“文革”前或导致“文革”的更为久远的革命历史的反思，“重写文学史”也逐渐获得理论自觉，以“文学性”“个人性”“日常生活”等启蒙主义的基本概念作为支撑，在启蒙文学与革命文学、文学与政治等一系列的二元对立中找到了自己的主体性。人们依据启蒙主义为基础的“政治正确性”，通过重新确立“文学”的本质或总体性、重新分期或分类、重新设定文学与非文学的界限等方式来接近和表述更“真实”的“文学史”。通过这种“重写”实践，左翼文学史建构的文学秩序被颠倒过来。不少过去被主流左翼文学史视而不见的文学现象得以浮现，许多被忽略或埋没的作品、作家得到新的关注和评价。而左翼作家则开始“走下神坛”，被批评、反思与重新评价。在某种意义上，“重写文学史”形象地再现了80年代以后以“文革”乃至整个革命历史为“他者”的主流意识形态的文化—政治策略——“把被颠倒的历史重新颠倒过来”。

其实“重写文学史”并不仅仅是80年代的文学史问题。在某种意义上，所谓的“文学史写作”就是对文学史的不断“重写”。以中国新文学史的写作为例，从五四时期胡适等人的文学史著述为启蒙主义文学史观奠基，到30年代中期的《中国新文学大系》确立启蒙主义立场的新文学经典，从30年代开始的新文学写作向左转到王瑶的《中国新文学史稿》为代表的左翼文学史观的确立，再到50—70年代的日趋激进的左翼文学史叙述；从70年代夏志清的《中国现代小说史》对启蒙文学史观的回归到80年代的“重写文学史”与“二十世纪中国文学”，中国新文学的历史经历着一次又一次的“重写”，90年代以后，这种“重写”也并没有终结。作为80年代“重写文学史”思想支点的启蒙主义、自由主义从90年代开始遭遇到新兴的包括女性主义、新左翼、后殖民主义等在内的文化多元主义思潮的质疑，随着普遍主义的文化霸权的动摇，新兴社群表现出对主体位置的强烈欲求，越来越多的优秀的女作家、少数族群作家或者干脆是具有纯粹“中国性”的作家被发掘与建构出来，成为文学史中的新经典。“重写文学史”再度成为文学研究的焦点，成为民族国家、阶级、性别、种族等话语冲突和争夺的空间，成为形形色色的意识形态斗争的场域。

可以说，迄今为止，“重写文学史”仍然是我们讨论文学史问题的一种基本方式。不过，本书所讨论的“文学史问题”，却与这些“重写”或“重评”的理论与实践无关。90年代以后出现在“知识考古/谱系学”视阈中的“文学史问题”不再是“重写文学史”，而是将“文学史”作为一种现代性知识加以反思。它关注的不是对文学史的“重写”，而是我们以何种工具进行“重写”。在这一意义上，两种文学史问题呈现了一种有趣的对话关系。

为什么对文学史问题的关注总是以“重写文学史”为目标，这种思路其实与一种历史主义的信念有关。按照这一信念，包括文学史在内的“历史”是一种客观存在的事实，包括文学史在内的历史写作的目的就是不断去除“政治”等观念的遮蔽，把这种历史的真相呈现出来。文学史的一次又一次的“重写”，表达的正是这种再现历史的信念和冲动。比如在关于中国现代文学史的讨论中，就有不少文学史家相信能够通过一种“价值无涉”的立场，通过把中国现代文学乃至20世纪中国文学看成一个中性化的，而不是隐含着价值倾向的时间概念，将发生在这一时间过程之内的一切文学现象都纳入文学史的研究范围，把被迄今为止的现代文学史所排斥的文学类型如旧体诗词、通俗文学、民间文学等都包括进来，从而写作一部真正客观的“理想的文学史”。①

这些理想固然不错，但要实施起来却根本不可能。即使抛开“时间”是不是真正客观的范畴不提，文学史的写作者可以把所有被称为“文学”的对象都纳入文学史的视野，但文学史家必须在其中作出选择，而选择就需要标准。比如说，文学史家有必要确立文学与非文学的界限，把旧体诗放进来了，能否把广告和歌词也放进来呢？“一些虚构是文学，而另一些却不是；一些文学是虚构的，而另一些则不是；一些文学在语言上关注自身，而有些极度精致的修辞却不是文

① 见《中国现代文学研究丛刊》1996年第1期中关于现代文学史写作的相关讨论。

学。”[①]那文学史家的标准是什么呢？除了确立文学与非文学的标准，文学史家还得有确立好文学和不好的文学的标准。把哪些东西写入文学史，肯定需要选择，需要一个标准。文学史家不选择行吗？不选择当然不行，不管是多大容量的文学史，对于文学作品和文学现象来说都不过是九牛一毛。现在国内正式出版的文学作品已经是天文数字，光长篇小说一年就多达数千余部，能把它们都写进当代文学史里面去吗？当然不可能。文学史最基本的功能就是确立经典，那什么是经典呢？经典的标准如何确立呢？

“知识考古 / 谱系学”置疑的正是这种摆脱了政治观念和制度制约的包括文学史写作在内的纯粹历史书写的可能性。与“重写文学史”不同，“知识考古 / 谱系学”视阈中的文学史问题关注的不是“历史本身”，而是构造“历史本身”的解释、工具和方法。就文学史的写作而言，通过探询这种以“文学”或“文学史”为名的话语之所以产生的条件，追问我们的文学史写作是在哪些潜在的框架中展开的，都有哪些共同的理论预设——质询对文学的解释为何变成了“文学”本身，对历史的解释如何变成了“历史”本身。

以“知识考古 / 谱系学”来审视文学史问题，我们会发现文学史虽然被一次又一次地“重写”，这些相互冲突的文学史模式其实分享了一些共同的前提。譬如说“中国”，譬如“现代”、譬如“文学”、譬如“历史”等，无论是左翼文学史观还是右翼文学史观，都无法逃避这些基本认同。而在“知识考古 / 谱系学”的视阈中，这些概念其实不过是一些共同的理论预设，它们的出身远远不像我们从前理解的那样清晰明了，来路清白。相反，这些范畴的建构过程蕴涵着巨大的知识的与权力的秘密。“知识考古 / 谱系学”致力于揭示这些被隐藏的秘密，通过将这些隐含的框架和预设重新呈现出来，通过对“文学”历史化

---

① [英]特雷·伊格尔顿:《二十世纪西方文学理论》,伍晓明译,陕西师范大学出版社,1986年,第14页。

的努力，通过对这些被自然化和学科化的概念的历史化——通过将这些在今天看来一目了然的概念重新打上引号，将它们放回到它们得以产生的历史语境中，探讨这些“想象的共同体”得以确立与建构的过程与方法。

以我们上文谈到的中国现代文学的边界这个命题为例。80年代以后，一直有研究者认为中国现代文学应该将通俗文学、旧体诗词包含进来。但这样的要求却遭到了引领学科的王瑶、唐弢等老一代学者的断然反对。[①] 唐弢认为旧体词、鸳鸯蝴蝶派的小说可以研究甚至写成专史，但“它们不是现代文学，不属于现代文学史需要论述的范围”，“现代文学应当是具有真正现代意义的全新的文学”。[②] 直到90年代以后，仍有许多学者坚持这样的观点。王富仁在他的《当前中国现代文学研究中的若干问题》一文中就旗帜鲜明地表示：“不同意”将旧体诗词与通俗文学“写入中国现代文学史，不同意给它们与现代白话文学（严肃文学）同等的文学地位”。他的立论基础是要“坚持和保卫‘五四’新文化革命的基本原则与传统”。在他看来，这关系着中国现代文学研究这门学科的“质的规定性”。他坚持认为：“中国现当代文学天然地根植于‘五四’新文化的根基上。它是中国新文化的主要载体。中国现代文学研究是以承认中国现代文学存在合理性为基本前提的文学研究学科，而它的存在的合理性就是‘五四’新文化革命的合理性的证明。只有用‘五四’新文化的基本标准来阐释它，了解它，说明它的意义和价值。离开了这一标准，不论在那个局部问题上看来多么有道理，但在整体上起到作用的却必然是瓦解它、解构它的作用。瓦解了它，解构了它，我们这个学科也只好作鸟兽散了”，“一个学科放弃了它的个性，就是放弃它的生命，放弃它的存在权利，就是一种自杀行为。”[③] 王富仁认为“二十世纪中国文学”的概念“把新文

---

① 参见王瑶：《关于中国现代文学研究工作的随想》，《中国现代文学研究丛刊》1980年第4期。

② 唐弢：《〈求实集〉序》，严家炎《求实集》，北京大学出版社，1983年，第4—5页。

③ 王富仁：《当前中国现代文学研究中的若干问题》，《中国现代文学研究丛刊》1996年第2期。

学和新文学起点前移就大大降低了‘五四’文化革命和文学革命的独立意义和独立价值，因而也模糊了新文化与旧文化，新文学与旧文学的本质区别”。

这样的讨论当然是“知识考古学”探究的对象，但“知识考古学”并不是在这两种立场之间作出选择，不是去赞同或反对某种文学史的分类标准，它关注的是这样的争论为什么会发生，双方争论的依据是什么，这种关于文学的标准是如何确立的，是什么时候确立的……不过对于那些一直习惯于从“重写文学史”角度理解文学史问题的研究者来说，要理解这种思路并不那么容易。日本学者柄谷行人的著作《日本现代文学的起源》就是一部以“知识考古 / 谱系学”方法研究文学史的典范之作。柄谷行人告诫我们：“单纯地改写‘文学史’是不够的，我们应该弄清楚文学作为一种制度是怎样不断自我再生产的这一文学之历史性。”[①] 不过柄谷对自己的立场能否被读者正确理解也显得信心不足。在日文版后记中，他不厌其烦地补充了如下一段话：

> 本书并无特别需要补充之处，但想留下“为避免可能出现之误解的一言”。即：在“日本现代文学的起源”这一书名中，实际上“日本”“现代”“文学”等词语特别是“起源”一词必须打上引号。本书并非如书名所示的“文学史”，恰恰是为了批判“文学史”而使用了文学史的资料。故此，本书如果被读作另一种“文学史”我大概会苦笑。但是，对于在本书回避的地方生长不息的批评话语，我只有怜悯之笑。[②]

这段话见于日本讲谈社 1980 年出版的《日本现代文学的起源》的日文初版后记。赵京华翻译的时候可能觉得啰唆，把它删掉了。柄谷

① ［日］柄谷行人：《日本现代文学的起源》，赵京华译，生活·读书·新知三联书店，2003 年，第 89—90 页。

② 见董炳月：《文学之波　历史之澜》，《中国图书商报·书评周刊》2003 年 10 月 17 日，第 5 版。

行人之所以要反复说明自己的立场，是因为这种误解无处不在。

《日本现代文学的起源》一书篇幅不长，风格也接近于文学批评，所以可能在不少新文学研究者的眼中不会有什么特别之处。因为所谓现代文学的“起源”问题，实在是老生常谈。我们的现代文学的教材一上来就会提出现代文学从何年开始，与古代文学有什么不同，为什么会开始，等等。这种讲法一直被认为是天经地义的，直到今天也没有什么改变。因为“现代文学”不依赖这个“起源”就无法界定自己。当然这些年对“起源”问题也不是没有争论，但争论大都局限在“现代”是何年开始这一起始时间的认定上。有人认为要从“五四”算起，有人认为要从民国算起，还有的人认为中国文学的现代化努力从晚清就已经开始了，等等。但这些争论有一个共同的前提就是“起源论”。一定有一个开始。现代文学的开始，文学史的开始。而柄谷行人根本不是在这个意义上讨论起源，他对讨论更准确的“起源”没有兴趣。与福柯的谱系化的历史观不再追溯“起源”一样，他质疑的恰恰是“起源说”本身。柄谷行人的这本书就具有这样一种颠覆性的力量，将一切成为我们工作、思考和生活的不证自明的言述悬置起来并问题化。他关心的不是如何写更好的文学史，而是要批判“文学史”这一概念本身的合法性。“本书并非文学史，而是对包括古典在内的文学史之批判。”① 柄谷行人对“文学史”的追问是通过对构成“文学史”的一些核心概念的解构来展开的，这种方法首先需要给诸如日本、现代、文学、起源这些概念打上引号。这种打引号的方法非常有效。打不打引号体现出不同的问题意识。不打引号，研究者研究的是文学和历史本身，打上引号，研究者的研究对象变成了那个“被称为文学的东西”或“被称为历史的东西”，是文本中的“文学”和“历史”，是作为知识范畴和话语范畴的“文学”和“历史”。这样的思路，就必然把我们引至诸如“何种文学”“何种历史”和“谁的文学”“谁的历史”

① ［日］柄谷行人：《日本现代文学的起源》，第11页。

之类的问题。

柄谷行人的方法，说到底其实是福柯的方法。事实上，理解 90 年代以后包括文学史研究在内的中国知识的诸多重要变迁，我们都不能不谈到福柯的“知识考古 / 谱系学”。

学界一般把福柯的这种“考古方法”（archaeology）直译为“考古学”，其实这容易让读者产生误解，将这种“考古学”与我们熟悉的隶属于历史学的“考古学”混同起来。其实，“知识考古学”不是对历史的考古，目的不是为了找回未被污染的、原始的历史，而是对知识进行考古，是一种话语研究和分析的方法。在某种意义上，“知识考古学”是以历史学为解构对象的。在福柯看来，以思想史为代表的历史解释学力图追寻话语背后潜藏的真理，或者恢复文本作者真正的主观意图。这种由表及里的现代解释方法以系统性、连贯性和因果性为准绳。福柯明确反对这种追寻“观念史的混乱的、潜在的和邪恶的结构”的方法，认为我们只能对人类的认识史做“考古学”的研究，探究知识得以可能的条件，即支配我们思想和话语实践的推论理性被“组装”起来的各种规则是什么，在福柯看来，这些“组装的规则”无法自我说明，只有在广泛不同的理论、概念和研究对象中，我们才能发现它们。从表面上看，福柯的“知识考古学”与结构主义有着某种相似之处，但是福柯所研究的那些“组装”我们话语理性的各种规则并不是普遍的和不变的，并不是列维 – 斯特劳斯所说的那种潜藏在意识深处的一般结构。在“知识考古学”的视阈中，这些规则都将随着历史的变迁而变化，它们只对特定时期的话语实践有效。用福柯的话来说，这些规则只是知识、知觉和真理的历史的先验条件，它们构成了文化的基本信码，即“知识型构”。正是这些“知识型构”决定了特定历史时期里各种经验秩序和社会实践。在《知识考古学》一书的开篇，福柯这样描述“知识考古学”给包括思想史、科学史、哲学史、思维史、文学史等历史学科带来的冲击和变化：

> 它们推迟了各种认识的不确定并合，打破了这些认识的缓慢的成熟过程，迫使它们进入一个崭新的时空，把这些认识从它们的经验论的根源和它们原始的动机中截取下来，把它们从它们的虚构的同谋关系中澄清出来，因而它们在历史分析中就不再意味着追寻静默的起始，无限地上溯最早的征兆，而是意味着测定合理性的新形式以及它的各种不同的效果。①

在“知识考古学”之后，福柯进一步提出了他的“知识谱系学”。与“知识考古学”主要关注话语的历史不同，“知识谱系学”进而揭示话语与权力之间的关系。福柯关注的问题是，权力是以怎样的方式造就了形形色色的主体形式的。也就是说，福柯不再仅仅在知识、语言、话语层面，即不再在“考古学”的限度内讨论人和主体，他从“谱系学”的角度讨论主体，从权力的生产性的角度谈论主体，在他看来，历史学所建构的自由的主体不过是支配身体的权力技术学的效应。因为这些主体完全受制于权力的锻造，屈从于匿名的权力，它无时无刻不在被规训和造就，它只能是“驯顺的身体”。福柯认为，在漫漫历史中，话语总是以各种各样的方式被控制、被禁止、被分配，被排斥、被抽空，被无休止地制度化。在这里，话语的动力其实总是源于制度的需要。“知识谱系学”的工作目标就是要揭示话语和权力之间的隐秘关系。

如果说“考古学”是在知识内部考察知识，那么，“谱系学”则在知识的外部考察知识。因此，它们的启示是双重的。如果说“知识考古学”启示从“话语的历史”这一层面进入“文学史”，那么“知识谱系学”则启示我们进一步关注蕴涵于“文学史”话语之中的权力要素。

福柯的“知识考古学”与传统历史学的一个重要区别在于，历史

---

① [法]米歇尔·福柯：《知识考古学》，谢强、马月译，生活·读书·新知三联书店，1998年，第3页。

学家总是要将自己的位置、立场、意愿和背景隐匿起来，努力使自己保持客观性和纯洁性，相信只有在这样的情况下，历史才能是真实的，是真理的再现。与此相对，“考古学”从不宣称自己对于历史的观察是客观、公允、全面和不偏不倚的，考古学家决不将自己的观察位置、时刻、激情、意愿隐匿起来，相反，他要暴露它们，相信它们，肯定它们，承认它们，强化它们，通过这样的方式，考古学家坦然地承认自己是透视性的，而历史也自然地成为一种透视知识。“考古学”拆除了历史与叙事的界限，或者说，是揭示了历史的叙事性——当然也揭示了文学史的叙事性。文学史叙述的都是过去的历史，这些历史如何具有意义呢？进入到文学史的历史都是与当前隔绝的被封闭的历史，但是，当文学史家面对这些往事，或者当他们尝试去追述往日故事的时候，想象就出现了。历史著作常常就是一种历史记忆，然而从不同时代、不同立场和不同思路出发的往事回忆，往往呈现出不同的历史叙述，建构出不同的现代主体。更重要的是，不只是个人回忆会有种种夸张、遗忘和涂抹，整体的历史叙述也会由于环境和现实而变化，表现出不同的意识形态和文化取向，这使得“文学史”成为一种历史叙述，成为一种追忆和编撰，成为一种不折不扣的“历史想象”。可以说，每一部历史著作的完成，都曾经过叙述上的虚构和情节化的操作，包含被拓展了的隐喻象征结构。作为一种持续不断的语言使用方式，历史叙事不仅表述这个世界，而且赋予这个世界以含义。用海登·怀特的话来说：“我们再不能把历史文本当作毫无问题的、中立的容器了，再不能认为这个容器所包含的全部内容是由位于其限域之外的一个‘现实’给予的。”①

或许许多人并不反对历史与叙事的关联，他们也承认叙事是一种历史的解释，但他们认为客观存在的历史事件通过叙事的形式能够被

① [美]海登·怀特：《后现代历史叙事学》，陈永国等译，中国社会科学出版社，2003年，第321页。

展现在读者面前，而且叙事自身具备的解释功能使人们理解历史成为可能。这应该是人们一再重写包括文学史在内的历史的内在动力，但是，问题在于，不存在任何无意义的叙事，即使在文学史中，每一个叙事都必须详细解释一些事件的因果联系，那些看起来像是客观叙事的元素如年代、作家生平与那些看起来较为主观的作品分析和作家评价其实只存在程度上的区别。一部文学史就是一个大叙事，一个大故事。叙事在历史研究中扮演着历史认识的重要角色，编年本身就是叙事，叙事以故事的形式为历史学家提供一种组织机制。如果在叙事中一个年代对于说明这个“进程”没有意义，那这个年代就根本不会出现在这部文学史中。如果一个作家或作品不能增进我们对这一“进程”的理解，那这个作家就会被剔除出这部文学史，好像根本没有存在过；对实在无法剔除的，则可以进行“矮化”、去经典化，甚至是丑化。比如新文学史中的通俗小说、晚清小说，比如左翼文学史上的张爱玲、钱锺书、沈从文，比如 80 年代以后文学史中的《红岩》和浩然，还有“样板戏”，等等。因此，我们与其说文学史是一种以“文学”为名的历史，还不如说文学史是一种不断给文学下定义的“文艺理论”。

在某种意义上，“文学史”已经成为我们了解和认识“文学”的主要方式，我们不得不把文学史的内容当成真实的文学与真实的历史。与此同时，“文学史”的撰写成为现代知识生产的重要环节，一代一代的学者前赴后继地“重写文学史”，努力相信自己能够并且正在接近真实的历史。但是，“文学史”到底是“历史”还是以“历史”为名的叙事呢？如果是后者，那么“文学史”引领我们抵达的，肯定就不是我们要寻找的“历史”本身了——当然，也不可能是一直存在于纯文学梦想中的所谓“文学”自身。

“知识考古学”的视阈中的“文学史”不再是传统历史学中的历史，也就不是“真正的”历史，而是历史修撰甚或历史研究的方法，或者说，从事的是历史研究的研究。“知识考古学”追问的问题是，在文学史家写文学史的时候，“他们共同设定的‘默认’的公设又是什么呢？什么是他们可能默默地遵循的一般原则……”①

福柯的考古学使话语脱离了主体，使话语脱离了一个外在的客观的起源，话语本身得以自行其是。这是否意味着历史完全变成了话语的历史，变成了话语的循环，变成了一种空洞的“能指”呢？当然不是这样。福柯的“话语”始终是一个相对于“权力”的概念。话语从来是特定历史权力的产物。而“知识谱系学”要揭示的就是“话语”和“权力”之间的这种关系。就文学史的写作而言，无论是这个现代性装置的发生还是后来的发展，都是在民族国家的制度性实践中完成的。而对这一过程的揭示，正是“知识谱系学”的意义所在。用刘禾的话来说：“如果我们从福柯那里学到了什么，那么显然我们必须要正视体制性实践的各种形式以及知识 / 权力关系，这些形式和关系在将某些认知方式权威化的同时，压抑其他的认知方式。”②

构成文学史的文学经典是我们依据一定的文学观念建构出来的。因此，我们想做的工作并不是评判这些经典的优劣，而是想弄清我们是根据何种观念、何种理论预设来选择这些经典，是什么机构做出的选择和价值判断，这些选择有着怎样的意识形态目标。总之，我们的目标是通过深入解析现代性预设对文学研究的权力支配关系而最终使文学历史化。

“为什么历史是反理论的？”这是杜赞奇（Prasenjit Duara）一篇发人深省的论文的标题。他解释说，这里所谓的“理论”，指的是“在历史知识基础上的反思，包括历史概念的预设、历史学家的作用、再现历史的手段等”。杜赞奇认为：“历史学可能是惟一一个不反思自身假设的学科，而且很可能还是习惯上不作自我剖析的学科。”③ 文学史

---

① [法] 米歇尔·福柯：《知识考古学》，第 205 页。

② 刘禾：《跨语际实践——文学，民族文化与被译介的现代性（中国，1900—1937）》，宋伟杰等译，生活·读书·新知三联书店，2002 年，第 4 页。

③ [美] 杜赞奇：《为什么历史是反理论的？》，黄宗智主编《中国研究的范式问题讨论》，社会科学文献出版社，2003 年，第 9 页。

作为历史学的一种，显然也存在同样的问题。挖掘和评估各种文学史写作所依赖的思想规矩，尽可能地避免依赖没有经过批判的预设，这正是福柯的“知识考古 / 谱系学”致力的工作目标。在福柯之后，我们对“历史”的理解，将很难再诉诸一个非历史的、普遍的规范基础。很少有人像福柯那样一针见血地指出“起点”的不可靠和诱惑性。用福柯自己的话来说：“批评可以把思想进一步擦亮，并努力改变它：表明事物并不是如人们所相信的那样不言而喻的，使人看到不言而喻的东西将不再以这种方式为人们所接受。批评的实践就是使得自然的行为变得陌生化。”①

第二节
“知识”与“文学性”

以“知识考古学”和“知识谱系学”来探讨“文学史”—“文学”问题，很自然会在许多方面与我们的常识发生冲突。首当其冲的问题当然是：所谓的“知识考古学”适合于文学研究吗？文学难道是一种知识吗？知识能够解决“文学”特有的直觉、悟性和趣味这些“文学性”问题吗？

在大学里传授的东西当然是知识。如果文学不是一门知识，那就根本无法在大学立足。人们一提到文学，马上就会想到创作、悟性、直觉这些概念，仿佛文学是天生的，与后天的知识无关——或者说至少关系不大。伊格尔顿在他那本著名的《二十世纪西方文学理论》中

① [法] 米歇尔·福柯：《权力的眼睛——福柯访谈录》，严锋译，上海人民出版社，1997 年，第 51 页。

也曾说过这样一段话：“众所周知，一个人花费数年时间埋头多所大学研究文学而最终还能感到文学的乐趣，那是很困难的：很多大学的文学课程之设置似乎就是要阻止人们欣赏文学作品，因而那些仍然能够享受文学作品的过来人不是被认为是英雄就是被看作怪物。”①

然而，那些“阻止人们欣赏文学作品”的课程恰恰是在把文学知识化，它们使得“文学作品”有了可以辨识的标准，使得其中某一部分作品获得了超越其他作品的地位，或者说，它们使某些作品成为“经典”，并因此获得更大范围和更为持久的传播。正是在这一过程中，文学才超越了个人性的感悟，而具有了普遍的价值。文学研究，尤其是文学史的写作正是这样的一种使文学成为“知识”的实践。当然，文学史写作的规则和标准是因时而变的，“知识考古学”所要讨论的就是这些知识的形成、变化及关联。

按照韦勒克在其著名的《文学理论》中的分类，“文学研究”由“文学理论”“文学批评”和“文学史”这三大门类组成。尽管作为形式主义批评家的韦勒克认为“文学理论”“文学批评”与“文学史”可以并存，②但三种文学研究在不同时代的发展实际上是不均衡的。选择何种方式进入文学研究，常常与研究者的文学观念有关，而文学研究方式在不同时代的兴盛与衰微，更与一个时代的知识水平和思想能力联系在一起。今天仍被很多人奉为圭臬的带有神秘色彩的“个人趣味”“文学感悟”乃至“个人性”“文学性”等其实是80年代主宰文学研究的以“人道主义”“人本主义”为名的意识形态的衍生物，而包括结构主义乃至后结构主义对“人道主义”“人本主义”等现代性范畴的反思，必然会导致对“个人性”“文学性”及其相关范畴的质疑。譬如在结构主义的视阈中，“个人”根本就不存在的。你以为你在说

---

① [英]特雷·伊格尔顿：《二十世纪西方文学理论》，伍晓明译，陕西师范大学出版社，1986年，第240页。

② 韦勒克：《批评的诸种概念》，丁泓等译，四川文艺出版社，1988年，第28页。

话，实际上是话在说你，你以为是你在使用符号，实际上是符号在使用你。

黄子平是1980年代中国文坛最有影响力的批评家之一，在最近的一次访谈中他曾感叹文学批评在当代的变化："现在做批评没有以前好玩！"[①] 所谓"不好玩了"，用黄子平的话来说，是因为我们已经不能像80年代的批评从业者那样，毫无顾忌地使用我们遇到的所有概念，而必须考虑包括这些概念的语境在内的复杂的历史问题与理论问题。我们已经很难像80年代的批评家那样在说完舒婷"回到了个人"以后又继续将"个人性"的标签随心所欲地贴到知青文学、新写实小说或是王安忆等人身上，继而又毫无障碍地贴到陈染、林白乃至卫慧、棉棉身上。对90年代以后的批评家来说，以何种工具、何种知识进入文学批评已经成为不得不首先思考的问题。也正是基于这一理解，对"何种个人性""谁的文学性"的"知识谱系学"追问才比非历史化的文学批评重要得多。

在为《妇女与中国现代性——东西方之间阅读记》一书的中译本写的序言中，周蕾开篇就谈到了她对中国文学研究的看法：

> 九十年代从事中国文学研究的人，除了认识文学作品之外，还得顾及所谓理论上的种种问题。理论者无他，只不过是哲理性、认知性、社会性及其他种类的批判反思。但是由于理论本质正是把传统历来的一切惯性思想及文字解构，从而发人深省，使被忽视了的种种政治文化因素显现出来，所以理论的介入，总是予人钻牛角尖的感觉，最令大多数人不以为然的是，理论往往使文字丧失了文人雅士认为文字必须具有的流畅和优美形态。在西方如是；在东方，特别是中

① 汪跃华：《"现在做批评没有以前好玩！"——黄子平先生访谈录》，《世纪中国·星期文萃》2002年4月B期，http://www.cc.org.cn/wencui/index0204b.htm。

文的领域里，理论性文字必然受到的讪笑更可以想象。[①]

为什么会有这种“讪笑”呢？这是因为许多人担心文学研究这种对概念、理论以及“文学之外”的因素的关注可能使文学失去悟性、趣味和感受力。然而，关于批评家仅仅依赖直觉、趣味和想象力进行文学批评的说法实际上是“现代”缔造出的诸多神话之一。套用柄谷行人的话，可以说：所谓“文学”乃是一种认识性的装置，这个装置一旦成型出现，其起源便被掩盖起来了。[②]我们的文学趣味与我们所受的文学教育息息相关，都是不折不扣的现代性“知识”。换言之，我们今天面对的“文学”，其实并不仅仅是我们熟知的李白、杜甫、鲁迅、张爱玲、王安忆、《红楼梦》这样的作家和作品，更不是潜藏于我们每个人内心深处的一种与生俱来的超时空的情感，而是一种关于“文学”的知识——更准确地说，是一种以“文学”为名的现代性学科建制。即使在西方，“文学”这一概念的产生也不过才一百多年，而在中国，“文学”这一观念的历史更为短暂。换言之，将李白、杜甫创作的作品称为与“literature”对应的“文学”，这一过程是在作为现代学科的“文学”的建构过程中得以实现的；我们以“文学”的名义对中国古代作家作品给以命名的过程，实际上是作为研究者的我们认同、接受和皈依一种以“文学”为名的现代性知识的过程。因此，我们对于“文学”的了解——包括文学理论和文学批评中使用的“文学”都并非天生，而是作为现代性知识的文学教育的结果。当批评家以为自己在进行“我在说话”的独一无二的文学批评时，与其说他在表述他“自己”的批评观，不如说他是在使用他掌握的“文学史”知识进行判断，更何况，在作为批评家的“我”和作为对象的文学作品之间横亘着数

① 周蕾：《妇女与中国现代性——东西方之间阅读记》中译本序，（台北）麦田出版公司，1995年初版。

② 柄谷行人的原文是：“所谓风景乃是一种认识性的装置，这个装置一旦成型出现，其起源便被掩盖起来了。”见《日本现代文学的起源》，第12页。

不清的批评方法。

问题在于，人们对自己被控制的过程常常并不自觉。而挖掘和揭示这种控制文学研究的力量，正是“知识考古 / 谱系学”的工作目标。事实上，某种“心理原型”“集体无意识”“范式”往往规定了我们的世界观和价值选择。我们对文学史乃至“文学”的理解都是由一些先在的理论预设构成的。因为是先在的预设，并不总是在我们讨论的问题中可以遇到，所以常常并不为我们自觉。我想进行的将文学历史化的工作就是通过对文学的知识谱系学的分析尽可能地重现这些左右我们文学理解的理论预设。用刘禾的话来说：“因为这一境况关系到知识的条件作用，任何在不同语言和文化之间的穿越往来都要涉及这些条件。我们需要做的是对这些条件本身加以解释，而不仅仅是假定着这些条件。”①

在伊格尔顿看来，将文学批评理解为“直觉”与“趣味”之争，实际上是把文学变成了一个类似于“一个人是否偏爱土豆胜于番茄”②这样可笑的问题。伊格尔顿说：

> 很多文学批评家都不喜欢方法这一概念，他们宁愿依靠印象和预感、直觉和顿悟来工作。也许应该庆幸的是，这种做法尚未渗入医学和航空工程学；不过，尽管如此，我们也无须认真看待这种对于方法的谦虚的抛弃，因为你的印象和预感依赖于一个潜在的假定结构（structure of assumptions），而这一结构经常像任何结构主义者的结构一样顽固。值得注意的是，这类不依靠方法而仰赖“智力敏感性”的“直觉”批评似乎往往不能在文学中直觉到意识形态性价值标准的存在。而就其本身的前提而言，它又没有理由不该如此。有些传统

① 刘禾：《跨语际实践——文学，民族文化与被译介的现代性（中国，1900—1937）》，第 13 页。

② [英] 特雷 · 伊格尔顿：《二十世纪西方文学理论》，第 40 页。

> 批评家像是以为，其他人是信奉理论的，而他们则是宁愿“直截了当”阅读文学作品的。就是说，在他们自己与本文之间不存在任何理论的或意识形态的偏爱：似乎称乔治·艾略特的后期世界为“成熟的逆来顺受”就没有意识形态性，而一主张它暴露了逃避和妥协就有了意识形态性一样。[①]

对作家作品的评价当然涉及文学史家的个人好恶，与个人的趣味有关，但趣味却是由知识决定的，由个人与时代的知识谱系所决定。当作家评论家面对一个作家或一部作品，以现成的艺术理论去阐释自己的审美经验时，确实常常会产生一种仿佛是前生命定的美学的共鸣。但这不是与一种超历史的存在共鸣，是与自己的潜意识共鸣，与文化心理结构的共鸣，而文化心理结构不过是知识的内化。在这一意义上理解“文学”，自然会得出伊格尔顿式的结论：

> “文学”，正如罗兰·巴尔特所说，“是被教出来的东西”。[②]

80 年代的文学研究者喜欢将理论与自己的直觉和趣味对立起来，相信“理论是灰色的，而生命之树常绿”，但理论是“直觉”和“趣味”的前提却常常不为人认识。我们不妨举张艺谋电影的例子来说明这个问题。这些年包括文学批评在内的艺术批评界对张艺谋电影的批评大家一定不陌生。《英雄》一出炉就遭到批评，《十面埋伏》更是千夫所指，在首映的第二天，媒体上出现了完全一边倒的“声讨”。大家公认“这是一部融搞笑、激情、武打、歌舞的一锅乱炖，是一部充满了硬伤与缺陷的拙劣的艺术品”。作家尹丽川说：“影片本身已经不值得被讨论了。逻辑上根本不成立的情节，蹩脚且不断

---

① [英]特雷·伊格尔顿:《二十世纪西方文学理论》,第 249 页。

② 同上书,第 248 页。

重复的台词，刻意得令人发指的场景调换，没有半点侠义精神的大段武打……简言之，这是一部无视观众感受、蔑视观众智力的不好看的弱智文艺片。”导演田沁鑫说：“我觉得他（张艺谋）太可怜了，怎么能把电影拍成了这样？……他心里多明白的一个人，昏聩到什么程度，才能像现在这样，依然把一部电影拍成了这样，我特别的难受，真的心里特难受。”画家艾未未说：“对自己在乎到了什么程度，才能拍出这样糟糕的东西。……不管是不是类型电影，这种拍法是在降低我们的文化素质。”除了这些神采飞扬的嬉笑怒骂，还有许多严肃的批评。比如说张艺谋缺乏人文关怀，丧失了坚实的文学基础，形式大于内容，等等。

与这些铺天盖地的批评相映成趣的，是与《英雄》一样，《十面埋伏》的票房飙升。据统计，《十面埋伏》的票房不仅是年度电影票房冠军，而且创造了国产电影有史以来的最高纪录。连近年一再席卷全国的好莱坞大片都不能与之比肩。关于《十面埋伏》的口水已经宛如“滔滔江水、连绵不绝”，似乎媒体和观众都陷入了一个无法退步抽身的怪圈，征战和声讨都不过是在为《十面埋伏》更添声势，再多的愤怒和质疑一时都无法阻止《十面埋伏》节节攀升的票房。

这么高的票房说明了什么问题呢？这么贵的门票啊，还有那么多盗版，这么多人凭什么去排队看一部烂电影，去接受它对自己智力的侮辱啊！张艺谋面对传媒的批评曾不服气地反驳说：我的电影不是为你们拍的，不是为你们的趣味拍的。我的电影是为人民大众拍的。这样的反驳还是非常有力量的。一部电影受到众口一词的批评而又获得如此高的票房，这显然不合常理。到底是哪里出了问题呢？是我们观众的趣味有问题，还是我们的批评家的趣味出了问题呢？是不是可以说现在电影——艺术作品的好坏与是否受欢迎已经没有什么关系了？那我们的批评家为什么一定要对一部作品的好坏作出评判呢？如果说一部作品不好，反而能帮助该作品的畅销，那批评家除了给作品“做托”之外还有什么存在的价值呢？

其实，这样的电影之所以让我们感觉“不舒服”，是因为电影中的一些基本的元素不符合我们的审美趣味，它触犯了我们内心深处的审美成规。也就是说在我们受到的审美教育中，有许多显在和潜在的规则，这些规则被张艺谋的电影破坏了。所以我们开始批评它。我们对电影的理解当然是一种知识。什么是电影，其实问的是什么是好电影。这个问题实际上是由经典电影来解答的。就如同什么是文学，什么是好的文学，其实是由文学史来解答的。文学史的一个最基本的功能就是确认经典，确立经典的过程其实就是确认文学性的过程。比如我们说张艺谋在电影中分不清画面和艺术，张艺谋缺乏讲故事的逻辑性，比如我们说张艺谋的电影形式大于内容，这是因为在我们的审美教育中，包括文学作品在内的艺术作品的形式是为内容服务的。比如我们说张艺谋缺少心灵感受，因为我们的审美教育告诉我们好的作品一定是有深度的作品，等等。但所有这些命题，包括画面要与故事有联系，形式要与内容有联系，心灵要与现实有联系，意义要与叙事有联系，故事要有逻辑性，等等，都是一些知识命题，都是“文艺理论”之类课程的内容或者说是“文学史”课程对经典作品的理解。也就是说，我们对张艺谋所有的不满来源于他对我们已经被高度内在化、自然化的知识的冒犯。那么谁能保证我们所拥有的知识的合法性呢？如果我们把任何知识都看成特定历史语境的产物，是特定的权力关系的对应物，那么它就肯定会在这些语境发生了变化的时候被改变。

与电影一样，“文学”同样是一种历史的现象，也就是说“文学”是在特定历史条件下发展出来的，并将随着历史的发展而衰亡。我们不应该以价值论的方法界定“文学”，而应该代之以历史的方法考察“文学”，将“文学”置于特定的历史语境加以考察。

在福柯看来，“人”，不过是历史的某个特定时期的知识发明。因此，既然“人”的出现是偶然的，那么，“人”的消失就是必然的。换言之，作为主体的人是一种知识俘获的对象，是一种科学的对象，它的形成与构建都有着特定的意识形态动因，一旦这些动因不存在了，关于“人”的知识就会在某一时刻，再次消失于历史之外。

柄谷行人也曾经在《日本现代文学的起源》中讨论过类似的问题。在谈到现代人常常会对现代以前的文学有疏隔感的问题时，柄谷指出：

> 据此我们可以明白：第一，感到现代以前的文学没有“深度”只是因为那时的文学没有使人们感到这个深度的装置；第二，这个透视法的装置根本不能决定文学的价值。“内面的深化”及其表现，仿佛可以决定文学价值似的这种观点，正支配着“文学史”。然而，文学根本没有一定要成为这样的东西之“必然性”。①

因此，柄谷总结说：“文学完全没有必要一定就是我们视为不证自明的价值判断基准的这种‘文学’。”②

柄谷行人的批评是非常有道理的。事实上，像《十面埋伏》这样由广告、新媒体和资本构造出的奇观，已经根本不能在我们熟悉的或是职业化的文学批评、艺术批评中得到解释了，已经无法以我们通过公认的文学艺术经典确立起的艺术规范加以解释了。对于我们这些文学研究者而言，我们不得不承认，我们已经置身在一个变得越来越陌生的世界。有许多东西已经发生了变化，包括我们熟悉的文学，不管我们是不是喜欢，是不是习惯。这样的问题不由张艺谋提出来，也会由其他人提出来。面对这样的新课题，仅仅停留于谴责批评甚至谩骂是远远不够的。我们不应该过于相信自己的直觉。将文学—艺术批评停留在趣味之争是远远不够的，你得分析左右你趣味的到底是什么，分析这些趣味与时代、知识之间的隐秘联系，分析外部世界和我们的

---

① [日]柄谷行人:《日本现代文学的起源》,第137页。

② 同上。

内心发生了什么样的变化，为什么会发生这些变化。

伊格尔顿提醒我们注意不同的批评方法在处理“趣味”问题上的差异。对许多人来说，进行文学批评或写文学史最终极的目标是告诉别人什么是好的作品，尤其是文学批评家，我们说所表述的全部内容就是“我喜欢这个作品”或“我不喜欢这个作品”。价值判断成为讨论的终点。然而，伊格尔顿说：“对于另一种批评家来说，这可能只是论证的起点。”①

第三节
“知识化”与“价值评判”

文学史与文学批评的一个基本功能就是对文学作品作出价值评判。文学史的意义在于确立经典，通过把好的文学作品写入文学史来确立文学的标准，而文学批评则依据这些文学的标准对作品作出评判。写一篇作品评论，评论家肯定需要表明自己的看法，这部作品是好还是坏，或者你是否喜欢这部作品，理由是什么。经常有人拿着文学作品问评论家，你觉得这部作品怎么样？你觉得金庸的小说好还是古龙的小说好？

“知识考古学”拒绝回答这样的问题。“考古学描述不建立任何的价值等级；也不作根本的区分。”② 在这一意义上，“知识考古学”确实不是一种“文学批评”，也不是一种写“文学史”的方法。但它是一种对文学批评的批评，是一种对文学史的知识考古。它关注的是我们评

① [英] 特雷·伊格尔顿：《二十世纪西方文学理论》，第 241 页。

② [法] 米歇尔·福柯：《知识考古学》，第 184 页。

价文学作品的标准是什么，这些标准是如何建构起来的，这后面蕴藏着什么样的权力关系。

对这种不作价值判断的“知识考古学”，习惯于做文学史与文学批评的人当然免不了心存疑虑。难道我们不能有自己特别喜欢的作家，不认为有的作家比另外的作家更有价值吗？

在“知识考古/谱系学”的视阈中讨论文学史问题，并不是要否定文学作品的价值差异。当然存在文学作品的好与坏。但知识考古学追问的是判断好与坏的标准是如何产生的，什么时候产生的，这种标准的出现意味着什么。换言之，知识考古学不否定我们对文学确实存在共识，但更关心的是这种共识是如何形成的。它是取决于文学史家与批评家的个人趣味，还是文学知识，抑或是批评方法，或是被伊格尔顿称为“制度化了的文学标准”的那些装置。伊格尔顿说：

> 莎士比亚的作品并非轻而易举就成了伟大文学；这是文学机构当时的幸福发现：他的作品之所以成为伟大文学是因为文学机构是这样任命他的。这并非意味着他的作品不是“真正的”伟大文学——即所谓伟大文学只不过是人们对他的看法——因为根本无所谓“真正”伟大或“真正”如何的文学，独立于它在特定的社会和生活形态中受到的对待方式。……文学批评根据某些制度化了的“文学”标准精选、加工、修正和改写本文，但是这些标准在任何时候都是可争辩的，而且始终是历史地变化着的。因为，虽然我说批评话语没有确定的所指，但还是有相当多的谈论文学的方法被它所排斥，相当多的话语步骤和方略被它作为无效的、非法的、非批评的或无意义的而取消了资格。它在所指层次上的表面的宽宏大量恰与它在能指层次上的褊狭不容相辅相成。[①]

---

① [英]特雷·伊格尔顿：《二十世纪西方文学理论》，第254页。

每个人都会有自己喜欢的作家，尤其是我们这些文学研究者，对某位作家与作品的喜爱常常是我们走上文学研究之路的动力所在。但知识考古学是在另一个层面提出问题。譬如说不少中国当代文学史的研究者研究 50—70 年代文学，其实与他们是否喜欢这些作品没有太多的关系。因为研究对象的选择，并不取决于研究者的趣味，而是取决于研究者的问题意识。不然为什么公认文学感觉那么好的王德威要把精力花费在毫无"文学性"可言的晚清文学上呢？黄子平又何必去研究什么"革命历史小说"呢？

"知识考古学"之所以回避文学研究中的价值评判，是因为"知识考古学"不相信存在一个外在于历史的客观标准。因为标准不一致，因此，价值判断常常会变成立场与信仰的选择。比如有的人喜欢鲁迅，有的人喜欢金庸，有的人认为残雪登上了世界文学的高峰，有的人认为浩然才真正体现了文学的价值；有的人认为高行健应该得诺贝尔文学奖，有的人认为他不过是一个三流中国作家；有的人认为中国新诗一定要取代中国古诗，有的人认为中国古诗的价值远在新诗之上……这些争论可能找到双方认可的结论吗？当然不可能。好比说上帝是不是真的存在，对信徒和无神论者来说，真的没有讨论的必要。又比如有人相信人性善，有人认为人性恶，双方都能找出同样多的例子。在文学史写作或文学批评中，许许多多的理论预设之所以不为我们自觉，是因为这些预设成为我们的信仰，成为我们理解文学的基本框架，比如现代与传统的对立，文学的自主性，进化的历史观，等等。在这一基础上进行的文学论争根本不可能沟通。要真正化解这种冲突，唯一有效的办法就是将立场与信仰历史化和知识化。当文学史家与文学批评家意识到我们对文学的每一次诠释都是试图关闭一个有无穷无尽生产能力的源泉时，我们就将面临理论与现实的双重挑战。

有的学者写文章讨论中国古诗与中国新诗的关系，认为中国新诗取代中国古诗是一个历史的错误，因为中国古诗的价值远在现代诗歌之上；这样的命题，就好比你一定要论证金庸比鲁迅伟大，或是李白比歌德伟大，或是一定要说《诗经》不如“伤痕文学”，“朦胧诗”不如宋词，根本就无法讨论。我们不能再在一个静态的框架结构中讨论两种艺术形态的优劣和更替。因为时代不同，诗歌的功能也完全不同。中国进入近代之后，诗文衰退，处于传统文学边缘的小说、戏剧开始勃兴，文体变化隐含的是社会、政治、文化的全面兴替。正是由这种兴替改变了我们对于文学本身的美学认识。为什么新诗要取代旧诗呢？这个问题的答案同为什么白话文要取代文言文一样。诗歌改革是胡适发动新文化运动的首要问题之一，中国文学之被否定，古诗是第一个受害者。“诗国革命自何始？要须作诗如作文”。话怎么说，文就怎么写，诗则同样。新诗取代旧诗是服从于白话取代文言这样的大命题，与此同时，在为民族国家认同服务的“个人性”这样的现代性范畴的建构中，在文学的自主性这样的现代性观念的建构中，新诗都扮演了不可替代的角色。所以新诗的出现根本不是一个纯粹的美学问题，因此也就不可能以一个超历史的美学原则加以度量。我们的研究，不是去肯定或否定这种变化，而是去追寻新诗发生的知识关联，以及作为一种现代性的话语与权力之间的联系。正如一位新诗研究者在表述这一问题时所指出的：“问题的根源并不在于具体的写作选择了什么样的语言方式，而在于在这样的选择过程中为什么要做出这样的选择，以及基于什么理由做出选择。”①

在某种意义上，“知识考古学”改变的是我们讨论问题的方式。它的目标不是要裁定不同思想价值体系的高下，而是要找出它们的规律和历史脉络。正如旷新年在一篇文章中指出的：

> 我们并不能简单地说某种思想是对或是错，而是应该将他们放回到历史发生的现场，将他们回置于历史的具体过程之中。陈寅恪认为，如果将伪书不是简单地视为伪书，

---

① 孙文波：《传统与现代诗》，《读书》2005年第4期。

> 则不妨视为某一思想的演变过程。通过某个概念的兴衰起灭，我们可以看到思想的大厦是如何建立起来，又是怎样崩溃的。我们并不是要肯定或执著于某一个概念或某一种思想，而只是要展示概念流动、扩散的线索、思想兴衰的过程。我们要追踪的只是某个概念、思想的脉络，某个概念家族和思想体系的历史。这不是最后的审判，我们只是静观概念的生与死，它的前身，它的投胎，它的解体朽灭，它的转世灵童。①

90年代初，曾有一位在北大做研究的美国学者，他的研究课题是80年代中期中国文坛的“现代主义”与“现代派”。现代主义文学运动在80年代中国文坛刚刚出现的时候，曾经引起过很大的争论。有不少人认为中国还根本没有发展到“现代”，因此根本不具备“现代派”发生的土壤，所以他们称中国的“现代派”为“伪现代派”。当时许多人都写文章讨论这个问题，黄子平等人都参与了讨论。因为这位美国学者是专门研究现代主义的，所以许多同行向他提出了这个问题，请他判断一下80年代中期出现的中国现代派是不是“真的”现代派，或者说，哪些作家作品算得上是“真的”现代派。这位学者回答说：“这不是我关心的问题。我来中国想了解的是80年代中期中国为什么会出现一场名为‘现代派’或‘现代主义’的运动，这些作家评论家为什么要把自己的文学实践命名为‘现代派’，或者说，我想知道这个被称为‘现代派’的运动在中国的出现究竟意味着什么？”

这位学者的思路就是典型的“知识考古学”的思路。“知识考古学”当然会关心某些特殊类型的话语，但福柯关心的既不是这些特殊话语本身是否具有真理性，也不是如何去整理和寻找那些被证明为是具有真理性的特殊话语的规则，他关心的是如何在不考虑话语

① 旷新年：《“不屈不挠的博学”》，《读书》2004年第7期。

“对”与“错”或“是”与“非”的前提下，研究某些类型的特殊话语的规律性以及这些话语形成所经历的变化。这好比一位考古工作者在考古发掘中发现了一本2000年以前的天文学著作，那上面说地球是方的，考古学家不应因为这本天文学著作对地球的形状作了错误的陈述（因为它明明是圆的——椭圆的）就放弃对它的研究。考古学家要问的是这句话在某时某地的出现意味着什么，他想了解的是这样的表述如何表达了这个时代人们想象世界与认识自己的方式——在福柯看来，任何话语都有它自己的规范概念和论述范围，有它自己认可的对象和方法，这一切决定了它自认为具有某种特定的“真理性”，“知识考古学”所需要发掘的正是那些因年代久远或因为想当然而从我们的视野中消失的认识机制，或者说，去发现这些话语或“真理王国”在与一种既定社会的支配性权力结构的关联中是如何运作的。正如福柯在《权力一知识》中指出的：“问题并不在于在两种话语之间画出一条界线，一种话语处于科学性或者真理的范畴之下，另一种话语则位于某些其他范畴之下；问题在于认识到，真理之结果是如何在话语内部被历史地产生出来，而这些话语本身则既不是真的，也不是假的。”①

在文学史的教学与研究中，这种知识考古学的视野极为重要。文学史学习常常要读——必须要读一些我们可能根本不爱读的文学作品，我们要了解这些我们不熟悉——其实是我们的趣味不熟悉的文学作品为什么会出现，为什么有人要写它，为什么有人要读它，甚至是许多人喜欢它，它的知识谱系是什么？甚至是我们自己喜爱的作品，我们也要了解我自己为什么会喜欢它。

比如中国当代文学史教学中常常会讲到韩东的那首名为《有关大雁塔》的诗歌，这首诗大家都非常熟悉，非常简单，只有简单的五句：

① 转引自[英]阿兰·谢里登:《求真意志》，尚志英、许林译，上海人民出版社，1997年，第117页。

有关大雁塔
我们又能知道些什么
我们爬上去
看看四周的风景
然后再下来

如果仅仅读这首诗，我们可能很难理解这样的诗有什么讨论的价值。但文学史讨论这首诗，不是因为这是一首好诗或是一首不好的诗，文学史讨论它，是要通过这首诗讨论特定时代的一种文学形态，讨论这种所谓的“第三代诗”与“朦胧诗”和整个“新时期文学”的关系。比如文学史会比较多年前一个叫杨炼的诗人写过一首很有名的同名诗歌，那个时候“大雁塔”一直是文化的积淀物和象征物，而韩东的这首诗不仅表达出所谓的“第三代诗歌”的“影响的焦虑”，而且还表达出 80 年代后期开始中国社会的变化导致的文学的想象力、同情心的崩溃，它与世纪末作家——知识分子的历史颓败感有着紧密的关联，等等。要回答这些问题，我们是不是喜欢这首诗不能说不重要，但显然已经是另外一个问题了。

对于文学史来说，如果试图理解这些文本，就应当同时理解这一文本产生的语境。在传统的思想史、文学史中，语境指的是作品的外部世界，也就是所谓的作品的政治的、社会的或经济的语境，于是对文学的关注就变成了对文本和作品如何反应这个外部世界的研究，但在知识考古学的视阈中，语境和文本之间的关系并不是这样单一。在这里，不是说文本或“文学”反映“现实”与“历史”，而是说文本或“文学”本身就是“现实”和“历史”的一部分。

其实福柯也不止一次被问到类似于“我们怎样区分好的和坏的文学？”这样的问题，福柯是如何回答的呢？福柯的回答是：“为了弄清什么是文学，我不会去研究它的内在结构。我更愿去了解某种被遗忘、被忽视的非文学的话语是怎样通过一系列的运动和过程进入到文学领域中去的。这里面发生了些什么呢？什么东西被削除了？一种话语被认作是文学的时候，它受到了怎样的修改？”[1]

而在《事物的秩序》中，福柯提示我们关注的核心问题，则是一种知识、学科，一套话语事件，为什么会出现于那个时间，那个地点？为什么会占据那个位置？

① ［法］米歇尔·福柯：《权力的眼睛——福柯访谈录》，第90—91页。

第一章 “文学史”与“历史”

在“知识考古 / 谱系学”的视阈中，“文学史”是一个被建构起来的现代性范畴。“文学史”是“文学”和“历史”的叠加，但这个“文学”已经不是古代意义上的“文学”，“历史”也完全不同于传统的“历史”。把“文学史”视为一种现代性知识，关注“文学史”的知识谱系与制度背景，“知识考古 / 谱系学”的研究方式不再把“文学史问题”局限在“文学史”的框架之内加以讨论，而是将“文学史”本身变成了问题。

在将文学视为超历史的信仰的研究者那里，或者在历史主义的视阈中，这样的问题根本不可能存在。譬如前者相信文学是永恒的，超历史的，在他们看来，文学的价值是恒定的，文学的好坏取决于作品本身而并不取决于对作品的评价。不管文学史怎么写，都无法将鲁迅、莎士比亚写成三流作家，也无法将《红楼梦》降格为三流作品。在这一意义上，如何写文学史或者以什么方法写文学史根本就不重要。而在历史主义者眼中，历史和叙述完全是性质不同的问题。历史就是历史，叙述就是叙述。“文学史”不过是对客观存在的文学历史的记录，好与坏取决于是否客观表现或再现了真实的历史。在这一视阈中，历史学家让自己相信并且也让读者相信历史是在“自言自语”——历史似乎在自行写作。历史研究的注意力根本不可能在历史研究者的身上停留。因为在这里出现的研究者只是一个“客观的”的人物，虽然他仍然是一个主体，但至多只是一个“客观的主体”。就文学史的写作而言，文学的历史有多长，文学史的历史就有多长。中国古代文献中早就有对中国文学历史的记载和分析，为什么一定要说文学史是一个现代性装置呢?

在北大中文系和苏州大学文学院联合召开的纪念林传甲和黄人的《中国文学史》面世100周年的学术讨论会上就围绕这个问题发生了一场有趣的争论。针对将林传甲和黄人的《中国文学史》定义为最早的中国文学史的看法，台湾佛光大学的黄维樑教授提出了不同的观点，他认为中国的第一部文学史应该是《文心雕龙·时序》。黄维樑的发言很自然引发了“什么是文学史”的讨论。不少学者指出“文学史”观念是西方近代文学文化的产物，不但要描述文学发展的过程，还要勾画一个民族的精神史，有强烈的民族意识在其中，而《文心雕龙·时序》尽管也提出了“时运交移，质文代变”，但不具备勾画民族精神史的意义。因此，他们认为《文心雕龙·时序》根本不是现代意义上的“文学史”。①

这样的争论很有代表性，因为类似的争论从来没有停息过。对第一部中国文学史的确认，实际上涉及我们对于“文学史”乃至“文学”的定义和理解。“文学史”乃至“文学”和“历史”到底是超历史的范畴还是现代性范畴呢?如果说“文学史”是一个现代性范畴，那么，它与历史文献中有关文学的记录和评述到底有什么差别，界限在什么地方?

要理解“文学史”的性质，得首先讨论“文学史”与“历史”的关系。文学史的写作往往要借助历史学界普遍使用的话语来作为思考和回答的工具，从吸取史学的若干观念、技术到分享史学研究的一步步成果，文学史总是从历史学科的发展中获得自身发展的动力。“文学史”的“历史”属性，历来是文学史家的共识。王瑶就曾经明确指出:

---

① 见《文学评论》2005年第2期《中国文学史百年研究国际研讨会综述》。

“文学史的研究对象虽然是文学，但它也是从属于历史科学的一个部门。”[①] 这样的看法并不新鲜，当年《中国大文学史》的作者谢无量就认为文学史“属于历史之一部”[②]，以后中国文学史书的作者顾实、穆济波、胡怀琛、胡云翼等都有类似看法。

“文学史”既是“历史”的一种，那么，要界定“文学史”的性质，我们就需要首先界定“历史”的性质，需要讨论制约“文学史”——为“文学史”提供框架的“历史”是“何种历史？”

第一节
“历史”之建构

柄谷行人在《日本现代文学的起源》一书中曾这样描述在日本近代出现的这个外来的“文学史”怪物：

> 形成于明治20年代的“国文学”或“文学史”本身便是一种预设：仿佛真有一种从古代走向中世纪、近世以至现代的文学“进化”“深化”“发展”的历史似的。我们所需要的不是代替这个透视远景提示另一个别的远景（如“反现代”主义那样），我们只需要注视使这个远景成为可能，且被视为无可置疑不证自明的那个装置。[③]

① 《王瑶文集》五卷《后记》，北岳文艺出版社，1995年，第643页。

② 《中国大文学史》第1编，中华书局，1924年，第43页。

③ ［日］柄谷行人：《日本现代文学的起源》，赵京华译，生活·读书·新知三联书店，2003年，第146页。

同柄谷描述的日本历史极为近似，中国“文学史”与历史文献中有关文学历史的记录最大的差别，就在于作为“文学史”基础的“历史”是一种直线的、有方向的、不断进化的“历史”，而这样的历史观，恰恰是西方近代的发明。在《批评的诸种概念》一书中，韦勒克指出：“一个内在的文学史的问题，即进化论的中心问题。”① 在这一意义上，“文学史”从来就不是抽象的“历史”，而是有着特定意识形态内涵的“某种历史”。

在“文学史”体裁的引进过程中，最重要的奠基者当然是胡适，不过，为“文学史”提供基本现代“历史”框架的奠基者，却是梁启超。

历史学界一般把梁启超 1902 年发表的《新史学》视为中国近代新史学的发端。1902 年，梁启超在《新民丛报》上连载长文《新史学》，分《中国之旧史》《史学之界说》《历史与人种之关系》《论正统》《论书法》《论纪年》六节，系统论述了历史进化论的思想。梁启超从三个层次对新史学的内容性质加以界定，即“历史者，叙述进化之现象也”，“历史者，叙述人群进化之现象也”，“历史者，叙述人群进化之现象，而求得其公理公例者也”。层层推进，句句不离“进化”的观念。在他看来，新史学研究的对象已不是如旧史学那样集中于王朝更替和一姓兴衰，而是叙述从低级向高级的进化历程，叙述以人类为主体的历史进化过程，并求得其进化过程中的因果关系和规律性。因此，“历史者，以过去之进化，导未来之进化者也”，人们可从中“循其理，率其例，以增幸福于无疆也”。所谓“公理公例”，照梁启超的意思，当是指人类社会进化的普遍规律。在梁启超眼中，他的史学之“新”，正是由于他掌握了这种新的历史解释理论。他认为，旧史学与新史学相比，“前者史家不过记载事实，近世史家必说明其事实之关系，与其原因结果；前者史家，不过记述人间一二人有权力者兴亡隆替之事，虽名为史，实不过一人一家之谱牒，近世史家，必探察人间

① R. 韦勒克：《批评的诸种概念》，丁泓等译，四川文艺出版社，1988 年，第 59 页。

全体之运动进步，即国民全部之经历，及其相互之关系”。基于这一理解，梁启超提出了“史界革命”的口号。梁启超称：“史界革命不起，则吾国遂不可救。悠悠万事，惟此为大。”[①] 只有对旧史学进行革命，才能使之成为国民运动之资鉴。在梁启超看来，只有进化论才能揭示历史的真相。中国古代的历史之所以不能视为真正的历史，原因就在于中国人不懂“进化”的观念。梁启超认为，宇宙间有两种现象：一为循环现象，这种现象是“去而复来，止而不进”；一为进化现象，这种现象是“往而不返，进而无极”，像一螺线前进。孟子说过一句话：“一治一乱，治乱相循。”梁启超认为孟子的话完全是“误会历史真相之言”，他是误认“螺线”为“圆状”了。中国数千年没有良史，归根到底是因为历来作史的人不明白进化这种现象。

梁启超以历史观的不同来定义“中国”与“西方”的差异的确抓住了问题的症结。不同的历史观建立在不同的时间意识上。古代中国人认为时间—历史是循环的，源于农耕生活对四季周而复始的体验，也源于对朝代更替、治乱兴亡产生的认知，还有佛教的三世轮回、因果报应等循环人生观的深刻影响。在中国传统的史学观念中，占主要地位的是复古倒退的历史观和循环的历史观。复古史观认为社会历史越古越好，上古三代才是中国历史最理想的黄金时代，越到后来，历史越退化，循环史观则认为社会历史按照一治一乱的规律依次循环运转。直到晚清，“合久必分，分久必合”的历史观念依然存在于中国普通民众之中，人们仍以历史的循环论来面对和化解“千年未有之变局”。也正因为此，以历史进化论取代历史循环论就成为晚清一代知识分子最重要的启蒙使命。从康有为披着“公羊三世说”经学外衣，遮遮掩掩介绍进化论，认为从乱世到升平世再到太平世是人类社会进化的普遍规律，到严复译《天演论》，全面系统介绍西方进化思想，根据斯宾塞“物竞天择，适者生存”的理论来解释人类社会的发展，进

① 梁启超：《新史学》，《饮冰室合集》一·文集之九，中华书局，1989年。

化论逐渐为中国知识界所熟识。到梁启超发表《新史学》振臂一呼，总结出“中国之旧史”的“四蔽”和“二病”，才得以将中国传统史学彻底扫地出门。

与其他宣传进化论的前辈不同，梁启超关于“新史学”“史界革命”的一系列主张，与对“旧史学”的批判是同时展开的。梁启超开创了这种二元对立的方式，为中国现代观念的建构提供了基本的范式。所谓不破不立，激烈批判旧史学，显然起到了为史学研究的“思想解放”开辟道路的作用。

以进化论为标准来重写中国史，梁启超的“新史学”理论触及一系列后来被历史学界普遍认同的原则。比如明确提出新史学应以探求历史的因果联系为目标，就一直是新史学以后的中国史学的基本原则。梁启超认为近代史家与旧式史家的主要差异，就在于新史学家“不仅记载事实，尤需说明事实间的因果关系”，在《中国历史研究法》中，他仍然将史学定义为“记述人类社会赓续活动之体相，校其总成绩，求得其因果关系，以为现代一般人活动之资鉴者也”。梁启超说，对历史事件要“知其以若彼之因，故生若此之果。鉴既往之大例，示将来之风潮，然后其书乃有益于世界”。这种寻找历史发展因果关系，求得“公理公例”“既往之大例”的观念，为此后的启蒙主义史学和马克思主义史学开辟了道路。再比如他在理解历史发展论与历史的方向感的过程中坚持的普遍主义立场，都为后来的历史学家所继承。他在中国语境里复制西方史的三个时期：古代、中世纪与现代，并初步确立了“传统”与“现代”、“中国”与“西方”的二元对立，这种分期与分类方式后来成为中国历史的基本叙事模式。在后来的中国叙事中，中国历史被表述为古代、近代、现代乃至当代等，但基本的历史方向感却从未发生过颠倒，这种历史被表述为一个具有内在动力的、不为人的意志所改变的“进程”。

进化史观的确改变了近代中国人理解历史和自我的方式。顾颉刚在《当代中国史学》一书中描述“民国成立以后”的中国史学时，曾总结了一个非常重要的特点就是“西洋的新史观的输入”，他指出：“过去人认为历史是退步的，愈古的愈好，愈到后来愈不行；到了新史观输入以后，人们才知道历史是进化的，后世的文明远过于古代，这整个改变了国人对于历史的观念。如古史传说的怀疑，各种史实的新解释，都是史观革命的表现。”[①] 在另一处，顾颉刚更强调说：“吾意无论何学何事，要去论他，总在一个历史进化观念，以事物不能离因果也。”“读胡适之先生之《周秦诸子进化论》，我佩服极了。我方知我年来研究儒先言命的东西，就是中国的进化学说。”[②] 顾颉刚的“层累地造成了中国古史”说，即是基于历史进化思想而来。

在某种意义上，“新史学”为中国现代历史学提供了基本的框架。“新史学”诞生之后，中国史学发生过一次又一次的范式的变化，都是在这一框架中展开的。

比如五四时期传入中国的唯物史观，在肯定历史是不断进步的同时，指出了认识人类社会历史的历史观和方法论。20 年代后，马克思主义史学在中国广泛传播和迅速发展，李大钊认为以往的史学家，仅从上层建筑说明社会变革，解释历史，而马克思则提出了社会基础与上层建筑的关系问题，社会基础发生了变动，上层建筑也要跟着变动，以适应这一社会基础，而历史非从经济关系上说明不可。李大钊依据这样的唯物史观研究史学问题，写出了诸如《由经济上解释中国近代思想变动的原因》《史观》《唯物史观在现代史学上的价值》《原人社会于文字书契上之唯物的反映》《马克思的中国民族革命观》等论文。1924 年 5 月出版的李大钊的《史学要论》，就是运用唯物史观对史学研究的对象、范围、任务和作用进行系统阐释的一部史学理论名著。郭沫若的《中国古代社会研究》于 1930 年正式出版，他运用甲骨文、金文记载与文献资料相结合，理出了一个唯物史观的中国古代文

---

① 顾颉刚:《当代中国史学》,南京胜利出版公司,1947 年,第 3 页。

② 顾潮:《顾颉刚年谱》,中国社会科学出版社,1993 年,第 49 页。

化体系。吕振羽的《史前期中国社会研究》《殷周时代的中国社会》分别于1934年和1936年出版。它们以马克思主义观点方法为指导，运用新史料研究中国古代社会性质和分期问题，为马克思主义史学的形成和发展做出了贡献。此后，如《历史哲学教程》《中国政治思想史》《中国古代社会与老子》《社会史导言》《中国史纲》《中国通史简编》《青铜时代》《十批判书》等一大批马克思主义史学著作相继问世，中国的马克思主义史学显示出巨大威力。但无论马克思主义史观发展出了何种新的形态，都没有离开最基本的历史进化论。

事实上，从30年代起，对中国史的解释就始终局限在“世界时间”的视野中，始终无法摆脱带有线性进化观的取向，即历史的发展过程应有一个终极目标，对历史过程和现象的阐释由于与这个目标的设定密切相关，因此历史阶段的划分也必须以此目标为最终指向。在这一视阈中，中国史作为一种“地区性历史”，根本不可能也不需要具有自身的特性，当然也不应该作出独立的解释。所谓中国的历史只能是世界阶段性时间进程的印证，只能是与西方历史进行关联性比较的结果，著名的中国历史发展五阶段论的提出，就突出表现了中国历史学家对线性进化史观的执着信仰。

1950—1970年代的中国史框架基本上是“革命史”的一统天下。与现代化模式仅仅强调西方冲击对中国历史进程的影响不同，革命史学强调了国内阶级矛盾的酝酿和激化所引起的社会变迁，但并未因此发展出确认“中国现代性”的努力。因为革命史的框架仍是围绕与西方相关的重大事件设计问题，并没有真正把中国传统自身的特性纳入考察视野，而是基本上把它视为负面的因素加以抨击。因为按照“历史规律”，既然资本主义的“萌芽”都已经生长出来了，它的生长与发展也就成为了这题中应有之义，与此同时，李自成的“农民革命”也完全可能代表着某种“进步”的方向。

“文革”后中国史学的基本模式经历了“革命史”向“现代化史”的转换。历史学家再度把中国与西方的关系理解为简单的“传统”与

“现代”的对立，解读为“文明”与“愚昧”的冲突，“救亡”与“启蒙”的冲突，把中国近代的历史描述为走向世界的进化的历程。随着全球化进程的加速，民族国家功能的弱化，“历史的终结”最终成为了这种黑格尔式的普遍主义历史观的最终归宿——“虽然现代化理论之间在历史演变如何直线发展以及是否存在着现代化的替代道路等问题上存在分歧，但没有人怀疑历史是有方向性的，也没有人怀疑工业发达国家的自由民主制度就是它的终点。”①

回顾中国现代性的历史，我总觉得进化论历史观的确立对中国文化的改变是一场真正深刻的“文化大革命”，历史不断进步的观念当然是“现代”的发明。在伟大历史目标——这种目标可能是“理性”，可能是“真理”，也可能是“主义”——的面前，一代又一代中国人面对现代性危机，从未放弃对现代性的追求。对于一个内忧外患极为深重的民族，还有什么思想体系比许诺进步、繁荣和乌托邦可以最终实现的现代思想更有吸引力?

不知道是有幸还是不幸，我们今天对进化论的理解已经不能像我们的前辈那样单纯了。在我们面对一个多“世纪”的现代性遗产后的今天，我们有理由反思进化论的历史。如果我们将“历史”和“进化论”历史化和知识化，我们就不难发现，进化论显然不是历史“自身”的规律，而是一种对历史的理解，是一种历史观，准确地说，是一种“西洋的新史观”。虽然西方从循环论过渡到进化论的历史也不太长，但直线历史观、因果联系这些历史哲学却来源于西方的宗教文化。准确地说，是来源于基督教耶稣降生的神话。古希腊的时间观念也是循环的，是基督教创造了线性的时间观念。基督徒在解释整个承先启后的世界时期时，将基督作为出发点。基督的诞生赋予了时间以意义和方向。这就是公元纪年从基督诞生算起的原因。基督诞生是一个由时

---

① [美]弗朗西斯·福山:《历史的终结及最后之人》,黄胜强、许铭原译,中国社会科学出版社,2003年,第78页。

间注明，同时又注明时间的事件。所以基督的降临使整个过去和未来因基督而获得了自己的方向，它将历史时间清楚地分为两个重要的时代，即基督前（公元前）和基督后（公元后），“历史”由此获得了一个确定的结构。在基督诞生的那一刻，“时间开始了”，历史也开始了。基督诞生之前的历史是史前史，基督诞生是历史的展开，从这里开始的历史走向历史的终点——历史的终结。这一框架为人类的历史设定了过去、现在与未来，时间最终变成了矢量的、线性的和不可逆的。

在某种意义上，可以将进化论理解为一种在基督教世界观的框架中创立的一种历史哲学，或者说，基督教是把时间构想成一种不可逆的历史联系整体的原因。直线的时间观是进化论的基础，因为如果时间是循环的，历史就不可能进化，就不可能有方向。唯有当与时间不可逆的观念联结着的线性时间知觉在社会意识中居于支配地位时，人们才能在过去、现在和未来之间划出清晰的界限。

正因为进化论和基督教义之间存在这种内在的关联，当人类的时间都认同了这种线性的时间观念以及建立在这一观念基础上的历史观念的时候，甚至当你使用“世纪”这个概念来纪年的时候，那就意味着你对一个隐含的宗教预设和宗教哲学的默认。虽然你不一定是基督教徒，甚至你可能对西方宗教毫无知识或全无好感。

而那些看起来完全客观的范畴，其实也就隐含了重要的意识形态预设。就以我们今天普遍认同的公元纪年为例，诸如“世纪”这样的名词和概念使用久了，人们也就逐渐开始习惯于从世纪的时间段来考虑问题、划分阶段、进行纪年。上古、中古、近代、现代、当代等，还有代表五种社会形态的时间名词和概念的传播，则会使人们在不知不觉中将西方文化和宗教内在化。

柄谷行人曾经专门讨论这个问题，他指出：

> 基督日历是意味深长的，尽管它仅仅表现为一种线性的年代表，但是它自身包含的基督教叙事，从外部为分期赋

> 予意义。另外，一百年或一千年这样的划分方式，保持着特殊的形式上的意义。如果基督日历只是线性的年代表，大概就不会发生“世纪末”的说法。再者，这种日历不仅使事件含有“世纪末”的意义；而且实际上，它使“世纪末”这种现象得以生成。退一步而言，即使情况并非如此，我们以百年分期，如18、19世纪这种观察历史的实际状况，也因此产生了叙事标点。换言之，当我们根据基督日历进行思考时，我们就被限定在某种思想的体系中，把本土的历史看作世界性的，而这种“世界性”，使我们忘记了自身所需的话语空间的类型。①

在梁启超这一代人建构新历史观念的过程中，的确存在这种“把本土的历史看作世界性的”趋向。中国是史学发达的国家，有丰富的典籍和连续不断的历史记载与历史撰述，翻一翻两千多年来的古书，浩如烟海，而其中史学之书便占了六七成，其整体面貌，为世界各国所仅见。对这一点，梁启超并不否认，《新史学》开篇就谈到：“于今日泰西通行诸学科中，为中国所固有者，惟史学。”但是，在梁启超眼中，由于这些史学没有表现进化的历史观，因此根本不是真正意义上的史学，反映的也根本不是真正的历史。非西方的历史不是历史，在梁启超看来，没有线性历史观念就根本无法成为现代的民族国家。在这一语境中，中国不仅是一个地理范畴，而且也是一种文明的形式，它代表着一种与欧洲民族国家相对立的政治形式，一种从无历史状态向历史状态过渡的形式。这一理解为中国知识分子提供了理解世界和自我、过去与未来的基本框架。它与西方殖民主义的世界观相应和。因为这种所谓的“非历史的历史”说穿了不过是黑格尔历史哲学的翻

① [日]柄谷行人：《现代日本的话语空间》，张京媛主编《后殖民理论与文化批评》，北京大学出版社，1999年，第415页。

版。黑格尔早就有过非西方社会“没有自己的历史”的论断，黑格尔说得非常明确：“中国很早就已经进展到了它今日的情状，但是因为它客观的存在和主观运动之间仍然缺少一种对峙，所以无从发生任何变化，一种终古如此的固定的东西代替了一种真正的历史的东西。中国和印度可以说还在世界历史的局外，而只是预期着，等待着若干因素的结合，然后才能够得到活泼生动的进步。”[①] 这一观念左右了西方的殖民主义理论，促使他们将西方以外的世界想象为一个停滞不前的、在历史之外的世界，而西方—现代的使命就是要把这个世界纳入到“历史”这个“进程”中来。

黑格尔的《历史哲学》迄今为止仍是我们了解线性目的论的、进化论的历史的最重要基础。在黑格尔看来，历史的目的，即其进步的方式，不过是精神即理念的自我意识的展现。自我意识有两个时刻，一是精神本身客观地融入宗教、法律和国家存在的合理性之中，二是个人主体意识。个体自我意识的进化意味着不仅承认与自然及人为秩序相对的个人自由，更重要的是它意味着个人与精神的浑然一体性。如此才是真正的自由，才是历史的终结，其最好的示范是普鲁士。在那里，存在的就是合理的，合理的就是存在的。正像杜赞奇指出的那样：“黑格尔强调精神的特殊性总是体现在民族中，只有当一个民族完全摆脱朦胧暗淡的历史感悟，如神话传说跟诗意理想并在历史中彻底意识到自我，才能够获得成熟的个性。……民族国家有权摧毁非民族国家，并为她们送来启蒙之光。”[②] 按照他的观点，传统中国的国家政体虽然具有一定的客观理性，但它所统治的却是盲目臣服的子民。在印度，对内在主体性的沉思冥想导致否定现实，从而也否定了作为理性化身的国家与真实的主观自由。与这种哲学、历史和社会学的话

① 黑格尔：《历史哲学》，王造时译，上海书店出版，1999 年，第 23 页。

② [美] 杜赞奇：《从民族国家拯救历史——民族主义话语与中国现代史研究》，王宪明译，社会科学文献出版社，2003 年，第 6 页。

语交织在一起的，是黑格尔对中国与印度的国民性所下的断语：这两个民族最显著的特征是他们对属于精神的一切——心灵、宗教、道德、科学与艺术——均格格不入，他们天生一副奴性和野蛮性，缺乏一种内在人性的自我肯定。[①]

自这种进步史观来到中国后，就不断有人用它来观察近代以来的中国社会，并逐渐形成了一种“近代化的叙事模式”。1923 年梁启超撰文，认为近代以来中国人对西方的认识经历了三个时期：第一期，从鸦片战争爆发到甲午中日战争之前为止，是从器物上感觉不足；第二期，从甲午中日战争起到民国六、七年间止，是从制度上感觉不足；民国六、七年之后为第三期，是从文化根本上感觉不足；梁启超认为中国人对西方文明的认识的这种逐步加深是中国进化的一个表现，实际上，到 1930 年代，中国人对西方文化的认识又更深入了一层，“以前所谓西洋文化之所以是优越的，并不是因为它是西洋底，而是因为它是近代底或现代底。我们近百年之所以到处吃亏，并不是因为我们的文化是中国底，而是因为我们的文化是中古底”。[②]于是“西化”或“欧化”一词渐渐被“现代化”或“近代化”一词所取代。“近代化”或“现代化”也就成了史家观察、认识近代中国社会的一把钥匙。用历史学家蒋廷黻的话来说：“近百年的中华民族根本只有一个问题，那就是：中国人能近代化吗？能赶上西洋人吗？能利用科学和机械吗？能废除我们家族和家乡观念而组织一个近代的民族国家吗？能的话，我们民族的前途是光明的；不能的话，我们这个民族是没有前途的。因为在世界上，一切的国家能接受近代文化者必致富强，不能者必遭惨败，毫无例外。”[③]

蒋廷黻的看法具有一定的普遍性，到 30 年代，史家尽管思想方

---

① 参见 [美] 杜赞奇:《从民族国家拯救历史——民族主义话语与中国现代史研究》,第 5 页。

② 冯友兰:《新事论》,《三松堂全集》第 4 卷,河南人民出版社,1986 年,第 225 页。

③ 蒋廷黻:《中国近代史》,商务印书馆,1939 年,第 3 页。

法不一，政治倾向各异，但在以鸦片战争为近代中国的开端，以包括洋务运动、戊戌变法在内的晚清自上而下的改革为中国近代化的起点上，已大体取得共识。一种新的现代化的叙事模式建立起来了。

在某种意义上，正是通过梁启超这一代中国知识分子的努力，西方殖民主义的历史观与价值观被内在化了。从此以后，"历史"——准确地说是一种历史观成为我们理解这个世界的他者和自我的唯一方式。不要小看历史观的改变对"中国"的影响。当"中国"与"西方"这两个不同的文明空间被表述为"传统"与"现代"这样的时间关系时，空间关系就被自然化了。或者说内在化了。进化论制造出"中国"——一个同一的，从远古进化到现代性的未来的共同体。也就是说，它通过一种假定的历史阶段的普遍连续性使中国的现在与中国的过去联结起来。伴随着历史观的改变，现代民族国家、民族主义、爱国主义乃至一系列与启蒙历史有关的叙述结构以及一整套与之相关的词汇，如"封建主义""自觉意识""传统和革命"等，还有"文学"与"文学史"等范畴都开始由外语翻译成中文。这些新的语言资源，包括词汇和叙述结构，把民族国家建构为历史的主体，改变了人们对于过去以及现在民族和世界的意义的看法，包括哪些民族和文化属于"现代"，什么人或什么事必须从"现代"中排斥出去。在这样的知识语境中，非历史的存在既无法被理解也无法被表述，因此实际上等于不存在——"具体来说，把历史凌驾于其他体验时间和空间的形式之上导致双重封闭，否定了没有历史的人们的可理解性。"①

在这一意义上，我们今天面对的就不是"历史"，而是以历史观念——准确地说，是以进化论为核心的西方历史观剪裁、组织中国"历史"的过程，是一种对历史的"写作"。而"文学史"，则相应地成为以进化论为核心的西方文学史观剪裁、组织中国文学的过程。

---

① [美]杜赞奇:《从民族国家拯救历史——民族主义话语与中国现代史研究》,第5页。

第二节
“历史”宰制下的“中国文学史”写作

“文学史”既是“历史”之一种，梁启超对“历史”的定义，当然也就是对“文学史”的定义。也就是说，在“新史学”确立历史的现代定义的同时，也就确立了“文学史”的标准。

“历史”对“文学史”写作的规约，不仅仅表现为现代性的“新史学”为文学史的发生提供了框架——这意味着文学史的写作必须完全依赖新史学确立的“历史”原则，这些原则使“文学史”同传统意义上的“文学史”划清界限，与此同时，“历史”对“文学史”写作的规约，还表现为每一次历史观念的变革和范式的转换，都将在文学史的写作中体现出来。“文学史”写作因而不可避免地成为“历史”写作的投影。

按照梁启超设定的历史学的原则，“文学史”必须具备哪些要素呢？或者说，有哪些原则是“文学史”必须遵循的呢？

要在新史学的框架中写“文学史”，必须至少符合如下的一些条件：

其一，“文学史”必须是“历史”的，“文学史”描述的是进化的、发展的“历史”，文学史展现的是一个“历史”的进程。

如果我们需要寻找一个概念来抓住“现代”的核心，最有力地表达“现代”的内涵，那么没有什么会比“发展”这个观念更为合适的了。

梁启超明确提出要划清旧史学一治一乱的循环观与新史学认为历史的变化“有一定之次序，生长焉，发达焉”（即由低级到高级进化）二者的界限。中国文学批评的传统上有一种独特的“文学退化观”，即所谓的“复古倾向”。这种贵远贱近的观念如不打破，文学史就无法撰写，甚至文学的发展也无从寻觅出路。解决的唯一办法是接受“进化论”或“因果律”，只有采用这样的方法才能描述文学史的演化规律。历史学要研究历史的内在的联系，史家不但要叙述历史的过去、现在这些客观事实，而且要心怀哲理，研究历史内在的联系。

其二，发展的历史当然是在线性的时间观念中展开。既然历史是线性的历史，那么，历史就必然有过去、现在和未来。因此，必须对文学史进行分期，文学史必须描述文学的“起源”。

其三，有起点就会有方向。文学史必须阐明文学历史发展的因果联系，要阐明文学发展的规律。梁启超明确提出评价良史的标准在于能否揭示社会历史的发展规律：“泰西之良史，皆以叙述一国国民系统之所由来，及其发达、进步、盛衰、兴亡之原因结果为主。”① 史家要做到叙述历史进化现象而求得其演变规律，就必须具备历史哲学素养，重视史学理论。梁启超说：“历史与历史哲学虽殊科，要之，苟无哲学之理想者，必不能为良史。”“是故善为史者，必研究人群进化之现象，而求其公理公例之所在，于是有所谓历史哲学者出焉。”②梁启超所说的历史哲学，是指史家在研究客观历史的过程中运用哲学的思辨方法，从历史事实中概括和归纳出理论体系，阐明历史发展的规律。

梁启超不是“文学史家”，但“文学史”的“历史”属性却使他拥有了讨论“文学史”的权力。比如他在《新民说》中将“进化论”用于分析文学史，认为“言文分而人智局”，“文字为发明道器第一要件，其繁简难易，常与民族文明程度之高下为比例差”③。因此，“文学之进化有一大关键，即由古语之文学变为俗语之文学是也。各国文学史之开展，靡不循此轨道”。④ 梁启超的这一论述，后来为胡适完全照搬，成为胡适文学史的主线。

其四，“文学史”表现的必须是“文学”的“历史”。

与“历史”一样，“文学史”中的“文学”这个词也是外来的。这

---

① 梁启超:《新史学》,《饮冰室合集》一·文集之九,中华书局,1989年,第21页。

② 同上书,第10页。

③ 梁启超:《新民说》,《饮冰室合集》六·专集之四,中华书局,1989年,第57页。

④ 梁启超:《小说丛话》,《新小说》第七号,1903年。

一点似乎不好理解。因为“文学”这个概念在中国历史悠久，说它是一个“现代性”范畴，有什么依据呢？其实，“文学”与“历史”“中国”这些概念一样，在汉语中并非新造之词，但这些中国传统中的范畴与西方范畴之间的含义并不相同。比如，中国的确早就有历史，但没有西方的进化论的历史。建立在文化认同上的“中国”已经有了数千年的历史，建立在民族国家认同上的现代“中国”却只有一百来年的历史。“文学”也一样，英文中的 literature 则指的是以小说诗歌戏剧散文为代表的所谓“纯文学”，这个纯文学意义上的“文学”在欧洲也是现代性的产物。福柯就认为，这个所谓的“文学”充其量不过是到了 19 世纪才得以确立起来的观念。而据卡勒的说法：“在莱辛自 1759 年起发表的《关于当代文学的通讯》一书中，‘文学’一词才包含了现代意义的萌芽，指现代的文学生产。史达尔夫人的《从文学与社会制度的关系论文学》则真正标志着现代意义的确立。”① 伊格尔顿亦指出：“其实，我们自己的文学定义是与我们如今所谓的‘浪漫时代’一道开始发展的。‘文学’一词的现代意义直到十九世纪才真正出现。这种意义上的文学是晚近的历史现象：它是大约十八世纪末的发明，因此乔叟甚至蒲柏一定会觉得它极其陌生。首先发生的情况是文学范畴的狭窄化，它被缩小到所谓‘创造性’或‘想象性’作品。”② 显然，“文学”现代定义的确立，隐藏着现代价值观念和知识系统的建构过程。而中国历史上的“文学”一词或指文献典册，或表文章学术，或言职官学人，含义不一而足。尽管魏晋南北朝时期被称为“文学自觉”时代，文学的分科得到了社会确认，其标志便是刘宋时期设儒、玄、史、文四学（后改名为玄、儒、文、史四科）和齐王俭《七志》立“文翰志”、梁阮孝绪《七录》立“文集录”，后者直接演化为《隋书·经籍

---

① 卡勒：《文学性》，《问题与观点——20 世纪文学理论综论》，百花文艺出版社，2000 年，第 29—30 页。

② [英] 特雷·伊格尔顿：《二十世纪西方文学理论》，伍晓明译，陕西师范大学出版社，1986 年，第 22 页。

志》中的“集部”，界定了“文学”，但此“纯文学”与彼“纯文学”根本不是同一个东西。其中一个重要的差别是二者的功能全然不同。在现代语境中，“文学”是一门与哲学、历史学、政治学、社会学并列并共同服务于民族国家的现代性学科。曾毅在1929年修订他十几年前出版的《中国文学史》时，也不无感慨地说：“但至今日，欧美文学之稗贩甚盛，颇缀拾其说，以为我文学之准的，谓诗歌曲剧小说为纯文学，此又今古形势之迥异者也。”[①] 人们之所以常常会忽略二者的差异，主要源于刘禾所说的“翻译的政治”，通过将literature翻译成“文学”，西方的思想被自然化了、非历史化了，西方的话语霸权被内在化了。

正是基于这一原则，“文学史”将根据西方文论中的这种“文学”定义来确立“文学”与“非文学”的界限，以西方文学的文学分类标准来结构“文学史”。在西方文学的坐标下面，“文学史”不仅需要重读厕身于传统文史中的诗、词、文，而且还将彰显出不登大雅之堂的小说和戏剧的意义，因为小说和戏剧对于民族国家的认同是如此重要，因此，“文学史”必然意味着给小说戏剧翻身，尤其是为小说翻身。

其五，“文学史”的目标是确立经典作品和经典作家，而对经典的认定，取决于我们对“文学”和“历史”的现代性认知。

……

类似的要求我们还能举出许多。概而言之，用戴燕的话来说：“写中国文学史，简单地说便是采取‘文学’的观念、按照‘史’的时间顺序来描述中国文学的过去，当然，这个‘文学’不再代表文章学术两重意思，这个‘史’也非过去常见的文史之史。”[②]

按照上述标准来衡量文学史，那些混杂于学案、文苑传、诗词文话和目录、选本等各类典籍之中的文学资料和观念当然算不上“文学史”，林传甲和黄人等人的“文学史”也称不上真正意义上的“文学

---

① 曾毅：《订正中国文学史》，上海泰东书局，1930年，第20页。

② 戴燕：《文学史的权力》，北京大学出版社，2002年，第25页。

史”，它们最多只能称为“准文学史”。

学界一般将林传甲和黄人编写的两部《中国文学史》称为中国人自己编写的最早的中国文学史。林传甲的《中国文学史》编于1904年，当年印成讲义，1910年正式出版。黄人《中国文学史》约编于1904至1909年间，作为教材由国学扶轮社陆续印行。从这两部文学史开始，迄今为止，面世的中国文学史应该已经接近了1000部。[①]这个惊人的数字表明，文学史的写作隐含了非凡的吸引力。

林传甲的《中国文学史》是北大前身京师大学堂的教材，系遵《光绪二十九年十一月二十六日（1904年1月13日）奏定大学堂章程》的规定为京师大学堂匆匆编就的讲义，分16篇，每篇18章，全书共计7万字。前6篇为总论性质；第7至14篇为全书的核心，具体论述“群经文体”“周秦传记杂史文体”“唐宋至今文体”。最后两篇是“骈散古合今分之间”“骈文分汉魏、六朝、唐、宋四体”。虽然篇幅不长，但内容颇杂，从古文音训到史传骈散，以时代为次，分述经史子集内各种文体，将文学史混同于文章学，处处辨体明用，视小说戏曲为“淫亵之词”而不予论述。全书结构未能统一按时代分章节，且只写到宋代就中断了。尤其在章节设置和内容布局上，基本上还是以《四库提要》作为依据，文学观念上倾向传统的尊经治化、修辞立诚。虽然从表面看，林传甲认同“风会所趋，一代有一代之体制”的历史观念，似乎也受到了进化论的某些启发，但基本的历史观仍然是循环论与退化论。譬如在《元代文体为词曲说部所紊》一章中，他说，“元之文格日卑，不足以比隆唐宋”，又谓“不知杂剧、院本、传奇之作，不足比于古之《虞初》”，显然未能摆脱后不如前的退化论史观。正因为这种传统历史观念的缠绕，林传甲的《中国文学史》可算是有

---

① 据黄山书社1986年出版的《中国文学史书目提要》（陈玉堂编）统计，1949年之前的各种文学史著作已经有三百余种；辽宁大学出版社1992年出版的《中国文学史著版本概览》（吉平平、黄晓静编）统计，1949至1991年出版的各类文学史著作多达578部。

名无实，所以后来郑振铎这么评价他的工作："他是最奇怪——连文学史是什么体裁，他也不曾懂得呢！"[①] 这部由20岁的林传甲以100天的速度匆匆赶写的仅仅7万来字的讲义取名为《中国文学史》多少有些大胆，但毕竟这是第一部取名为"中国文学史"的著作，虽然有些名不副实，但毕竟是中国文学史写作的一个起点。所以，讨论中国文学史的写作仍得从这里谈起。

与林传甲的文学史相比，黄人的《中国文学史》规模要大得多，全书共30册，有170余万字之多。分总论、略论、文学的种类以及分论四大部分。与林传甲相比，黄人的文学观念较为现代，不仅探讨了"历史文学与文学史"以及"中西文学与文学史"，还能在对待小说戏曲等俗文学作品时，变更传统文学的见解，给予很高的评价。这些文学史写法上的变化，当然是黄人接受了进化论的结果。且看黄人在《中国文学史》中的一段代表性的论述：

> 文治之进化，非直线形，而为不规则之螺旋形。盖一线之进行，遇有阻力，或退而下移，或折而旁出，或仍循原轨。故历史之所演，有似前往者，有似后却者，又中止者，又循环者。及细审之，其范围必扩大一层，其为进化一也。[②]

可能是因为史学观念上比林传甲更为进步，学界对黄人的文学史一直评价较高。钱仲联在《辛亥革命时期的进步文学家黄人》一文中评价该书"是我国自有文学史以来，第一部空前的巨制，至今还没有出现同样数量的大帙。该书论述，从语言、结绳、图画、音韵而有文字，从文字而有文学、金石学、韵学、小学、美术之类，从文字肇始

---

① 郑振铎：《我的一个要求》（原刊1922年9月《文学旬刊》），《郑振铎古典文学论文集》，上海古籍出版社，1984年，第36—37页。

② 黄人：《中国文学史》，第2编《略论》，国学扶轮社。

以至于‘极盛时代’‘华离时代’，无所不详”[①]。但写得多不见得就符合“文学史”的要求。“文学史”不仅仅要求写作者信奉进化论，还要求写作者能把这种新历史观转化为“文学史”的叙述动力与发展动力，要在去伪存真的基础上，经过剪裁、分类、组织，经过划分单元、区别层次，为我们展示文学发展的趋势和方向。用戴燕的话来说：“中国文学史到底也还不能靠着观念的直接表白、史事的排比罗列相叠而成，它必须在观念和史实间取得协调，磨合它们直到不分彼此、水乳交融，使观念隐藏在史事的表述中，史实的演示又能贴合观念。”[②]按照这样的标准，黄人的这部兼收并蓄的中国文学史显然不符合要求。

中国本无“文学史”的名目。最早的“中国文学史”也是西方的舶来品。早在林传甲和黄人编写的两部《中国文学史》出版之前，俄国、日本、英国等国的学者都写过《中国文学史》。其中包括俄国人王西里于1880年出版的《中国文学史纲要》，还有日本人末松谦澄、日下宽、藤田丰八、古城贞吉、中淑根、笹川种郎，英国人翟理斯等人都写过中国文学史，这些“西洋”或已经洋化的“东洋”“文学史”成为了中国人写中国文学史的范本，尤其是笹川种郎与翟理斯的两部文学史对早期中国文学史写作的影响非常深，林传甲的文学史讲义就是以笹川种郎的《历朝文学史》为蓝本的。只不过林传甲并没有真正领悟日本汉学家诠释的西方“文学史”方法，他显然被习以为常的传统学术拖了后腿。

在郑振铎看来，中国人自己写的最早的几部《中国文学史》都不成功，为什么不成功呢？因为这些“文学史”都没有摆脱中国传统学术观念的束缚，“这个观念最显著地表现在《四库全书总目提要》里”[③]。也就是说，这些文学史没有完全摆脱《四库全书总目提要》这

---

① 钱仲联：《辛亥革命时期的进步文学家黄人》，参见时萌编著《曾朴及虞山作家群》，上海文艺出版社，2001年，第276页。

② 戴燕：《文学史的权力》，第25页。

③ 郑振铎：《插图本中国文学史·绪论》，（北平）朴社，1932年，第10页。

样的传统经典中的“文学”体例。作为一个典型的现代性范畴，“文学史”是有着内在的规定性的。在“文学史”出现之前，中国有着自己的“历史学”，也有着从属于这一史学观念的文学叙述，也有着与此对应的文学理解，有《诗经》《楚辞》、杜甫、韩愈这样的大量的作家作品，还有与传统的“历史”和“文学”观念相适应的文学观念专论和资料汇编，如文苑传、书目提要、总集别集等，但这些东西以现代“文学史”的标准来看，最多只能算是“文学史”的材料。要写文学史，就必须把所有这些资料的结构打碎，把它们放到“文学史”的框架中重新塑型。为了这种由旧向新的过渡，就必须在辨析这两套话语异同的基础上，设法使它们对接。问题也恰恰发生在这一点上。在当初刚刚接触文学史的人那里，要使两套语言对接极其困难，过去的文学知识深深印在人们的脑海中，“文学史”对传统文学的分割、归类和整理必将深深冒犯人们在数千年文化积累中形成的常识，因此，“重写文学史”仅仅依靠观念的转换是远远不够的。将中国文学装进“文学史”的框架中，的确颇费周章。“中国文学史”的写作注定不能一步到位。

据戴燕的介绍，最早两部中国文学史面世以后，很快又出现了王梦曾、曾毅、张之纯、朱希祖、钱基厚、谢无量等人撰写的中国文学史。以上述“文学史”的标准来要求，这些“文学史”显然都不合格。虽然比前两部文学史略有进步，但要写出“真正”的文学史，还有很长的路要走。以 1918 年出版的谢无量的《中国大文学史》为例，谢无量的“大文学史观”与黄人写的《中国文学史》有些类似，那就是尽可能不对文学现象进行区分和选择，在这一目标指引下，他的文学史的对象可以说是包罗万象。他把文学分为有句读文与无句读文，有句读文下再分有韵文与无韵文，有韵之赋颂词曲及无韵之小说，多主情与美，无句读文及无韵文多主知与实用，近代自然科学亦纳入其中——他实欲将天下文字尽括于文学之罗网下。这显然犯了文学史的大忌。用郑宾于的话来说：“据我的眼光看起来，似这般‘杂货铺式’的东西，简直没有一部配得上称之为'中国文学史'的作品。"[①] 因为"文学史"的基本功能就是对经典的认定和选择，尤其是通过选择经典来确立现代的"文学"观念，以使"文学史"实现其史学功能。这样的原则显然不为这些最初的"文学史"写作者知晓。谢无量将"古来关于文学史之著述"分为七例，分别是流别、宗派、法律、纪事杂评、叙传、总集。[②] 显见他基本弄不清"文学史"的内在规定，这使得他在叙述方式上主要依据传统的目录提要、文苑传、诗话文集、文章点评来选文定篇。可见直到这个时候，"中国文学史"的写作仍然处于萌芽阶段。在思维方式上，传统与创新同存，循环论与进化论共处。像"小说""戏剧（曲）"这样重要的"文学史"类型大都混同于其他传统文类中，大多顺笔带过，更不用说对其进行特别的强调，至于经典的选择和解释，文学发展方向的确认，更是无从谈起。

这些"准文学史"除了不符合"历史"的要求外，还有一个重要的问题，那就是它们都不符合"文学"的要求。"文学史"要求对"文学"与"非文学"进行区分，按照西方文学的分类，"文学"指的是小说戏剧诗歌散文这四种体裁，也就是说，只有这四类体裁才是"纯文学"，是"文学史"的对象。要把诸如刘勰的《文心雕龙》从第五篇到第二十五篇开列的三十多种文体、姚鼐《古文辞类纂》对古文辞划分的十三类等中国文学的传统分类讲到西方的"文体四分法"的框子里面去，这样的工作对于最早的中国文学史家来说显然难度太高了。用谭正璧的话来说："过去的中国文学史，因为根据了中国古代的文学定义，所以成了包罗万象的中国学术史。"[③]

"文学史"必须是"历史"与"文学"的融合，必须既是"历史"的又是"文学"的。真正符合这一要求的中国文学史是在胡适那里完成

---

① 郑宾于：《中国文学流变史·前论》，(上海) 北新书局，1930—1933 年，第 7 页。

② 见谢无量：《中国大文学史》，(上海) 中华书局，1924 年，第 42 页。

③ 谭正璧：《中国文学进化史》，(上海) 光明书局，1929 年，第 2 页。

的。胡适的“文学史”研究彻底改变了中国文学史的写作方式。1928年6月由新月书店出版的胡适的中国文学史专著《白话文学史》，则标志着“文学史”这一现代性装置终于在中国落地生根。

胡适的“文学史”写作之所以能够“截断众流”，是因为他一开始就抓住了“文学史”——“历史”写作的关键，这就是他一再强调的“历史的方法”。胡适在评述自己的工作时，始终一言以蔽之，那就是所谓的“历史进化的文学观”。在《尝试集》自序中，胡适谈到文学革命的发生时说：“那时影响我个人最大的，就是我平常所说的‘历史的文学进化观念’。这个观念是我的文学革命的基本理论。”胡适将进化论最早作为一种理论来自觉地加以接受和提出见于1914年初的《留学日记》。胡适将“进化的观念”和“归纳的理论”“历史的眼光”作为中国思想界的“起死之神丹”。[①] 可见进化论在胡适思想的形成中产生了决定性的影响，这个“现代性装置”不仅成为他终生不渝的信仰，更成为他研究文学、哲学、历史乃至政治学的指针。胡适始终在捍卫进化论的立场，这里就曾经有过一个有趣的例子：当年胡适尝试白话诗的创作，朱经农评价说，胡适的白话诗不事修饰，不遵格律，因此是走由近体诗返回到古体诗的复古途径。“兄之诗谓之返古则可，谓之白话则不可。盖白话诗即打油诗。”在崇尚古典的退化历史观中，这当然是极崇高的评价，只是这种评价对胡适这样的进化论信仰者来说，却完全是“拍马屁拍到了马腿上”。胡适却毫不领情地反驳说：“适极反对返古之说，宁受‘打油’之号，不欲居‘返古’之名也。……今人稍明进化之迹，岂可不知古无可返之理？今吾人亦当自造新文明耳，何必返古。”[②] 进化论是一种崭新的不可逆转的线性的时间观念，站在这一立场上，胡适当然反感中国文学“摹仿古人”和“文求似左史，诗求似李杜，词求似苏辛”的传统。他说：“不知古人作古，吾辈正

---

① 胡适：《藏晖室札记》（卷三），（上海）亚东图书馆，1939年，第167页。

② 胡适：《藏晖室札记》（卷十三），（上海）亚东图书馆，1939年，第998—999页。

须求新。即论毕肖古人，亦何异行尸赝鼎？”[1] 抨击中国传统文学的复古倾向，一直是胡适的基本立场。譬如说：“今之‘文学大家’，文则下规姚曾。上师韩欧，更上则取法秦汉魏晋，以为六朝以下无文学可言，此皆百步与五十步之别而已，而皆为文学下乘，即令神似古人，亦不过为博物院中添几许‘逼真赝鼎’而已，文学云乎哉！”[2] 此类言论，在胡适的著作中，处处可见。

胡适的成功，在于他对“文学史”形成了方法论的自觉意识。1917 年，还在美国留学的时候，胡适就曾经对文学史的写作“妄加评论”，认为写文学史的人应当懂得一个基本道理，那就是“文学史和他种史同具一古今不断之迹，其承前启后之关系，最难截断”。[3]1918 年，胡适在写给《新青年》的一篇文章里谈到张之纯的《中国文学史》时，重复自己的意见，认为写文学史的关键是要树立一种正确的“历史观念”，他批评张之纯和早年一些“谈文学”的人，认为他们的许多谬误都出在没有历史观念上。[4] 用胡适自己的话来说：“怎么叫做‘历史的态度’呢？这就是要研究事物如何发生，怎样来的，怎样变到现在的样子。”[5] 胡适说：“我特别注重这个历史的看法，这固然是我个人的历史癖，但在当时这种新的文学史见解不但是需要的，并且是最有效的武器，国内一班学者文人并非不熟中国历史上的重要事实，他们所缺乏的只是一种新的看法。”[6]

依历史进化论来套中国文学史，照葫芦画瓢，胡适得出的当然是“文学进化论”：“文学者，随时代而变迁者也。一时代有一时代之文

---

① 胡适：《藏晖室札记》（卷十二），（上海）亚东图书馆，1939 年，第 893 页。

② 胡适：《文学改良刍议》，《新青年》第 2 卷第 5 号，1917 年 1 月 1 日。

③ 胡适：《寄陈独秀》，《新青年》第 3 卷第 3 号，1917 年 5 月 1 日。

④ 胡适：《文学进化观念和戏剧改良》，《新青年》第 5 卷第 4 号，1918 年 10 月 15 日。

⑤ 胡适：《实验主义》，《新青年》第 6 卷第 4 号，1919 年 4 月 15 日。

⑥ 胡适：《〈中国新文学大系·建设理论集〉导言》，《中国新文学大系·建设理论集》，良友图书印刷公司，1935 年，第 21 页。

学。周秦有周秦之文学，汉魏有汉魏之文学，唐宋元明有唐宋元明之文学。此非吾一人之私言，乃文明进化之公理也。”[①]他详论了中国文学发展的过程，认为“文学因时进化，不能自止”。各个时代的文学，推陈出新，各极其变，“各有其特长”。在胡适看来，文学的“发展”是一种普遍的客观的规律，中西古今，概莫能外。

承认文学是进化，是发展的，还只是观念上的突破，要把这种观念落实到“中国文学史”的写作之中，还得描述“中国文学史”具体的发展方向和发展历程。这个历程，在胡适的笔下，就是“白话文学”逐渐取代“文言文学”的过程，就是“白话文学”从被“文言文学”压抑，最终浮出历史地表的过程。

与梁启超建构“新史学”必须以“旧史学”为他者一样，胡适写“新文学史”当然要以“旧文学史”为对象。在他看来，“旧文学史”实际上根本不是“文学史”：

> 其实你看的“文学史”，只是“古文传统史”。在那“古文传统史”上，做文的只会模仿韩柳欧苏，做诗的只会模仿李杜苏黄：一代模仿一代，人人只想做“肖子肖孙”，自然不能代表时代的变迁了。你要想寻那可以代表时代的文学，千万不要去寻那“肖子”的文学家，你应该去寻那“不肖子”的文学家！[②]

显而易见，在胡适看来，要写中国文学史，就得把原有的中国文学史系统完全打碎，将文学史的结构完全颠覆，然后用一套全新的方式讲“文学史”，用一套全新的历史规律来描述“文学史”。这种所谓的“不肖子”的文学史观使中国文学史的写作发生了翻天覆地的变化，

---

① 胡适:《文学改良刍议》,《新青年》第2卷第5号,1917年1月1日。

② 胡适:《白话文学史·引子》,新月书店,1928年。

它“推翻向来的正统，重新建立中国文学史的正统”[1]。于是，在胡适笔下，我们目睹了一幅全新的文学景观。在这里，长期隐而不见的元代的杂剧、明清的小说出现了，《水浒传》《红楼梦》《儒林外史》《官场现形记》《老残游记》占据了显赫的地位。新的文学标准和分类原则彻底打破了我们对文学历史的价值评判，我们不再发“文必秦汉，诗必盛唐”那种复古的论调，它指引我们去寻找每一个时代具有代表性的新兴的文学。胡适认为：“东坡、山谷的诗远不如他们的词能代表时代；姚燧、虞集、欧阳玄的古文远不如关汉卿、马致远的杂剧能代表时代；归有光、唐顺之的古文远不如《金瓶梅》《西游记》能代表时代；方苞，姚鼐的古文远不如《红楼梦》《儒林外史》能代表时代。”[2]因此，他到唐代去找诗，到宋代去找词，到元代去找曲，到明清去找小说。他认为只有这些不断变化的新文学才能真正代表当时文学的成就。

胡适的文学史观今天早已变成了常识，大多数人甚至会相信中国文学史的确就是这样发展过来的——即使那些不认同胡适的价值批判的读者，也不会怀疑导致胡适文学史叙述的历史主义与进化论原则。但在当时，在胡适的中国文学史研究“浮出历史地表”的时候，他的这些论述的确可以用“石破天惊”来形容。怎么会这样？稍稍有历史—文学知识的人都会提出这样的疑问。

戴燕在《文学史的权力》中为我们辑录了当时许多文学史家的反应，非常有意思。读完《白话文学史》，朱光潜写下过这样的感想：“我们不惊讶他拿一章来讲王梵志和寒山子，而惊讶他没有一字提及许多重要诗人，如陈子昂，李东川，李长吉之类；我们不惊讶他以全书五分之一对付《佛教的翻译文字》，而惊讶他讲韵文把汉魏六朝的赋

---

① 胡适：《〈中国新文学大系·建设理论集〉导言》，良友图书印刷公司，1935年，第3页。

② 见胡适为徐嘉瑞著《中古文学概论》所作序言，收入《胡适文存》二集卷四，（上海）亚东图书馆，1924年，第263页。

一概抹杀，连《北山移文》《荡妇秋思赋》《闲情赋》《归去来辞》一类的作品，都被列于僵死的文学；我们不惊讶他用二十页来考证孔雀东南飞，而惊讶他只以几句了结《古诗十九首》，而没有一句话提及中国诗歌之源是《诗经》。”①

熟悉中国文学史的学者一定免不了诸多类似的疑问，但如果以为进化论的“文学史”只是强词夺理那就错了。“文学史”对文学的历史大肆剪裁，是源于与中国古代不同的历史认知和对“文学”的自我理解。也就是说，“文学史”不是不讲逻辑，而是有自己的逻辑；“文学史”不是歪曲史事，而是在自己的逻辑中改变了对史实的理解和选择。胡适的“文学史”写作表述的是胡适理解的中国文学发展的趋势和规律。历史进化的观念要求胡适不再简单地把文学史视为一种单纯编年的集合，而是努力在文学史中去建构某种规律性的变化和运动。用福柯的话来说：“‘文学’和‘政治’毕竟是新出现的种类。我们只能通过回顾式的假设或者是形式类比或语意相似的手段，将它们运用到中世纪文化乃至古典文化中。”②

胡适采取的是逆时观察与“倒着讲”文学史的思路，从民国的白话文学到（明）清小说，到明代传奇，到元朝的杂剧和小曲，到宋朝的词……通过巧妙地借用和曲解“一代有一代之文学”这句其实含义非常复杂的老话：“一方面瓦解了诗文中心的观念，重新安排了文学经典的形象，让那些旁行斜出的（平民的）‘不肖文学’以一种与正统（贵族的）文学二分天下的姿态取得它的‘话语’地位，一方面又在这两种文学势力历时性的对抗长消中，展开了线性的叙述。”③于是，

① 朱光潜：《替诗的音律辩护——读胡适的〈白话文学史〉后的意见》，《诗论》，生活·读书·新知三联书店，1984年，第229页。

② [法]米歇尔·福柯：《知识考古学》，谢强、马月译，生活·读书·新知三联书店，1998年，第25页。

③ 戴燕：《文学史的权力》，北京大学出版社，2002年，第52页。这里的“巧妙借用”一说是成立的。胡适经常重复的“一代有一代之文学”这句话其实前人也说过，但胡适这句话的意义却与前人不同。“一代有一代之文学”反对的是文学永恒和超越的观念，但这（转下页）

我们看到，在胡适笔下，中国文学史的历史被分裂成为两条并列的线索：一条是正统的、上层的、贵族的、模仿的文学，另一条则是与它平行发展的下层的、民间的、新鲜的文学。胡适的价值选择无疑是后者。前一条是僵死的正统的文学，这种仿古的文学没有任何意义；后一条线索充满了变化和发展，符合进化论的原则。在胡适看来，这些“正统的文学”其实也是从“草野民间”爬上来的，所谓文学史不过是“草野民间”的文学不断起来取代正统的庙堂的文学的过程，文学史要描述的就是这样一个过程，就是这样的文学发展的历史规律与发展方向。胡适就是以这样的方式，找到了一根可以贯穿两千年中国文学发展的基本线索。

于是，在这样的“历史”框架中，那些被复古派尊奉为不可逾越的典范的马班韩柳也就摇身一变，具有了“新文学”的特性：

> 古文家盛称马班，不知马班之文已非古文，使马班皆作《盘庚》《大诰》，《清庙》《生民》之诗，则马班决不能千古矣。古文家又盛称韩柳，不知韩柳在当时皆为文学革命之人，彼以六朝骈俪之文光废，故引而趋于较合文法、较近自然之文体。其时白话之文未兴，故韩柳之文在当时皆为新文学。①

在胡适看来，元代“活文学”的发展已经成为一种明显的趋势，

(接上页) 句话本身却含有历史循环论与进化论两种倾向。胡适显然是在后一种意义上重复这句话，或者说为这句老话赋予了新的意义。因为“时代”在胡适那里，并不是循环时间观念中的一个范畴，而是一个“历史”的观念，是一个直线发展的时间观念，一个新意识形态范畴，因此，强调“文学”对“时代”的依赖，“文学史”就不能不变成“历史”——经济史、社会史的附庸。在《文学进化观念与戏剧改良》一文中，胡适指出：“文学乃人类生活状态的一种记载。人类生活随时代变迁，故文学也随时代变迁；故一代有一代的文学。”《胡适文存》卷一，(上海) 亚东图书馆，1921 年，第 144 页。

① 胡适：《历史的文学观念论》，《新青年》第 3 卷第 3 号，1917 年 5 月 1 日。

但是却遭到了明代复古派的阻碍。因此，他指出：“文学革命何可更缓耶？”[①]胡适的中国文学史就是要为这种被长期压抑的活文学发展正名，证明白话文学取代文言文学是文学发展的自然趋势。站在历史进化论的立场上，他称文言文学为“半死文学”，将白话文学称为“活文学”，并且为“活文学”的合理发展而鼓吹呐喊。文学进化论的作用就在于打破对于古代的迷信，使白话文学借新陈代谢的自然历史规律合法地取代古代文学的正宗地位。

价值标准改变了，文学的价值也就自然会随之变化。这个新标准就是胡适说的“新眼镜”：

> 大家戴了新眼镜去重看中国文学史，拿《水浒传》《金瓶梅》来比当时的正统文学，当然不但何李的假古董不值得一笑，就是公安、竟陵也都成了扭扭捏捏的小家数了！拿《儒林外史》《红楼梦》来比方姚曾吴，也当然再不会发那“举天下之美无以易乎桐城姚氏者也”的伧陋见解了！所以那历史进化的文学观，初看去好像貌不惊人，此实是一种“哥白尼的天文革命”：哥白尼用太阳中心说代替了地球中心说，此说一出就使天地异位，宇宙变色；历史进化的文学观用白话正统代替了古文正统，就使那“宇宙古今之至美”从那七层宝座上倒撞下来，变成了“选学妖孽，桐城谬种”！从“正宗”变成了“谬种”，从“宇宙古今之至美”变成了“妖魔”“妖孽”。这是我们的“哥白尼革命”。[②]

胡适写“文学史”最大胆的地方，就是唐德刚形容的这种“一棒把‘中国文学’打成‘文言’‘白话’两大段”[③]。白话文学渊源久远，

---

① 胡适:《藏晖室札记》(卷十二),(上海)亚东图书馆,1939年,第867页。

② 胡适:《〈中国新文学大系·建设理论集〉导言》,良友图书印刷公司,1935年。

③ 见《胡适口述自传》中的唐德刚译注,华东师大出版社,1993年,第156页。

并且自明代以来就已经有许多人为之辩护，表彰白话文学的价值。因此，白话文学并不是胡适第一次发现，也并不是胡适才认识到它的文学价值。然而却只有胡适才第一次从文学发展与历史发展的“文学史”高度来论证其合法性。他以“白话文学”与“文言文学”的对抗来展开对两千年中国文学发展的大趋势的线性叙述，建立起上层/下层、贵族/平民、文言/白话、模仿/创造、死文学/活文学二元对立的“双线文学的新观念”，大胆假设白话文学乃“中国文学之正宗”，白话文学史“其实是中国文学史”，诗集文集都已经不是“文学”，“只是白纸印着黑字而已”。胡适“为了重建‘文学正统’而故意贬低乃至抹杀二千年的‘古文传统’”[①]，在这样大胆的假设面前，论证如何“小心”也无济于事了。胡适的个性并不尖锐，他对“历史”的处理如此大胆，显然源于使用的“文学史”方法。文学史的目的是要揭示文学的本质，在胡适这些新文学理论家眼中，以“载道”为目的的中国传统的诗文不是真正的文学，只有西方的现代文学以及中国古代文学中的“潜在写作”——戏剧、小说才是真正的文学。“把小说当成一项‘学术主题’来研究，在中国实始于胡适！”[②]胡适扶正了小说、戏曲等民间文学的传统，使得元曲、明清章回小说成为“文学正宗”。

胡适的《白话文学史》从汉代写到唐代，到元稹白居易就戛然而止，所以，写完这部只完成一半的中国文学史就成了他的心病。与此相映成趣的是，他的另一部具有开山意义的《中国哲学史大纲》也只完成半部。不过，半部“文学史”足以表达胡适的“历史的方法”了。而“历史的方法”无疑是胡适对包括“文学史”在内的人文学科最大的贡献。对此，陈平原的评价是非常有道理的：“这种‘起了划时代的作用’的大著，有下卷和没下卷其实关系不大；其意义主要不在自身

① 陈平原：《中国现代学术之建立——以章太炎、胡适之为中心》，北京大学出版社，1998年，第199—200页。

② 唐德刚语，见唐德刚译注：《胡适口述自传》，华东师范大学出版社，1993年，第241页。

讲述的完美无瑕,而在于提供了示范的样板。"[1] 胡适半部"文学史"的价值远非黄人、谢无量等人的皇皇巨著可比,可见"文学史"的价值,不在"文学史"记录的历史,而在于"文学史"使用的方法,亦可见"写历史"比"历史"本身重要得多。

胡适并不是单纯的文学史家。他在哲学、历史、思想史诸多领域纵横驰骋,同时在多条战线上作战,却游刃有余,谈笑间樯橹灰飞烟灭。今天的学者常常会指责胡适的学问不够好,文学悟性不高,学养甚至不及他的学生,但不论是他的学生,还是他的同时代人,对包括中国文学史在内的中国知识的现代进程的影响远不如他大。为什么是胡适而不是其他人来承担这个"历史"的重任呢?用他自己的话来说,就是他形成了"方法的自觉"。晚年总结自己一生的学术生涯的时候,仍反复提醒读者注意其著书立说均围绕"方法"打转,称"'方法'实在主宰了我四十多年来所有的著述"。其实胡适在这里说的是实话。他没有像现在许多大学者那样将自己的成功归因于神秘莫测的"天赋"或"直觉",或者是"勤奋"。按胡适的方法来清理中国文学的发展,其实许多结论是现成的。由此可见,写好"文学史"其实与学者的学识无关,也与文学悟性无关,甚至与作者的创造力也关系不大。只要有了"方法",有了这副有色眼镜,看到的世界也就变了颜色,新的观点就会次第呈现,继往开来。1928 年,胡适把他陆陆续续讲了六七年的《白话文学史》付梓出版,一方面表明他对于中国文学的"历史的眼光",另一方面也显示出他运用"历史观念"勾勒文学史线索的具体方法和操作技巧。如果我们比照前面论述的"文学史"写作的基本原则,应该承认,胡适的文学史全面满足了这些要求。从此,胡适的"文学史"为中国文学史的写作提供了范本。自此以后,在文学史研究领域,"进化论"占了统治地位,"复古主义"则是日薄西山,每况愈下。

---

① 陈平原:《中国现代学术之建立——以章太炎、胡适之为中心》,第 186 页。

人们也许会追问，对胡适大力张扬的这种“历史的文学进化观念”，难道就没有人提出异议吗？当然出现过，进化论的批评者不仅包括遗老遗少，甚至也包括一些留学西方，熟悉进化论却不以为然的学者。大家比较熟悉的五四时期的“学衡派”就是一例，留学哈佛的梅光迪 1916 年在致胡适的信中就曾说过这样的话：

足下崇拜今世纪太甚是一大病根，以为人类一切文明皆是进化的，此弟初不谓然者也。科学与社会上实用智识（如 Politics，Economics）可以进化，至于美术、文艺、道德则否。若以为 Imagism Poetry 及各种美术上“新潮流”以其新出必能胜过古人，或与之敌，则稍治美术文学者闻之必哑然失笑。①

“学衡派”的另一干将吴宓也曾讥嘲新文学运动的倡导者按照“进化论”标准对古典主义、浪漫主义、现实主义、新浪漫主义的机械排列。除了“学衡派”以外，一直“写在人生边上”的钱锺书也不断对文学上的进化论冷嘲热讽。30 年代，在题为《论复古》的对一部典型地反映了当时流行的文学进化观念的《中国文学批评史》的书评里，钱锺书明确表示“我们不能仓卒地把一切转变认为‘进化’”。和胡适将“唐诗”和“宋诗”作为“时代”概念不同，在《谈艺录》中，钱锺书首标“诗分唐宋”，将它们作为并列的共时的概念。钱锺书对现代流行的文学进化观念进行了质疑，并且对“文学革命”重新作出了解释：

（一）文学革命只是一种作用（Function），跟内容和目的无关；因此（二）复古本身就是一种革新或革命；（三）一切成功的文学革命都多少带些复古——推倒一个古代而另抬

① 梅光迪：《致胡适》，耿云志编《胡适遗稿及秘藏书信》第 33 册，黄山书社，1994 年，第 445 页。

出旁一个古代；（四）若是不顾民族的保守性，历史的连续性而把一个绝然相异的思想或作风介绍进来，这个革命定不会十分成功。[①]

钱锺书对“文学革命”的理解表明他对文学史写作中过分强烈的进化论色彩不满。以钱锺书的观念来看，文学中并不存在像生物中的新陈代谢一样的文学类型的必然的生长与衰亡，文学的类型之间也并不是像生物种类一样互相竞争，而是可以互相并存。五言诗并没有被七言诗所取代，词也并没有取代诗的位置。钱锺书说：

夫文体递变，非必如物体之有新陈代谢，后继则须前仆。譬之六朝俪体大行，取散体而代之，至唐则古文复，大手笔多舍骈取散。然俪曾未中绝，一线绵延，虽极衰于明，而忽盛于清；骈散并峙，各放光明，阳湖、扬州文家，至有倡奇偶错综者，几见彼作则此亡耶。[②]

钱锺书还指出了文学批评的某种“模式”或“方法”应用中的“偏至”所必然导致的结果：“学者每东面而望，不睹西墙，南向而视，不见北方，反三举一，执偏概全。将‘时代精神’‘地域影响’等语，念念有词，如同禁脔”。[③]

钱锺书对文学史的理解不可能不影响到他对文学的评价方式，与胡适式系统宏观的“文学史”和源于同一知识体系的“文学批评”相比，钱锺书“零敲碎打”“旁敲侧击”式的“传统的”和“古典的”批评的确会给人带来耳目一新的感觉，只不过，这种非进化论的批评或文学史观的影响在20世纪的大部分时间内基本上可以忽略不计。

---

① 中书君：《论复古》，《大公报·文艺副刊》1934年10月17日。

② 钱锺书：《谈艺录》（补订本），中华书局，1984年，第28—29页。

③ 同上书，第304页。

无论是学养还是“文学悟性”，钱锺书这样的学者其实并不输于胡适，但占据20世纪文学史写作主流位置的始终是胡适为代表的进化的文学史观，类似于“学衡派”和钱锺书的批评始终是“不合时宜的思想”，几乎对进化论的一统天下没有造成什么影响。可见在“文学史”这样的现代性的建构过程中，“个人”不过是“历史”的工具而已。以什么观念，取何种方法去理解历史，解读现实，并不取决于个人的选择。其实，细致辨之，主宰“学衡派”和钱锺书的也是不折不扣的西方知识，“学衡”诸人的知识来自哈佛白壁德的“新人文主义”，而钱锺书对文学进化论不以为然，显然受到了T. S. 艾略特的所谓“无时间性的文学概念”（韦勒克语）的影响。但20世纪上半叶的中国显然还不具备这些问题意识生长的土壤。没有什么思想能撼动进化论的唯我独尊，因为进化论已成为民族国家建构过程中不可取代的精神动力。

在某种意义上，胡适已经成为中国文学史——其实岂止是中国文学史——写作的一块界碑。正是通过胡适的工作，这个来自“西洋的‘文学史’观念”①才得以在中国落地生根，成为一种统治了中国文坛长达一个世纪之久的现代性制度。林庚在1947年出版的《中国文学史》序言中引用的朱自清的一段话很有代表性。朱自清曾这样讨论过胡适文学史的影响，他说：“早期的中国文学史大概不免直接间接地以日本人的著述为样本，后来是自行编纂了，可是还不免早期的影响。这些文学史大概包罗经史子集直到小说戏剧八股文，像具体而微的百科全书，缺少的是‘一以贯之’。这二十多年来，从胡适之先生的著作开始，我们有了几部独见的中国文学史。”②

显而易见，真正意义上的中国文学史的写作，是从胡适开始的。胡适之后，我们已很难再见那种容纳经史子集的“大文学史”，文学

---

① ［日］柄谷行人：《日本现代文学的起源》，赵京华译，生活·读书·新知三联书店，2003年，第149页。

② 林庚：《中国文学史·序》，国立厦门大学出版社，1947年，第1页。

与非文学、文学研究与非文学研究的疆界基本确定，文学史的描述对象、体例方法、叙述方式以及材料范围业已大致“规定”下来。

谭正璧在20年代末曾出版《中国文学进化史》一书。在该书的第一章，作者开宗明义地说道：

> 我们现在要研究文学进化史，当然应该先问：什么是文学，什么是文学史，和“进化”二字在文学上及文学史上的意义怎样？①

将中国文学史命名为“中国文学进化史”，实在是有些画蛇添足，因为“文学史观”其实就是对文学如何演进的看法。而“文学”如何演进，则完全取决于“历史”如何演进。中国文学史的编写者们在自己的叙事当中，率先确立了“历史”优先的原则，即“以历史的研究为主”的原则。胡适写文学史的年代，统治文学史的是进化论的文学史观，30年代以后的中国文学史写作则被逐步纳入唯物史观的框架，50—70年代统治中国史学界的是阶级论，是革命史观，几乎所有的文学史家都接受了同时期历史学界的中国史分期方案，依据经济发展水平而从原始社会到奴隶社会、封建社会、资本主义社会的历史划分，差不多垄断了几乎所有的《中国文学史》，到80年代以后，“革命史观”又为“现代化史观”所取代，“文学性”或“人性”等西方的普遍主义观念再度成为中国文学史写作的指针。

胡适的文学史为如何处理“文学”和“历史”的关系提供了范本。胡适的影响如此之大，并不仅仅因为他关于文学史问题的一些具体结论，而是因为他的文学史写作为现代意义的中国文学史提供了框架。虽然我们后来见到的各种版本的中国文学史在对进化论的理解上，在拼合“历史”和“文学”的方法上可能较胡适更加圆融成熟——不像

---

① 谭正璧:《中国文学进化史》,光明书局,1929年,第1页。

胡适那样机械和粗暴，在具体的评价结论或分期分类原则上，有许多文学史家与胡适并不相同，甚至会有许多人以胡适的“文学史”为靶子进行批评和超越，但所有后来的“文学史”写作，都无法真正摆脱胡适确立的“文学史”的基本原则。以胡适结构“文学史”的双线发展结构为例，后来的“文学史”结构、“文学史”发展的双线也许不再是“文言文学”与“白话文学”，而变成为“现实主义”与“浪漫主义”。在50—70年代的中国文学史就常常以这一对概念来结构文学史。将真实反映社会生活的再现性文学归于现实主义，将弘扬个性、宣泄情感、表现自我的作品称为浪漫主义，将文学史建构为现实主义与浪漫主义竞赛、斗争、融合的历史。到后来，主流文学史又进一步人为提高现实主义的地位，把现实主义与浪漫主义的融合释为现实主义对浪漫主义的统摄、胜利。不难看出，以现实主义与浪漫主义的斗争、融合来建构文学史的实质是取决于文学作品在多大程度上代表了被压迫阶级的利益，取决于文学作品在多大程度上能为现实的政治服务。其结果是，文学史研究成了特殊的社会政治史研究，文学发展的规律与社会发展的规律亦等同起来，即阶级斗争推动社会也推动了文学的发展。80年代以后，这种二元文学模式开始遇到越来越多的质疑。恰如一位批评者所追问的：“过去的文学史对屈原的分析，大体上说他是爱国主义的、浪漫主义的、想象力非常丰富的。……屈原难道是18、19世纪浪漫主义思潮的产物吗？他是按雨果的方法写诗的吗？”[①]或“现实主义”与“反现实主义”[②]、“人民文学”与“旧的正统文学”，或者是“庙堂”与“民间”、“文学”与“非文学”、“人性”与“反人性”[③]，

---

① 杨义：《重绘中国文学地图与中国文学的民族学、地理学问题》，《文学评论》2005年第3期，第6页。

② 见茅盾作于1958年的文学史著作《夜读偶记》，百花文艺出版社，1979年。

③ 譬如1996年出版的章培恒、骆玉明主编的《中国文学史》就明确以“人性”这一概念来结构文学史，认为“文学的发展根本上取决于人性的发展”，而什么是“人性”呢？在章培恒等眼中，“人性”指的就是“个人性”。于是，从周代文学群体对个人的排斥，到《诗经》、汉赋、《古诗十九首》，从魏晋南北朝的文学自觉到唐诗、宋词、元曲，从作品思想到艺术形式，(转下页)

但“双线文学史”——胡适开创的这种以二元对立的本质论结构为主体的现代性模式却始终没有改变，“发展”的观念也永远没有变化，二元对立就像一个筐，我们可能会装入不同的内容，但这个框架却永远不会改变。

在胡适以后的中国文学史写作已经很难有另外的写法。“由于一般的文学史家都接受了从因果联系的角度观察历史的逻辑，也能够共享到文学史史料发掘和考证的成果，因此这时出版的绝大部分中国文学史似乎达成了一个共识：它们会在同一个地方开头、结束，会有同样曲折的情节。它们列举的时代‘代表’总是相同的，还有所谓的‘代表’作品也总不出那些篇目。无论那文学史是厚还是薄，却都是一个尺码量下来的。”① 中国文学史的叙述，就在这个共识下面变得口吻一致起来，而后渐渐凝固成一个“模式”，以后的工作主要是对这个模式的复制。以后我们的阅读，就觉得中国文学史就是这个样子。被组织的过程看不见了。其实，以后写中国文学史的人一开始也许并非不想独出心裁，创造与众不同的范式，但他们的笔却大都不由自主地随着胡适的文学史模式走。因为这些原则与其说是胡适的原则，不如说就是“文学史”的原则。在这一意义上，我们的确不能高估在“文学史”的创制过程中胡适的个人作用，也不能将胡适文学史写作中的偏颇和空疏完全归罪于胡适个人；因为“文学史”作为一种现代性制度，总会有人创造出来，胡适不过是“历史之手”展开的工具而已。这样的工作，胡适没做的话，也会有其他人做。也像我们一再强调的，“文学史”不过是“历史”的一个投影而已。

(接上页) 章培恒等将中国古典文学几乎追溯了一周，一步步推示出文学演进中个人价值不断被肯定、个人自由逐渐扩展的历史轨迹。在“历史地发生了变化的人的本性”向“人的一般本性”不断重合的前提下，一层层证出“文学的发展根本上取决于人性发展”。

① 戴燕：《文学史的权力》，第 66 页。

第三节
“历史”宰制下的“中国新（现代）文学史”写作

与中国文学史的写作一样，中国新（现代）文学史的写作，也一直笼罩在历史观念的阴影之下。本节将选择三个具有范式意义的文学史命题来讨论“文学史”叙述与特定历史叙述之间的关联，它们分别是30年代的《中国新文学大系》，50年代王瑶的《中国新文学史稿》和80年代的“重写文学史”和“二十世纪中国文学”。

范式（paradigm）是托马斯·库恩在《科学革命的结构》一书中首先提出的概念。指的是在某一学科内被一批理论家和应用者所共同接受、使用并作为交流思想的共同工具的一套概念体系和分析方法，包括认识事物的模型、例证、模式、假定、理论等，其功能是从某个角度化繁（现实世界）为简（理论世界），从而建构一种新的理论体系。库恩认为，范式的形成是科学成熟的标志，由前科学发展到常规科学，就是范式的形成过程。由一种常规科学发展为另一种新的常规科学，也就是范式的转换过程。任何科学研究都是在某一范式的指导下进行的，范式是一个科学部门达到成熟的标志。任何一门学科只有具备了稳定的范式，才能称之为规范科学。任何学科，没有范式简直是不可想象的。因此，“科学革命”的实质，一言以蔽之，就是“范式转换”。

作为“历史科学”的一个种类，“中国文学史”的写作就是在这样的范式转换中完成自己的科学化过程的，同样，作为与“中国文学史”并列的“二级学科”，“中国现当代文学”的学科发展也由对应于不同的历史范式的“文学史”范式所构成。

我们在上节中讨论的“中国文学史”的写作，在今天的学科分类中，其实是“中国古代文学史”的写作，因为在林传甲、黄人开始写中国文学史的时候，根本就没有“中国现代文学史”这样的概念。

最早的中国现代文学史——那时叫“中国新文学史”，也就是以“历史”的观念与方法来描述中国“新文学”的发展，是从“五四”以后才开始的。所以，“中国（古代）文学史”与“中国新文学史”是完全不同的“文学史”范畴，前者的对象是已经存在了数千年的“历史”与“文学”现象，而后者则是指正在发生的文学活动。在将“历史”等同于过去的历史事实的“历史主义”视阈中，为正在发生的“新文学”写史，多少有些名不副实。不过，在新历史主义的视阈中，这个问题却不难理解。如果我们将“历史”视为一种“知识”，如果我们认识到“历史”并不是指已经客观存在的历史事实，而是指以“历史”为名的现代历史观念对现实的理解和塑造，那么，为当下发生的文学现状写“史”，也就不是那么不可理喻了。写历史的人正在创造历史，这样的“历史”当然只能是现代意义上的“历史”。这样，我们的问题就不再是“如何再现真实的历史”，而是追问“历史是如何建构出来的”。

遗憾的是，在20世纪的大多数时间内，包括“文学史”写作在内的历史研究始终是历史主义的一统天下。在历史主义的场域中，甚至“中国新（现代）文学史”这样被人们亲眼目睹的被“创造”与被“建构”的历史也在经历着“历史”特有的“非历史化”过程。所谓的“非历史化”，就是将这种虚构的历史观念变成历史事实本身。通过不断擦抹建构的踪迹，历史被自然化和内在化了。——在历史主义的视阈中，如果你不是对“历史本身”说话，那你的研究就将变得毫无价值。

“中国新（现代）文学史”当然也不可能挣脱这种“历史”的宿命。许多年后，当年备受质疑的“新文学史”变成了“真正的历史”之后——“新文学史”的写作者竟然又开始质疑更年轻的“中国当代文学史”的合法性，理由竟然还是“当代文学不是历史”。这方面最著名的定义就是现代文学的泰斗唐弢先生在80年代提出的“当代文学不宜写史”。[①]“当代文学”还没有过去，怎么写历史？当代文学没有经典，

① 唐弢:《当代文学不宜写史》,《文汇报》1985年2月17日。

经典的形成需要时间的积淀。我们要给“当代文学”一个说法，让“当代文学”归位，让“当代文学”指称当前的文学，让“当代文学”做“当代批评”……

这种“历史霸权主义”难免会挫伤后起的“当代文学”进入“历史”的热情。一直做“当代文学史”研究的洪子诚就曾经对此表达过不满：“为什么胡适、朱自清在距新文学诞生仅有五年或十余年写的书，就可以列入现代文学史的评述范围，而且给予颇高的评价，没有人说他们当时不应该做‘史’的研究，而在80年代，‘当代文学’已经过了三十多年，却还提出‘不宜’写史呢？这个问题我就想不通了。”[①]

一、《中国新文学大系》

1935年由上海良友图书公司出版了十卷本《中国新文学大系（第一个十年：1917—1927）》。《中国新文学大系》是中国新文学运动第一个十年（1917—1927）理论和作品的选集，由上海良友图书公司赵家璧主编，于1935年至1936年间出版。全书分为十大卷，蔡元培作总序，编选人写导言：第一集《建设理论集》（胡适编）、第二集《文学论争集》（郑振铎编）、第三集《小说一集》（茅盾编）、第四集《小说二集》（鲁迅编）、第五集《小说三集》（郑伯奇编）、第六集《散文一集》（周作人编）、第七集《散文二集》（郁达夫编）、第八集《诗集》（朱自清编）、第九集《戏剧集》（洪深编）、第十集《史料·索引》（阿英编）。从形式上看，《大系》并不是一部文学史，只是一部作品选集，但《大系》却具备了“文学史”的所有要素：对经典作品的选择体现了选编者的“文学”—“历史”的立场与趣味，每部选集的导读更提示了正确阅读“新文学”的方法；在文学分期上，《大系》采取了为历史学

① 洪子诚：《问题与方法——中国当代文学史研究讲稿》，生活·读书·新知三联书店，2002年，第49页。

家普遍认同的历史分期标准；在文学分类方面，《大系》完全采取了西式的文学四分法，即小说、诗歌、戏剧与散文。与此同时，各位选编者都是“新文学”阵营的干将，对“历史”与“文学”的理解基本一致，对“文学”发展的走向、趋势和规律都持有基本一致的看法。在这一意义上，《大系》可以说是“对第一个十年的总结”[①]——不仅仅是对新文学历史的一次总结，更重要的，还是对“新文学”历史观的一次总结。

在某种意义上，可以说，“新文学”的“历史”有多长，写“新文学史”的历史就有多长。“新文学”理论家在“新文化运动”中对“新文学”与“旧文学”关系的讨论，就开始了写“新文学史”的历史。胡适以西方文学史从拉丁语言文学走向民族语言文学为理由，得出中国文学史的终极目的是白话文学的结论，将中国文学叙述成向白话文学进化的历史，着眼点显然不是“旧文学”而是“新文学”，目的是为了给“新文学”提供历史合法性。“要大家知道白话文学史是有历史的”。[②]

治“新文学”学科史的学者一般将胡适发表于1922年的《五十年来中国之文学》视为最早的“新文学史”写作。此文是胡适《国语文学史》一书的附录，最初刊载于1923年2月出版的《申报五十周年纪念刊》，1924年4月出版单行本。它主要描述“50年来”——也就是曾国藩死后50年的文学变迁，由桐城派论起，中述太平天国、鸦片战争、中日战争等各个时期的文体代表人物，末讲“文学革命运动和白话文的成功”。胡适断言，“白话文学之为中国文学之正宗，又为将来文学必用之利器”，他认为历史上的白话文学大抵是无意的国语主张，“一九一六年以来的文学革命运动，才是有意的主张白话文学”，也就是形成了自觉意识的新文学。可见进化论文学史观不仅指导了胡适的古代文学史写作，同样也成为他写新文学史的指针。这部新文学史并不完整，主要因为关于新文学的内容在该文中所占分量甚微，所以看

① 黄修己:《中国新文学史编纂史》,北京大学出版社,1995年,第70页。

② 胡适:《白话文学史·自序》(上卷),新月书店,1928年,第1页。

起来只是他的中国文学史的延伸。这主要是因为胡适写这篇文章的时候，“新文学”才刚刚开始，虽然胡适是“写历史”的高手，但巧妇难为无米之炊，他没有太多的用武之地，因此不少人认为这篇文章也只能视为“准文学史”。但与林传甲等人写的最早的中国文学史存在的问题不同，胡适的新文学史的问题不在方法，他缺的不是方法，而是材料，缺乏的是能够说明他的观点的文学创作实践。其实胡适的这部《五十年来中国之文学》解决了“新文学史”写作的一个重要问题，那就是描述了“新文学”的起源，新文学的来龙去脉，新文学是如何发生的、如何从古代向现代转型的。对于“文学史”的写作而言，没有一个问题能够像“起源”这样重要。有了“起源”，就会有发展，就会有未来，在这一意义上，我们不能低估胡适在新文学史写作中的意义。与此同时，在这篇文章中，他对新文学草创阶段的各种文学现象予以初步总结，对各种文学门类和各种类型作家创作的得失做了分析和论述，这些都是“文学史”的功能，因而对后起的新文学史写作产生了广泛的影响。

胡适以后，类似的论及新文学的中国文学史论著还陆续出现过一些。如赵景深的《中国文学小史》、陈子展的《中国近代文学之变迁》《最近三十年中国文学史》，谭正璧的《中国文学进化史》、贺凯的《中国文学史纲要》、陆侃如与冯沅君的《中国文学史简编》、钱基博的《现代文学史》等等，大都只是将“新文学”当成古代文学史的一个尾巴，没有把论述重点放在“新文学”之上，因此算不上真正意义上的“中国新文学史”。所以黄修己称之为“‘附骥式’的新文学史”[①]，还是很有道理的。

20—30年代另外值得一提的“新文学史”是朱自清的《中国新文学研究纲要》，这是他1929年春季在清华大学中国文学系讲授“中国新文学研究”课程所用的讲义；但这部讲义当时并未正式出版，只留

① 黄修己：《中国新文学史编纂史》，第9页。

下一个铅印本，直到1982年才由研究者整理发表出来。[①]我们今天看到的是一份非常粗疏的提纲，只是列举了章节标题，有纲目无阐释，但从结构上看，仍可以看出比较清晰的新文学史框架，比如对“新文学”缘起的讨论，仍然走的是胡适的路子，强调文学的连续性与发展，体现出作者的历史主义观点。“背景”一章，追述历史渊源，着重阐述晚清梁启超的“新文体”，吴沃尧、李宝嘉、刘鹗、曾朴、苏曼殊的小说，林纾的翻译和白话运动，显示了文学改良运动与新文学运动的内在联系。在文体分类上，《纲要》是以作家的创作成果作为主要研究对象，并且按照“文学史”标准的文体分类进行论述；在文学分期上，也充分照应了“文学”与“历史”之间的联系。这部《纲要》显然不同于那些“‘附骥式’的新文学史”，可惜当时没有正式出版，因此很难判断其影响。

周作人的《中国新文学的源流》，出版于1932年。这是一部方法与观念上都极为驳杂的“文学史”。周作人把中国文学分为“载道”“言志”两派（方法与胡适何其相似）。所谓的“道”，指的是思想，如孔孟之道；所谓“志”，指的是感情，“言志”就是抒发性灵。载道派和言志派作为不同的潮流，在中国文学史上交替出现，轮流占主导地位，构成了中国文学的发展过程。明末的公安、竟陵派，作为之前的前后七子复古倾向的反动而出现，是“言志派”取代“载道派”。周作人认为“五四”新文学就是明代公安、竟陵派文学的承续，也就是说，公安、竟陵派是“五四”新文学的源流。周作人摆明了是要为新文学寻找合法性，寻找历史的依据，说明新文学是历史中自然发生的东西，所以他去中国古代文学中找新文学的源头，这样的思路与胡适并没有什么不同，但他有点用力过猛，走火入魔，竟然得出了“文学”—“历史”循环的结论，这当然就超越了“文学史”的底线。因为如果“新文学”只是源于中国文学中的“载道的文学”和“言志的文

① 刊发于上海文艺出版社出版的《文艺论丛》第14辑上。

学”的对立与循环，那“新文学”之“新”与“旧文学”之“旧”就根本不能成立。“新文学史”的独立性也更无从谈起了。①

较为成熟的《中国新文学史》应该说是在30年代中期前后开始出现的。30年代中期出版的新文学史著作有王哲甫的《中国新文学运动史》（1933年）、伍启元的《中国新文化运动概观》（1934年）、王丰园的《中国新文学运动述评》（1935年）、吴文祺的《新文学概要》（1936年），等等。与前面提到的“新文学史”相比，30年代的这些“新文学史”更像“文学史”了，表现内容都变得更加丰厚，因为到这个时候，“新文学”已经有了近二十年的“历史”，“新文学”已经有了不再做古代文学附庸的基础。除此之外，还有另外一个方面的因素，就是到30年代，原来整齐划一的“新文学”思想价值几乎正在悄悄发生变化。在新起的作家眼中，连鲁迅都变成了“老作家”，甚至“封建余孽”，刘半农在上世纪30年代时也说他曾风靡一时的白话诗，“然而到了现在，竟有些像古董来了”②。大家仿佛站在一个时代与另一个时代的交界点上，很自然产生作历史总结的愿望。在这一背景下出现一个新文学史写作的高峰也就不足奇怪了。

在30年代中期出版的这些“新文学史”中，王哲甫的《中国新文学运动史》是一个重要的代表。这部新文学史是王哲甫1932年在山西省立教育学院讲授新文学课程时编写的教材，1933年9月由北平杰成印书局出版。该书首先在前三章论述什么是新文学，新文学革命运动的原因和经过，属总论性质。其次以四、五、六各章历述了15年来中国文坛的状况，既阐述新文学革命运动过程中的重大事件，又以1925年的“五卅”为界，划分出文学创作的前后期，以诗歌、小说、戏剧、散文等文体为纲，分别介绍作家作品。再次是七、八、九各

① 周著出版方两月，就遭到22岁的清华学生钱锺书的严厉批评。钱文发表于4卷4期的《新月》上，指出从基本概念的理解，到历史事实的运用，周著都是混乱的或错误的。

② 刘半农：《半农杂文二集》，上海书店，1983年，第352页。

章，分述翻译文学、整理国故与儿童文学、新文学作家传略。最后第十章是附录，收有文学研究会等文艺社团的始末和作家笔名一览、文艺刊物调查一览、新文学创作书目一览等重要的新文学史料，为研究者提供了大量一手资料。可以说无论是全书的结构，对时代与文学的关系的讨论，对文学观念的变迁的历史描述，还是分期和分类乃至经典作家与作品的选择，都基本符合"文学史"的基本原则。奇怪的是，学界对这部"新文学史"的评价并不太高。曹聚仁就认为这部文学史"十分简陋，见解也浅薄得很"[①]。为什么会出现这样的评价呢？我们不妨去黄修己的《中国新文学编纂史》中去找端倪。黄修己对王哲甫这部"文学史"基本上还是持肯定态度的。他指出："今天人们常常说，王瑶的《中国新文学史稿》，是第一部草创性的新文学史著作。如果精确一点，应该说王哲甫的《运动史》，是第一部新文学史著作。"[②]在充分肯定了《运动史》的成绩的同时，黄修己也指出了它的不足。譬如他认为归纳、提炼不够是《运动史》的缺陷："犹如我们今天写当代文学一样，靠得近，又看得真且细，加以提炼不够，不免留下不少可以芟除的枝叶。"[③]他还认为《运动史》对文学研究会和创造社"这两个社团的创作风格的概括，也是较为贴切的"[④]。但《运动史》对作家作品的评价显然存在问题：

> 以小说为例，鲁迅的短篇小说当是现代短篇小说的极致，只用了约1380字来介绍，而接着介绍冰心的小说，用了约1210字。像《阿Q正传》这样重要的作品，竟然只用了一句话："以诙谐的笔锋，辛亥革命时代的背景，描写了一个蠢顽无知的阿Q，表现了中国的病态的国民性，曾引起

① 曹聚仁：《文坛五十年》(续集)，香港新文化出版社，1973年，第172页。

② 黄修己：《中国新文学史编纂史》，第44页。

③ 同上书，第43页。

④ 同上书，第45页。

> 了很久的争论，在表现的成功上，得到了空前的注意。”这样的布局，无论如何是一个重大的缺陷。这里附带说明，该书对鲁迅杂文的评析，也失之过简。这可能与1933年那时，人们普遍的对鲁迅杂文的认识不足有关。①

有意思的是，黄修己这样判断《运动史》的标准是什么，因为黄修己并不是“新文学”的同时代人，批评“新文学”的亲历者对“新文学”的评析，显然是他拥有另外的标准。那这些后来主宰新文学史的标准来自何方呢？答案只有一个，那就是来自类似于《大系》这样具有范式意义的“文学史”著作。这也就是黄修己在接下来对《大系》的评述中尽是溢美之词，不再提任何批评意见的原因。因为正是在《大系》这样的著作中，提供了“真正的经典”——更重要的是，提供了这些经典的“正确的阅读方式”。譬如说，正是这样的著作，解决了鲁迅的“篇幅”问题，而所谓的“篇幅”问题，实际上是在“文学史”上的位置问题；与此同时，《大系》还提示了文学分期乃至正确理解和阅读小说、诗歌、戏剧、散文的方式。

对中国新文学学科的确立，《大系》的确起了奠基的作用，《大系》使“新文学”经典化了，它使一种经典的文本在学者之中代代相传。因为《大系》是一部大型的新文学选集，因此，把《大系》理解为具有范式意义的文学史，可能会有人不同意。但“选本”就是客观的吗？福柯的“知识考古学”的一个重要贡献就是对这种貌似客观的“文献”的质疑。在历史学的范围内，文献历来被视为对真实的历史的记载，福柯认为这其实是一个误解。因为文献是历史建构自身的一种手段：“历史对文献进行组织、分割、分配、安排、划分层次、建立体系、从不合理的因素中提炼出合理的因素、测定各种成分、确定各种单位、描述各种关系。因此，对历史说来，文献不再是这样一种无

---

① 黄修己：《中国新文学史编纂史》，第53页。

生气的材料，即历史试图通过它重建前人的所作所言，重建过去所发生而如今仅留下印迹的事情；历史力图在文献自身的构成中确定某些单位、某些整体、某些体系和某些关联。”[①] 在福柯看来，文献本身是一个必须研究的对象，文献并不是对于历史遗迹的记录，相反，文献本身就是遗迹，就是历史事件。问题不在于文献说了什么，而是文献为什么这么说。在福柯这里，文献失去了它的解释学的工具价值，而成为需要解释的对象。在某种意义上，对待文献的这种态度正是考古学的态度。这种态度的核心就是：不是透过和穿越文献去寻找文献的所指，而仅仅局限于文本的物质性本身，局限于它的内部，它的存在条件，它和其他文献的关系。

《大系》一直被当作客观、公正且极具权威的“史料”来使用。其实，这种史料的汇集是为某个具体的历史论述服务的。赵家璧在谈到他编《中国新文学大系》原因时说：“‘五四’运动离开那时不过十多年，但是许多代表作品已不见流传，文学青年要找这些材料同古书一样要跑旧书摊。”[②]《大系》非常实用，以后的文学史家写文学史或学生学习新文学史，不再需要费神费力购买（或阅读）数量大得惊人的文学资料。人们普遍认可了选本的权威性，恰恰掩盖了新文学史家对“文学”所做的审查，忘记了“新文学家”在其中所起的作用，将被文献重新结构起来的“新文学”视为“现代”以后的“中国文学”之全部。“新文学史”家的理性被强加于“文学”之上，“新文学”的原则也摇身一变为“文学”自身的原则。“文学”不再遥远，它就在你的手边，“历史”也不再遥远，它也在你的手边；“文学”和“历史”不再不可理喻，它可以被教学和传授；“文学”不再湮没无闻，它被重新发现，尽管在此过程中它的另外一些部分反而变得更加隐秘难见。

刘禾就指出过《大系》确立的范式对后来的新文学史写作的影

① [法] 米歇尔·福柯:《知识考古学》,第6页。

② 赵家璧:《编辑忆旧》,生活·读书·新知三联书店,1984年,第172页。

响。她指出，尽管后来的文学史叙述不断变化，但《大系》确立的基本原则如分期与体裁等在后来大陆学者写的文学史中几乎没有任何改变。即使是后来李何林等人进行的左翼文学史写作中也不例外。中华人民共和国成立后，王瑶的《中国新文学史稿》通过抹去《大系》所包括的一些作家来建立一种政治上正确的中国现代文学史观。但无论是王瑶还是那些步其后尘的官方文学史家都未停止使用《大系》所提供的资料、分期方法以及题材分类。[①]罗岗在一篇研究《大系》的文章中也对刘禾的这个观点作出了补充。他举王瑶《中国新文学史稿》中《学衡》一段为例，指出《史稿》关于《学衡》的材料基本上取自《大系》的《文学论争集》，《史稿》描述了罗家伦与胡先骕的这场并非直接和《学衡》有关的论争，却没有多少正面触及《学衡》的内容，只是抄录了一大段鲁迅的杂文《估〈学衡〉》来代替自己的评说。罗岗认为王瑶这种“述而不作”的史家写法可能是出于政治上的压力，但从资料的选择而言，《中国新文学史稿》已经深刻地受到《新文学大系》的制约。所以罗岗认为，考虑到这部“新文学史”之于“现代文学学科”的意义和它作为教材所占的特殊地位，可以说《新文学大系》透过“文学史”的写作和讲授，实际上潜在地影响了一代又一代人对“新文学”的理解。[②]

如果说《大系》的选本本身是“新文学史观”的产物，那么，各位选编者为各卷撰写的“导言”，就更成为“新文学意识形态”的直接宣示。“《大系》各篇导论，分别对第一个十年的理论建设和各类文体的创作，进行了宏观的总结，所达到的深度，则是前所未有的。”[③]譬如胡适的建设理论集导言，虽然仅仅描述了 1917 年至 1920 年文学

---

① 见刘禾：《跨语际实践——文学，民族文化与被译介的现代性（中国，1900—1937）》，宋伟杰等译，生活·读书·新知三联书店，2002 年，第 327 页。

② 详见罗岗文章：《解释历史的力量——现代“文学”的确立与〈中国新文学大系（1917—1927）〉的出版》，《开放时代》2001 年 5 期。

③ 黄修己：《中国新文学史编纂史》，第 71 页。

革命中的理论主张，但触及的两点，却高屋建瓴。一是叙述并补充了文学革命的历史背景，二是将文学革命——新文学明确定义为“活的文学”与“人的文学”，前一个理论是文字工具的革新，后一种是文学内容的革新。朱自清在撰写的诗集导言中，则将诗歌完全等于“最大影响是外国的影响”下产生的新诗。导论作者的新价值观念非常明确，郑振铎在为《文学论争集》的“导言”中谈到新文学理论与反动派的论争时就指出：“新文学运动已成了燎原之势，决非他们的书生的微力所能撼动其万一的了。”[①] 这样斩钉截铁的论述，在导论中随处可见。曹聚仁显然看出了王哲甫的《中国新文学运动史》与《大系》的高低，一方面，他对《运动史》语出不恭，一方面，对《大系》却尽是溢美之词。曹聚仁认为《大系》的每一篇导言，“便是最好的那一部门的评介，假使把这几篇文字汇刊过来，也可说是现代中国新文学的最好的综合史”。又评价郑振铎写的《文学论争集导言》“是一篇极好的现代文学小史……他所说的，都是很真实而且很公正的”。[②] 曹聚仁的看法其实很有代表性。1940 年 10 月，良友公司果然将以上各家的导言辑为《中国新文学大系导论集》出版，成为独立的新文学史著作，长期畅销。

《大系》的成功，是在史料——作品和导言之间建立了一种联系，这显然是“文学史”——“历史”最普遍的功能之一。而这种联系恰恰可能是问题所在。与所有的“历史”写作一样，从表面上看，史学家对史料的选择和判断是自由的，但实际上，对于史家至关重要的“证据”“事实”往往在一个特定的命题中才有效，与此命题相抵触的材料则经常被有意无意地忽略、遗漏，或排除，“新文学史观”对新文学史写作的宰制，尤其极大地表现于这种对“材料”和“证据”的宰制。在

---

① 郑振铎:《〈中国新文学大系·文学论争集〉导言》,《中国新文学大系·文学论争集》,上海良友图书出版公司,1935 年,第 13 页。

② 曹聚仁:《文坛五十年》(续集),香港新文化出版社,1973 年,第 172 页。

《大系》中，这种关系表现得极为明显。在某种意义上，《大系》中的作品选其实是为导言服务的，也就是说，不是先有了作品，选编者为了这些作品写导言，而是先有了“导言”——选编者按照自己的新文学观念去选择作品。在这里，“材料”往往是作为证据存在的。正是在这一意义上，重申何伟亚的一句名言是很有必要的。以《怀柔远人》一书震撼西方史学界的新历史主义学者何伟亚在叙述自己的工作经验时指出：“我的一个主要目的就是要颠覆史料与解释之间的那种被认为是理所当然的关系。”①

《大系》的编选过程浸透了强烈的“文学史意识”。在为《大系》的《史料·索引》一册所作的《序例》中，阿英指出：“自一九一五年九月《青年杂志》创刊，一直到现在，中国的新文学运动，是已经有了二十多年的历史。在这虽是很短也是相当长的时间里，很遗憾的，我们还不能有一部较好的《中国新文学史》。”②显而易见，写一部好的新文学史，已经成为学者们的共同愿望。而实现这个愿望，时机、条件都已经成熟了：“参加编选者是新文学史上最重要的几位作家，他们自身就是新文学的创造者，当然非常熟悉头十年的历史，他们又都是当时之硕儒，因此所撰各集导言，便成了很好的历史总结，对于新文学史的研究，有着特殊的价值。”③不过，与其说这些编选者熟悉“头十年的历史”，不如说他们熟悉的是他们自己观念中的“历史”。作为“新文学”的缔造者，“新文学”的这些理论家和作家都是通过确立“旧文学”这个他者来得以确立自身的主体性的。换言之，他们在“传统”与“现代”的二元对立框架中建构了对“新文学”的本质理解。因此，与其说《大系》是在为新文学留下一些理论和创作的资料，不如

---

① [美]何伟亚：《怀柔远人：马嘎尔尼使华的中英礼仪冲突》，邓常春译，社会科学文献出版社，2002年，第47页。

② 阿英：《中国新文学大系第十集－史料·索引》，上海良友图书公司，1935年，第1页。

③ 黄修己：《中国新文学编纂史》，第71页。

说是在以“新文学”的观念建构我们对“现代”以后中国“文学”的理解，是依据“五四新文学”观念写出的“新文学史”。在这个框架中，不可能有被“新文学”视为“他者”的文学种类，如晚清文学、少数民族文学、港台文学、民间文学、通俗文学、旧体文学、市民文学、武侠小说……魏泉就认为：“以‘五四’为发端，新文化运动的主将们又借助传媒与新教育体制的普及，在思想文化界逐渐建立起以白话为基本语言工具的‘新文学’的话语系统。与此同时，他们还致力于树立‘新文学’的传统，建立以‘新文学’为正统文学形式的文学史叙述并使之经典化。这一过程至三十年代《中国新文学大系》的出版，基本上宣告完成。伴随着新文学传统的确立，那些在‘五四’运动中被置于新文学对立面的所谓旧文人创作的‘旧文学’，则经历了一个逐渐被逐出主流话语的边缘化过程，最终完全不能进入其后所有建立在新文学坐标上的现代文学史的叙述视野。”[①] 由此可见，这个看起来像一只透明容器的历史概念“新文学史”实际上依赖着一个社会经济政治上的预设，在其“历史”和“文学”的面罩下面，实际上隐含着特殊的界限和排他性。

30 年代是政治、文化和文学立场急剧分野的年代，唯物史观与阶级论的兴起，直接导致“新文学”缔造者的分裂，为什么胡适、周作人、鲁迅、茅盾、阿英和郑伯奇这些有着不同政治倾向的人能够联手完成这样一项共同的事业呢？那是因为新的文学史范式尚在襁褓之中。编选者之间的政治观念虽已经产生了分裂，但新的政治信仰尚未完全确立；更为重要的是，要将新的“历史”观念与“文学”融合到一起，还需要假以时日，以唯物史观清理——重构新文学史，还有很长一段路要走。因此，编选者基本上是按照五四时期形成的文学共识来编写《大系》的，许多人甚至只是复述了自己“五四”前后提出的“新

① 魏泉：《旧文人：现代文学中的另类存在——〈青鹤〉研究》，《大众传媒与现代文学》，新世界出版社，2003 年，第 158 页。

文学观”。虽然每一篇导论都表现出选编者各自的文艺观，每一篇导论都具有自己的学术个性，但对“新文学”的理解还是维持了基本的统一。也就是说，驱使他们走到一起的，恰恰就是这个对新文学的共同看法，仍然是那个“进化的”“发展的”文学史观。二三十年代，包括文学史家在内的历史学家尽管思想方法不一，政治倾向各异，但在以鸦片战争为近代中国的开端，以包括洋务运动、戊戌变法在内的晚清自上而下的改革为中国近代化的起点，以“传统”与“现代”的对立作为我们理解新历史的框架，以进化论作为理解历史的基本原则这一系列问题上已大体取得共识。一种新的现代化的叙事模式建立起来了。即使像周作人那样的“循环论”也不能与传统的循环论等同。30年代这种进化论的历史模式的确遇到了唯物史观的挑战，但进化论与唯物史观的冲突发生在现代性的内部，而不是发生于“传统”与“现代”之间。

在这一意义上，可以将《大系》理解为“五四”“历史”—“文学”观念的一次总结，它同时也是一个终结，是日落之前最后的繁华。与胡适的半部《白话文学史》一样，《大系》也是一部“未完成的历史”。因为它记录的只是新文学第一个十年的历史，但这已经足够了。与我们在胡适的工作中看到的一样，“文学史”的意义并不在于对象的完整，而在于方法的完整。可惜许多人始终无法意识到这一点。受《大系》当年的成功所鼓舞，不断有后来者希望续编《大系》，1968 年香港出版家续编并出版了第二个十年的《大系》，80 年代后，中国大陆文学史界“回到五四”，开始陆续编辑第二个和第三个十年的《大系》，延例请名流撰写各集导言，结果这些续编的《大系》无一能够获得昔日般的成功。

1935 年出版的《大系》既是一个时代的总结，也是这些新文学缔造者的一次自我总结；是一次告别，也是一次新的启程。不久以后，会有一批新的权威簇拥着一种新的“历史”—“文学”范式出现。

二、《中国新文学史稿》

《大系》之后，具有新的范式意义的新文学史著作，是1951年出版的王瑶主编的《中国新文学史稿》。这个新的文学史范式的出现，并非“文学史”自身的力量，而同样是源于主流历史观念的变革。它的出现，标志着从胡适等人的进化史观中发展出来的唯物史观和阶级论已经瓜熟蒂落，取代进化论成为一统天下的主流意识形态。

指导王瑶新文学史写作的就是所谓的“新民主主义历史观”。王瑶的《中国新文学史稿》率先尝试以毛泽东的《新民主主义论》作为文学史叙述的基本构架：“不但在对文学运动背景分析以及对文学性质的整体说明方面应用《新民主主义论》的经典性政治判断，在文学史分期上也直接参照其中对‘五四’后中国政治与社会变迁的几个阶段性说明，并且极力突出《在延安文艺座谈会上的讲话》界碑式的历史作用。而这一切，又直接决定了《史稿》的叙史结构，文学史的分期则是试验这种结构的重要方面。”[①] 作为后来被称为“现代文学”学科的奠基之作，王瑶的这部新文学史成为这一时期新文学史写作的典范，其以全新的政治理论重构新文学史的自觉，以及由于时代精神和学者自身的知识谱系等诸多原因导致的两种“新文学史”观念的多重冲突都在同一时期的新文学史著作中有着程度不同的体现。[②]

黄修己的《中国新文学史编纂史》一书中将20世纪新文学史写作中影响最大的“新文学史观”归纳为四种，分别是胡适为代表的建立在“历史进化论”上的新文学观、阶级论的新文学史观、新民主主义的新文学史观与80年代中期黄子平等人提出的“20世纪中国文学”。[③]

---

① 温儒敏：《王瑶的〈中国新文学史稿〉与现代文学学科的建立》，《文学评论》2003年第1期。

② 对《中国新文学史稿》的开创意义与过渡性，以及王瑶在写作这部文学史时经历的政治与学术、政治与文学之间“某些难于解脱的紧张”，详见温儒敏《王瑶的〈中国新文学史稿〉与现代文学学科的建立》（《文学评论》2003年第1期）一文中的分析。

③ 见黄修己：《中国新文学史编纂史》，第508—513页。

这种概括大致是合理的，只是“阶级论的新文学史观”与“新民主主义的新文学史观”之间的联系远远大于与其他文学史观的差别，因此作为同一种模式加以讨论可能更加有效。毛泽东的《新民主主义论》无疑是阶级论的产物，从 30 年代唯物史观与阶级论的勃兴，到《新民主主义论》的出版，知识谱系上的关联是显而易见的。

二者之间的联系体现在文学史的写作之中。其实在《大系》出版的 30 年代中期，唯物史观对新文学史写作的影响就开始表现出来。1935 年出版的王丰园的《中国新文学述评》就开始强调从社会背景入手来叙述文学变动，不同于胡适以白话文运动作为新文学的起点，也不同于《大系》以相对抽象的“第一个十年”作为“新文学史”的分期方式，王丰园明确把社会政治事件作为文学史分期的依据。无独有偶，同期出版的吴文祺的《新文学概要》也突出地标示了“五四运动与文学革命”“五卅运动在文学上的影响”。他在导言中明确地把文学变迁视为政治变迁的结果。他说：“文学的变迁，往往和政治经济的变迁有连带的关系。因此，我们要研究五四以来的新文学，一方面要知道五四以前的文学的演变，一方面还要从政治经济的变迁中，去探究近代文学的所以变迁之故。”[1]

除了以上两部尝试以阶级观点来结构新文学史的著作外，走得更远的一部是 1939 年出版的李何林的《近二十年来中国文艺思潮论》，这部文学史把 1917 年至 1937 年文艺思潮的变迁以“五四”“五卅”“九·一八”这三个中国现代史上重要的历史事件为界划分为三个段落。全书依据马克思主义关于经济基础与上层建筑关系的学说，在每一编的“绪论”中首先介绍“社会背景”，强调现实的经济、政治和其他文化因素对文艺思潮的影响，运用了阶级论观点和阶级分析方法，历述现代中国各种文艺思潮兴起与更替的社会历史原因，认为近二十年中国文艺思想的变迁发展，正“反映了二十年来中国社会各时

---

① 吴文祺:《新文学概要》,亚细亚书局,1936 年,第 1 页。

期的特质”，进一步明确了“文学”对“历史”的从属关系。作者在对中国“五四”的文艺复兴和欧洲文艺复兴进行比较后指出，两者“不但有程度上的差别，而且有性质上的不同”。作为欧洲文艺复兴运动的社会基础是渐具势力的手工业和小商业，而中国“五四”的社会基础则是近代机器工业和银行资本。因此，中国文艺复兴以后，“并无欧洲似的‘古典主义’的时代”，而且动摇妥协和前途黯淡的中国资产阶级决不会产生壮健而又绚烂的浪漫主义文学”。由于具有明确的阶级意识，作者并不掩饰自己的价值倾向。在文艺思想论争中，赞成什么，反对什么，都态度鲜明，毫不含糊；对作家价值的认定也十分明确，比如对鲁迅和瞿秋白评价极高，称他们是“现代中国两大文艺思想家”，认为鲁迅是中国的高尔基，瞿秋白是中国的普列汉诺夫。这部文学史让读者全面领略了左翼文学史的魔力，初版后出现过香港版、桂林版、重庆版、东北版，风靡一时。与此同时，30—40年代新文学史写作的向左转，并不仅仅体现在完整的文学史著作中，也体现在一系列作家作品的专论中。

毛泽东发表于1940年的《新民主主义论》全面总结了30年代以后迅速发展的唯物史观的成果，更重要的是在这一基础上提出了解读中国社会发展的全新范畴。这对新范畴就是所谓的“新”“旧”民主主义革命，在“旧民主主义革命”和“新民主主义革命”两个框架中，毛泽东设定了新文化革命起始的时间，并进一步对新民主主义文化的内容、性质，新文化运动的统一战线和领导阶级，新文化中的社会主义因素，新文化运动的历史分期等作出了界定，并明确指出鲁迅是文化革命的伟人。《新民主主义论》从此在相当长的时间内左右了中国近现代史的写作，也左右了新文学史的写作。

最早以“新民主主义”观点进行新文学史写作的应该是周扬。《新文学运动史讲义提纲》是1939—1940年间周扬在延安鲁迅艺术学院主讲新文学史课程时写下的讲稿。《提纲》转述了《新民主主义论》中的基本观点和方法，比如强调新文学的阶级属性，强调无产阶级在新文学运动中的领导作用等，由于“领导权”的变化，作为文学史基本要素的分期与起点都相应发生了变化，《讲义》明确认定“新文化运动正式形成，是在‘五四’以后”。这些观点显然不同于《大系》代表的30年代的新文学史范式。在文学分期上，《讲义》完全复制了《新民主主义论》的有关论述，将新文学史分为四个时期：1. 1919—1921年，五四运动到共产党成立，新文学运动形成的时期；2. 1921—1927年，从共产党成立到北伐战争，是新文学内部分化和革命文学兴起的时期；3. 1927—1936年，共产党所领导的新的土地革命的时期，革命文学成为主流的时期；4. 抗战时期，新文学运动力量的重新结合。当然，《讲义》也高度评价了鲁迅的崇高地位。

对周扬的《讲义》是否直接源于《新民主主义论》的影响，学界尚有不同的看法。（温儒敏在《四十年代文学史家如何塑造“新文学传统”》一文中称：“1939年周扬在鲁艺开始讲授这门课时，毛泽东《新民主主义论》还没有正式发表，所以讲稿中论及五四新文学性质时，还来不及参考或照搬毛泽东的有关论断，也就敢于作较有弹性的理论发挥。”[①] 而黄修己则认为《讲义》是《新民主主义论》的产物：“毛泽东的著作一发表，周扬就将它运用于新文学史研究”，“从已发表的《讲义》的观点，以及文中引用的毛泽东的语录来看，当是写于1940年1月的《新民主主义论》发表之后”。[②]）但将文学附属于政治可以说是周扬30年代以来一贯的立场：“在广泛的意义上讲，文学自身就是政治的一定的形式，关于政治和文学的二元论的看法是不能够存在的……所以，作为理论斗争之一部分的文学斗争，就非从属于政治斗争的目的，服务于政治斗争的任务之解决不可。”[③] 更重要的是，《新民主主义论》也绝不是空穴来风或毛泽东本人的天才创造，《新民主主义论》中

① 温儒敏：《文学史的视野》，人民文学出版社，2004年，第29—30页。

② 黄修己：《中国新文学史编纂史》，北京大学出版社，1995年，第93，91—92页。

③ 周扬：《文学的真实性》，原载1933年5月1日《现代》第三卷一期，署名：周起应。见《周扬文集》第1卷，人民文学出版社，1984年，第67页。

的基本观点实际上也是在30年代的思想斗争与政治斗争的语境中逐渐形成的。

不论是否直接依据了《新民主主义论》，周扬的这部《新文学运动史提纲》确实体现了重新建构新文学史写作范式的努力。遗憾的是，与朱自清的《中国新文学研究纲要》一样，周扬的《新文学运动史提纲》在当时也未正式出版。直到80年代才整理出来，刊发于1986年第一期的《文学评论》。因此，周扬的未竟之业实际上是王瑶完成的。

王瑶的《中国新文学史稿》是第一部明确以毛泽东的《新民主主义论》为指导的新文学史。《史稿》开宗明义，以毛泽东《新民主主义论》中有关中国革命的经典论述作为依据和出发点，去说明现代文学的"性质"及其"历史特征"："简单点说，'新文学'一词的意义就是新民主主义文学。"王瑶说明"五四"新文化运动从一开始就是无产阶级领导的革命运动："中国新文学的历史，是从'五四'的文学革命开始的。它是中国新民主主义革命三十年来在文学领域上的斗争和表现，用艺术的武器来展开了反帝反封建的斗争，教育了广大的人民，因此它必然是中国新民主主义革命史的一部分，是和政治斗争密切结合着的。新文学的提倡虽然在五四前一两年，但实际上是通过了'五四'，它的社会影响才扩大和深入，才成了新民主主义革命底有力的一翼的。"

王瑶的《中国新文学史稿》的完成，标志了"五四"建构的新文学史范式终于被一种全新的文学史范式所取代。不过，与其说王瑶是在写文学史，不如说是在做"填空题"——用文学材料去填充《新民主主义论》提供的"历史"框架。王瑶的工作，其实与他的文学史前辈如胡适等人的工作并没有什么真正的不同。王瑶文学史的权威性，并不来自文学史本身，而来自他通过文学史所表达的历史框架。因为是第一部，王瑶的文学史与《新民主主义》框架的耦合并未做到丝丝入扣，像一些学者后来所提出的那样，王瑶文学史还保留了一些个人的、文学的因素，但奠定王瑶新文学史范式意义的，肯定不是这些残留的"个人性"与"文学性"，而是尝试以政治革命史的方式写文学史的努力。除了王瑶的《史稿》，其实50年代出现的所有重要的新文学史著作如蔡仪的《中国新文学史讲话》(1952年)、张毕来的《新文学史纲》(1955年)、刘授松的《中国新文学史初稿》(上下卷，1956年) 等都无一例外使用所谓“新民主主义的新文学史观”来定义“新文学”。文学史范式的更替，显示的仍然是“历史”本身的变革。这一范式为整个50—70年代中国新文学史——后来更名为“中国现代文学史”的写作提供了框架。尽管随着革命形势的发展，王瑶关于新文学史的一些具体结论也会过时 (事实上，50年代中后期，王瑶的《中国新文学史稿》就已经受到政治性批判)，但《史稿》确立的基本原则和基本框架却始终没有改变。而那些属于“文学史”的基本元素，如历史的进化的原则，因果联系，总体性的原则，文学分期对政治革命史的依托和比附，文学分类等，更不可能改变。洪子诚曾经回忆过自己在北大上学时批评文学史观的经历，王瑶在“反右”运动中在《文艺报》发表头条文章对“右派分子”进行谴责，1958年又发表批判冯雪峰的文章，半年后，王瑶自己遭到包括洪子诚在内的学生的批判，“他 (指王瑶) 批判冯雪峰的依据和逻辑，也就是半年后我们批判他的依据和逻辑”[①]。洪子诚与他的同学通过学习毛泽东的《新民主主义论》和《讲话》以及周扬的文章来寻找王瑶的《中国新文学史稿》中的资产阶级立场、观点和方法。学生写的长文同样发表在《文艺报》上。到1966年，则轮到已成为教师的洪子诚自己受到学生的批判。[②]

譬如“起点”，与王瑶的文学史一样，以后所有的现代文学史叙述都以几乎一模一样的方式展开，它大抵以一连串的否定来开头：封建制度的腐败与糜烂、向西方学习的迷失，然后是——“一声炮响”，“中国现代文学”—“中国现代文化”的历程就不可遏止地开始了。

---

① 洪子诚:《批评者与被批评者——北大往事之一》，幺书仪、洪子诚《两意集》，学苑出版社，1999年，第281页。

② 同上书，第276—283页。

三、“重写文学史”与“二十世纪中国文学”

20 世纪 80 年代是另一个新文学史创作的高峰。这一时期最有代表性的文学史命题是“重写文学史”与“二十世纪中国文学”。

“重写文学史”在 80 年代中后期进入高峰。其标志就是陈思和、王晓明在 1988 年第四期的《上海文论》杂志上共同主持推出的一个名为“重写文学史”的专栏。在专栏前言中，王晓明指出“重写文学史”的目的是为了使之（现代文学）“成为一门独立的审美的文学史学科”。他批评了“从 50 年代中期开始”的现代文学研究的政治化，认为我们以往的新文学史是“从属于整个革命史传统的教育”的产物，把“现代文学视作政治革命的一个组成部分”，“有意无意地夸大了文学的政治因素，人为地制造了一种所谓的主流、支流、逆流的假象”。这种“以政治标准来选定的主潮论”，“不能反映现代文学史的真实面貌”。“重写文学史”的目的是“使前一时期或者更早些的时期，出于种种非文学观点而被搞得膨胀了的现代文学史作一次审美意义上的‘拨乱反正’”。另一主持人陈思和也发表了类似的言论：“‘重写文学史’首先要解决的，不是要在现有的现代文学史基础上再加几个作家的专论，而是要改变这门学科原有的性质，使之从从属整个革命史传统教育的状态下摆脱出来，成为一门独立的、审美的文学史学科。”“提出‘重写文学史’，就是为了倡导一种在审美标准下自由争鸣的风气，以改变过去政治标准下的大一统学风。”“‘重写文学史’，原则上是以审美标准来重新评价过去的名家名作以及各种文学现象。”① 这以后，《上海文论》上连续发表了一批观点近似的文章，“专栏”在推出这些理论观点的同时，还进行了一系列体现这些理论主张的“重写文学史”实践。尤其是重评茅盾、丁玲、赵树理、柳青、何其芳等左翼作家的文章，都曾经在现当代文学研究界引起了很大的反响。譬

---

① 陈思和：《关于“重写文学史”》，《文学评论家》1989 年第 2 期。

如对茅盾代表作《子夜》的重新评价，徐循华的文章就指出：《子夜》是“主题先行的产物”，是为“政治”而非“为人生”的文艺观指导的产物。茅盾的“失败”不是他的失败，他的艺术模式上的失误给20世纪中国新文学带来了相当的负面影响，这也许是“中国现当代文坛或曰20世纪的中国新文学历程中至今尚未出现真正堪称伟大的长篇小说”的原因；蓝棣之的文章《一份高级形式的社会文件》则认为《子夜》的创作表明：“茅盾意识深处对文学的蔑视和对文学尊严的亵渎”，其“主题展示建立在对艺术作品功能的误解上”，《子夜》里体现伟大主题的章节都是比较枯燥无味的，缺乏艺术魅力，小说中可读性较强的章节又都与主题关系不大。因此，蓝棣之将“伟大主题”与“艺术魅力”的分离状态，作为“解读”《子夜》的起点。此外，关于如何评价丁玲的问题，《上海文论》1988年第5期发表了王雪瑛的文章，认为到丁玲写作《太阳照在桑干河上》的时候，就已经完全丧失了她的艺术个性。关于如何评价赵树理的问题，戴光中发表《关于“赵树理方向”的再认识》，直指赵树理小说缺乏基本的艺术水准，“小儿科”；关于如何评价柳青的问题，发表了宋炳辉《“柳青现象”的启示》；关于如何评价何其芳的问题，则有王彬彬的《良知的限度——作为一种文化现象的何其芳文学道路批判》等文章。

“重写文学史”的文章并非仅仅局限于《上海文论》，可以纳入“重写文学史”序列加以讨论的还有王晓明在1988年第1期《中国现代文学研究丛刊》上发表的《一个引人深思的矛盾——论茅盾的小说创作》和汪晖发表于《中国现代文学研究丛刊》1989年第1期的《关于〈子夜〉的几个问题》。在此前后，陈思和对“左联”的激烈批评，刘再复对30年代的左翼文学运动的全盘否定，都曾经产生了很大的影响。

今天提到“重写文学史”，我们马上会想到《上海文论》的这个历史不长的专栏，其实“重写文学史”一直是“文革”后文学史写作和研究的基本趋向。黄修己曾经在一篇文章中这样概括“文革”后的文学史写作中出现的变化：

一、不再肯定“五四”文学革命是“无产阶级领导”的，而这在过去是绝对必要的，甚至被视为政治问题。但都强调“人的自觉”是新文化运动的中心内容。也开始较多记述“五四”与近代文学的紧密关联，模糊了“新”“旧”民主革命的划分和界限。

二、改变对历次文艺论争的评价。不再把“学衡”派当作“封建复古主义”的反动流派，肯定“文化保守主义”的历史作用。对现代评论派、新月派、论语派、自由人和第三种人、“与抗战无关”论者、民主个人主义者等，不再当作革命的敌人进行批判，肯定其自由主义者的地位、作用，肯定他们在现代文学发展过程中的贡献。对于左翼文学界与他们论争中的左倾偏向，作了批评。因此，过去认为现代文学史自始至终贯串着无产阶级战胜资产阶级的斗争线索，已经不能成立。

三、对革命文学、无产阶级文学、左翼文学、工农兵文学一条线，过去认为是现代文学的主线（甚至是唯一的一条线），做了严格的审视，批评它们在现代文学发展过程中的诸多错误。这里包括对延安文艺整风运动的批评。过去被认为是推动现代文学发展的最主要的力量，变得不再光辉了。就在这条线内部，也更多地肯定以前被压抑的一方，如同为左翼的胡风的理论，得到较高的正面评价。

四、于是，左翼作家的评价随之跌落，他们原先的崇高地位受到质疑。就是鲁迅、郭沫若、茅盾这三巨头，也不能例外。鲁迅不断地受“贬抑”。茅盾被挤出小说大师之列，此事曾轰动一时。郭沫若则连他的人品也大受诟病。

五、反过来，以往被冷落或受到不公正批判的自由主

> 义作家，地位飚升了。这些年来作家研究的热门是胡适、周作人、沈从文、徐志摩、林语堂、梁实秋、施蛰存等新感觉派小说家、穆旦等“九叶诗人”、钱锺书、张爱玲等。他们在现代文学史上的地位越来越高了。作家评价的一起一落造成现代文学史面貌的大改观。
>
> 六、入史范围的扩大，打破了革命文学的一统天下，打破了现代文学的纯粹性。例如现代主义不再被当作资产阶级反动、颓废的流派，肯定了其在现代文学史上的积极作用，写出李金发、戴望舒、卞之琳、穆旦等一条连续的线索。还有受批判的通俗小说，被视为市民文学，旧体诗词被视为仍有重大成就的部门，都喊叫着要挤进现代文学史……①

80年代的“重写文学史”，与五四时期和50—70年代的新文学史观念的变化一样，并非像纯文学的信奉者相信的那样是出于“文学”或者是“文学史”的“自觉”，而是同样由于主宰文学史写作的主流历史观念发生了变化。换言之，“文学史”写作的基本范式的变化，是因为历史学的研究发生了一种被德里克定义的由“革命范式”向“现代化范式”的转换。

“文革”后主流历史范式的改变当然是“文革”结束的直接后果。作为政治事件的“文化大革命”结束于1976年，对其性质和根源达成“共识”则是在四年之后。中国共产党十一届六中全会《中国共产党中央委员会关于建国以来党的若干历史问题的决议》将“文革”定性为“一场由领导者错误发动，被反革命集团利用，给党、国家和各族人民带来严重灾难的内乱”。将内乱的原因归结为两点：1. 左倾政策（阶级斗争扩大化）2. 封建专制主义（在思想政治方面）的遗毒（主观主义和个人专制）。《决议》在总结了“文革”的原因和教训后，提出了

---

① 黄修己：《中国现代文学史研究的“势大于人”》，《东方文化》（广州）2002年第5期。

新时期最大的时代命题：团结起来，为建设社会主义现代化强国而奋斗。《决议》说："我们党在新的历史时期的奋斗目标，就是要把我们的国家，逐步建设成为具有现代农业、现代工业、现代国防和现代科学技术的，具有高度民主和高度文明的社会主义强国。"在批判"封建专制主义"之后提出"民主""文明"的口号/目标可谓水到渠成，从另一个角度说，批判封建遗毒是手段，建设现代强国才是目的。"封建专制主义"是传统的糟粕，"民主""科学"等属于现代"文明"的范畴，因此《决议》潜在的命题是：告别过去/传统，走向未来/现代。[①]在紧随其后的《人民日报》的社论中，这个命题以一种不容置疑的口吻被直接提了出来："动乱的年代结束了，徘徊的岁月终止了。我们可以向过去告别了。全党同志、全军指战员，全国各族人民，让我们同心同德，在党中央的领导下，向着建设社会主义现代化强国的宏伟目标，奋勇前进！"

现代化史学观通过以"革命史学"为"他者"重新确立了自己的主体性。在为1998年改革出版社出版的《重新认识百年中国——近代史热点问题研究与争鸣》一书所作的"总序"中，近代史学家雷颐这样总结历史研究中发生的这种范式转换："这种新'范式'与旧'范式'的最大不同，就在于它更主要是从'现代化'的角度来看待、分析中国近代史，而不把中国近代史视为仅仅是一场'革命史'。"[②]依照"新范式"对中国近代史进行重新审视，史学家们得出了"一百年来的中国近代史其实是一场现代化史"的总结论，这一条与"一百年来的中国近代史不仅仅是一场革命史"一起，赫然印在该书的封面。此书收录的文章基本上是这种新范式的产物，一系列的具体结论也由此发生，譬如在该书第一篇中，就有：洋务运动是"近代中国的第一次现

① 参见《三中全会以来重要文献选编》(下)，中共中央文献研究室编，人民出版社，1982年，第811、837页。

② 雷颐：《总序：为了前瞻的回顾》，冯林主编《重新认识百年中国——近代史热点问题研究与争鸣》(以下简称《重新认识百年中国》)上册，改革出版社，1998年，第2页。

代化运动”[①]，维新运动是“早产儿”[②]，是变法派人士政治激进主义的产物[③]；辛亥革命也超前了，因为革命的前提条件不足以成立，它之所以爆发，“完全是近代中国特殊历史条件下革命志士鼓吹、争取的结果”[④]；“现代化的发展与民族的独立不存在必然的联系”，“即使是那些沦为殖民地、半殖民地的国家，也不可能在根本上有碍于它们的现代化运动”[⑤]；只有西学东渐催生的“新文化”才能最终使中国成为真正独立、民主、自由、富强的国家，所以盲目排外的义和团运动“貌似爱国，实属误国、祸国”[⑥]；等等。

在“新”“旧”历史范式的转换过程中扮演了中坚角色的是一批比较年轻的学者，但老一代的学者也在“跟着历史走”，到后来，连彭明这样的老一代研究中共党史的权威也宣称“五四运动是中国走向现代化的全面启动”[⑦]，标志着“革命史”被“现代化史”取代已成为了历史学界的共识。

伴随着历史学领域的范式转换，文学史乃至文学批评也在经历巨变。一场声势浩大的“清算‘文革’”的运动席卷思想文化领域。“拨乱反正”开始成为“文学”与“历史”的共同使命，80年代前期，文学界先有讲述“历史记忆”，为“历史灾难”提供“证言”的“伤痕小说”，紧跟着是思考和探究“历史责任”的“反思小说”。直到80年代中期，“反思”的领域从当代政治转移至传统文化——对应的文学思潮是“寻根文学”，把“革命历史”与“传统文化”联系起来，直接呼应了已成为80年代以后主流意识形态的重要命题——“现代化”。

80年代的“重写文学史”无疑是这种“重写历史”的产物，虽然

---

① 《重新认识百年中国》上册，第3页。

② 同上书，第47页。

③ 同上书，第53页。

④ 同上书，第171页。

⑤ 同上书，第163页。

⑥ 同上书，第81页。

⑦ 彭明：《五四运动与二十世纪的中国》，《中共党史研究》1999年第3期。

这种“重写”常常以“回到文学”或“回到文学史”为名。理论家毛时安就在“重写文学史”的专栏中明确将“重写文学史”看成“文革”后新意识形态建构的一个不可或缺的环节：“重写文学史是党的十一届三中全会路线在文学研究领域的逻辑必然”，并认定：“从文学史角度否定‘文化大革命’就必然牵涉‘文化大革命’前的文学史，牵涉文学史中的作品、作家、文学现象和事件的再认识再评价。要彻底否定‘文化大革命’就必然要重写文学史。”[①] 将这一说法与王晓明、陈思和的提法比较很有意思。王晓明、陈思和的“重写文学史”是要让文学脱离政治的控制，回归“文学自身”，而毛时安则主动将“重写文学史”与政治挂钩。今天我们重读这些文字，可能会觉得这些论述充满了矛盾，但在当时，这些观点却完全可以并行不悖。

谈到“重写文学史”，还有另一种“重写文学史”也不能不谈，那就是海外的中国新文学史写作对左翼文学史的重写。这类著作的代表是美国哥伦比亚大学的夏志清教授写的《中国现代小说史》。夏志清原来是北大学生，后来去耶鲁读英国文学博士。这本《中国现代小说史》1961年由耶鲁大学出版社出版，是第一部用英文写成的中国新文学史著作，因而也成为向欧美学界介绍中国新文学最有影响力的著作。1979年由几位台湾学者译成中文在台湾出版。夏志清有很好的西方文学素养，自觉以西方文学眼光来理解和研究中国文学，认为中国现代文学价值不高，主要原因是受意识形态影响，此外加上中国人缺乏宗教意识，所以文学作品不能不流于肤浅。他的出发点是与政治无关的“文学性”，用他自己的话来说：“作为文学史家，我的首要工作是‘优美作品之发现和评审’，这个宗旨我至今抱定不放。”但夏志清的纯文学立场显然并不纯粹。不过他自己似乎并不认为“纯文学”立场与他政治上的右派立场有什么矛盾，所以他并不掩饰自己的政治立场，在《小说史》中公开宣称：“我自己一向是反共的。”这一政治立场显

---

① 《上海文论》，1989年第6期。

然决定了他对“文学性”的理解，也决定了他对文学的评价标准。因此，在这部《中国现代小说史》中，他给一些左翼文学史基本不谈的作家以很高的评价，比如张爱玲、沈从文、钱锺书。相反对左翼作家鲁迅、茅盾评价不高。譬如在谈到巴金的时候，他不强调巴金公认的代表作品的价值，相反认为《寒夜》这样不表现革命的作品价值更高。

如果说80年代的“重写文学史”实际上指的是对左翼文学史的重写，那么这种“重写”可以说是从夏志清开始的，或者可以说，夏志清的工作成为了80年代“重写文学史”的一个重要源头。因为无论在理论还是在实践上，80年代“重写文学史”的主流观点都在夏志清的小说史中有过完整而清晰的表达。夏志清的《中国现代小说史》本身就是对从30年代以后开始的主流文学史叙述方式的“重写”。中国现代文学的“向左转”始自30年代，中国新文学的叙述方式也从30年代开始左转。从30年代以后直到70年代，新文学史的写作基本上是左翼文学史观的一统天下。夏志清的《中国现代小说史》以与左翼文学迥然不同的文学史观念对左翼文学史进行了改写，实际上可以说开启了80年代重写文学史的先河。不仅在认识论上，《中国现代小说史》采取了以左翼文学史为“他者”的书写方式，而且在中译本出版时，编译者刘绍铭在特地为中文版写的“编译者序”中介绍和宣传这部文学史时，特别比较了夏志清与三位左派文学史家王瑶、丁易、刘授松对同一作家的不同评价，以显示夏志清的《中国现代小说史》的成就。尽管由于夏志清的《中国现代小说史》含有不少不加任何掩饰的反共言论，导致这部具有范式意义的文学史著作一直未能在中国大陆出版，但大陆研究中国新文学史的学者对这部文学史却一点都不陌生，《小说史》的基本观点、基本思路都非常完整地体现于80年代中国大陆的“重写文学史”实践中。可以说无论在理论上，还是在策略，乃至文学趣味上，80年代“重写文学史”的学者都受到了这部著作的影响。

《中国现代小说史》出版后的第二年，东欧的汉学家普实克就撰写了批评这部小说史的文章。普实克认为，夏志清在《中国现代文学史》中一再强调文学史叙述和对作家作品的评价都要依循文学的标准，不应该为了满足外在的政治的或者宗教的标准而进行带偏见的叙述。但《中国现代小说史》这本书，“绝大部分内容恰恰是满足外在的政治标准”。[①] 不过，在“重写文学史”的80年代，类似于普实克这样缺乏“政治正确性”的观点显然没有市场。

80年代另一个重要的文学史概念是“二十世纪中国文学”。其实笼统地说，“二十世纪中国文学”实际上也可视为“重写文学史”的一个成果，但由于知识背景的差异，“二十世纪中国文学”的内涵要比狭义的“重写文学史”——《上海文论》的理论和实践要复杂得多，所以需要单挑出来略加讨论。

1985年第5期的《文学评论》刊发了黄子平、陈平原、钱理群联袂推出的长篇论文《论“二十世纪中国文学”》，稍后，三位作者又在《读书》杂志连载关于此论题的对话，这就是“二十世纪中国文学”概念的由来。它的提出，给当时的文学史研究领域带来了巨大的冲击。

“三人谈”定义的“二十世纪中国文学”是一个典型的“总体性”概念：

> 所谓“二十世纪中国文学”，就是由上世纪末本世纪初开始的至今仍在继续的一个文学进程，一个由古代中国文学向现代中国文学转变、过渡并最终完成的进程，一个中国文学走向并汇入“世界文学”总体格局的进程，一个在东西方文化的大撞击、大交流中从文学方面（与政治、道德等诸多方面一道）形成现代民族意识（包括审美意识）的进程，一个通过语言的艺术来折射并表现古老的中华民族及其灵魂在新旧嬗替的大时代中获得新生并崛起的进程。[②]（第1页）

---

① ［捷］普实克：《中国现代文学史的根本问题——评夏志清的〈中国现代文学史〉》，齐心译，《普实克中国现代文学论文集》，湖南文艺出版社，1987年，第212页。

② 黄子平、陈平原、钱理群：《二十世纪中国文学三人谈》，人民文学出版社，1988年。以下6段引文均自此版。

今天的读者重读“三人谈”，可能觉得隔膜的是“二十世纪中国文学”表现出的那种对“总体性”的自觉追求。在“三人谈”中，黄子平说：

> 搞现代文学的也好，搞近代文学的也好，都跟我们搞当代文学的一样，都各自感觉到自己的研究对象的某种“不完整”，好像都在寻找一种完整性，一种躲在后面的“总体框架”。那么这种完整性是什么呢？开始只是朦胧的感觉，后来经过讨论，才一步步明确起来，它就是我们说的“二十世纪中国文学”。（第 30—31 页）

黄子平的观点得到了钱理群的高度认同。钱理群这样总结 20 世纪中国文学这个概念形成的思路：

> 一个方面是从研究的对象出发，从各自具体的研究课题出发，寻求能够更好地说明这些课题的理论框架，先后发现了一些总体特征，然后上升到总体性质……（第 37—38 页）

在另一处，钱理群强调说：

> 首先，还是要对二十世纪中国的中心任务、时代精神有一个总体的认识与把握。（第 57 页）

对总体性的追求，表现的正是强烈的文学史意识。80 年代占主导地位的启蒙历史观显然决定了“二十世纪中国文学”的倡导者对历史的理解。无论是历史的方向感，还是对历史的整体性理解或总体性追求，都是黑格尔普遍历史观的再现。

与此同时，“文学性”也成为理解文学史的基本出发点——与 80

年代所有“重写文学史”的策略一样，“三人谈”对“二十世纪中国文学”的总体性理解以“文学”为名，也就是打通历史的分期方式，回归文学的整体性：

> 二十世纪中国文学力图打通以往“近代文学”“现代文学”“当代文学”的研究格局，把“二十世纪中国文学”放在“世界文学”总体格局的宏观视野下、作为一个不可分割的有机整体来把握；并且带有明显的向以往政治或经济取代一切、涵盖一切的庸俗社会学倾向挑战的性质。……“二十世纪中国文学”这一概念首先意味着文学史从社会政治史的简单比附中独立出来，意味着把文学自身发生发展的阶段完整性作为研究的主要对象。（第 1、25 页）

在另一处，黄子平指出：

> 在我们的概念里，“二十世纪”并不是一个物理时间，而是一个“文学史时间”。（第 28 页）

“三人谈”面世后，台湾学者龚鹏程在一篇批评文章中指出以上的论述中存在着不可调和的矛盾。他认为，“二十世纪中国文学”一方面强调要写一种摆脱了庸俗社会学倾向的“文学自身”的“历史”，另一方面，“二十世纪中国文学”实际上又采用了“西力东渐、中国逐渐西化现代化的历史解释模型”，而这一历史解释模型却显然不是“文学”的，或者至少不仅仅是“文学”独有的。“三人谈”曾这样定义“二十世纪中国文学”的性质：“应该明确地说，整个二十世纪的中国历史就是由古老的中国向现代中国过渡的时期，在历史的转折中，逐渐地建立起现代民族政治，现代民族经济，现代民族文化，实现整个民族的现代化。二十世纪中国文学是逐渐形成中的中国现代民族文化的重要组成部分，是一种现代民族文学。”因此，“二十世纪中国文学”就是古代文学走向现代文学，并进入“世界文学”的一个“进程”。龚鹏程批评说这个解释模型“并不是从文学的历史研究中形成的概念，而是把当前社会意识及愿望反映到文学史的论述中”。在他看来，这种思路，与“二十世纪中国文学”概念的提出者原来想脱离政治羁绊的努力，成了反讽的对照。龚鹏程因此认为包括“二十世纪中国文学”和“重写文学史”在内的80年代中国文学研究者存在的一个普遍性的问题就是“缺乏方法论的自觉与辨析”，对所选用的解释模型欠缺反省。①

龚鹏程的批评当然是有道理的。“二十世纪中国文学”对文学的总体性描述完全从属于一种“非文学”的历史叙述。在这里，中国现代文学——新文学的发展史与中华民族的“现代化史”是完全重合的。由此可见，“二十世纪中国文学”的理论动力显然也来自史学界的“革命范式”向“现代化范式”的转换。在此之前，关于近百年的中国文学的研究一直是套用中国现代革命史的原则划分为近代、现代与当代三个阶段，“近代文学”“现代文学”与“当代文学”分别对应于“旧民主主义文学”“新民主主义文学”与“社会主义文学”，“二十世纪中国文学”观念打通所谓近代、现代与当代的界限，为近百年中国文学的研究提供了一个统一的视角，正是基于对这种革命史学的反思。“三人谈”认为“二十世纪中国文学”的提出“并不单是为了把目前存在着的近代文学、现代文学和当代文学这样的研究格局加以打通，也不只是研究领域的扩大，而是要把二十世纪中国文学作为一个不可分割的有机整体来把握”。那么，有什么东西能够打通所有的阶段呢？答案只有一个，那就是“现代化”，就是“一百年来的中国历史其实是一场现代化史”。只是问题在于，回归历史研究中的“现代化范式”，是否意

① 龚鹏程:《“二十世纪中国文学”概念之解析》,陈国球主编《中国文学史的省思》,香港三联书店,1993年,第90页。

味着我们真正能够离开对“社会政治史的简单比附”，使“文学史”回归自身呢？

“三人谈”将“二十世纪中国文学”理解为古代中国文学向现代中国文学转变的一个过渡阶段，这是非常经典的文学史观念。对包括“三人谈”在内的80年代中国文学研究者来说，理解中国文学的一个基本坐标就是“世界文学”。正因为有了“世界文学”这个参照物，“中国文学”的发展才具有了方向。至于“谁的‘世界’”？“何种‘文学’”之类的问题，尚不入这一代人的法眼，这些问题对于80年代的学者来说，不是太旧了，就是太新了。

如前所述，80年代历史学研究中的“现代化范式”是以“革命范式”作为“他者”来确立自身主体性的。这决定了建基于“现代化范式”之上的“二十世纪中国文学”对受“革命范式”主导的左翼文学的立场。关于20世纪中国文学的总体美感特征，“二十世纪中国文学”论者提出了“焦灼”与“悲凉”两个重要的概念。论者将“悲凉”视为“二十世纪中国文学所特具的有着丰富社会历史蕴含的美感特征”，视为中国现代作家美感意识的“核心”与“深层结构”，同时认为现代作家的“焦灼”使现代文学“从内容到语言结构，都具有与本世纪世界文学共通的美感特征”。这一归纳与夏志清对近代中国知识分子的“感时忧国”，刘绍铭的所谓“涕泪飘零”等论述有异曲同工之妙。以这样的标准来审视文学史，很自然在“二十世纪中国文学”中找不到包括50—70年代文学、延安文学等在内的左翼文学的位置。“三人谈”在列举符合这一核心审美范畴的20世纪中国文学时，从鲁迅的小说谈起，再谈曹禺的著作，随后就跳至“新时期文学”的《人到中年》等。50—70年代的主流文学作品中唯一谈到的是老舍的《茶馆》。

“二十世纪中国文学论太忽视社会主义文学。”① 80年代的新文学史观在敞开了被左翼文学遮蔽的历史的同时是否又对文学形成了新

① [韩]全炯俊：《“二十世纪中国文学论”批判》，《文艺理论研究》1999年第3期。

的遮蔽，这是许多人今天关注的问题。其实在提出“二十世纪中国文学”的80年代中期，在一片叫好声中，就一直存在批评的声音。在文章发表后不久北大中文系组织的一次座谈会上，洪子诚就曾委婉地指出：“文章本身也写得很机警，一些难讲的问题都避开了。”“舍弃了一些不该舍弃的东西，比如，30年代左翼文学就没很好地概括进去。”①而参加座谈会的东京大学教授丸山升则径直指出，“二十世纪中国文学”的界定对“社会主义文学”关注不够，他认为，20世纪文学的最大问题之一是社会主义，这是应当引起重视的。②作为老师的王瑶也对“二十世纪中国文学”倡导者提出过类似的批评，据钱理群后来回忆王先生这样质问自己的学生：“你们讲20世纪为什么不讲殖民帝国的瓦解，第三世界的兴起，不讲（或少讲，或只从消极方面讲）马克思主义，共产主义运动，俄国与俄国文学的影响。”③

不过也一直存在来自相反方向的批评。90年代末期，仍有人撰文认为“二十世纪中国文学”的主要问题是它的“保守性”，这种“保守性”表现在“二十世纪中国文学”忽略了自由主义作家的重要性，对非理性文学尊重不够，对文化怪胎“高大全”现象过于“宽容”，等等。因为在这位作者看来，如果把“二十世纪中国文学”看成“一个中国文学走向并汇入世界文学总体格局的进程”，那么“我认为，推动这一进程贡献最大的无疑是那些自由主义作家们”④。显然，以80年代以“文学性”或“文学现代性”为名的俯拾皆是的自由主义立场来看，“二十世纪中国文学”对过去的背叛还不够彻底。

“三人谈”受到的来自不同方向的批评，可能反而说明了自己的独特性。就与80年代主流意识形态的关系而言，“二十世纪中国文

① 《关于“二十世纪中国文学”的两次座谈》洪子诚发言纪录，《当代文学评论》1989年第5期。

② 见《有关“二十世纪中国文学”种种反响的综述》（萧思整理），黄子平、陈平原、钱理群《二十世纪中国文学三人谈》，人民文学出版社，1988年，第126页。

③ 钱理群：《矛盾与困惑中的写作》，《文学评论》1999年第1期。

④ 谭桂林：《“二十世纪中国文学”概念性质与意义的质疑》，《海南师院学报》1999年第1期。

学”的立场意识确实不如《上海文论》的“重写文学史”那样明确，没有将“重写文学史”仅仅理解为“翻烙饼”，把被颠倒的历史重新颠倒过来，以反思的名义拒绝反思。这应该与参与“三人谈”的三位学者较为复杂的知识结构和问题意识有关。但这种个人因素显然不足以使他们得以真正摆脱80年代的主流历史叙述。“二十世纪中国文学”不过也是对文学史的一次“重写”——以左翼文学史——也就是作为“社会政治史的简单比附”的文学史作为“他者”，尝试重构一套新文学史的叙事规则。在这一意义上，许多人将“二十世纪中国文学”视为“重写文学史”的一个环节，还是有一定道理的。可见“二十世纪中国文学”也只是——准确地说也只能是80年代启蒙思想范式的产物。

黄修己在总结80年代新文学史写作中发生的这种由左向右的转变的原因时，曾深有感触地说：

> 上述的巨大变化不是突发式的，而是渐进式的，大约用了20年的时间；所以如果不是特意去盘点，人们还不觉得自己已经越过万重山，已经走出很远了。恰好这20年间中国社会局势的变化，也是渐进式的。对中国现代文学史认识的变化，无疑是受到这段时间中国局势变化的重大影响，给人以鲜明的“势大于人”之感。“势”即客观的局势，“人”指研究者。“势大于人”是说现代文学史面貌的改变，主要不是由研究者通过学术研究达到的，而是客观局势的变化，像无形却握有巨大权力之手，左右着研究者的思想，使人们的价值取向、评价标准变了，随之对现代文学史的看法也变了。人们陶醉在自以为的学术创新的喜悦中，哪知其实是时势之手拨转人们的视线，使其有了观察的新尺度。①

① 黄修己:《中国现代文学史研究的“势大于人”》,《东方文化》(广州) 2002年第5期。

黄修己在这里发出的感触，是认真做过文学史“史学史”或“学科史”研究的人，才能发出的感慨。——当然，这样的感慨，一定会让那些崇尚“创造性”“文学性”“个人性”的文学家或文学批评家、文学史家感觉不快。

“历史”对“文学史”的规约，是“文学史”永恒的宿命。因此，问题就不在于“文学史”是否会受到“非历史”的历史意识的规约，而在于受到何种历史意识的规约。那么，“文学史”能否摆脱这种宿命呢？唯一的可能，就是在“文学史”之外思想。

第二章 “文学史”与“制度”

王瑶一直被视为中国现代文学专业的“学科奠基人”。因为他是新中国第一部新文学史《中国新文学史稿》的作者。但“学科奠基人”却是一个非常复杂的概念。比如我们不会因为林传甲写过第一部中国文学史就将其称为学科奠基人，也不会因为胡适写出了《白话文学史》这样的“真正的文学史”著作就将其称为学科奠基人。就中国新文学史的写作而言，在王瑶的《中国新文学史稿》面世之前，“新文学史”的写作已经有了许多年的历史。从胡适开始，再到王哲甫、伍启元、王丰园等人的文学史都为新文学史写作积累了重要的经验，还有《中国新文学大系》为新文学史写作确立的标准等，此外，大学开设新文学课程，编写新文学史教材，早在1930年代就已经开始了；此外，没有毛泽东的《新民主主义论》和《在延安文艺座谈会上的讲话》，就不会有《中国新文学史稿》；除此之外，还有最重要的一点，就是我们不应该忽略在“中国现代文学”这门学科的形成过程中制度的作用。“中国新文学史”在1949年以后成为大学中文系的一门基础学科，不是因为出现了一部《中国新文学史稿》，而是因为50年代初新中国的教育部将其确立为大学中文系的一门基础课程，既然要开课，肯定就要有教材，王瑶先生也承认他写这部《中国新文学史稿》是“当做任务来完成”。可见如果王瑶先生不写，其他人也会写。所以简单地把王瑶先生称为中国现代文学学科的奠基者虽然没什么错，但至少不全面。因为个人的选择常常只是“历史”展开的方式而已。把王瑶先生视为中国现代文学学科的奠基者，可能会使我们忽略对更加重要的制度问题的探讨。

1980年代，包括文学研究在内的整个人文科学的主题是“拨乱反正”。“学科”是我们膜拜的对象，“学科”的正当性是毋庸置疑的；一门知识成为一门学科也就完成了自己的经典化过程，也就意味着自己成熟了，在这一意义上，称王瑶为学科奠基人自然是一种称颂与赞美。但在知识考古学的语境中，“学科”已经变成一个反思性的概念。受福柯对知识与权力关系的论述的影响，学科（discipline）的正当性受到了前所未有的挑战。以华勒斯坦（I. Wallerstein，也译为沃勒斯坦）为首的一批学者指出，学科并不是我们今日所见到的静态的知识分类，而是以一定的措辞建构起来的历史产物。学科首先是一门经过分类的知识，而这种分类方法同时也成为这门学科的规范和要求，因此学科代表了知识和权力两方面的结合。[①] 而在一些带有后殖民主义倾向的分析中，近代以自然科学为样板对人文社会科学所进行的划分与资本主义的兴起有着直接的联系。诸如科学主义、欧洲中心主义、父权主义和国家中心主义等观念，都成为催生相应学科——如国家地理、文化人类学、种族学、国际政治等的最主要的动力。因此，这种学科的划分实际上是占支配地位的民族、阶级和性别集团的利益所主导的。尽管在内容、程度和表现形式上或有不同，但我们在许多现代学科背后都能发现类似的隐匿起来的话语权力关系。正如布尔迪厄所指出的，在现代社会，学科主要寄植在社会教育体制，尤其是高等教育体制之中，而这种教育体制正是对现存社会统治秩序和不平等结构进行再生产的主要基地。

---

① 参见［美］伊曼纽·华勒斯坦：《开放社会科学》，刘峰译，生活·读书·新知三联书店，1997年，第17页。

虽然我们不一定要站到后殖民主义的批评立场之上，但我们不应回避对知识一权力关系的思考，就对学科的理解而言，我们至少应当保持知识学的距离，不能一提到学科就肃然起敬，把学科当成我们安身立命的家园。

在某种意义上，学科的这种合法性和自主性是在80年代的知识语境中形成的，要把文学从政治中解放出来，要把学术从政治中解放出来，既是“文学”又是“学术”的文学史研究当然会在这种反叛中选择更加激烈的立场。但离开了政治，离开了对制度的分析，许多关于新文学的问题其实是讨论不清楚的。以我们对五四文学革命意义的理解为例，80年代我们习惯于从思想革命的角度讨论问题，所以我们主要聚焦于胡适、陈独秀、《新青年》等的贡献，其实这样并不全面。胡适一生自命为中国“文学革命”的“导师”，并且多次强调这项“前空千古，后开百世”的事业，是他们几个留美学生泛舟康奈尔凯约嘉湖，谈笑游玩之余“偶然产生的”，是几位留学朋友后来把他“逼上梁山”的结果。[①] 但事实上胡适根本不是中国近代第一个提出“文学革命”的人。无论在提倡白话还是倡导“诗界革命”与“小说界革命”等方面，在胡适之前都已有人先行了一步，都已有了一定的社会基础。更重要的是，以建立共同国语为目标的白话文运动并不是一个人想发动就能发动起来的，国语的建构是民族国家建构中最重要的一环，没有一个国家可以摆脱这个语言运动。连日本那样的单一种族的民族国家都不能例外——“日本的‘国语’，是在明治日本国民国家建设完成、进而发展为殖民帝国的过程中，担负着支撑国家认同的作用，而被创造出来的。”[②] 我们亦在柄谷行人的《日本现代文学的起源》中看到，日本现代文学与1890年代发生的“文言一致”运动，以及明治国家体制——

① 见《胡适口述自传》，唐德刚译注，华东师范大学出版社，1993年，第145—146页。

② 参见［日］藤井省三：《鲁迅〈故乡〉阅读史——近代中国的文学空间》，董炳月译，新世界出版社，2002年，第9页。

议会、法制、医疗、教育、征兵制度的确立都是同时发生的。[①] 这个过程，与我们在中国看到的几乎一模一样。由此可见，这个所谓的白话文运动，即使胡适不提出来，也会有“张适”“李适”提出来，而且不用等太长的时间。陈独秀就对胡适的文学史解释提出了针锋相对的质疑：“常有人说：白话文的局面是胡适、陈独秀一班人闹出来的。其实这是我们的不虞之誉。中国近来产业发达人口集中，白话文完全是应这个需要而发生而存在的。”[②]

与此相关，“新文学运动”——白话文运动的胜利就不能仅仅理解为思想斗争的胜利。1922 年 1 月，当年因为在康奈尔凯约嘉湖与胡适争论有关文学的文言与白话的死、活以及白话入诗等问题把胡适“逼上梁山”的梅光迪等人在东南大学创办《学衡》杂志，高举文化保守主义的旗帜，反对“新文学”。胡适在这年 3 月写作的《五十年来中国之文学》一文中，针对《学衡》的“学骂”写道：“今年（1922）南京出了一种《学衡》杂志，登出几个留学生的反对论，也只能谩骂一场，说不出什么理由来。”他还进一步指出：“《学衡》的议论，大概是反对文学革命的尾声了。我可以大胆说，文学革命已过了讨论的时期，反对党已破产了。”[③] 胡适不屑于回击“学衡派”对新文化运动——新文学运动的攻击，只是轻描淡写地说了这几句话。为什么胡适会这样自信呢？这是因为到这个时候白话文运动已经得到了制度的支持。1920 年 1 月，徐世昌做总统的北洋政府教育部下令各省“自本年秋季起，凡国民学校一二年级先改国文为语体文，以期收言文一致之效”。[④] 自此，白话文运动乃至新文学运动的胜利已正式定局，无须讨论了。《学衡》派诸将向被制度化的“新文学”挑战，纸上谈兵，当然也就不

---

① 详见［日］柄谷行人《日本现代文学的起源》之第八节：书写语言与民族主义，赵京华译，生活·读书·新知三联书店，2003 年，第 194—212 页。

② 陈独秀：《答胡适之》，《胡适文存》二集卷二，（上海）亚东图书馆，1924 年，第 50 页。

③ 胡适：《五十年来中国之文学》，《胡适文存》二集卷二，（上海）亚东图书馆，1924 年。，第 211 页。

④ 《教育杂志》12 卷 2 期，1920 年。

足胡适“挂齿”了。梅光迪曾经指责胡适一流的现代主义者“立说著书，高据讲习”，新闻出版界、教育单位以及政府部门在很大程度上都已经受控于他们①，以至于其他的思想、学术派别竟无容身之地，说的其实是实情。

质言之，现代文学学科从“五四”时期的创制，到左翼文学的时代，再到80年代以后通过以左翼文学史为“他者”确立的学科主体性，都有着特定的意识形态意义。近百年来，我们对“文学”的了解和认识实际上是文学教育的结果，而文学教育的主要功能是通过以经典的选择和解释为主要内容的“文学史”来实现的。人们总是以为可以通过“文学史”来了解文学，以为文学真的是按“文学史”的描述来发展的。然而，“文学史”不仅是一种现代性知识，而且还是一门现代性学科。“学科”是英文discipline的中文译名，在英文中discipline具有学科、学术领域、课程、纪律、严格的训练、规范准则、戒律、约束和熏陶等多种含义，也就是说，学科本身具有“规范”与“约束”的意义。学科是一种制度，是一种知识/权力的体制。包括“新文学史”在内的“文学史”是作为一个现代性制度而出现的。在晚清以来的历史语境中，无论是教育体制的变化，还是知识谱系的转型，最终都是在国家的制度性实践中完成的。“文学史”学科的建制当然不能例外，“文学史”学科的确立必须依靠国家的权威和制度性实践。而近代以来以民族国家为基本形式的国家制度实践深深地卷入了“西方”与“中国”的二元关系之中。确立于上世纪前期的“新文学”显然已经成为本土的、国家性社会文化建设运动的一个不可或缺的环节。

90年代以后，开始有学者不再仅仅关注文本或文本的语境，转而关注文学作为一种制度的实践问题，学科的文化政治意义问题，尤

① 梅光迪:《人文主义和现代中国》,载罗岗等编《梅光迪文录》,辽宁教育出版社,2001年,第226页。

其是关注文学作为“意识形态”在体制内的定位和权力形式。一些学者开始将正统的中国现代文学教育看作一种文化政治实践，思考这种权威的文学教育在中国现代民族国家建构中所发挥的意识形态功能。这种问题意识的变化，与包括福柯在内的批判理论的兴起有着密切的关联。1970 年前后，福柯从考古学方法转向了谱系学方法，也即从对理论和知识的考古学研究转向对社会制度和话语实践的谱系学研究：把话语置于社会制度和实践之中，揭示出其中的权力机制。在《尼采、谱系学、历史》（1971 年）一文中，福柯对尼采的谱系学方法进行了分析，并且在随后发表的《规训与惩罚》中具体应用了谱系学方法。福柯宣称：

> 我们也应该完全抛弃那种传统的想象，即只有在权力关系暂不发生作用的地方知识才能存在，只有在命令、要求和利益之外知识才能发展……相反，我们应该承认，权力制造知识（而且，不仅仅是因为知识为权力服务，权力才鼓励知识，也不仅仅是因为知识有用，权力才使用知识）；权力和知识是直接相互联带的；不相应的建构一种知识领域就不可能有权力关系，不同时预设和建构权力关系就不会有任何知识。①

在本章中，我将重点分析制度对“文学史”写作的宰制，或者说，我将探讨“文学史”的“制度”意义。

如果说“文学史”为政治服务，或者说它本身就是一种制度，那么，我们必须首先辨析的，是它为何种政治服务，它是一种什么样的制度？

---

① ［法］福柯：《规训与惩罚》，刘北成、杨远婴译，生活·读书·新知三联书店，2003 年，第 29 页。

第一节
制度转换：从“天下中国”到“民族国家”

虽然“世界文学”是过去一个世纪内写“文学史”的人的共同理想，但我们今天所见的仍然无一例外是以“中国”为单位的国别文学史。无论是“中国（古代）文学史”“中国新文学史”，还是“中国现代文学史”或“中国当代文学史”等，可以说，“中国”为“文学史”的写作提供了框架，也正是在这一意义上，何谓“中国”就成为理解“文学史”意义的关键。

在《文学史的权力》的“前言”中，戴燕曾这样概括自己对“文学史”的理解：

> 作为近代文学、科学和思想的产物，“文学史”的重要基础，是19世纪以来的民族—国家观念，如果按安德森（Benedict Anderson）的说法，民族国家是一个“想象的共同体”，那么，文学史便为这种想象提供了丰富的证据和精彩的内容。文学是文化的一部分，是民族精神的反映，当文学与一个有着地域边界的民族国家联系起来，这时候，一个被赋予了民族精神和灵魂的国家形象，便在人们的想象之间清晰起来。文学史是借着科学的手段、以回溯的方式对民族精神的一种塑造，目的在于激发爱国热情和民族主义，犹如法国最著名的文学史家朗松（Gustave Lanson）的表白：“我们不仅是在为真理和人类而工作，我们也在为祖国而工作。”①

---

① 戴燕：《文学史的权力》，北京大学出版社，2002年，第2页。

“文学史”与“民族国家”的关系，是近年来引起相关学者关注的一个问题。如果“文学史”是对应于民族国家的一项制度，那么，“文学史”的现代性也就变得毋庸置疑了。也就是说，今天我们在“中国文学史”中遇到的这个“中国”概念，并不是传统意义上的“中国”，而是一个现代的“民族国家”范畴。传统“中国”是一个依据文化认同建立的共同体，而现代“中国”则是一个依靠政治认同建立起来的民族国家。

理解“中国”这一概念的“现代性”对于许多人来说可能并不容易，因为大多数人都已经无意识地在使用这个听起来很“自然”的词汇。“中国”这一概念早在秦汉统一以前已经为诸夏民族广泛使用，[①]到秦始皇时代更建立了以汉族为主体的统一国家，但这个中国是“天授皇权”的政体，文化和社会形态是无神的儒教威权式文化，建构国家认同的是一种称之为“天下”的文化意识。从周人自称“有夏”并视殷商为“中国”来看，这里的“中国”指的都是夏、商、周所处的共同地域。“它原是基于文化的统一而政治的统一随之，以天下而兼国家的”。[②]古代中国人历来认为中国即是“天下”，即是“世界”，自己因居于世界的中心，所以才称“中国”。在这种“中国观”中，皇帝不但是“中国”的国君，而且是“天子”。中国四周居住的，是一些“非我族类”的蛮夷之族，这些种族并非与华夏民族对等的民族或国家，而是应该附属于“中国”的不开化夷邦。因此，中国与周围其他民族的关系，是中心之国与四邻蛮夷的文化等级关系，天朝上国与周围属国的藩属关系。曾与中国保持宗藩关系的国家和地区先后有十个以上，遍及“中国周边邻邦”。宗藩体制又被称作“天朝礼制体系”，是中国封建王朝把“礼”的观念和秩序扩展到了对外关系和对内施政上，实行儒家所谓“远人不服，则修文德以来之。既来之，则安之”的方法。

---

① 王尔敏：《中国近代思想史论》，（台北）华世出版社，1977年，第441—480页。

② 梁漱溟：《中国文化要义》，《梁漱溟全集》第3卷，山东人民出版社，1990年，第294页。

这就是所谓“怀柔远人”的意义。这一框架中，中国被奉为天朝上国，藩属国要接受中国皇帝的册封，使用中国年号和历法，要向中国朝贡，中国对藩属国负有帮助御敌和处置变乱的义务，但不介入其内政，尤其不触及其社会生活。

与这个我们熟悉的传统中国相对的另一个中国，也就是现代中国，则是一种被称为“民族国家”（nation-state）的政治共同体。

“世界之有完全国家也，自近世始也。”[①]梁启超在这里说的“完全国家”，指的就是民族国家意义上的现代国家形式。欧洲古代历史基本上是城邦的历史，中世纪史是普世世界国家的历史，近代历史是民族国家的历史。[②]现代民族国家取代传统国家，是欧洲现代化的主要内容。中世纪的欧洲国家基本上都是政教合一的政体，文化和社会形态是教会威权式文化。与这种政体和文化相对应的社会结构，其特点是宗教承担了道德、经济、政治、教育等相关的功能。在这种政治结构中，二位一体的权力和威权的合法性有着不可质询的神秘来源。现代意义的民族国家出现于 17 世纪的欧洲，由于宗教革命，教会地位受到严重挑战，作为传统政治基石的普世性原则动摇乃至崩溃，与此同时，16 世纪的远洋航行、军事革命以及资本主义兴起扩张了国家活动空间，增加了国家竞争的频率和强度，从而使国家内部民众动员的需要发生变化，驱动了各种政治的结构性变化。民族国家的诞生就是这种政治结构变化的主要标志。这一全新的世俗政治建构为经济生活和社会秩序的世俗化铺平了道路，在打破了封建经济制度的同时，也打破了传统社会中权力和权威合法性的神秘来源，全面推动经济活动从宗教生活秩序的架构中分离出来。当国家建构不再是上帝授权的行为，而是人的自然理想的结果的时候，社会秩序才真正摆脱了“此岸”与“彼岸”的关联，民族国家成为启蒙时代真正的开路先锋。一部欧

① 梁启超:《国家思想变迁异同论》,《饮冰室合集》一·文集之六,中华书局,1989 年,第 12 页。
② 参见李宏图:《西欧近代民族主义思潮研究》,上海社会科学院出版社,1997 年,第 249 页。

洲近代史，可归结为民族国家与民族主义发展的历史。作为现代社会标志的商业活动的扩张与技术工业的发展都可视为民族国家这一世俗政治建构的后果。

用艾凯的话来说，民族国家既是启蒙的产物，也是“朝向以征服自然为目标的，对社会、经济诸过程和组织进行理智化”的过程的一部分。[①] 民族国家的一个重要的特点，是要求在固定的疆域内享有至高无上的主权，建立一个可以把政令有效地贯彻至国境内各个角落和社会各个阶层的行政体系，并且要求国民对国家整体必须有忠贞不渝的认同感。作为一种超越文化和宗教差别的政治性组织，民族国家通过某种程序把所有的公民联合起来，为所有的成员介入“公民政治”（civil politics）提供了有效身份。这种特殊的社会化网络超越了公民的个体特性，有自己的权威结构。由于具有其他政治组织方式所不具有的加强国家凝聚力、动员和集中社会资源、提高行政效率的能力，民族国家成为保护确定的共同体抵御有害的全球性影响、特别是抵御国家控制力之外的政治及其他有害的全球性影响的一个主要装置。因此，建立自己的民族国家并使之巩固和成熟，成为传统社会摆脱依附、走向发达的根本前提。在欧洲，不仅近代以后相继出现的法国、英国这样的“现代化挑战者”都是以民族国家的面目出现，对于德国、俄国这样的“被挑战者”而言，建立自己的民族国家更是回应挑战的先决条件。“现代的国家主义、民族国家和现代化都是在英、法两国发生的。英、法两国一旦现代化，建立了官僚制的民族国家，世界的其他国家——如果没有其他的理由——就算只是要自卫，也被迫非跟着改变不可。”[②]

在某种意义上，可以说现代民族国家基本上是“打”出来的。在

① ［美］艾凯：《世界范围内的反现代化思潮——论文化守成主义》，贵州人民出版社，1991年，第18页。

② 同上书，第29页。

《历史的终结》一书中，福山曾这样描述这一过程：

> 国家一定要具有相应规模，这样才能与邻国抗衡，于是国家必须统一；国家必须能在国家范围内调动资源，于是需要建立一个具有税收和立法权力的强有力的中央集权，就需要打破各种可能会影响国家统一的地方的、宗教的以及血亲的障碍；国家必须提高教育水平，以造就一批能够掌握技术的精英；国家必须与外国保持接触，了解它们的发展情况；要借鉴拿破仑战争时期的全民皆兵的制度，国家至少必须关心社会弱势群体和穷人，以便能够在必要时实行战争总动员。所有这些发展都可能因为其他原因（例如经济原因）而产生，但战争以一种非常敏锐的方法体现出社会现代化的必要性，而且也是最能检验现代化成功与否的标准。①

如果从中世纪的英法百年战争开始计算，这种战争在欧洲近代的历史上从未中断过，一直持续到拿破仑战争的结束，才有了几十年短暂的和平，随之而来的1848年革命以及德意志和意大利的统一战争，几乎使近代欧洲的历史成为一部战争的编年史。因此，在帝国主义时代，殖民地半殖民地的民族意识受到激励而觉醒，首要的问题是如何抵御帝国主义列强、如何实现“平等”的国家关系和“公平”的国际秩序。取得国家身份意味着成为现代国际体系内的主体，成为在法理上不受任何外来强制、不亚于任何其他主体的自由平等的角色。正是在这个意义上，从晚清至1949年间的中国现代“救亡”史，是从文化主义向民族主义转化、从国家样式的文明向现代样式的民族国家转型的历史。也就是说，晚清至第一次世界大战时的中国知识分

---

① ［美］弗朗西斯·福山：《历史的终结及最后之人》，黄胜强、许铭原译，中国社会科学出版社，2003年，第83页。

子，首先面临的是如何把原有的帝国形态转化成一个现代资本主义政治秩序所认可的民族国家的问题，因为所谓的现代国家自从产生以来就一直不是一个完全独立的政治实体，所以国家从其一开始就存在于国家体系之中。中国历史上民族之间乃至汉民族内部的冲突与杀戮并不少见，但将其理解为一个民族国家的存亡问题，却是典型的现代性问题。

历史学家通常以科学水平和西方的“船坚炮利”来解释中国不可避免的失败。然而，对西方如何取得科学、军事的长足发展，却常常注意不够。其实，西方在近代的迅速崛起，一个更为重要的原因就是民族国家的兴起。英国之所以成为所向披靡的殖民帝国，不是因为上帝的恩赐，而是因为它是最早的现代民族国家。正是因为英国首先在民族国家框架内建成了统一的政治、经济、文化，特别是统一的国内市场，统一的语言、宗教，并将国内各族群聚合为“统一的”民族，才拥有了向全球扩张进而维系着一个比自己本土面积大几十倍的殖民体系的能力。“英、法两个最先现代化的国家能更有成效地动员其种种资源，我们可以把这种对资源的动员视为军事与行政现代化的一个步骤。”[①] 因此，1840 年后的中国社会所面临的问题，就显然不仅仅是文化自身的危机，而是一场前所未有的政治危机——西方民族国家的挑战。一个没有正式国名，没有明确边界，没有国旗，没有国徽，没有国歌——更为重要的是，没有一个为全民认同的“现代政府”的“文化中国”根本无法回应这一挑战。当时中国的军事力量只能对付零星的海盗，却不能与西方的国家军事力量相抗衡。中国的民族国家问题开始变成无法回避的历史要求，并且不断以政治危机与社会危机的方式提到日程上来。

这是第一次鸦片战争——传统中国和现代西方首次正面遭遇时的历史性的画面：当英国舰队突破广州虎门要塞，沿江北上的时候，江

① [美] 艾凯:《世界范围内的反现代化思潮——论文化守成主义》，第 30 页。

两岸聚集的数以万计的当地居民，平静地观看自己的朝廷与外夷的战事，好似在观看一场与自己毫不相干的争斗，用马克思的话来说，是“人民静观事变，让皇帝的军队去与侵略者作战”[①]。直到“五四”时期，来中国讲学的杜威仍然为中国人表现出来的对国家问题的冷漠而震惊。当他在上海问及一个中国人对日本占领“满洲”的看法时，这个中国人神色自若地答道：“哦，那是满洲人的事儿，与我无关。反正是他们要付出代价，不是我们。”惊愕至极的杜威发出了这样的慨叹：“这种看法不仅明显是对现实政治的极端漠视，同时在政治问题上也表现出极端的愚蠢。”[②]

这种深深刺激过青年鲁迅的“看客”的场景，凸显的是两个世界相逢时的经典画面：对峙的双方一方是信仰天下主义的一盘散沙式的中国，另一方则是高度政治化的西方民族国家以及同样以民族国家面目出场的日本。

“在19世纪70年代之后和90年代初，具有改良思想的知识分子普遍感到在西方国家富强的背后不仅存在技术和财富生产方面的才能，而且也存在醒目的统一意志和集体行动的能力。与西方国家的政府和人民密切联系相反，中国在统治者和被统治者之间存在着政治隔阂。为弥补这一隔阂，并加强对政府的政治支持，必须在统治者和被统治者之间建立政治沟通。”[③]在西方民族国家强有力的挑战之下，传统中国几无还手之力。最明显的例证，即在于这种传统政治制度既无法有效地加强国防，动员民众，抗拒外敌的入侵，也没有能力汲取足够的财力，将国家导入经济现代化的轨道，与外人展开激烈的商战，反之，却在历次对外战争中一次次惨败，一次次以割地赔款告终。

---

① 《马克思恩格斯选集》(第一卷)，人民出版社，1995年，第709页。

② 张宝贵编著：《杜威与中国》，河北人民出版社，2001年，第39页。

③ 张灏：《梁启超与中国思想的过渡(1890—1907)》，崔志海、葛夫平译，江苏人民出版社，1997年，第23页。

甲午战争是日本“开拓万里之波涛，宣布国威于四方”对外侵略扩张基本国策的产物。从1894年8月1日清政府被迫宣战到1895年4月17日签订丧权辱国的《马关条约》，历时8个半月，拥有陆军约95万，海军军舰71艘，4亿人口的偌大的中华帝国，却被一个只有29万军队，二十几艘军舰（其中有9艘在修理）的区区的岛国打败了。一个多世纪以后，费正清在谈到这场战争的时候，仍然认为这是一场中国必然失败的战争。因为“战争的一方日本这时已成为一个现代国家，民族主义使它的政府和人民在共同的目标下团结起来对付中国，而作为另一方的中国，它的政府和人民基本上是各行其是的实体。日本的战争努力动员了举国一致的力量，而中国人民几乎没有受到冲突的影响，政府几乎全部凭借北洋水师和李鸿章的淮军”①。难怪失败之后李鸿章叫苦不迭，称甲午战争其实是北洋海军独自同日军决战，这话虽然有推脱责任之嫌，却不能说全无道理。

显然，面对现代民族国家的挑战，以儒家思想为核心的中国传统文化已经根本不具备回应的能力。“当中国不再是世界的中心或‘中央王国’，或者说不再是世界时（即使在中国人看来也是如此），儒学也就不再具有处于中心地位的美德或活力了。作为一个国家，中国面对世界，而不再包含世界，它甚至面临被包含的危险。”②梁启超曾经痛心疾首于民众的缺乏群体意识、民族意识和国家意识，斥责对国家兴亡不闻不问、自私自利的“旁观者”：“今我中国国土云者，一家之私产也；国际云者，一家之私事也；国难云者，一家之私祸也；国耻云者，一家之私辱也。民不知有国，国不知有民，以之与前此国家竞争之世界相遇，或犹可以图存，今也在国民竞争最烈之时，其将何以堪

① ［美］费正清编：《剑桥中国晚清史（1800—1911）》下卷，中国社会科学出版社，1985年，第129页。

② ［美］列文森：《儒教中国及其现代命运》，郑大华、任菁译，中国社会科学出版社，2000年，第363页。

之！……民无爱国心，虽摧辱其国而莫予愤也。”[1]可以说，中国近代知识分子经历文化危机的心理历程，凸显出中国人发现自己是一个现代化的“落伍者”所产生的普遍焦虑、亢奋和迷乱。不断加剧的危机越来越体现为一种“认同危机”，那就是何谓西方国家？中国和西方国家的关系到底该如何？新老儒家“修、齐、治、平”的道德理想主义所持的正是与“民族国家”工具理性世界观针锋相对的“文化主义”天下观，在这种文化的“天下”观念和“中国中心”观念的框架下，这些问题是不可能得到答案的。要以“中华民族”的形态解决危机问题，只有在国家的政治框架里才有可能。这意味着20世纪初叶中国知识分子和政治精英的民族主义冲动，最终要表现为和传统文化彻底决裂的政治革命。

如果说明末清初具有强烈反清意识的王夫之、黄宗羲和顾炎武坚持抗清复明的言论背后，仍然是明华夷、辨人禽的传统观念，那么，到了林则徐、魏源和冯桂芬这里，文化中国的信念已经开始动摇。而在马建忠、王韬、薛福成、陈炽、陈虬和郑观应等人的著作中，全新的民族国家意识则已经开始萌动。他们的言论表明，中国是世界体系中的一个普通的国家，而不再是“君临天下”的“天朝帝国”。从此以后，以民族国家意识唤醒民众，使“知有天下而不知有国家，知有一己而不知有国家”[2]的传统国民转化为效忠民族国家的现代国民，被归结为近代以后中国知识分子最主要的启蒙使命。

可以说中国知识分子对民族国家的真正自觉，是在戊戌变法——这一最后一次在传统中国的框架中进行的变革失败之后出现的。完成这一转折的标志性人物是梁启超。张灏曾经总结梁启超在1890年到1907年间思想的转变的两个过程，那就是：“第一，摈弃

---

① 梁启超：《论近世国民竞争之大势及中国前途》，《饮冰室合集》一·文集之四，中华书局，1989年，第60页。

② 梁启超：《新民说·论国家思想》，《饮冰室合集》六·专集之四，中华书局，1989年，第21页。

天下大同思想，承认国家为最高群体；其次，把国家的道德目标转变为集体成就和增强活力的政治目标。”[1] 在1895年前,主宰梁启超思想的主要是传统的华夏中心主义和排满的种族民族主义。1897年，当梁启超在《变法通议》中提出“平满汉之界”的“泛黄种主义”的时候，他的思想还未能真正摆脱中国传统的“天下”观念所形成的“华夷之辨”。虽然“华夏”的内涵已扩展为“黄种人”，“夷”的内容已改为“西洋”。这时的梁启超尚处于由传统民族主义者向近代民族主义者的转变之中。1898年底，戊戌变法失败，梁启超亡命日本，此后又辗转美国、澳洲等地，才开始“言论大变”。从此以后，“国家”在他的头脑中上升为最高的竞争单位，儒家的“公羊三世说”逐渐为西方现代政治学说所取代：“吾爱孔子，吾尤爱真理！吾爱先辈，吾尤爱国家。”[2] 他明确表明自己决不再言排满，决不再言种族革命，直陈“今日吾中国最急者……民族建国问题而已”[3]。为了解释现代国家的观念，梁启超将“西方”分解成不同的民族国家，在描述这些欧洲国家各自的历史之后，梁启超指出强国之所以具有较大竞争力，是因为人民并没有把“文化”作为尽忠的唯一标准，而是将“国家”作为尽忠的目标。在他看来，只有抛开文化层面的问题，仅仅把国作为竞争单位的时候，“我的祖国”的概念才会出现，“爱国主义”意识才可能产生。梁启超在1902年前后发表的许多政论文章中，都集中论述了中国人头脑中的“文化的中国不接受挑战”和“国家的中国不存在”的问题，认为这势必导致人们尽忠的目标是文化而不是国家，势必削弱人们对“国家的中国”关注的程度，“窃以为我辈自今以往，所当努力者，惟保国而已，若种与教，非所亟亟也”[4]。正是基于这一认

---

① 张灏:《梁启超与中国思想的过渡(1890—1907)》,第211页。

② 梁启超:《保教非所以尊孔论》,《饮冰室合集》一·文集之九,中华书局,1989年,第59页。

③ 梁启超:《新民说·论自由》,《饮冰室合集》六·专集之四,中华书局,1989年,第44页。

④ 梁启超:《保教非所以尊孔论》,《饮冰室合集》一·文集之九,中华书局,1989年,第50页。

识，梁启超在解释民族主义这一现代性范畴时，不仅仅注意到了共同血缘，尤其是共同文化联系的重要性，而且还明确指出了“独立自治”“完备政府”“谋公益”“御他族”等关键词，描述了西方近代民族国家的政治属性及职能：“各地同种族、同言语、同宗教、同习俗之人，相视如同胞，务独立自治，组织完备之政府，以谋公益而御他族是也。”[①] 反映出到了梁启超这里，中国知识分子对西方政治制度的了解已经非常深入。

梁启超之后的另一个标志性的人物是孙中山。孙中山之所以死后被尊为“国父”，是因为他作为引进现代国家学说的集大成者，明确提出了现代民族国家的纲领——“三民主义”并将其付诸实践。

1905 年时的孙中山还算不上一个真正的民族主义者，这一时期提出的口号“驱除鞑虏，恢复中华”，仍然是以“反满”为中心内容，尽管辛亥革命后他也提出过“五族共和”，但其思想中的大汉族主义色彩仍然非常浓厚。到 1919 年他写作《三民主义》的时候，他对民族国家及其相关的民族主义概念的理解已经发生了翻天覆地的变化。他指出：“夫汉族光复，满清倾覆，不过只达到民族主义之一消极目的而已。从此当努力猛进，以达民族主义之积极目的也。积极目的为何？即汉族当牺牲其血统、历史与夫自尊自大之名称，而与满、蒙、回、藏之人民相见于诚，合为一炉而冶之，以成一中华民族之新主义。”[②] 在这样的理论构架中，华夏民族这个具有浓厚文化民族色彩的概念终于被“中华民族”这个政治民族概念所取代。

孙中山坚决反对君主制，在中国历史上第一个提出了“推翻帝制，建立民国”的口号。由“民有、民治、民享”组成的“三民主义”，蕴涵了社会、国家、公民之间的全新关系，成为民族国家意识的完整表达。在孙中山那里，民族主义开始摆脱文化民族主义的束缚，融入

① 梁启超:《新民说》,《饮冰室合集》六・专集之四,中华书局,1989 年,第 4 页。

② 《孙中山全集》第 5 卷,中华书局,1985 年,第 187 页。

了现代自由、民主、平等的新精神。中华民国标志着一个民族国家的建立，体现了国家是由领土、人民、主权三要素组成的，并开始按照现代国家操作。“中国”作为一个独立主权国家而立于世界。《中华民国临时约法》第一章总纲第一条、第二条规定：“中华民国，由中华人民组织之。”“中华民国之主权，属于国民全体。”第五条规定：“中华民国人民，一律平等，无种族阶级宗教之区别。”[①] 中国人之所以认同这个现代国家，就是因为被儒家伦理分离的各种社会集团，持有不同身份的中国人，都可以被“共和国”所整合。在1916—1928年时期的大部分时间内，北京政府在1912年临时约法的基础上进行工作，其先后颁布的《中华民国宪法草案》（1919年8月12日）、《中华民国宪法》（1923年10月10日）、《中华民国宪法草案》（1925年12月11日）等几部国家根本法，在国体、人民权利等方面都继承了《临时约法》的基本精神，规定在共和政体下，使人民享有一定的权利和自由。虽然这些宪法条例在政局混乱的中国并不能真正得以实现，只是统治者掩盖其独裁行为的一张遮羞布，但其存在，却使统治者不敢冒天下之大不韪，以推翻共和、恢复帝制来满足自己为所欲为的愿望，只能通过召开国会使其要求合法化。

尽管辛亥革命是一场“不彻底的革命”，中华民国也不是完整意义上的现代国家，但民族国家的形式却已经建构起来。从此以后，国民党与共产党之争，已经不再是“传统”与“现代”之争，而是在这一全新的民族国家框架中的现代性之争。辛亥革命后爆发的五四运动、马克思主义在中国的传播、国共两党之争乃至中华人民共和国的建立，都可视为已经具有民族国家雏形的现代中国向更成熟的现代国家的转变过程。

民族国家的认同与建构当然不仅仅体现为观念的转变，它同时还表现为更为重要的制度建设。其中当然包括教育制度的变化。包括

---

① 《民国十年编订——现行法令全书》（上册），中华书局，第1页。

大学在内的现代教育制度是民族国家制度建设中的一个极为重要的环节。“文学史”作为对应于民族国家的一种教育制度就是在这种制度变革中赢得自己的合法性的。包括“文学史”在内的“新史学”与民族国家互为表里，相互依存，没有“新史学”，我们无法建立起有效的民族国家认同，无法将“想象的共同体”转变为超历史的自然存在，同时，没有民族国家的制度保障，“新史学”无法传播，无法将观念内在化，无法实现自己的现代性功能。

不破不立。民族国家的体制建构只能在传统制度的废墟上才能建立起来。清末教育制度从兴设学堂到废除科举之种种兴革，都是“划时代”的重要事件。尤其是1905年清政府废除科举，更为民族国家的建构扫清了最重要的障碍。因为传统中国的合法性正是与之相适应的教育制度提供的。故不少学者认为1905年废科举使这一年成为新旧中国的分水岭，其划时代的重要性甚至超过辛亥革命，其意义相当于1861年沙俄废奴和1868年日本明治维新后的废藩。人们对废除科举的意义评价如此之高，是因为新的教育制度——以西方教育为标准的教育制度将确立新的民族国家认同。从清季兴办学堂开始，西方学科分类逐渐在中国教育体系中确立。在近代学术体系转化的过程中，学科体制的建立是非常重要的一环，而新式学堂所采取的分科教育形态，又与学科体制的建立有着极为密切的关系。清末新式学堂分科设学的方式，一方面重构了晚清学人的知识分类标准，在另一方面，制度化的形式也逐渐确立了近代学术发展的方向。虽然真正意义上的现代教育制度要在民国之后才得以逐渐建成，但分科体制一旦出现，其方向就将不可改变。它将最终改变中国人理解世界和自我的方式。

第二节
“文学史”的功能

在建构民族国家认同的过程中，“文学史”究竟具有何种功能呢？

讨论“文学史”的功能，当然还得从“文学史”所从属的“历史学”的功能谈起。这里的“历史学”当然不是“旧史学”，而是梁启超定义的“新史学”。

“史界革命”是梁启超提出的口号。在《新史学·中国之旧史》结尾处，梁启超写道：“呜呼，史界革命不起，则吾国遂不可救。悠悠万事，惟此为大。”[①] 为什么史学有如此重要的力量呢？梁启超指出：“史学者，学问之最博大而最切要者也，国民之明镜也，爱国心之源泉也。今日欧洲民族主义所以发达，列国所以日进文明，史学之功居其半焉。”[②] 今人读梁启超这样的文字，可能会觉得过于夸张，虽然我们承认“史界革命”能够帮助清除腐朽落后的思想观念，强化国民意识，激发爱国主义热情，达到救国和图强的目的，但将救国的希望完全寄于史学身上，当然是“唯心主义”思想。“史学革命”难道比经济革命、政治革命都要重要吗？

其实，晚清时期，对“史学革命”持如此激烈的观点的并非梁启超一人。譬如邓实就认为：“中国史界革命之风潮不起，则中国永无史矣，无史则无国矣。”[③] 陈黻宸认为历史是“人人心中天然自有之物”，如果“前有事而不知，后有故而不问，环球互市，风气大开，而懵然无所识者，”此为“学人之大耻，”因此“国而无史，是为废国；人而弃史，是为痿人”，进一步强调了史学的重要性。[④] 马叙伦在他

---

① 梁启超:《新史学》,《饮冰室合集》一·文集之九,中华书局,1989年,第7页。

② 同上书,第1页。

③ 邓实:《史学通论》,《政艺通报》第12期,1902年8月18日。

④ 陈黻宸:《独史》,《新世界学报》第2期,1902年9月16日。

的《史学总论》中认为，“史学，群学也、名学也、战术学也；种种社会之学，皆于史乎门键而户钥之者也”，“历史一门，固世界中第一完全不可缺之学矣”，把史学对其他学科的作用联系起来。夏曾佑认为，“智慧大于知来，来何以能知？据往事以为推而已矣。故史学者，人之所不可无之学也”，史学撰述应当“文简于古人而理富于往昔，其足以供社会之需乎”。①

类似的观点非常多。可见在晚清语境中理解“史学革命”的意义并不是一件太难的事。晚清前后，中国社会遭遇的主要现代性课题是如何建立民族国家认同，而“历史”正是这一认同的基础。如前所述，民族国家并不是什么自然发生、本质不变的人群的聚合，没有任何一个民族国家拥有纯净的血缘与一致的文化。我们之所以接受民族国家认同的召唤，是因为在特定的时空条件下，这个过渡性的国家组织能凝聚大众，安内攘外。因此，民族国家认同完全不同于传统的建立在血缘、种族、语言乃至历史文化认同之上的集体认同。按安德森的说法，在安德森那里，民族国家是一个“想象的共同体”，所谓一个民族休戚与共的感情，在他看来不过是印刷资本主义在特定疆域内重复营造的“想象”。霍布斯鲍姆也持类似的观点，他认为所谓一个民族的传统，只是1870年以后西方国家为了巩固既有政治秩序而进行的一连串“发明”，而民族国家认同则是一个人发掘、认识自我与民族大我正确关系的过程，认同的基础是某种“本质性”（essential）的存在，或者说认同的过程是指一种本质性的建构过程。那么，用什么方式来创造这种共同意识呢？当然是历史学。只有通过历史学，我们才可能创造出“一个同一的、从远古进化到现代性的未来的共同体”②。当一个全新的民族国家被解释为有着久远历史和神圣的、不可质询的起源的共同体时，民族国家历史所构成的幻想的情节才能被认为是曾经发

① 夏曾佑：《中国古代史》第1册。

② [美]杜赞奇：《从民族国家拯救历史——民族主义话语与中国现代史研究》，王宪明译，社会科学文献出版社，2003年，第3页。

生过的真实的存在。正是通过这种驯化和熏陶，民族国家神话被内化为民族国家成员的心理、心性、情感的结构。

这正是民族国家的建构被表述为“救亡”的原因——或许也正是这一现代性范畴的吊诡之处：一方面，民族国家的确立在于对传统共同体的某些基本要素如血缘、地域、语言、宗教、文化等的超越，并因此与“文化国家”划清界限；另一方面，民族国家又必须借用这些要素的某些部分，将其融入一个新的历史范畴。

19世纪的西方，恰值民族主义史学昌盛的时代。当时由于各国民族意识的觉醒，纷纷致力于本民族历史文化的搜集整理，由此演成欧洲的民族文化运动。杜赞奇曾这样描述这一过程：

> 我们知道，在西方大学里专业历史的出现与民族利益密切相关，而且这一专业的权威源于其民族真正的发言人这一身份。例如，法国大学系统里的历史专业是在19世纪70年代建立的，其时法国经历了普法战争的惨败。法国的历史学家不仅自视为民族遗产的传承人，而且是“公共舆论的塑造者，肩负着用历史的教训来重建民族自豪感，以便使新遭国耻的祖国寻求新生和复仇的重任”。19世纪80年代美国新建立的历史系的职业历史学家致力于建设一种真实、健康的民族主义以替代党同伐异的、谬误的民间爱国主义。19世纪末期美国历史学界的共识是：在血腥的美国内战之后，历史应该肩负起“治愈民族”的重任。[①]

在《帝国》中，哈特和奈格里也谈到了历史学在西方殖民化过程中所起的重要作用：

> 历史学科的主要组成部分也卷入了他者在学术意义和

---

① [美]杜赞奇：《从民族国家拯救历史——民族主义话语与中国现代史研究》，第11页。

> 普及意义上的生产，从而为殖民统治的合法化出了力。比如说，英国管理者到达印度后，发现那里是无史可用。他们不得不自己写出“印度历史”，将印度的过去历史化，以触及它，并使它为己所用。然而，就如同一个殖民地国家的形成一样，一部英国造的印度史只有通过将欧洲逻辑和模式强加到印度现实之上才可完成。[①]

梁启超对西方史学的热情称颂，正是基于他对西方史学在民族国家建构中的这种不可替代的功能的认识。“无史则无国”，梁启超认为只有史学才是“国民之明镜也，爱国心之源泉也”[②]。欧美之所以强大，史学发达是重要原因之一；中国在近代所以落伍，史学没有跟上时代的潮流，国民不具备近代史学的知识，是一大“病因”。旧的史学是为传统意义上的文化中国认同服务的，而新史学则为民族国家的认同服务。梁启超及其同辈正是在对“两个中国”的区分中，意识到了历史学对民族国家认同的重要性。不破除旧史学，我们就不可能打碎我们对天下中国的认同，当然也就无法建立起对民族国家的认同。正是基于这样的认识，“旧史学”与“新史学”才在梁启超笔下呈现出如此尖锐的二元对立。“两个中国”的对立被转化成“两种历史”的对立。前者是“君史”（王朝史学），后者是“国史”（国家史学，民族史学，国民史学或国族史学），现代史学的本质特征是“民史”（生活全史，社会或文化史学，或从下到上的史学）。

“历史”到底有什么用呢？在“历史终结”之后的今天，讨论这个问题有些不合时宜，但在民族国家建构的过程中，“历史”的作用却不可替代。“历史”既是培养民族精神的学科，又是文化陶冶的科目，

---

① [美] 麦克尔·哈特、[意] 安东尼奥·奈格里：《帝国——全球化的政治秩序》，杨建国、范一亭译，江苏人民出版社，2003 年，第 131 页。

② 《新史学》，《饮冰室合集》一·文集之九，中华书局，1989 年，第 1 页。

历史教学具有公民教育的性质。梁启超正是在这一意义上重新定义了史学的功能。他认为：“无论研究何等学问，都要有目的。甚么是历史的目的？简单一句话，历史的目的是在将过去的真实事实予以新意义或新价值，以供现代人活动之资鉴。假如不是有此种目的，则过去的历史如此之多，已经足够了。在中国，他种书籍尚不敢说，若说历史书籍，除二十四史以外，还有九通及九种记事本末等，真是汗牛充栋。吾人做历史而无新目的，大大可以不作。历史所以常常去研究，历史所以值得去研究，就是要不断的予以新意义及新价值以供吾人活动的资鉴。”① 这段话用今人的口气去说，就是历史研究要为现实政治服务。显然，梁启超反对的并不是史学为政治服务，而是反对历史学为传统的中国认同服务。

传统中国史学在形成对传统中国的认同过程中有着不可替代的作用，史学以其“借鉴”和“垂训”功能与社会现实保持密切关系，通过记述以往的历史为后人提供借鉴，通过对古人古事的道德评判和“彰善瘅恶”为传统的政治统治提供可依赖的根据与可效仿的榜样。由于国家管理的需要，统治者治国借鉴前人经验教训的需要，掌管文字记录的史官成为国家政治的组成部分。无论是早期作为人和天之间媒介的、带有浓厚宗教色彩的史官，还是后来更偏重于记载祖先世系，以及君王言行的史官，都与统治者治理国家有着密切的关系。史学的最终成果——史书的编撰在统治阶级的严格控制下，也完全是为封建社会政治服务的。史书编撰成为封建政治生活中一项重要内容。尤其是在社会动荡、王朝更迭的时期，新建王朝的统治者对史学会更加重视。因为变动时期的统治者既需要汲取前代兴亡成败的经验教训作为自己统治的借鉴，又需要利用史书的编撰来树立和标榜自己王朝的正统地位。在中国传统史家那里，历史的研究和撰述是让君臣“鉴前世

---

① 梁启超：《中国历史研究法（补编）》，《饮冰室合集》十二·专集之九十九，中华书局，1989年，第5页。

之兴衰，考当今之得失”的，也是为士大夫的安身立命济世成功提供指导和教益的。在这个意义上，史学乃是以历史教育养成士大夫的君臣的学问，史学之“学”既有研究撰述之义，又具教养成学之义。而梁启超的“新史学”之“新”义，则在于以历史教育养成国民之学，取代以历史教育养成士大夫的君臣之学，这是梁启超所提倡标举的新的“国民史学”一个最基本的含义。

对晚清甚至晚清之后的中国人来说，所谓的“现代化”历程说穿了不过是民族国家的形成确立过程，而历史学正是民族国家正当化的一种理念工具，为了将民众统合成国民，民族的集团记忆作为一种文化资产而受到重视，对它进行生产、加工正是历史学的主要作用。特别是在列强压迫下急迫地需求富强、走上现代化的中国，则更加强了史学的这种功能。历史学的这种功能决定了它在民族国家教育制度中的位置。正如杜赞奇指出的：

> 在我们教育的早期阶段，“民族—国家”的历史教学法并不涉及历史的基本规则和方法论，而是对历史内容的学习，而且是死记硬背的学习。它的首要目标之一不是理解可以对其种种范畴提出疑问的基本规则，而是灌输对民族的热爱、自豪、耻辱、怨恨，甚至是仇视。换言之，历史是民族认同得以形成的最重要的教育手段。①

作为“历史学”的一种，“文学史”的功能当然也只能而且应该在民族国家这一框架中加以理解。“文学史”为民族国家这个“想象的共同体”提供了丰富的证据和精彩的内容。“文学史”从语言、文字构成的历史当中，寻找民族精神的祖先，建立国家文化的谱牒，以完成关

① [美] 杜赞奇：《为什么历史是反理论的？》，黄宗智主编《中国研究的范式问题讨论》，社会科学文献出版社，2003 年，第 11 页。

于幅员辽阔、文明悠久的“祖国”的想象，作为国民的应有知识，中国文学史为近代中国找到了识别自我的文化标志，将抽象的“中国”变成了感性的形象。当文学与一个有着地域边界的民族国家联系起来的时候，一个被赋予了民族精神和灵魂的国家形象，便在人们的想象之间清晰起来。在中国“近代史”上，“文学史”的建构与民族国家意义上“中国”的建构是完全同步的，“文学史”发挥了诸如塑造“理想国民”的重要作用，并获得了经典化和体制化的机遇，成为大学教育的核心课程。因此，“文学史”学科的确立牵扯到一系列的教育体制和相关社会群体、文化生产方面的变化。

萨义德（也译为赛义德）在著名的《东方学》中曾这样揭示貌似客观的“东方学”的政治性：

> 于是，东方学所提出的政治问题可以归结为：还有哪些种类的学术、美学和文化力量参与了像东方学这类帝国主义传统的建构？语言学、词汇学、历史学、生物学、政治经济理论、小说写作和抒情诗是怎样参与东方学中普遍存在的帝国主义世界观的构造的？东方学发生了什么样的改变、调整、美饰甚至革命？在此语境中，原创性、连续性、个体性有什么意义？东方学怎样从一个时代过渡到或传递到另一个时代？最后，在面对其历史复杂性、细节和价值时，我们怎样将东方学这一文化和历史现象处理为一种有血有肉的人类产品，而不仅仅是一种冷冰冰的逻辑推理，同时又不至于失去文化产品、政治倾向、国家与具体现实之间的联系？面对这类问题时，人文研究可以负起同时关涉政治和文化的责任。但这并不是说这样的研究必须为知识与政治之间的关系确立一成不变的规则。我的观点是，每一人文研究在具体语境中

都必须明确阐明这一联系的性质、其主题及其历史背景。[①]

完全应该在萨义德列举的诸多学科中加入“文学史”。“文学史”在民族国家建构中所扮演的角色，正在于这种将政治文学化的能力——将民族国家的政治认同“处理为一种有血有肉的人类产品，而不仅仅是一种冷冰冰的逻辑推理”，在这一点上，“文学史”是历史，但又不仅仅是“历史”，而是“文学”的“历史”。强调这一点绝不多余，它意味着“文学史”将以自己的方式——不可替代的方式参与现代民族国家的建构。事实上，需要通过“文学史”传播的这些历史价值尺度是抽象的、空洞的、教条的，而文学经典的出现终于使这些尺度的论述拥有某种连接点和可感可触的榜样。“美学观察与历史分析的鸿沟必须填平，文学史是文学与历史的统一；各个文学品种与文本都应当受到足够的重视，但同时又必须把它们放到广泛的社会联系系统中去。”[②] 正是通过“文学史”的传播，完全外来的西方政治、文化知识以及主体想象他者的方式逐渐转化成为中国国民的无意识。要完成萨义德提出的任务——让小说写作和抒情诗参与到民族国家的建构之中，真正的中介就是“文学史”。没有“文学史”及其“文学史”衍生出的文学批评，“文学”的学科根本不可能存在，“文学”也根本无法实现其现代性的功能。——或者说，只有通过“文学史”，“文学”才能变成“历史”和进入“历史”。

“变成”“历史”或“进入”“历史”的过程就是文学经典化的过程。依据隐含的规则，我们对作家作品和文学现象作出选择，将那些符合规则的作家和作品确立为经典作家和经典作品，通过对这些作家作品意义的解释传导一种“正确的阅读方式”，我们依次确定“文学”的定义。接下来，这种被确立的经典通过学校、传媒、图书馆、博物

---

① [美]爱德华·W.萨义德:《东方学》,王宇根译,生活·读书·新知三联书店,1999年,第20页。

② 邵伊尔:《文学史写作问题》,《重新解读伟大的传统》,社会科学文献出版社,1993年,第145页。

馆等国家意识形态机器得以传播、保存、阐发，影响社会。而“文学史”承担的正是这种确立经典的工作。“文学史”要行使自己的现实权力，就必须把它试图传播的“文学”—“历史”知识固定下来，使之成为恒定的范式不断承传。这种范式就是经典。“近百年来，文学史所承担的教育责任，早已使它变成了意识形态建构的一部分，文学经典的教育，直接导向一种文化价值观念的成立，文学史常常给人的情感、道德、趣味、语言带来巨大影响，甚或起到人格示范的作用。”①

具体到“中国文学史”的写作，在将近一百年的历史中，虽然中国社会、意识形态经历了不同的甚至被描述为“断裂”的相互冲突的漫长阶段，但“中国文学史”始终是大学中文系的一门基础课程。始终在讲述同一个故事，一个有关中国文学传统的故事，而这个故事始终是以民族国家意义上的“中国”为框架的。“中国文学史”的写作从“不成熟”到“成熟”，取决于写作者对“文学”“历史”观念的现代性的理解，还取决于对民族国家与“文学史”的内在关系的理解，当然，更重要的还有民族国家的教育制度为“文学史”写作提供的制度环境。虽然当年林传甲已经认同“我中国文学为国民教育之根本”②，黄人写文学史的目标也是为了由文学史而知“我国可谓万世一系”，“动人爱国保种之感情”③，但他们谁也不如胡适那样自觉。在著名的《国学季刊发刊宣言》中，胡适甚至直接将“文学史”——“文艺史”纳入直接为民族国家认同服务的“国学”范围。胡适说：

> 我们理想中的国学研究，至少有这样的一个系统：
>
> 中国文化史：
>
> (一）民族史
>
> (二）语言文字史

---

① 戴燕:《文学史的权力》,北京大学出版社,2002年,第161页。

② 林传甲:《中国文学史·目次》,武林谋新室,1910年,第24页。

③ 黄人:《中国文学史》第一册第一编《总论》,国学扶轮社,第3—5页。

（三）经济史

（四）政治史

（五）国际交通史

（六）思想学术史

（七）宗教史

（八）文艺史

（九）风俗史

（十）制度史①

经典的形成意味着对经典的认定和选择。既然需要选择，就需要确立选择的标准，经典的选择——“文学史”的写作就必然体现为一种权力活动。在大多数时候，这种权力并不是文学史家个人的权力。经典的选择和确认是一个文学制度共同运作的结果。按照斯蒂文·托托西的观点，“文学制度”由一些参与经典选拔的机构组成，“包括教育、大学师资、文学批评、学术圈、自由科学、核心刊物编辑、作家协会、重要文学奖”②。因为文学的意义只能通过文学经典来加以阐发，文学批评也不能不以“文学史”为基础——我们凭什么进行文学批评呢？说一部作品好一部作品不好的依据和标准来自何处呢？当然来自“文学史”，来自“文学史”确立的“经典”，即便我们可能根本没有读过这些经典。当文学史推出自己的经典之后，通过教育的手段，这些经典反过来也规定和制约了文学作品的阅读方式，而文学史对经典的解读，也通过教育体制而被一再复制，变成对经典的“经典性阐释”。结果是，文学史在确立经典的过程中，同时也制造了一套特殊的对经典的诠释话语。而对经典的阐释，其重要性决不在经典的确立之下。这就是经典的权威，也是文学史和文学史家的“权力”，经典的建立也

① 胡适：《国学季刊发刊宣言》，1923年1月《国学季刊》第1卷第1号。

② 参见［加］斯蒂文·托托西：《文学研究的合法化》，马瑞琦译，北京大学出版社，1997年，第33—34页。

就成为一个充满权力争斗的过程。正是在这个意义上，福柯把“文学史”视为知识和权力联盟的一种形式。

经典的权力自古以来就存在，刘勰的《文心雕龙·宗经》就有这样的论述：“经也者，恒久之至道，不刊之鸿教也。”[①] 但古代的经典常常被强调为自然选择的结果，因为年代久远，我们常常不易对经典的选择形成自觉。现代经典的建立抛开了“自然选择”的面纱，大规模地、急功近利地重建、再造、修正经典，为民族国家的利益服务，为政治权力、为经济效益服务。权力介入经典的过程变得十分赤裸裸。虽然在经典确立之后，经典的确立者、诠释者和维护者仍然会强调经典的自然天成，天经地义。

伊格尔顿在《二十世纪西方文学理论》中曾对文学经典的传播方式有过分析：

> 把作品分为“文学”与“非文学”，伟大不朽的文学与昙花一现的文学。它还是支配他人的权力，即规定和保持这一话语者与获选进入这一话语者之间的权力关系。它也是为那些可以出色地运用这种话语的人授予证书的权力和否认那些不合格者的权力。归根结底，这是文学—学术机构——上述一切都在这里发生——与整个社会的统治机构之间的权力关系问题；这一话语的保持和有控制地扩展将服务于这一统治机构的意识形态需要并使它的成员得到再生产。[②]

最重要的文学—学术机构当然是大学。福柯在讨论文学标准的时候就明确提醒我们注意现代大学所扮演的角色。《福柯访谈录》曾记录下这样一个段落。一位名叫迪奥的访问者提出了这样一个我们在“文

---

① 参见《文心雕龙浅释》，刘勰撰，向长清释，吉林人民出版社，1984 年，第 54 页。

② [英] 特雷·伊格尔顿：《二十世纪西方文学理论》，伍晓明译，陕西师范大学出版社，1986 年，第 255 页。

学史”写作和研究中通常会遇到的寻常问题：“我们怎样区分好的和坏的文学呢？”

福柯做了如下回答：

> 这是无法逃避的一个问题。首先，我们将不得不问自己：构成小说、诗歌、故事在社会中流通的活动是什么呢？其次，我们还可以这样来分析，在所有的叙事作品中，为什么其中一部分被神圣化，作为“文学”来发挥作用？它们与一种原先并不与之相容的机构发生关系：大学机构。
>
> 我们的文化有一个非常明显的斜坡。在19世纪，古典文学是组成大学的因素之一，它既构成当代文学的唯一的基础，又构成对当代文学的批评。于是，在19世纪，在文学和大学之间，在作家和教授之间，就有了一种非常奇怪的交互作用。
>
> 接着，尽管不断地发生口角，这两个机构还是逐渐地关系越来越密切，趋于完全合流。我们都知道今天所谓的先锋派文学只有大学里的教师和学生在阅读。我们清楚地知道，今天超过30岁的作家就会有学生围上来撰写研究他的作品的论文。我们知道作家主要靠教书和开讲座谋生。
>
> 在此我们接触到某种真相：文学是通过选择、神圣化和制度的合法化的交互作用来发挥功能的，大学在此过程中既是操作者，又是接受者。[①]

福柯再度转换了问题，把区分“好的文学”和“坏的文学”这样的工作留给了别人，而他自己，则一如既往地表示宁愿研究在生产这种价值判断的过程中制度所起的作用。

---

① [法]福柯：《权力的眼睛——福柯访谈录》，严锋译，上海人民出版社，1997年，第88—89页。

第三节
制度规约下的“文学史”写作

陈平原曾经指出：“从事学术史、思想史、文学史的朋友都是潜在的教育史研究专家。”[①] 在另一篇文章中，他还有进一步的表述：“在20世纪的中国学界，‘文学史’作为一种‘想象’，其确立以及变形，始终与大学教育（包括50年代以前的中国教育）密不可分。不只将其作为文学观念和知识体系来描述，更作为一种教育制度来把握，方能理解这100年中国人的‘文学史’建设。”[②] 对“文学史”写作动力的追寻，将最终把你引领到教育史的探讨中。因为“文学史”并不仅仅是一种类似于小说那样的个人创作（其实在某种意义上小说的创作也不是完全“个人”的），“文学史”还是大学文学专业的一门基础课程，既然是大学课程，也就一定存在对这门课程的要求。谁来制定这样的要求，当然是学校，以及学校的上级管理部门。正是在这个意义上，探讨“文学史”的发生和发展，探讨“文学史”写作的动力和框架，或者说，讨论“文学史”的功能，就不能不讨论教育制度的作用。

我们不妨仍然从“中国文学史”的发生谈起。

在上一章中，我们曾经比较过第一部《中国文学史》——林传甲的《中国文学史》与真正现代意义上的中国文学史——胡适的《白话文学史》的差异，有名无实的林传甲的《中国文学史》一直是后代文学史家批评的靶子，学者们普遍认为林传甲与胡适的差距主要出在观念上，是因为林传甲对于“文学史”著述体裁的“漠然无知”，“他的脑袋里虽然也装了些西学知识，不过真正起作用的，还是传统的文章

---

① 陈平原:《中国大学十讲》,复旦大学出版社,2002年,第2页。

② 陈平原:《文学史的形成与建构》,广西教育出版社,1999年,第4页。

学、修辞学和尊经的观念，以及表达这一套观念的语言词汇”。[1]这种分析当然是很有道理的。但林传甲的《中国文学史》的写法，是否还有更直接的制度方面的因素呢?

林传甲的这部《中国文学史》写于京师大学堂的任上。1904年，在京师参加会试未中的林传甲经严复推荐，被张百熙聘为京师大学堂教习，通共在京师大学堂工作了一年。林传甲五月到任，马上要赶编讲义，于是边教边写，“奋笔疾书，日率千数百字”，同年十二月学期结束之前共写成十六篇，就以这份讲义为学期“授业报告书”呈交教务提调。随后经提调总监督核准，同年正式出版。

开办于1898年的京师大学堂是废科举兴学堂的产物，是传统教育体制向现代教育体制的过渡。甲午战争后，清廷朝野对于时局的危机感剧增，不少维新之士把人才不出的原因归咎于学校不兴、科举不废，于是兴学之议蜂起，与之相伴而来的便是现有举拔人才制度的改良。京师大学堂应运而生。刚开始的时候，京师大学堂不设科，仅开设诗、书、礼、易、春秋。1902年后，张百熙出任管学大臣，主张在京师大学堂设科开课。1903年设有经学、政治、文学、格致、农业、工艺、商务、医术8科。只是由于当时清政府并不重视教育，京师大学堂停停办办，现代意义上的学科建设并未能开展起来。因此，京师大学堂算不上真正意义上的现代大学，至多只能算是一所准大学。

京师大学堂之所以未能完成向现代大学的转换，一个非常重要的原因是它仍然是晚清官定的意识形态“中体西用”的产物。张之洞的“中体西用”被广泛地运用在清末的学堂教育中，凡主张教育改革者几无不受此影响。光绪二十四年（1898年）筹设京师大学堂时，这种体用对立的观点即获得进一步落实的机会。这是官书局大臣孙家鼐在议覆京师大学堂奏折中所说的话：

---

[1] 戴燕:《文学史的权力》,北京大学出版社,2002年,第27页。

> 今中国京师创立大学堂，自应以中学为主，西学为辅；中学为体，西学为用；中学有未备者，以西学补之，中学有失传者，以西学还之。以中学包罗西学，不能以西学凌驾中学，此是立学宗旨。①

显然，京师大学堂的创立者还未意识到“中学”与“西学”及其两种教育制度、两个“中国”之间的对立，他们力图调和这种产生于两种文明之间的冲突。京师大学堂的有关章程，就记录出这种调和的努力并最终失败的过程。自清末推行教育改革以来，清廷便不时派员出访考察国外教育制度，也有不少朝臣士子于戊戌之前便已开始介绍西方学制与学科分类系统，但是获准采行的极为有限，直到《钦定京师大学堂章程》与《奏定大学堂章程》颁布后，教育制度才明显出现了向西方学科体制转化的痕迹。

一般说来，社会知识形态的转变影响了学术分类的方式，而知识内涵的认定又往往与其所持的分类方式有很大的关系。京师大学堂章程的颁定，凸显了官学系统对西方教育体制从对抗、调和到妥协的过程。有关京师大学堂创立的章程主要有三份，分别是《筹议京师大学堂章程》《钦定京师大学堂章程》和《奏定大学堂章程》。三份章程分别起草于1898年、1902年和1904年。这三份章程逐步确立了大学堂的学科框架。其中1902年张百熙负责起草的并经慈禧太后批准，以“钦定”名义颁行的《钦定京师大学堂章程》被称为近代中国“第一次以政府名义颁布规定的完整学制”，一年后，张百熙奉慈禧之命会同荣庆、张之洞修改前议，重拟了一份《奏定大学堂章程》并正式颁行全国，成为1912年以前兴办学堂的根本大法。严格说来，《奏定大学堂章程》颁布的已经是一套仿习西方学制的教育系统，但由于《奏定

---

① 孙家鼐:《议覆开办京师大学堂折》,朱有瓛主编《中国近代学制史料》第1辑下册,华东师范大学出版社,1986年,第624页。

大学堂章程》的重新起草，一直在张之洞的直接领导之下，因此《奏定大学堂章程》并没有完全摆脱“中体西用”架构的影响，譬如在学科设置之初就预留了一个专门考习经史词章之学的尾巴，经科大学的设置更成为保障经学的最后堡垒。

京师大学堂章程的过渡性，决定了京师大学堂的过渡性，当然，也就决定了包括《中国文学史》这样的教材的过渡性。

陈国球在近著《文学史书写形态与文化政治》一书中较为详尽地为我们介绍了这种制约林传甲的《中国文学史》的制度环境。上述主宰京师大学堂章程的调和中西学的努力，同样不可避免地体现在对“文学史”的认知中。《钦定京师大学堂章程》中的大学分科有七，其中“文学科”下设：经学、史学、理学、诸子学、掌故学、词章学、外国语言文字学等七门；除最后一科“外国语言文字学”以外，几乎包含了传统“文学”的全部种类，显然与后来胡适等人理解的现代意义的“文学”毫不搭界。1904年由张之洞支持的《奏定大学堂章程》中则将“词章学”改名为“中国文学”，但改名仍然是换汤不换药，“中国文学”的内核仍然是传统的“词章学”，《奏定大学堂章程》将“中国文学”定义为“学作文之法”，“这种‘文学’的观念，就是讲求积字成文的标准和法则，以传统已有的规范作为根据，于是读古代作品的目的在于了解其中‘义法’，以建立个人写作文章的能力”。[①] 按照这部《奏定大学堂章程》，文学科大学的“中国文学门”要修习十六个科目，其中的七科“主课”中与“文学史”最接近的就是所谓的“历代文章流别”，指的是对研究对象（“文章”）做历时的分析和综述。对这个科目，《章程》的说明非常简略，只有一句：“日本有《中国文学史》，可仿其意自行编纂讲授。”[②] 看到这样的章程，我们可能对林传

---

① 陈国球：《文学史书写形态与文化政治》，北京大学出版社，2004年，第20页。

② 璩鑫圭、唐良炎编：《中国近代教育史资料汇编——学制演变》，上海教育出版社，1991年。第356页。

甲的那部名不副实的“中国文学史”就不会感到奇怪了。《章程》的思想体现在各项规章制度之中，作为普通教员的林传甲，不可能不受这些规章的制约。按林传甲进入京师大学堂工作的那一年学校颁布的一份与教务有关的《详细规则》，规定教习要在上课前一星期（至迟五日前）将讲义送教务提调察核；每学期毕（至迟十日）又要将期内所授业报告书，送教务提调察核。林传甲的《中国文学史》讲义就是按照这样的程序经过批准并最后出版的。

章程和规章制度不仅制约了教材的写作，它也会持续影响教材写作者的观念。按照《章程》的要求，林传甲写中国文学史应该以日本学者写的《中国文学史》作为摹本。林传甲写作的时候的确遵循了这一要求，在《中国文学史》的开篇就声明道：“传甲斯编，将仿日本笹川种郎《中国文学史》之意，以成书焉。”但恰如陈国球所指出的：“事实上，《奏定大学堂章程》的‘研究文学要义’，与日本《中国文学史》根本是两回事；目标不同，要求不同。”[①] 日本近代的中国文学史已经是胡适意义上的现代“文学史”，因此必然与《奏定大学堂章程》的基本规定发生冲突。《章程》不可能以其昏昏，使其（林传甲）昭昭。但林传甲就是真弄清了二者的区别，也不可能像胡适那样写“文学史”，因为他还有《章程》这个紧箍咒戴在头上。我们上一讲分析过如何评价小说和戏剧（曲）是区分传统意义的文学史与现代“文学史”的重要标志，笹川种郎等人的《中国文学史》都空前提高了这两个门类的地位，这一点受到了林传甲的严厉批评，在《中国文学史》中，林传甲这样评价笹川种郎的《中国文学史》：“况其胪列小说戏剧，滥及明之汤若士、近世之金圣叹，可见其识见污下，与中国下等社会无异。”林传甲为什么会这样讨厌小说戏剧呢？当然与他的文学史观念有关，但是，制度的要求却同样不可忽略。在《奏定大学堂章程》的众多文件中有一份管理学生的文件就明确规定学堂的所有学生“不准私自购

---

① 陈国球:《文学史书写形态与文化政治》,第 49—50 页。

阅稗官小说”。而在京师大学堂的档案里，我们还能找到因学生携带和阅读《野叟曝言》而受到校规处罚的例子。显然，在这样的制度环境中，要求林传甲为小说戏曲这样一些缺乏“政治正确性”的东西平反，多少有些不切实际。

夏晓虹曾经有一篇文章专门谈到这个问题，指出林传甲的这部《中国文学史》不过是一本“贯彻教学纲要的教科书”，我们不要误以为是“个人独立的撰述”。[①] 这种看法是非常有道理的。也就是说，林传甲的这部《中国文学史》讲义只能算是形式上的个人著述，因为它的基本构架、内容甚至摹本都是由《章程》决定的——连摹本都已经规定了，只是规定这个摹本的人肯定不知道日本人那样的“中国文学史”在京师大学堂肯定写不出来。虽然林传甲还是做了小小的发挥，[②] 但基本框架仍主要在《章程》的范围之内却是不争的事实。

理解了林传甲写不出真正意义上的“文学史”的原因，对胡适写出《白话文学史》这样石破天惊的著作，我们就应当不会感到奇怪了。陈国球曾经总结了京师大学堂的学科分类上的矛盾，指出在三个章程之后，“文学”逐渐在形式上变成了“专门学”，显然“文学”的内涵仍然还是褊狭的“词章之学”，但其学术位格已有相当现代化的规划，“接下来的变革，就是‘美感’‘虚构’等西来观念对‘文学’定义的改造，这又有待继起的文化政治的推移了”。[③]

真正意义上的“文学史”的出现等待的就是这个所谓的“文化政治的推移”，等待的是清朝变成民国，京师大学堂变成北京大学；等待现代大学对包括“文学史”在内的现代学科的重新定义。中国学术在大学的分科建设真正起步是民国成立之后。民族国家的建构催生出与

---

① 夏晓虹:《作为教科书的文学史——读林传甲的〈中国文学史〉》,陈国球、王宏志、陈清侨编《书写文学的过去——文学史的思考》,(台北)麦田出版公司,1997年,第345—350页。

② 见陈国球在《文学史书写形态与文化政治》一书中“《中国文学史》的文学史意识”一节的相关论述(北京大学出版社,2004年,第56—59页)。

③ 陈国球:《文学史书写形态与文化政治》,第30页。

之相适应的教育制度。1912 年，以蔡元培为总长的民国政府教育部下令京师大学堂改称北京大学。同年，民国政府公布《大学令》，明令大学不再以经史之学为基础，应以教授高等学术为宗旨；大学分文、理、法、商、医、农、工 7 科，以文、理科为主，取消经学科。这是一次重大的变革，它标志着中国学术从现代学科建设的意义上，开始摆脱经学时代的范式，探索现代新范式的建立。1916 年，蔡元培出任北京大学校长。蔡元培“仿效欧洲的形式，建立自己的大学”①，对北京大学进行了一系列改革。在学科建设上，蔡元培最重大的举措，即是在 1919 年宣布“废门设系”。1919 年，北京大学共设数学、物理、化学、地质学、哲学、中国文学、英国文学、法国文学、德国文学、俄国文学、史学、经济学、法律学等 14 个学系。这些在中国第一所国立大学中进行的改革，当然无可争议地引导了中国大学的改革方向。

制度和思想之间的关系其实是不应被忽略的。以五四运动的研究为例，大家都知道研究北京大学是五四运动的策源地，新文学运动的大本营。著名的“一校一刊”（北京大学与《新青年》）的重要作用，其实考虑到《新青年》的主要作者都是北大教授，因此，“一校一刊”的重心仍然在于“一校”。但研究者关注的大都是思想演变的历程，对于大学制度与新文化之间的关联却明显注意不够。民国之后的北大，尤其是在蔡元培进行彻底改革后的北大，已经是一所现代意义上的大学。这样的大学，这样的新制度，必将制造出全新的思想与全新的认同方式。北大毕业的历史学家顾颉刚提出的“层累地造成的中国古史”的观点曾在学术界和社会上产生了很大的轰动，可以说是新文化的重要成果之一，它使长期存在于人们头脑中的“三皇五帝”的古史观发生了动摇，使人们的思想受到了极大震撼，也引发了中国近现代史学史上第一次关于中国古史的大讨论。顾颉刚在谈到自己的成功经验时则完全将原因归因于他在北大所受的教育。他说：“要是不遇见孟真

---

① 蔡元培:《中国现代大学观念及教育趋向》,《蔡元培全集》第五卷,中华书局,1988 年,第 7 页。

和适之先生，不逢到《新青年》的思想革命的鼓吹，我的胸中积着的许多打破传统学说的见解也不敢大胆宣布”，“总括一句，若是我不到北京大学来，或是孑民先生等不为学术界开风气，我的脑髓中虽已播下了辨论古史的种子，但这册书是决不会有的”。[①]

胡适能在回国数年中迅速“暴得大名”，在诸多领域纵横驰骋，挥斥方遒，固然与他掌握了新方法有关，但显然也与他置身的制度环境与林传甲们迥然不同有关，也与他身为北京大学教授的身份有关。1938年，教育部曾在“规定统一标准”的原则下，颁布过一个《大学中国文学系科目表》，其中就特别提到要“注重或提倡中国文学史的研究”。“中国文学史”不但作为文学组的必修课需要分成周至汉末、汉末至隋、唐宋、元明清四个段落详加讲授，就连语言文字组的必修课里，也有一门“中国文学史概要”。参与拟定这个科目表草案的朱自清就解释说：“文学组注重中国文学史，原是北京大学的办法，是胡适之先生拟定的。胡先生将文学史的研究作为文学组发展的目标，我们觉得是有道理的。这一科不止于培养常识，更注重的是提出问题，指示路子。”[②] 胡适1928年出版的《白话文学史》根据他早年的《国语文学史》修改而成，而《国语文学史》则是1921至1922年连续两年在教育部主办的国语讲习所讲课的讲稿，还多次在南开等校讲课。可见胡适文学史研究所具有的示范意义，已经使他的影响力超出了北大。

某种思想意识形态把“文学”从众多古代文献中分离出来，这是“文学”的客体化过程，与此同时，“文学”进入教育体制以供人们分析研究，这是“文学”的制度化过程。文学史先是在中学、大学纷纷登台，在学科建制当中立足，然后在职业化的大学里成为必

---

① 顾颉刚：《古史辨·自序》，上海古籍出版社，1982年，第80页。

② 朱自清：《部颁大学中国文学系科目表商榷》，《朱自清全集》第二卷，朱乔森编，江苏教育出版社，1996年，第8页。

修课，经过这种制度化的过程，中国文学史终于变成一种共识和集体的记忆。到胡适写文学史的时代，中国文学史的写作和教学已经成为现代教育制度中的一个不可或缺的重要环节。民国之后，不仅仅在开风气之先的北大，中国文学课的开设由于得到中华民国政府教育部的认可，在其他大学、师范院校乃至中学蔚然成风，中国文学史也因此成为法定的基本课程。戴燕的《文学史的权力》一书就为我们介绍了不少这方面的资料。如王梦曾的《中国文学史》便是作为教育部审定的中学校用“共和国教科书”，于1914年由商务印书馆出版，据该书《编辑大意》，还可知教育部有中学第四年上中国文学史课的规定。此外，商务印书馆1915年出版的张之纯的《中国文学史》，也是参照部定课程为本科师范三、四年级学生编纂的。刘大白在《中国文学史·引论》中曾说：最近几十年来，因中等以上各学校课程往往有中国文学史一门，于是有十多种文学史书出版。而商务印书馆1922年出版的凌独见的《国语文学史》，则是为该年浙江省教育会所办国语传习所编写的。[①]

到了这个时候，如何写中国文学史已经不再主要取决于个人的观念。历史进化论已经成为制度的要求。不仅仅在《大学令》中，甚至在更低一级的师范学校和中学，都有关于“正确叙述历史”的要求。教育部在民国元年（1912年）公布的《师范学校规程》和《中学校令》强调：“历史要旨在使历史上重要事迹，明于民族之进化、社会之变迁、邦国之盛衰，尤亦注意政体之沿革，与民国建立之本。”对于本国历史“应授世界大势之变迁，著名各国之兴亡，人文之发达，与本国有关系之事迹”。蔡元培甚至明确提出历史与地理教育应该强化其“实利主义”和“军国主义”……[②]

① 相关分析，详见戴燕《文学史的权力》第三章“作为教学的‘中国文学史’”。

② 见教育部《师范学校规程》《中学校令施行规则》，收入璩鑫圭、唐良炎编《中国近代教育史资料汇编——学制演变》，上海教育出版社，1991年，第679页。

民国以后的教育制度在确立了“历史”写作方式的同时，也就确立了“文学史”的写作方式。从此以后，“中国文学史”的写作始终在教育制度的变革中亦步亦趋。50年代后，随着国家制度的改变，“文学史”的写作在新的民族国家架构中承担了全新的意识形态功能。譬如在1956年经高教部审定的《中国文学史教学大纲》的颁布就是非常典型的例子，在这样的框架中，由谁来写作中国文学史已经根本不重要了。

与中国文学史一样，中国新文学史的写作也一直处于制度的规约之中。中国新文学史的课程，三四十年代就已经开始在大学零星出现。1929年春季，朱自清在清华开设中国新文学史课程，编有《中国新文学研究纲要》，并曾在北师大和燕京大学讲过此课。与朱自清同一时期还有杨振声在燕京大学开现代文学课，具体情况不详。萧乾在《我的副业是沟通土洋》[①]中，曾述：“1930年，我在燕京大学听了杨振声老师的‘现代文学’。”但未有该课程情况的详述。苏雪林也在武汉大学开过此种课程。她在台湾出版的《中国二三十年代作家》[②]的《自序》中说，她从1932年起，在武汉大学担任新文学课，她的讲稿后经整理在台湾出版。而著名的周作人的新文学史著作《中国新文学的源流》是他1932年在北京辅仁大学讲课时的讲演稿。但“新文学史”成为大学的必修课程，成为全国统一的教学大纲的规约，则是在1949年之后。1950年5月教育部规定全国各大学中文系都必须开设“新文学史”课程。1951年的下半年，受教育部委派，老舍、蔡仪、王瑶和李何林共同编写了一份《〈中国新文学史〉教学大纲（初稿）》[③]，为高校开设这门新课程确立了基本的框架。《大纲》明确定义新文学的特性既非胡适所谓白话文学、国语文学，亦非周作人所谓人

① 《新文学史料》1922年第1期。

② 纯文学出版社，1983年。

③ 李何林等：《中国新文学史研究》，新建设杂志社，1951年，第1页。

的文学、平民的文学，而是“新民主主义的文学”，学习新文学史的目的，就是要“了解新文学运动与新民主主义革命的关系”。新民主主义理论确定了新文学运动的性质，即作为新民主主义革命的一翼、自始至终服务并决定于无产阶级领导下的革命运动。这个性质一经确立，最终能够进入新文学史的，必然就是那些与党在政治上的号召相呼应的作家和反映了革命现实的作品，是真实、历史而具体地描写现实的现实主义的创作。“五四”新文学于是成为以现实主义为主流的文学。黄修己曾这样解释新文学史学科的功能：“建国以后，新文学史成为一个学科，为各类高等学校中文系的基础课……其根本任务就是通过新文学的发展历史，批判旧制度、旧文学的腐朽，总结其必然灭亡的规律，阐明无产阶级辉煌胜利和新社会诞生的原因。”[①] 这样的归纳是很有见地的。可惜50年代的当事人对新文学史意义的理解不可能这样明确。因此，第一部新文学史很快就遭到了批评。虽然王瑶写《中国新文学史稿》依据的基本原则也是毛泽东的《新民主主义论》，在基本的指导思想上，与《大纲》并无区别，但如何将文学事实装入“新民主主义”这个政治一历史框架中，王瑶的具体文学史实践与只是一个理论框架的《大纲》之间显然还有距离。如何弥合这种差距，显然还有待学者的共同努力。这个时候，革命形势可以说是一日千里。王瑶的《中国新文学史稿》分上下两册，上册1951年9月由北京开明书店出版，下册1953年8月由上海新文艺出版社出版。上下两册隔了不到两年，写法就发生了不小的变化。[②] 为什么会发生这些变化呢？当然是因为制度的规约。《史稿》的上卷出版后，1952年8月30日，由国家出版总署和党报《人民日报》联合召集了一次关于《史稿》上卷的座谈会，由出版总署副主任叶圣陶主持。（如此

---

① 黄修己：《中国新文学史编纂史》，北京大学出版社，1995年，第478页。

② 温儒敏的《王瑶的〈中国新文学史稿〉与现代文学学科的建立》一文比较了《史稿》上下卷的差异。

高级别地官方规模讨论一部"文学史"的写作，可见"文学史"的政治意义。）虽然不少发言对《史稿》有所肯定，但仍出现了大量激烈的批评意见，譬如有的发言就认为《史稿》的主要问题在于政治性、思想性不强，认为《史稿》表面上取"纯客观"态度，对材料不能分别取舍，而是兼容并包，结果轻重不分，主从混淆，判别失当，有人更指出这是资产阶级立场、观点、方法的表现，认为作者缺乏阶级观点和阶级分析的方法……①刊发这次座谈会的《文艺报》加了一个编者按语，对《史稿》主要持批评态度，显示在官方的眼中，《史稿》并不是一部令人满意的著作。

这些批评当然不可能不影响王瑶正在进行的《史稿》（下卷）的写作。而继起的中国新文学史的写作当然也会从中吸取深刻的教训。在这一意义上，我们在讨论"现代文学史"这样的现代性学科的建构时不应该过分强调个人的作用或个人的独创性。在"作者是什么"这篇著名的文章中，福柯批驳了文学研究者将主要注意力都集中在作者身上的倾向，认为作者远不是作品的全部意义所在，对作者的研究只有导入对话语的历史分析才具有真正的意义，因为对话语的历史分析研究的"不仅是话语的表述价值和形式转变，而且还有其存在的方式：一切文化当中的传播、增值、归属和占用等方式的修改和变化"。在比较了两种批评方法的差异后，福柯指出：

> 我们可以很容易地想象出一种文化，其中话语的流传根本不需要作者。不论话语具有什么地位、形式或价值，也不论我们如何处理它们，话语总会在大量无作者的情况下展开。这里不再令人厌倦地重复下面的问题：
>
> "谁是真正的作者？"
>
> "对他的真实性和创造性我们有证据么？"

---

① 见《〈中国新文学史稿（上册）〉座谈会纪录》，《文艺报》1952 年第 20 号。

“在他的语言里，他对自己最深刻的自我揭示了什么？”

人们会听到新的问题：

“这种话语存在的方式是什么？”

“它来自何处；它如何流传；它由谁支配？”

“可能的主体会做出什么安排？”

“主体这些各不相同的作用谁能完成？”

在所有这些问题背后，我们几乎只听到漠不关心的低语：

“谁在说话有什么关系？”①

---

① [法] 米歇尔·福柯：《作者是什么？》，逄真译，《后现代主义的突破——外国后现代主义理论》，敦煌文艺出版社，1996 年，第 270—292 页。

第三章 “反文学史”命题

在以上两章中，我们分别讨论了“历史观念”以及“教育制度”对“文学史”的宰制。只要我们是在“文学史”之内思考问题，只要“文学史”仍然是国家教育体制中的一门学科，“文学史”的写作就不存在那种想象的自由，当然，我们也就不可能通过对“文学史”的“重写”抵达甚至接近“历史”或“文学”自身。在这一前提下，唯一有效的方法是去“文学史”外思考，或者说，是将“文学史”本身变成一个问题。

作为现代历史学的一种类型，“文学史”以描述文学发展的历程为目标，是一门有起点、有开端、有源头的学科，是对连续性的描述，对线性发展的重建。通过描述不同思想之间的关系，“文学史”将各种主题、概念和问题整合起来，将那些边缘的、准学科性的零散知识有效地组织起来，将它们纳入一个具有共同方向的进程。“考古学的作法却与其相反：它更趋向分解由历史学家们不厌其烦编织起来的所有这些网络；它使差异增多，搅乱沟通的线路，并且竭力使过程变得更加复杂。”[①] 对福柯而言，“文学史”的这些概念并非是不证自明的，它们都是人为建构的结果。“知识考古学”的目标在于“揭示这些束缚是怎样形成的”[②]，质询逻辑性、系统性是怎样运作的，它们掩盖

---

① [法] 米歇尔·福柯:《知识考古学》,谢强、马月译,生活·读书·新知三联书店,1998 年,第 218 页。

② 同上书,第 15 页。

和隐匿了什么，逻各斯和主体是通过怎样的排斥而得以确立的，总体性是怎样撮合起来的，等等。

本章将循着福柯的这一思路，讨论一些具有“知识考古学”意义的“反文学史”命题，它们分别是：1. 没有“晚清”，何来“五四”？2. 没有“新文学”，何来“旧文学”？ 3. 没有“当代文学”，何来“现代文学”？值得特别指出的是，这里的“反”，不是否定，而是“反思”与“解构”。这些“反文学史”命题的目标是拆除这种福柯所说的由“起源”“连续性”等要素构成的“虚构的同谋关系”——或者说，这些命题蕴涵了拆解这种“虚构的同谋关系”的可能性或者未被充分发掘或认识的潜力。“反文学史”的命题将揭示出“文学史”建构自我的方式，指出那些被自然化和内在化的“文学史”的主体观念和分期概念其实都是通过虚构出“他者”才得以完成自我确认的。

第一节
没有晚清，何来“五四”？

在80年代的“重写文学史”与“二十世纪中国文学”之后，还很少有一个有关中国现当代文学研究的命题像王德威的“没有晚清，何来‘五四’？”[①]这样被反复谈论。这当然与中国大陆这一特定的知识语境有关。20世纪中国的主流文学史观，无论是诞生于“五四时期”的启蒙主义文学史观，还是30年代后逐渐兴起的“新民主主义文学

① 王德威有两篇文章集中讨论这一问题，分别是：《被压抑的现代性——没有晚清，何来“五四”》，《想象中国的方法——历史·小说·叙事》，生活·读书·新知三联书店，1998年；《被压抑的现代性——晚清小说的重新评价》，王晓明编《批评空间的开创——二十世纪中国文学研究》，上海东方出版中心，1998年。

史观”，亦或80年代以“现代化”为基本诉求的“新时期”文学史观，都是“从五四谈起”。其中尤以“新民主主义文学史观”影响最为深远。毛泽东在1940年发表的著名的《新民主主义论》中，指出“五四运动”是中国“旧民主主义”与“新民主主义”的分水岭。“五四运动”前最初八十年的特征是“旧民主主义”，而“五四运动”后二十年的特征则是“新民主主义”。毛泽东认为五四运动前中国资产阶级民主革命的政治指导者是中国的小资产阶级和资产阶级，而“五四”之后，中国资产阶级民主革命的政治指导者，已经不属于中国资产阶级，而属于中国无产阶级了。与之对应，“在中国文化战线或思想战线上，‘五四’以前和‘五四’以后，构成了两个不同的历史时期”①。50年代以后的中国新（现代）文学史写作，一直是这种新民主主义文学史观的一统天下，全都认定中国的新文学从“五四”开始，其基本性质是新民主主义的文学，其指导思想是无产阶级思想，亦即马克思列宁主义。80年代以后，现代文学史的写作进入一个被表述为回归五四精神的“新时期”，革命史观重新被启蒙史观取代，中国现代史被重新定义为中国“现代化”的历史，不再强调“五四”文学革命是“无产阶级领导”的，而是强调“五四”使我们发现了“个人”这块现代的基石。“五四”不再是“新民主主义革命”的开端，而是中国“现代”的开端。通过这样的叙述，“五四”起源的合法性再一次被强化了。

在现代性的文艺论争中，许多看起来处于激烈对立状态的立场，譬如“左”与“右”的立场其实常常在分享一些共同的理论预设。虽然启蒙史观和左翼史观对现代史的性质有着截然不同的认定，但在将“五四”视为中国现代史的起点、作为“传统”与“现代”断裂的标志这一点上却几乎不存异议。这是因为无论是启蒙史观还是革命史观都是在“传统”与“现代”二元分立的框架中建构自己的主体性的。

既然“五四”是古代中国与现代中国的分界线——其实也就是

---

① 《毛泽东选集》(第二卷)，人民出版社，1991年，第696页。

“传统”与“现代”的分界线，那么，在分界线之外的晚清文学当然属于“古代”与“传统”。在这一视阈中，晚清文学不过是古代文学的一个尾巴，至多称为“近代”，虽然在晚清思想文化乃至文学中已经萌发了新的因子，但它们只不过是为“真正的现代”的出现所做的准备。它们是现代史的“前史”，在性质上，仍然属于“古代”。因此，在大学中文系的学科体制中，“近代文学”不是“现代文学”的一部分，而是隶属于“古代文学”教研室。在这种被制度化的学科分类的规约下，大陆学者普遍习惯于在学科之内讨论晚清文学的问题。也正是在这一意义上，王德威对“晚清现代性”的强调对我们习惯的文学史秩序带来了冲击。

王德威认为：“中国作家将文学现代化的努力，未尝较西方为迟。这股跃跃欲试的冲动不始自五四，而发端于晚清。”[①] 通过对四种主要的晚清小说——狭邪小说、公案侠义小说、谴责小说、科幻小说的分析，王德威指出以晚清小说为代表的晚清文学“其实已预告了 20 世纪中国‘正宗’现代文学的四个方向：对欲望、正义、价值、知识范畴的批判性思考，以及对如何叙述欲望、正义、价值、知识的形式性琢磨”[②]。也就是说，无论就内容而言还是就形式而言中国文学中的现代性并非出自于“五四”，更不是来源于五四新文学对晚清文学的克服，晚清小说众声喧哗，多音复义，不但在具体的文学实践中充满种种试验冲动与丰沛的创造力，而且在文学生产的诸方面均显透出现代性的多重可能。遗憾的是，在五四开始的新文学建构中，晚清文学的现代性被压抑了，晚清文学被建构成“新文学”的他者，“五四精英的文学口味其实远较晚清为窄。他们延续了‘新小说’的感时忧国，却摈除，或压抑其他已然成型的实验”。“五四以来的作者或许暗受这些作品的

---

① 王德威:《被压抑的现代性——没有晚清,何来“五四”》,《想象中国的方法——历史·小说·叙事》,第 10 页。

② 同上书,第 16 页。

启发，却终要挟洋自重。他（她）们视狭邪小说为欲望的污染、侠义公案小说为正义的堕落、谴责小说为价值的浪费、科幻小说为知识的扭曲。从为人生而文学到为革命而文学，五四的作家别有怀抱，但却将前此五花八门的题材及风格，逐渐化约为‘写实 / 现实主义的金科玉律’。”[①] 也就是说，随着“感时忧国”的“现实主义”被确立为“新文学”的唯一形式，晚清文学所呈现的丰富的现代性被窄化，晚清文学中的种种现代性向度被压抑了。王德威认为这种“被压抑的现代性”在五四之后仍然存在于诸如鸳鸯蝴蝶派、新感觉派以及如张爱玲、沈从文的小说之中，只是一直受到压抑。五四时期确立的这种新文学标准不断压抑着“五四”及 30 年代以来的种种“不入流”的文艺实验，且其影响一直延续至今，因此，需要对晚清文学的现代性给予重新认识和评价。——“我以为，晚清，而不是五四，才能代表现代中国文学兴起的最重要阶段。”[②]

其实“晚清的现代性”在中国大陆学界也并非完全是空谷足音。在王德威的观点出现之前，国内现代文学研究中也曾提出过类似的观点。最有名的是 80 年代中期陈平原、黄子平、钱理群三人提出的“二十世纪中国文学”将中国文学现代化的起点提前到 1898 年。而在随后几年陆续出版的现代小说史的研究论著中，陈平原更通过自己的小说史研究将“二十世纪中国文学”中的文学史构想转化成具体的文学史实践。与“近代文学”研究者在学科框架之内进行的静态研究不同，陈平原是反求诸己，也就是带着从“新文学”产生的问题意识探讨晚清小说的意义，探讨晚清文学与“新文学”之间的关系，探讨晚清小说对传统的“创造性转化”——这里的“传统”显然是一个现代性范畴，不仅涉及晚清小说在内容与形式上的变革，而且还讨论了晚

① 王德威:《被压抑的现代性——没有晚清,何来“五四”》,《想象中国的方法——历史·小说·叙事》,第 16 页。

② 王德威:《被压抑的现代性——晚清小说的重新评价》,王晓明主编《批评空间的开创——二十世纪中国文学研究》,第 123 页。

清小说生产方式、文学制度的变化，因此，他实际上已经涉及晚清小说的“现代性”问题。在1991年发表的《走出“现代文学”》一文中，陈平原就指出他的晚清小说研究“在研究策略上似乎是在有意地消解‘五四文学革命’的中心地位，其实更重要的是借此突出传统的创造性转化在文学变革中的作用。不再只是考察域外文学如何刺激与启迪中国作家，而是注重传统文学中蕴涵着的变革因素及其如何规定了这一变革的趋势”①。但或许是因为没有提出类似于王德威的“没有晚清，何来‘五四’？”这样旗帜鲜明的口号，或许是因为“外来的和尚会念经”，陈平原的晚清小说研究对中国现代文学史的写作和研究带来的刺激远不如王德威那样强烈，这也导致了他这些工作的学术意义和问题意识一直没有得到有效的阐发，学界虽然对这种“越界”行为感觉异常，但仍然可以模棱两可地将其纳入原有的“现代文学的发生”与“现代文学的准备”这样的框架中进行理解。直到王德威的“没有晚清，何来‘五四’？”这个口号一出，就好像捅破了最后一层窗户纸，“晚清文学的现代性”这个命题的挑战性才真正显示出来。人们才开始醒悟到提出于80年代中期《二十世纪中国文学》中的“从晚清谈起”其实是绵里藏针，寓意深长。

正是基于这一理解，已经发表了十多年的《二十世纪中国文学》在90年代末期以后又重新变成了研究者关注的一个话题。王富仁在一篇题为《当前中国现代文学研究中的若干问题》的文章中明确表示不同意将中国现代文学的起点前移到晚清。他指出，“二十世纪中国文学”理论将新文化与新文学起点前移大大降低了五四文化革命与五四文学革命的独立意义与独立价值，因而也模糊了新文化与旧文化、新文学与旧文学的本质差别。王富仁认为，起点对一种文化与文学的意义在于，它关系着对一种文化与文学的独立性的认识，是文学

① 此文系陈平原1991年10月4日在济南与山东现代文学研究专家座谈时的发言纪要，收入《书生意气》，汉语大词典出版社，1996年。

史研究一个很重要的内容。王富仁还从两个方面说明了五四文学革命作为现代文学起点的必然性。1. 中国新的独立知识分子阶层的形成是以五四知识分子走向文化舞台为标志的，这个阶层是以自己的文化活动直接作用于社会，不经过政治权力的中间环节。洋务派是以传统官僚知识分子为主体，维新派是以在野知识分子为主体，但这些在野知识分子的文化活动仍以取得政治权力为目的，他们的文化理想不通过政治权力的中介就无法实现。只有到了五四新文化运动的倡导者，才不再以取得政治权力为主要目的，他们从事的完全是社会的文化事业。2. 文学是一种语言的艺术，脱离开“五四”的白话文运动，就无法确立新文化与旧文学的根本区别。①

谭桂林也认为将现代文学的起点前移，表现了“二十世纪中国文学”倡导者的“理论保守性”。因为维新派是一个政治集团，不是一个文学群体，但他们为了实现自己的政治理想，欲借文艺为工具，因而对文学发表了许多指导性的意见，实际上引导了当时的文学潮流。如果把维新派的文学观念同五四作家的文学观念略作比较，就可看到两者之间有一个根本性的区别，这就是，维新派的文学观念是以民为本，其新小说的目的是“欲新一国之民”，其提倡白话文的目的是“开通民智”，其政治小说创作的一个主要意图是籍小说“伸张民权”，而他们指责旧小说的罪状也是从整体国民“轻薄无行”“沉溺声色”“轻弃信义”“权谋诡诈”等劣根性的由来出发。相对而言，五四文学革命的文学观念是以人为本，其思想基础正如周作人所言是个人本位的人道主义。人的觉醒与个性解放是这个时代最强大的文化口号，以现代的语言表现现代人的思想与生活，严肃认真地探索人生问题，抒发觉醒后的个人的自然情感，肯定人的基于生理需求的正当欲望，是这个时期文学创作的流行主题，诉说自我内心的欲求与冲动是这个时期一切文学创作的原动力。所以，周作人在给中国的新旧文学划清界线时所用

① 王富仁：《当前中国现代文学研究中的若干问题》，《中国现代文学研究丛刊》1996年第2期。

的标准就是人性的表现。旧文学存天理而灭人欲，宣扬鬼神，歌颂帝王，因而是非人的文学。新文学以个人为本位，以人性发露为旨归，表现出人的灵肉生活的分裂与调和，因而是人的文学。在中国，民本思想古已有之，民贵君轻曾经是原始儒家文化的基本精神之一。只是在长期的封建宗法礼教制度的严密禁锢下，民本思想成了文化人的一种从来没有真正实现过的政治理想。维新派以民为本，一方面是对西方近代民主制度与观念的吸纳，另一方面也是对中国原始儒家精神的发扬，在思想史的范畴中，毕竟是属于近代性质的一种思想观念。五四文学革命以人为本，虽然作家以自我内心诉求与冲动为创作动力，与西方近代浪漫主义有密切联系，但其中一些先锋作家将人学主题推进到人性深层结构中，注重从丑陋的世界表象中发掘“恶之花”，注重从苦闷颓废的现代人的灵魂中审视其内在的秘密，从而给现代人的心灵与审美趣味带来一种“新的颤栗”。正是这种人学主题的突进使得五四文学革命以后的中国文学具有了真正意义上的现代性质，完成了中国文学的现代化转型，并使中国文学融入世界文学的总体格局中。由此可见，将只有“民”的概念而没有“人”的概念的维新派文学改良运动同以人为本的五四文学革命运动糅合一起，视为同质，无论从理论上还是从事实上都是值得怀疑的。谭桂林认为，“二十世纪中国文学”论者的这种文学史分期观念抬高了维新派文学改良运动的意义与作用，从而也就必然贬低了五四文学革命的价值。而这，恰恰是90年代以来学界一些新文化保守主义者们正在极力去做的事情。[①]

类似的批评还有许多。这么多人争议的其实只是一个历史分期的问题，争论到底是要“从五四谈起”还是“从晚清谈起”。历史分期对于文学史为什么如此重要呢？利奥塔曾经指出这个问题：“历史时期的划分属于一种现代性特有的痴迷。时期的划分是将事件置于一个历时分析当中，而历时分析又受着革命原则的制约。同样，现代性包

① 谭桂林:《“二十世纪中国文学”概念性质与意义的质疑》,《海南师院学报》1999年第1期。

含了战胜的承诺，它必须标明一个时期的结束和下一个时期开始的日期。由于一个人刚刚开始一个时期时都是全新的，因而要将时钟调到一个新的时间，要从零重新开始。在基督教、笛卡儿或雅各宾时代，都要做一个相同的举动，即标识出元年，一方面表示默示和赎罪，另一方面是再生和更新，或是再次革命和重获自由。”[①] 柄谷行人也曾经指出：“分期对于历史不可或缺。标出一个时期，意味着提供一个开始和一个结尾，并以此来认识事件的意义。从宏观的角度，可以说历史的规则就是通过对分期的论争而得出的结果，因为分期本身改变了事件的性质。”[②] 换言之，历史分期关涉一系列现代性的基本命题。无需特别的分辨，我们就不难发现这些对“晚清现代性”的批评都是在一些潜在的共同框架中展开。譬如说，这些批评都认为“传统”与“现代”之间存在着本质的断裂，“旧文学”和“新文学”之间存在本质的断裂，“文学”与“政治”之间存在着本质的断裂，“个人”认同与“民”（民族国家）认同之间存在着本质的断裂……用福柯的话来说：“如果不以这种断裂为起点，历史学家还能从什么地方开始呢？”[③] 由此可见，这些本质论的叙述都是通过不同的二元对立框架建构起来的。与此对应，历史的发展一定会有一个起源，有起源才会有连续性，才会有历史，因此，起源对认定历史的性质至关重要。

正是从这些具有内在一致性的“文学史”批评中，我们得以确认“没有晚清，何来五四？”这一命题的多重意义：在“文学史”的框架内，这是一个“重写文学史”的命题；在“文学史”之外来理解，我们可以将其理解为一个“知识考古学”意义上的命题。

从“重写文学史”的角度来理解“没有晚清，何来‘五四’？”应该说理由是充分的。王德威对“五四”后的唯我独尊的写实主义文学

---

① [法] J–F. 利奥塔：《重写现代性》，阿黛译，《国外社会科学》1996 年第 8 期。

② [日] 柄谷行人：《现代日本的话语空间》，董之林译，张京媛主编《后殖民理论与文化批评》，北京大学出版社，1999 年，第 416 页。

③ [法] 米歇尔·福柯：《知识考古学》，第 10 页。

的批评当然包含为他所理解的“被压抑的现代性”——鸳鸯蝴蝶派、新感觉派以及如张爱玲、沈从文等人平反的意图。正因为王德威在这篇文章中表现出了对晚清文学不加掩饰的偏爱，我们的确容易将其理解为对另一种现代性的辩护。在这一视阈中，我们看到了市民文学与通俗文学，张爱玲和苏青，沈从文和钱锺书，还有新感觉派和鸳鸯蝴蝶派等，一系列被“五四”以后主流文学史所排斥和压抑的另一种“现代文学”……在这样的视阈中，张爱玲等人的价值就得以凸现出来。我们记得张爱玲早就发表过类似的看法。比较著名的，是张爱玲回应傅雷站在“五四”立场上对她的小说的批评。张爱玲对席卷一切的“大历史”一直抱着隔膜的心态，对“五四”启蒙的方式和后果一直怀有抵触情绪。在散文《谈音乐》里，张爱玲就以她不喜欢的交响乐来比喻她不喜欢的五四运动，形象地描述过运动给人带来的恐怖：“大规模的交响乐自然又不同，那是浩浩荡荡五四运动一般地冲了来，把每一个人的声音都变了它的声音，前后左右呼啸嘁嚓的都是自己的声音，人一开口就震惊于自己的声音的深宏远大，又像在初睡的时候所听见人向你说话，不大知道是自己说的还是人家说的，感到模糊的恐怖。”[①] 可以说，王德威再现了张爱玲这一类作家对时代的理解。这当然可以说意味着另一种文学观的生成，另一种现代性，另一种现代的可能，当然也是另一种文学的可能和另一种“文学史”的可能。郑闯琦在一篇文章中指出过这种可能：“九十年代以来，随着市场经济的发展，私人写作、欲望写作、消费主义文化等日益成为文化市场上的主流，而张爱玲等以前受到传统左翼叙事和启蒙主义叙事压抑的作家作品纷纷也被挖掘出来，并形成了持续的热潮。接着，海外李欧梵、王德威等学者对于晚清的鸳鸯蝴蝶派、三十年代上海文学的现代性解读，使这种以欲望—消费为主要特征的文学现象成为一种与传统左翼文学史叙事、启蒙主义文学史叙事并立的文学史叙事。在这种重新被

---

① 《苦竹》月刊第一期，上海，1944 年 1 月。

挖掘出来的文学史叙事看来，传统左翼文学史叙事和启蒙主义文学史叙事都属于宏大叙事，是应该被颠覆掉的，而它自己则是应该受到肯定的‘日常生活叙事’。”[①] 王德威为这种“被压抑的现代性”辩护，认为它其实比启蒙的现代性更有价值，沈从文、张爱玲比鲁迅更有价值，称沈从文的贡献是砍下了鲁迅的“巨头”[②]，加之王德威对“革命文学”全无好感，从这些方面看，的确很容易让人联想到夏志清对中国现代小说——文学史的“重写”。这样的思路，能在 80 年代之后的中国引起持久的回响，显然是因为它契合了 80 年代后中国大陆的“去革命化”浪潮。“文革”后的中国思想力图摆脱民族、国家、社会、传统、荣誉等“大叙述”的束缚，追求以小市民朴素需求（“小叙述”）为依托的民主、自由生活方式，赋予与“政治生活”相对立的“日常生活”以绝对正当性，重建自由主义信仰。在这一意义上，“晚清的现代性”命题的确可以被纳入自由主义的知识谱系，不少大陆的左翼学者干脆将王德威归入自由主义学者阵营也并非全无道理。——虽然他不是那种“五四式”的经典自由主义者。

在某种意义上，可以说王德威对“晚清现代性”的论述不仅超越了我们在 80 年代就已经“告别”，但已经深深进入我们的无意识的左翼文学史观的底线，同时也超越了到 80 年代以后已经再度成为主流知识—信仰的启蒙主义—自由主义文学史观的底线。但是，由于默认了“传统”与“现代”的对立——尽管他反对“挟洋自重”，不同意将“传统”与“现代”等同于“中国”与“西方”的对立，他仍然会不时在这个框架中讨论问题。譬如在讨论“革命文学”的时候，他指出：“历史告诉我们，当四十年代政治激进的作家朝向为革命而文学的目标迈进时，他们对中国现代性的企图的结果，即使不算是中国所有的政治

---

① 郑闻琦：《当代文学研究的四种文学史观和三条现代性线索》，《唐都学刊》2004 年第 3 期。

② 见王德威：《从“头”谈起——鲁迅、沈从文与砍头》，《想象中国的方法——历史小说叙事》，第 146 页。

传统中最老旧的传统，也是中国所有的现代性中最不现代的现代。”[①] 王德威对“革命文学”的这一定位，显然是重蹈了中国大陆 80 年代主流文学史叙述的“覆辙”。“革命文学”正是在中国大陆 80 年代的“重写文学史”运动中被纳入“传统”与“现代”的二元对立框架，成为另一种“被压抑的现代性”。

将“没有晚清，何来‘五四’？”理解为一个“重写文学史”的命题，还因为可以将其理解为一个与文学分期有关的命题。将新文学的起源由五四提前到晚清，当然是大大拓展了新文学的疆域。对这个最不高兴的应该是做古代文学的，因为现代文学这样扩张，不是抢古代文学的饭碗吗？研究现代文学的应该很高兴，因为现代文学太短命，从“五四”算起到 1949 年，满打满算只有三十来年。时间太短一直是现代文学的学科焦虑，现在把“自太平天国前后至宣统逊位的六十年间中国文学”放进来，中国现代文学的版图就扩大了许多，有了近一个世纪的时间，也更符合所谓的“新文学的整体观”。不过，以这样的标准来看，王德威“从晚清谈起”似乎还是不够大胆。早在 30 年代周作人就主张中国新文学应该“从晚明谈起”，在《中国新文学的源流》中他将晚明的“公安派”与“竟陵派”追认为新文学的前驱。但近年这种将“现代文学”乃至“现代”的上限向前伸展的努力获得了新的理论动力，那就是近年中国大陆兴起的伴随着对西方现代性反思而出现的以“多种现代性”“非西方的现代性”或“另一种现代性”等为名的文化多元主义思潮。学者们“在中国发现历史”，质疑“五四”起源说。比如日本学者沟口雄三就认为中国的现代性——他称为“近代性”的起源应该向上拉长四五百年，可以追溯到中国的宋代。[②] 在中国学者

---

① 王德威：《被压抑的现代性——晚清小说的重新评价》，王晓明主编《批评空间的开创——二十世纪中国文学研究》，第 125 页。

② 详见［日］沟口雄三：《中国前近代思想的演变》，索介然、龚颖译，中华书局，1997 年；《日本人视野中的中国学》，李苏平、龚颖、徐滔译，中国人民大学出版社，1996 年；以及论文《中国思想与中国思想史研究的视角》，李云雷译，《比较文学研究通讯》（北京大学比较文学与比较文化研究所），2002 年。

中，持类似看法的学者也越来越多。按照这样的发展趋势，估计用不了太长时间，中国现代文学史“从晚清谈起”就远远不够了。

但所幸的是，这并不是“没有晚清，何来‘五四’？”这个命题的全部意义所在。因为我们在如下的叙述中，看到了这个命题的另一重意义：

> 容我追加一句，我无意夸大晚清小说的现代性，以将之塞入现代主义的最后一班列车中。我也无意贬抑五四文学，而不承认其恰如其分的重要性。我的观念其实要有争议得多。在后现代时期，谈论一个一向被视为现代前的时期的现代性，我的文章有意地使用“现代错置”的策略和“假设”的语气。我的讨论如有时代错置之嫌，因为它志在搅乱（文学）史线性发展的迷思，从不现代中发掘现代，而同时揭露表面的前卫中的保守成分，从而打破当前有关现代的论述中视为当然的单一性与不可逆向性。①

多亏了这“追加”的一句，王德威使“没有晚清，何来‘五四’？”这个命题具有了一种无法被“重写文学史”加以涵盖的能力。如前所述，“晚清现代性”的命题直接危及中国现代文学乃至现代性的“五四”起源说。“五四起源说”虽然只是一个文学分期，但它涉及一系列对于“文学”和“历史”而言都是生死攸关的问题。譬如我们对“现代”乃至“文学”的界定和理解，“现代”与“传统”的二元对立，都与“五四起源说”有关。在任何一种现代性的有方向感的历史叙述中，起源从来就是最重要的环节，因为起源确立了边界，也就确立了概念的过去和未来。“起始的观念，更准确地说，起始的行为，必然涉及

① 王德威：《被压抑的现代性——晚清小说的重新评价》，王晓明主编《批评空间的开创——二十世纪中国文学研究》，第125—126页。

划界的行为，通过这一划界行为某个东西被划出数量巨大的材料之外，与它们分离开来，并被视为出发点，视为起始。”[①] 王德威的命题正是在这一意义上扰乱了既定的文学史秩序，因而在学界产生了激烈的反响。

但这还不是这一命题的全部意义。这一命题蕴涵的另一种理论能力，是它挑战的可能并不是“五四起源论”，而是“起源论”本身。

“‘现代性’常常意味着确定一个日子并把它当作一个开始。”[②] 是否承认历史的“起源”，恰恰是包括文学史在内的历史学与福柯的“知识考古 / 谱系学”的分界线。因为只有在线性的历史观念中，我们才能区分出古代、近代与现代，也只有在线性的历史进程中，我们才能找到历史的起点。因此，讨论起点，就意味着你对这种历史观的默认。福柯的“知识考古 / 谱系学”以线性历史观作为解构对象，转而揭示事件的多重因素和历史形式的脆弱性，当然不承认这种历史的起源。福柯看得很清楚，对起源的追逐，隐藏着的正是归结相似关系和揭示这种关系在历史脉络中的连续性的欲望，“知识考古 / 谱系学”要揭示的就是这种欲望本身的历史性特征，也就是说这种欲望本身就是被建构起来的，而且欲望背后隐含着知识权力关系。谱系学家抛弃了对形而上学的信仰，他们反对对事物的本质化理解，在他们看来，所谓事物或历史的本质是以任意的方式用“相异的形式”被伪造出来的。福柯指出：

> 一种研究价值、道德、禁欲以及知识的谱系学，将永远不会去追寻“起源”，将永远不会把历史的种种插曲当成不可理解的东西忽略掉。相反，它紧盯着伴随着每个开端的细枝末节和偶发事件；它将一丝不苟地注意它们的小奸小

---

① [美]爱德华·W. 萨义德:《东方学》，王宇根译，生活·读书·新知三联书店，1999年，第21页。

② [美] 弗雷德里克·詹姆逊:《对现代性的重新反思》，王丽亚译，《文学评论》2003 年第 4 期。

> 恶；它将等待着它们的出现——有朝一日露出真正面目——以它者的面目出现。无论它们在哪儿，都是无所顾忌地通过“挖掘下面”，还是让它们有时间从迷宫逃脱出来，在迷宫中，其实从没有什么真理扣押它们。谱系学家需要历史来消除关于起源的幻象，其方式很类似一个需要医生来驱赶自己灵魂中阴影的优秀哲学家。他必须能够认出历史的诸多事件，它的跌宕、它的意外、它并不牢靠的胜利和难以承受的失败，说明开端、返祖和遗传。同样，为了评判哲学话语，他也还必须能够诊断身体的疾病、强弱的状况、衰竭和抵抗力。历史是一种不断生成的机体，时而强壮，时而虚弱，时而隐隐躁动，时而晕眩般地狂热骚乱；而只有形而上学家才会从起源那缥缈的理念性中去寻求自己的灵魂。①

福柯的历史观是一幅谱系化的图景。他对历史的知识分析不是要追溯历史发展中的种种因果性和必然性，而是要把历史的链条拆散。福柯的谱系学研究热衷搜寻局部的、非连续性的、不合法的、被放逐遗弃的知识，以反对等级化、同一性的传统理论体系。在谱系学中，没有常数，没有本质，没有稳定连续的结构。因此，在谱系学中，没有二元对立，也就不会有起源。如果你根本就不接受这种将中国历史划分为“传统”与“现代”两个阶段的分类法，那在你的视阈中，就根本不存在现代中国或中国现代文学应从何时开始的问题。

紧接上引一段，王德威继续指出：

> 我并不自高身份以批评他人，更不欲“颠覆”已建立的传统，重新把中国现代文学的源头定在他处。一旦如此，就会又落入五四及其从人所抱持的“强势”现代迷思的陷阱里

① [法] 福柯：《尼采、谱系学、历史》，拉宾诺编《福柯选集》，中译参见《福柯集》，杜小真编选，上海远东出版社，1998年，第150页，并参考苏力译文，见 http://www.ideobook.net/?p=105。

> 去。重新评价晚清小说并非一场为中国现代小说找寻新“源头”的战役，或将曾被拒斥的加以复原；其实这是试图去了解，五四以来当作家及批评家回顾其文学传承及自己的写作时，被上流文学压抑的是什么。我的取法不在于搜寻新的正典、规范或源头，而是自处于“弱势思想”，将一个当代词汇稍加扭转以为己用：试图拼凑已无可认记的蛛丝马迹；试图描画现代性的播散而非形成。[①]

说得够清楚的了。王德威很容易被误读。是因为他摇曳多姿、令人眼花缭乱的文学语言常常会使读者忽略深藏于文章之后的知识框架。——人们总是习惯将文学的“悟性”与“知识”对立起来，相信文学性是天上掉下来的。不过，如果读者知道他是福柯的名著《知识考古学》的第一位中文译者[②]，可能就不至于把他当成一位只靠文学感受和悟性包打天下的赤手空拳的“文学批评家”。事实上，王德威在《想象中国的方法》这本书中聚焦“小说中国”，把对中国现代的关注转向对人们如何想象并谈论中国的“现代”的方式，完全走的是“知识考古学”的路子。这种“以虚击实”的“知识考古学”思路在90年代以后的中文学界渐成气候。刘禾曾经这样解释过她在《跨语际实践》中所作出的努力：“当然，我并不认为从话语实践的角度探讨现代观念是惟一可取的途径，人们可以对中国现代性提出许多其他的问题。但就本书而言，这种方法可以使我不致陷入以往那种对抗性范式的罗网。这种预先限定了何为现代、何为传统的旧范式在许多有关东西方关系的当代关系的当代历史写作中依旧阴魂不散。”[③]

---

① 王德威:《被压抑的现代性——晚清小说的重新评价》,王晓明主编《批评空间的开创——二十世纪中国文学研究》,第126页。

② 他译成《知识的考掘》,(台北)麦田出版公司1993年出版。

③ 刘禾:《跨语际实践——文学,民族文化与被译介的现代性(中国,1900—1937)》,宋伟杰等译,生活·读书·新知三联书店,2002年,第5页。

在某种意义上，王德威的“没有晚清，何来‘五四’？”就是这样一个能够帮助我们超越或置疑这种“何为现代、何为传统的旧范式”的一个典范。在这一意义上，“晚清的现代性”不是一个建构的命题，而是一个“解构”的命题——它不是一种与启蒙文学史观与左翼文学史观并列的“另一种文学史”。也就是说，它的目的并不在于以“晚清”取代“五四”，再造一个历史的新纪元，而是通过解构“晚清”与“五四”的二元对立来进一步解构“传统”与“现代”的二元对立，并进而质疑历史的进化论、发展论和方向感。现代性的二元对立是一种稳定的结构。这些结构相互支撑才得以建立，相互说明。因此，一个环节出现了问题，整个结构就会出现危机。比如“五四”与“晚清”的对立，涉及“现代”与“传统”的区分，而“现代”与“传统”的区分则关涉“中国”与“西方”、“个人”与“阶级”、“启蒙”与“救亡”等一系列二元对立，也关涉文学史的对立，包括“五四文学”与“古代文学”的对立，“白话文学”与“文言文学”的对立，“民间文学”与“贵族文学”的对立，等等。正像马泰·卡林内斯库在《现代性的五幅面孔》之中指出的那样：“区分古代和现代似乎总隐含论辩意味，或者是一种冲突原则”；现代性话语强调的是前现代社会与现代性之间的非连续性。[①] 正如我们在第一讲中曾经讨论过的，现代性知识正是通过将“中国”与“西方”的关系转化为“传统”与“现代”的关系而将中国和西方之间不平等的关系内在化了。这个框架被用来处理非西方社会的现代性问题，强调现代化是一种国内转变，一种社会内部的制度和价值功能，但这种被建构的对立根本不是价值中立化的结果，而是把与欧洲现代性相关的文化价值作为一种规范性的普遍力量。

这也就是许多研究者捍卫“五四”，认为“五四”不能被颠覆的真正原因。因为作为现代起源的“五四”出了问题，整个现代性的知识

---

① ［美］马泰·卡林内斯库：《现代性的五幅面孔》，顾爱彬、李瑞华译，商务印书馆，2002年，第10页。

体系都将经历考验。在“知识考古/谱系学”的视野中，历史成为一种对我们来说是异己的、陌生的东西，而一旦我们认识到往昔历史的异己性的时候，也就是“当历史在我们的存在自身中导入非连续性的时候”[①]，我们身处的现代的合法性也就岌岌可危了。

在这一视阈中，我们将不再讨论类似于“现代从哪一年开始？”这样的文学史老问题，它将为另一类问题所取代，诸如：我们如何描述“现代”？“现代”从何时开始？因为在这里，“现代”不再是一个自明的概念，它需要打上引号，对“现代”的认识，需要与一个权力过程联系起来一起考察。这个权力过程表现为资本主义全球扩张和民族国家的反抗，以及伴随着这种关系而来的“文化自觉”和“文化痛苦”。而今天所说的“文学”——其实不仅仅是“文学”，就是被这个“现代”所“发现”——“发明”出来的。

二元对立的本质论绝对是现代性的遗产。在这种现代性叙述中，无数庞杂的现象被冠之以“传统”与“现代”、“国家”与“个人”而随意加以区分，就好像身份和文化这些巨大而复杂的事物能以卡通世界的逻辑来区分，在卡通中，对立双方进行残酷斗争，善良的一方往往战胜对手。而“没有晚清，何来五四？”这样的命题挑战的正是我们习以为常的这种现代性思维方式。以“个人”与“民族国家”的对立而论，“没有晚清，何来五四？”可能启示我们思考这一对二元对立范畴的内在知识关联。五四时期发明出来的“个人”完全可以理解为晚清就已经开始的“民族国家”建构中的一个环节。在这里，“个人”认同是为现代民族国家认同服务的，因为“民族国家”认同需要把“人”从传统的家族、文化、宗教乃至血缘认同中解放出来，因此，“个人”成为一个解放性的概念，它的批判矛头是封建文化，但“个人”概念本身却是一个不折不扣的政治概念，它是为“民族国家”这一现代政治概念服务的。现代民族国家的功能决定了“民族国家”必须由“个

① 孙歌语，见《语言与翻译的政治》，许宝强、袁伟编选，中央编译出版社，2001年，第4页。

人”组成，也就是说，没有“民族国家”认同的需要，也就不可能产生“个人”。也就是说，没有晚清的“民族国家”认同，就不可能出现“五四”的“个人”认同——当然，没有“个人”认同，也就不会有“民族国家”认同乃至“阶级”认同的实现。

知识考古学意义上的“没有晚清，何来‘五四’？”与“二十世纪中国文学”当然是问题意识完全不同的命题。“二十世纪中国文学”的工作仍然是“重写文学史”，是为了为文学史“搜寻新的正典、规范或源头”，他们讨论的，仍然是中国古代文学与现代文学“全面的深刻的断裂”在何时发生。在这一问题层面，主张中国现代文学从晚清开始，或从“五四”开始，差别并不如我们的批评家理解的那么大。而王德威的“没有晚清，何来‘五四’？”却提示了另一种讨论“文学史”的方式，它既不是要“从‘五四’谈起”，也不是要“从晚清谈起”——它不要从任何时候“谈起”。因为我们即使像沟口那样从宋代谈起，也无法真正回到中国思想——中国文学的内部。我们还是无法走出西方。因为只有在起源于基督教传说的西方的进化史观中，才会有线性的时间观念，才会有历史的“开始”与“终结”。而在王德威看来：“一味按照时间直线进行表来探勘中国文学的进展，或追问我们何时才能‘现代’起来，其实是画地自限的（文学）历史观。”[①]可见王德威已经超越了对“文学史”乃至“历史”的“重写”，它意味着我们将不再在“文学史”的框架内讨论“文学”问题，而是将“文学史”本身当成了一个问题。

对王德威的这种解读在不少人看来是一种“过度阐释”，因为尽管我们有充分的理由将“没有晚清，何来‘五四’？”解读为一个“后学”或“知识考古学”的命题，但正如我们前面分析过的，把王德威理解为一个自由主义者的理由同样非常充分。一个重要的标志就是王德

① 王德威：《被压抑的现代性——没有晚清，何来“五四”》，《想象中国的方法——历史·小说·叙事》，第10页。

威还是有立场的——至少说他是有偏爱的。他的立场和偏爱在“被压抑的现代性”之中，他偏爱沈从文、张爱玲。而在“知识考古学”的视阈中，却不会有这种价值的选择。后现代的批评要摆脱的恰恰就是这种“现代”意义上的二元价值选择。德里达解构批评的基本特征，不是将一个传统的二元对立概念颠倒过来，以先者为后，后者为先，而是致力于抽换这个二元对立的哲学基础。也就是说，解构批评试图颠覆不对称的二元对立概念，但它不是简单以被压抑的后者来替代前者的地位，而是通过力图阐明后者为前者的可能条件所在，拆解二元对立的合法性。

概而言之，“没有晚清，何来‘五四’？”这个命题对于中国现代文学研究的意义可能比我们目前的理解要复杂许多。近年来国内学界围绕这个命题及其相关论域展开的讨论其实是在非常不同的层面展开的。正是在这一意义上，本文对于“没有晚清，何来‘五四’？”的两个层面意义的解读，目的就不仅仅在于揭示蕴涵于这一命题中的“文学性认同”与“考古学认同”之间的内在矛盾，而在于“考掘”出我们自身的问题意识。

第二节
没有“现代文学”，何来“古代文学”？

大学中文系历来有“厚古薄今”的传统，人们在无意识中都觉得越古老的研究对象学问越深，历史越长的越有价值，经典要经得起时间的检验。大家都觉得古代文学比现代文学有价值，现代文学又比当代文学有价值呢，因为中国古代文学已经有了几千年的历史，而中国现当代文学却只有不到 100 年历史，加起来都不够“古代文学”的一个零头。

这种集体无意识是非常没有道理的。“中国现当代文学”的历史确实不到100年，但“中国古代文学”的历史一点也不比“中国现当代文学”更长。我的这种说法看起来奇怪，因为中国古代文学的对象即使“从诗经谈起”，离现在也至少有了2500年的历史，为什么说只有100年呢？其实，古代文学的研究对象的历史虽然比现当代文学要长得多，但作为一门现代性学科的“中国古代文学”与“中国现当代文学”（那时叫“新文学”）其实是同时诞生的。因为结构这些学科的基本概念如“中国”“文学史”乃至“文学”与“历史”都是从晚清开始被逐渐建构出来的现代性范畴，因此，“中国文学史”的历史绝不会比“现代”的历史更长，它是“现代”的产物。换言之，“古代文学”本身就是一个“现代文学”的定义，没有“现代”，就根本不可能有“古代”，就像“国学”本身就是“西学”，“传统”是一个现代性范畴一样。将古代文学纳入“文学史”的框架，完全是西学东渐的结果。更何况，胡适创造以“中国古代文学”为对象的“中国文学史”，完全是为“中国新文学”服务的。

“没有‘现代文学’，何来‘古代文学’？”试图揭示的并不是这一学科等级制本身包含的悖论，而是为这种学术无意识提供理论支持的因果历史观的内在冲突。不少同学第一次接触这样的命题，可能觉得难于接受，因为这样的命题违背了起码的常识，完全颠倒了先后顺序与历史逻辑，但这样的常识和逻辑难道就不能怀疑吗？也就是说，对这个问题的理解，仍然取决于我们是在“文学史”内还是在“文学史”外讨论问题。在“文学史”之内，“文学史”反映的是一个线性的历史过程，在这一进程中，历史是不可逆的。当然是先有古代，再有现代。福柯的“知识考古学”扰乱的就是这样的历史秩序。在“知识考古学”的视阈中，这种已经成为我们常识的时间观念以及由此引申出的历史逻辑并不是客观实在，而是一个被建构出来的现代性装置。福柯的工作向我们展示的常常是这种主体的建构方式。譬如说在我们的常识中，先有了疾病与病人才会有医生，但福柯对现代医疗制度的研究则表明，有了现代医疗制度之后才有了许多疾病的发现，或给某些疾病涂上神学的意识形态色彩，也就是说并不是先有了疾病才有医生，而是先有了医生才会有疾病。在对“癫狂”与“文明”的关系的分析中，他令人信服地指出，不是有了癫狂才有了对癫狂的研究和监禁，而是文明为了证实自身创造了癫狂。福柯的这一分析模式启发了后殖民主义乃至女性主义等一系列的研究。在萨义德的《东方主义》中，“东方”并不是一个地理概念，而是一个知识范畴。并不是西方发现了东方，而是西方创造了东方，因为西方要确立自己的主体性，就得首先建构一个他者——东方。也就是说，没有“东方”，“西方”根本无法确认自我。而柄谷行人在《日本现代文学的起源》中讨论日本现代文学中“自我”这个概念的出现时，指出：“自我”并不是一个被发现的概念，而是一个被“发明”的现代性概念。不是人们想要倾诉才自然生出“自白”文体，而是先有了神学的自白忏悔制度，才发掘出人的“内面”及其“自白”的需要……

福柯的方法颠倒了历史的因果链，最大限度地瓦解了历史主义的迷思。值得指出的是，福柯对历史发展的因果关系的“颠倒”并不是我们熟悉的所谓“把被颠倒的历史重新颠倒过来”。他关注的是知识的真相而不是历史的真相。他关注的是知识主体如何建构并通过何种修辞方式变成为历史和神话。福柯的方式当然会挑战我们的常识。就如同面对一个基督教徒高喊不是先有了上帝才有了人，而是先有了人才有了上帝，福柯及其受福柯影响的思想家面对我们这些现代性宗教的教徒高喊，是先有了“文明”才会有“愚昧”，是有了“东方”才会有“西方”，是有了“现代”才会有“传统”，当然，也是有了“现代文学”才会有“古代文学”，有了“新文学”才会有“旧文学”。

正像我们分析过的那样，包括“文学史”在内的现代历史学写作和教学都是为民族国家意义上的“中国”认同服务的，“中国文学史”学科的建构与民族国家意义上的“中国”建构完全同步，从晚清京师大学堂的林传甲，到民国国立北京大学的胡适，“中国文学史”从萌芽到成熟，完整见证了民族国家的出生、发育与成长，与此同时，在经历了一系列的制度化过程后，“中国文学史”与其他现代学科一起，建构了我们对民族国家与“现代”的理解。

民族国家的建构需要一个旧中国来作为他者，与此对应的是，“新文学”也需要有个“旧文学”来确认自己的主体性，在这样的结构中，“旧文学”被创制出来，它必须承担双重功能，其一，它是“新文学”“破”的对象，其二，它是“新文学”“立”的资源。

首先看“新文学”对“旧文学”的“破”：

五四时期的新文化派否定中国传统是从文学开始的。“1917年初胡适、陈独秀为新文学发难，中国文学历史矗立起了一块划分阶段的坐标。五四新文学的发难将历史悠久的古典文学一下子推到了‘旧’的位置。新与旧的尖锐对立给后人留下了‘立意要自绝于古典文学，从语言到内容都是否定继承’的深刻印象。”[①] 继胡适在1917年1月的《新青年》发文《文学改良刍议》，首倡文学进化论之后，陈独秀的《文学革命论》在同年二月号的《新青年》上横空出世，宣示了“文学革命”的立场。文中提出“三大主义”作为文学革命的征战目标：“曰推倒雕琢的阿谀的贵族文学，建设平易的抒情的国民文学；曰推倒陈腐的铺张的古典文学，建设新鲜的立诚的写实文学；曰推倒迂晦的艰涩的山林文学，建设明了的通俗的社会文学。”一个“推倒”，一个“建设”。要“推倒”的是已有的文学，也就是“中国古代文学”，要“建设”是尚未诞生的“新文学”——后来的“中国现代文学”。陈独秀依靠这种“旧”与“新”的二元对立，完全否定了“中国古代文学”的价值。文中除了说《诗经》的《国风》和《楚辞》斐然可观和肯定马东篱、施耐庵、曹雪芹之外，全部文学作品都是应予推翻的对象。认为

① 刘纳：《二元对立与矛盾纹缠——中国现代文学发难理论以及历史流变的复杂性》，《中国现代文学研究丛刊》2003年第4期。

从韩愈到曾国藩全是载道之文，抄袭孔孟极肤浅空乏之门面语，与八股一致。又说元、明、清小说也“为妖魔所扼，未及出胎，竟而流产”，又提出所谓十八妖魔，其文无一字有存在价值。为表示效忠的决心，陈独秀扛着上书“文化革命军”的大旗，“明目张胆地与十八妖魔宣战”，“愿拖着四十二生的大炮为之前驱”，即为“吾友胡适”之前驱。陈独秀在文章中信心十足，他声明，文学革命“其是非甚明，不容反对者有讨论的余地，必以吾辈主张者为决定之是而不容他人之匡正”。文学革命是天经地义的，“不容更有异议”。

但问题在于，这种符合陈独秀为代表的《新青年》诸同人界定的与“新文学”完全对立的“旧文学”是不是真的存在呢？当然不存在，“那时仿佛不特没有人赞同，没有人反对，我想他们感到寂寞了”[①]。郑振铎后来曾回忆这段“革命历史”：当他们在初期的二三年间讨论着文学革命的问题的时候，同情者固然是一天天地增多了，反对的人却也不少。不过都不是很有力量的。[②]但不存在可以建构出来。因为没有“旧文学”这个假想敌，“新文学”如何确立呢？这个被建构的“旧文学”不应该只是存活于过去的书本知识，还应该是活生生的现实存在。

这种“创造他者”的努力最明显地体现在新青年同人导演，由钱玄同、刘半农出演的那出著名的双簧戏。先克隆出一个“王敬轩”，由钱玄同扮演，代表“雕琢的阿谀的”“陈腐的铺张的”“迂晦的艰涩的”古代文学出面，对抗“平易的抒情的”“新鲜的立诚的”“明了的通俗的”的“新文学”，再由刘半农出面，狠狠收拾“王敬轩”一顿，因而引起广泛的社会关注。

我们不妨来读一下“王敬轩”《致新青年编者书》的文字，来体会一下双簧导演者的良苦用心：

---

① 鲁迅：《〈呐喊〉自序》，《呐喊》，人民文学出版社，1979年，第4—5页。

② 郑振铎：《中国新文学大系·文学论争·导言》，上海良友图书公司，1935年。

> 鄙人非反对新文学者。不过反对贵报诸子之排斥旧文学而言新文学耳。[1]

“王敬轩”的角度非常有意思，他可能认为“旧文学”和“新文学”可以并存。而这当然是“新文学”的倡导者最不能容忍的。为什么呢？不破不立，现代性的主体性只能通过二元对立才能建构起来。“旧文学”一定要反抗，而且反抗一定要激烈，否则，“新文学”就根本建立不起来。所以“旧文学”不能不反抗。

于是就有了刘半农《复王敬轩书》中这样的回复：

> 敬轩先生：
>
> 来信“大放厥词”，把记者等狠狠地教训了一顿。照先生的口气看来，幸而记者等不与先生见面；万一见了面，先生定要挥起“巨灵之掌”把记者等一个嘴巴打得不敢开口，两个嘴巴打得牙缝出血，而后快！然而记者在逐段答复来信之前，应先向先生说声“谢谢”。这因为人类相见，照例要有一句表示敬意的话；而且自从提倡新文学以来，颇以不能听见反抗的言论为撼，现在居然有你老先生“出马”，这也是极应感谢的。[2]

郑振铎后来写《新文学大系》导言的时候，给这个双簧一个总结：

> 为什么他们要演这一出“苦肉计”呢？
>
> 从他们打起了“文学革命”的大旗以来，始终不曾遇到过一个有力的敌人们。他们“目桐城为谬种，选学为妖孽”。

---

① 《新青年》1918年3月5日，4卷3号。

② 同上。

> 而所谓“桐城、选学”也者却始终置之不理。因之，有许多见解他们便不能发挥尽致。旧文人们的反抗言论既然竟是寂寂无闻，他们便好像是尽在空中挥拳，不能不有寂寞之感。

所谓王敬轩的那一封信，便是要把旧文人们的许多见解归纳在一起，而给以痛痛快快的致命一击的。①

正所谓：“欲加之罪，何患无辞”。这大概又是一例为了“实质正义”而牺牲“程序正义”的典型例子。这大约就是我们曾一再见识的所谓的“阳谋”。50—70年代的中国报刊中经常出现一些虚拟的“读者来信”，用来引发论争，而1957年双百时代的“引蛇出洞”，是否亦可看成“新青年”的一种传统呢？

“新文学”是一个针对“旧文学”的概念，也就是说，没有“旧文学”，就不可能有“新文学”。因此，要“创造”出“新文学”，就得把“旧文学”创造出来。后人写文学史的时候，常常只写鲁迅等人是“新文学”的创造者，以为“新文学”是鲁迅等作家坐在桌旁拿起笔“写”出来的，殊不知没有《新青年》胡适一干人（当然也包括写《中国小说史略》的学者鲁迅）的创制，“新文学”根本无从谈起。

今天的人重读这样的文字，许多人可能会觉得不可思议，会觉得为什么一定要让“传统”与“现代”截然对立起来，你死我活呢？郑敏在她极有影响的论文《世纪末的回顾：汉语语言变革与中国新诗创作》中就曾经批评这种五四文学革命形成的“正统逻辑”：“将传统与革新看成二元对抗的矛盾，因此认为只有打倒传统才能革新。”② 其实，“五四”一代人（甚至包括他们的传统继承者）采取这样激烈的方式，并非取决于他们的个人选择，更与道德无关，它是由新文学服

---

① 郑振铎：《五四以来文学上的论争》，蔡元培等著《中国新文学大系导论集》，上海良友复兴图书印刷公司印行，第61页。

② 郑敏：《世纪末的回顾：汉语语言变革与中国新诗创作》，《文学评论》1993年第3期。

务的民族国家的建构方式所决定的。新文学与民族国家的关系，胡适表述得最为清楚，在胡适“建设”性的纲领性论文《建设的文学革命论》用十个大字“国语的文学，文学的国语”概括文学革命的目标。他以一个判断句做了十分清晰明确的表述：“我们所提倡的文学革命，只是要替中国创造一种国语的文学。”[①]一方面，作为“想象的共同体”，民族国家需要建构一种超越地缘、血缘、种族、语言乃至文化认同的抽象政治认同。在这一点上，为民族国家服务的“新文学”必须超越为传统文化认同服务的“旧文学”，如果不能超越传统的国家认同方式，新的民族国家认同根本无法建构起来。因此，两个“中国”之间的矛盾决定了依附于两种政治制度的文学的尖锐对立。正如杜赞奇指出的：“在中国研究及民族主义研究中，把传统与现代假定为两个连续的相互排斥的时代的做法却一直延续了下来。在基本的层次上，此种对比就像‘历史的终结’问题一样，是通过自觉的现代主体观念才确立起来的。”[②]不过，这并不是民族国家主体性形成的唯一方式与唯一条件。民族国家的建构既是“破”，又是“立”。正是这个“立”，决定了民族国家的另一个面向，那就是对“传统”的包容与借用。现代化理论需要经常处理非西方社会的现代性问题，为了论证非西方民族认同民族国家的合法性，现代性理论总是通过将中西之间的对立转化为“传统”与“现代”的对立，将中国与西方的外部关系转化为中国内部的历史关系。“这一历史是如何制造出一个同一的，从远古进化到现代性的未来的共同体。”[③]民族国家本身实际上主要是19世纪的产物，是欧洲帝国所缔造出来的，但是，在对民族国家的虚幻

---

① 胡适：《建设的文学革命论》，《中国新文学大系·建设理论集》，上海良友图书公司，1935年，第128、134页。

② [美]杜赞奇：《从民族国家拯救历史——民族主义话语与中国现代史研究》，王宪明译，社会科学文献出版社，2003年，第80页。

③ 同上书，第3页。

想象中，它却被描述成一种统一的、内部整合的，甚至是单一的自古就有的实体。通过强调现代化是一种国内转变，一种社会内部的制度和价值功能，西方的价值标准就被内在化和自然化了。这样，民族国家及其依附于民族国家的“新文学”就不再是横空出世，而是从“旧中国”—“旧文学”中发展出来的。“中国史”与“中国文学史”展示的就是这样一个不可逆的发展一进化过程。

现代性理论既然要说明一个民族的未来，就一定要展示这个民族的过去。虽然民族国家是一个“想象的共同体”，但这种“想象”并非完全凭空想象。它需要借用传统的资源，需要把整体性的“传统”创造出来。需要创造一个过去的中国，需要创造文学的历史。换言之，“现代”需要创造出“传统”，需要利用某些既有的文化，这种利用，无一例外表现为对既有文学的整理与本质化。在这一意义上，在中国历史或中国文学史的写作中，的确出现过那种“传统”与“现代”的并存，但这种“并存”，是在一种线性的“历史”中存在的。如同“古代中国”是“现代中国”的过去，“中国古代文学”是“中国现代文学”的过去。

进化论被理解为中国文学内部的进化。这种逻辑决定了需要“旧文学”来为“新文学”服务。于是，“旧文学”变成了“古文学”，我们需要描述中国文学从“古文学”发展到“新文学”，也就是“中国古代文学”发展到“中国现代文学”的过程。——用福柯的话来说：“连续的历史是一个关联体，它对于主体的奠基功能是必不可少的。”①

胡适的贡献就在于以“古文学”取代“旧文学”。在《中国新文学大系·建设理论集》的导言中胡适回顾文学革命运动时曾说：“在那破坏的方面，我们当时采用的作战方法是‘历史进化的文学观’。”“我们要用这个历史的文学观来做打倒古文学的武器，所以屡次指出古今文学变迁的趋势。”② 这话说得非常清楚，对“新文学”而言，除了“破”，

① [法] 米歇尔·福柯：《知识考古学》，第 15 页。

② 胡适：《中国新文学大系·建设理论集·导言》，上海良友图书公司，1935 年，第 19 页。

还有“立”。而“立”，就是对“新文学”的“历史”——“中国文学史”的建构。

中国文学史的叙事格局，大体形成在20世纪的二三十年代，在这一段时间内，动手编写中国文学史的人也格外的多。许多在文学革命高潮中主张彻底推翻传统的学者，突然对他们认为一钱不值的“旧文学”发生兴趣，埋头于“中国古代文学”——“中国文学史”的研究和写作，这个转变看似不可思议，但在现代性的逻辑里，却并非不可理解。我们今天讨论的“文学史”都有一个共同的目标，那就是讲述一个有关“文学”的过去的故事，它要把过去的作品放在一个可以让人理解其前因后果的序列之中，也就是说，“文学”是为了印证这个因果序列——这个历史观服务的。在这种线性的历史观念中，既然有过去，就一定会有现在和未来。这样，研究“文学史”从来不是“为历史而历史”，从来不是为了纪念“过去”，而是通过追溯历史为现实服务。胡适为什么要写中国文学史呢？有些人认为他有历史的考据癖，其实不然，他以西方文学史从拉丁语言文学走向民族语言文学为理由，得出中国文学史的终极目的是白话文学的结论，将中国文学叙述成向白话文学进化的历史，着眼点显然不是“旧文学”而是“新文学”，目的却是为了给“新文学”提供历史合法性。——“要大家知道白话文学史是有历史的”。[①]

① 胡适:《白话文学史·引子》(上卷),新月书店,1928年。

第三节
没有“当代文学”，何来“现代文学”？

将我们对“新文学”——“现代文学”与“古代文学”关系的分析，用来分析“现代文学”与“当代文学”的关联，其实同样有效。

按照现在公认的“文学史”的分期，“中国古代文学”指的是先秦至晚清的文学，“中国近代文学”指的是晚清到“五四”的文学，“中国现代文学”指的是“五四”到1949年的文学，“中国当代文学”指的是1949年至今的文学。按照历史发展的顺序，当然是先有“古代文学”，再有“近代文学”，再有“现代文学”，再有“当代文学”。但如果我们从学科史的角度看这些问题，就会看到与上一节非常类似的情况——如同“新文学”为了证实自己的主体性，造出了“古代文学”这个“他者”，正是“当代文学”的出现，把“新文学”变成了“现代文学”。“没有‘当代文学’，何来‘现代文学’？”这个命题，就是在这一意义上提出的。①

80年代后，如何处理“中国现代文学”与“中国当代文学”的历史分期，一直是学界关注的问题。不少学者认为“当代文学”已经有了五十多年的历史，叫“当代”已经有些名不副实，因此主张把80年代以前的“当代文学”并入“现代文学”，让“当代文学”专门研究当下的文学现象，专做文学批评。这种说法听起来很有道理，其实问题多多。在这些学者眼中，这些时间概念和学科概念都是客观的、自然的、一目了然的，都能够自我说明，就好像一个筐，装什么都可以，

---

① 相关论述可见洪子诚:《“当代文学”的概念》,《文学评论》1998年第6期；李杨:《文学分期中的知识谱系学问题》,《文学评论》2003年第6期；或参见北京大学中文系中国现当代文学专业研究生魏冬峰博士学位论文《论中国“现代文学”和“当代文学”的关联研究》之导言第二节:没有“当代文学”,何来“现代文学”？(2005年)

而以知识考古学观之，这些概念都是产生于特定时空，具有特定含义的意识形态范畴。“现代”与“当代”都是线性历史观念的产物，它本身就是被建构出来的，而“现代文学”与“当代文学”更不是静态的知识分类，与我们分析过的“旧文学”与“新文学”一样，它们是以一定的措辞建构起来的历史产物，都是特定的意识形态关系的投射。因此我们不能抽象地讨论“现代文学”与“当代文学”，应该追问“何种‘现代文学’？”“谁的‘当代文学’？”应该把这些概念历史化，也就是说，要弄清二者的关系，我们应该回到这一对概念产生的历史语境中，看看这些概念产生时它们的意义到底是什么，它们的关系如何。

今天我们使用的“现代文学”的前身是“新文学”。“新文学”诞生于五四时期，是一个以“旧文学”为他者来确立自身的主体性概念，从胡适1922年写作的《五十年来中国之文学》一书开始，新文学史的写作一直持续到了50年代中前期，出现过《中国新文学大系》和王瑶的《中国新文学史稿》这样的具有范式意义的文学史著作。不过，50年代的新文学史著作虽然仍以“新文学”为名，但这种“新文学”之“新”却再也“新”不下去了——“新文学”是一个针对“旧文学”的概念，与“旧文学”相对，“新文学”当然是“新”的。但在更“新”的文学以及依附的“新时代”到来之际，原来意义上的“新文学”就有些名不副实了。可见，所谓的“新文学”其实是一个具有特定意义和特定针对性的范畴。它既不是指“五四”以后的所有文学现象，也不是指晚清以后的所有文学现象，它指代的是“五四”或晚清以后的某种“文学”，即不包括通俗文学，也不包括文言写作。而作为“新文学史”框架的“历史”，也不是指“五四”或晚清后的全部中国史，而是某种历史观视野中的历史——或者说，是被某种历史观所阐释的“历史”。

正是在这一意义上，历史观的改变，必然意味着“新文学”定义的改变。出现于1950年代初期的以王瑶的《中国新文学史稿》为代表的一批新文学史著作虽然仍袭用了“新文学”这个范畴，但注定只是权宜之计，只是“旧瓶装新酒”，因为这批“新文学史”依据的已经不是胡适和《大系》所依据的那种建立在“传统”与“现代”以及由此衍生出的“旧”与“新”的二元对立的历史观，而是建立在唯物史观和阶级论之上的“新民主主义”历史观。毛泽东的《新民主主义论》重新确立了历史的分期与分类。他把中国近代史分为三个不同的阶段，它们分别是旧民主主义阶段（1840—1919）、新民主主义阶段（1919—1949）与社会主义阶段（1949年之后）。在这一历史序列中，中华人民共和国的建立标志着新民主主义革命的基本胜利和社会主义革命和建设的开始。也就是说，1949年以前整个国家处于反帝反封建的新民主主义革命阶段，中华人民共和国成立初期虽然仍有一个继续完成新民主主义革命未了的任务和向社会主义过渡的准备年代，但1949年后的主要任务是实行社会主义改造和进行社会主义建设。毛泽东的新民主主义论，并非全是个人的创造，它直接来源于列宁关于资本主义后进国家中无产阶级革命的理论。马克思、恩格斯在《共产党宣言》中明确指出：共产党人的最近目的是推翻资产阶级的统治，由无产阶级夺取政权，建立社会主义社会。但马恩的科学社会主义理论创立后，欧洲发达资本主义国家没有出现无产阶级革命的形势，“造反”的地火却在那些经济状况落后，社会矛盾尖锐的地方运行。列宁于是将马克思的理论做了一番变通，提出，资本主义已经发展到帝国主义阶段，整个世界连为了一体，因此无论哪里爆发革命，都可以成为无产阶级革命的一部分，都是对帝国主义这个世界链条的打击，而链条往往容易在最薄弱的环节被打断。列宁所谓社会主义“一国首先胜利”的理论被俄国十月革命的成功所证明，而他为资本主义后进国家无产阶级革命制定的一整套斗争策略，集中在其于1905年撰写的名著《社会民主党在民主革命中的两种策略》一书中。列宁将共产党人在资本主义后进国家的“最近目的”，变成了首先参加并领导资产阶级革命，建立民主共和国，然后再过渡到社会主义革命。这就是所谓“两步走”的策略。毛泽东的“两步走”即由此而来。在《新民主主义论》中，毛泽东指出：“中国革命的历史进程，必须分为两步，其第一步是民主主义的革命，其第二步是社会主义的革命，这是性质不同的两个革命过程。”“现在的革命是第一步，将来要发展到第二步，发展到社会主义。中国也只有进到社会主义时代，才是真正幸福的时代。但是现在还不是实行社会主义的时候。中国现在的革命任务是反帝反封建的任务，这个任务没有完成之前，社会主义是谈不到的。中国革命不能不做两步走，第一步是新民主主义，第二步才是社会主义。而且第一步的时间是相当的长，绝不是一朝一夕所能成就的。我们不是空想家，我们不能离开当前实际的条件。”① 他在中国革命的历史上，第一次提出新民主主义革命的概念，指出新民主主义革命“虽然按其社会性质，基本上依然还是资产阶级民主主义的，它的客观要求，是为资本主义的发展扫清道路；然而这种革命……是新的、被无产阶级领导的、以在第一阶段上建立新民主主义的社会和建立各个革命阶级联合专政的国家为目的的革命。因此，这种革命又恰是为社会主义的发展扫清更广大的道路”②。显而易见，“新民主主义”理论在确立新的历史分期和性质的同时，也就确立了“新文学”的性质。王瑶的《史稿》对“新文学”“性质”的认定，依据的就是这种新的历史理论。他指出中国的新文学是从“五四”开始的，其基本性质是新民主主义的文学，其指导思想是无产阶级思想，亦即马克思列宁主义。

“新文学”的过渡性是由“新民主主义革命”的过渡性决定的。“新文学”既是“新民主主义革命”的反映，那么，在“新民主主义革命”被“社会主义革命”取代之后，“新文学”将被何种文学所取代呢？当然是建基于“社会主义革命”之上的更新型的文学，这个更“新”的“新文学”是什么呢？就是“当代文学”。“当代文学”的出现，意味着“新民主主义”性质的“新文学”不能再称为“新文学”，它针对“旧民主主义”文学是“新”的，但在更“新”的“新文学”（“新新

① 《毛泽东选集》第2卷，人民出版社，1991年，第665页。
② 同上书，第668页。

文学”？）面前却是“旧”的。于是，文学史家用“现代文学”取代了“新文学”这个概念，用“当代文学”来指称社会主义性质的文学。因为新民主主义理论是关于历史发展的理论，旧民主主义革命一定会发展到新民主主义革命，新民主主义革命一定要发展到社会主义，与之相对应，“新文学”就会变成“现代文学”，“现代文学”也就一定会发展到“当代文学”。用周扬的话来说：“‘五四’以来的新文艺从一开始就是向着社会主义现实主义发展的，这是指它的整个发展的趋向而言。”[①] 为什么要补充后一句呢？那是因为周扬说这句话的时候，还是社会主义制度尚未建成的1954年，他表达的不过是对社会主义文学的展望而已。

到1956年，这种展望就要开始变成现实了。1949年后逐渐展开的社会主义改造运动——实行国家对农业、手工业和资本主义工商业的社会主义改造，到1956年基本完成。生产资料公有制开始全面确立；在政治思想方面，经过几年来批判“资产阶级唯心主义”，“人民民主专政”得到巩固，因而从经济基础到上层建筑都有了根本性的变化。社会主义制度已经基本建立起来。这意味着新民主主义革命已经成为“历史”，当然，依附于“新民主主义革命”的“新文学”也同时成为“历史”。

这就是50年代中后期“新文学”被“现代文学”全面取代的真正原因，“现代文学”替代“新文学”的革命与政治经济领域的社会主义革命完全同步。1956年刚过，取代“新文学史”的“现代文学史”著作就开始接二连三地冒了出来。如孙中田、何善周、思基、张芬、张泗洋的《中国现代文学史》（上卷，吉林人民出版社，1957年）、复旦大学中文系现代文学组学生集体编著的《中国现代文学史》（上册，上海文艺出版社，1959年）、吉林大学中文系中国现代文学史教材编写组的《中国现代文学史》（第1册，吉林人民出版社，1959年）、复旦

① 周扬：《发扬“五四”文学革命的战斗传统》，《人民文学》1954年第5期。

大学中文系1957级学生编著的《中国现代文艺思想斗争史》(上海文艺出版社，1960年)、中国人民大学语言文学系文学史教研室现代文学组的《中国现代文学史》(上下册，中国人民大学出版社，1961年)等，都是非常著名的现代文学著作。“现代文学”的出现就意味着“新文学”的死亡，自此以后，就不再可能出现以“新文学”为名的文学史著作了。为什么呢？因为真正的“新文学”——“当代文学”出现了。

“当代文学史”几乎是与“现代文学史”联袂登场的。据考证，最早的中国当代文学史著作应该是华中师范学院中文系编纂的《中国当代文学史稿》，该书完成于1958年，1962年由科学出版社出版。此外，比较有影响的当代文学史著作还包括山东大学中文系编写组的《1949—1959中国当代文学史》(山东人民出版社，1960年)、中国科学院文学研究所编写的《十年来的新中国文学》(人民文学出版社，1963年)、北京大学中文系1955级编写的《中国现代文学史当代部分纲要》(内部铅印本，未正式出版)等等。周扬在1960年召开的第三次文代会上作的报告《我国社会主义文学艺术的道路》中，更以“正式文件”的形式，再度确认了1949年以来的中国“当代文学”的社会主义性质。《十年来的新中国文学》曾从四个方面论述了“当代文学”“第一个十年”的骄人成绩：“首先，新中国的文学具有我国过去的文学历史上从未有过的新的精神和新的内容”，它集中体现为“英雄人物的塑造”；其次，“我国文学的风格和形式，有了符合劳动人民要求的重要的发展，这就是进一步的民族化和群众化。”；再次，“我国已有了一支以工人阶级为骨干的作家队伍”；最后，“文学作品的读者对象，文学在社会生活中的地位、作用和影响，也发生了有利于劳动人民的重大的新的变化”。[①] 更重要的是，该书在论述时将“新中国文学”视为“中国文学史”发展的最高阶段，譬如在讨论小说时，该书指出：“我国古典文学，小说遗产丰富，现代新文学中，也有像鲁迅

① 《十年来的新中国文学》，作家出版社，1963年，第21—24页。

那样的大师。但现代形式的新小说，虽然对我们来说已有数十年的历史，却从来还没有像这十年中这样蓬勃发展。”[①] 在这样的叙述中，我们得以再度领略“进化的文学史观”的神奇魅力。

对“当代文学”性质的认定，当然也就同时意味着对“现代文学”性质的认定。在新民主主义革命史的论述中，“新民主主义革命”是“社会主义革命”的准备，“社会主义革命”是比“新民主主义革命”更高级的革命阶段，这一政治—历史等级也就决定了相应的“文学史”等级。“当代文学”因此成为比“现代文学”更高级、更纯粹的文学。在周扬等组织、由唐弢主编的《中国现代文学史》中就这样定义“现代文学/当代文学”视阈中的“中国现代文学”的性质：“中国现代文学是无产阶级领导的人民大众的反帝反封建的新民主主义的文学”，“它具有新民主主义的统一战线的性质”：它包含着多种阶级成分——无产阶级、资产阶级、小资产阶级，以及“残余的封建文学”和“法西斯文学”。[②] 在此基础上发展出来的“当代文学”当然要纯粹得多，“当代文学”滤去了“现代文学”的杂质，完全变成了“无产阶级”的文学，自然是更高级的文学，是“前所未有的一种新型的文学”[③]。

“当代文学”在形成自身主体形态的同时，也在改变和重塑“现代文学”的形态。50年代中期以后的中国现代文学史写作，开始不断向“当代文学”的规范看齐。随着“当代文学”的日趋激进，中国现代文学史的写作不仅排除了“旧文学”和“残余的封建文学”与“法西斯文学”，而且逐渐将新文学的“右派”——资产阶级的文学从新文学中排除出去，接着又将“小资产阶级文学”排斥出去，并最终将中国现代文学史变成了一部左翼文学史——“无产阶级革命文学史”。黄修己对自己学习现代文学史课程的回忆，颇为生动：

---

① 《十年来的新中国文学》，作家出版社，1963年，第29页。

② 唐弢主编：《中国现代文学史·绪论》，人民文学出版社，1979年，第8页。

③ 丁玲：《跨到新的时代来》，《文艺报》第2卷第11期，1950年6月10日出版。

> 在我学现代文学史的时候（1959年），这门课已经变成阶级斗争史了。那时现代文学史的面貌是：‘五四’新文学与林纾斗，与学衡派、甲寅派斗，其性质是与封建主义的斗争；进而与现代评论派斗，其性质已经发展到与买办资产阶级的斗争；再与新月派斗，是与资产阶级的斗争——再与‘自由人’‘第三种人’斗，是与修正主义的斗争（因为1959年正展开批判修正主义，所以‘自由人’‘第三种人’也以披着普列汉诺夫的外衣，而被当做修正主义）；再与冯雪峰、胡风斗，是与党内、革命队伍内的修正主义的斗争；到了延安，是与小资产阶级斗争。这真是阶级斗争步步深入，无产阶级节节得胜的标准图式。它告诉我们历史就是阶级斗争史。第一，斗争是不间断的；第二，是逐渐深入的，越深入便越深刻；第三，一分为二，你死我活，但无产阶级总是胜利的；第四，已经斗到小资产阶级了，所以首先我们要好好改造自己的思想，我们就是小资产阶级知识分子，是改造对象。其次要与朋友、同学、老师斗，因为他们也都是小资产阶级或资产阶级。那时认为只要我们坚决地斗下去，我们就会胜利，社会主义就有保证了。我后来当了老师，大致也是照着这么讲的。①

在某种意义上，充满杂质的“现代文学”是作为纯粹的“当代文学”的他者存在的，“当代文学”需要“现代文学”才能确立自己的主体性。这与“新文学”通过建构“古代文学”这个“他者”来确认自身几乎一模一样。这其实是现代性确立主体范畴的唯一方式。80年代以后的文学史写作不过是“把被颠倒的历史重新颠倒过来”。伴随着以“现代化”为名的主流历史叙述对“革命史观”这一他者的建构，重建

① 黄修己：《培育一种理性的文学史观》，《北京大学学报》2003年第5期。

“现代文学”合法性的努力体现于将“当代文学”作为自己的“他者”。革命时代建构起来的“现代文学”与“当代文学”的等级制被完全颠倒过来，是“现代文学”而不是“当代文学”昭示了现代中国历史的走向。“现代文学”与“当代文学”的对立，被简化为“文学”与“政治”的对立，“现代”与“传统”的对立。这类翻案文章中最早的一篇应该是赵祖武发表于1980年第3期《新文学论丛》上的《一个不容回避的历史事实——关于“五四”新文学和当代文学的估价问题》，虽然当时也有人反驳，但仿佛螳臂当车，很快就销声匿迹了。“当代文学”不如“现代文学”（即所谓“后三十年”不如“前三十年”）很快成为研究者的共识。在这一视阈中，如同“现代”成为理解20世纪中国历史的标尺，“现代文学”也成为理解20世纪中国文学的标尺——于是，20世纪中国文学被等同于“现代文学”，晚清以后被建构起来的“现代”变成了一个客观的时间范畴，而在五四时期和50年代被建构起来的“新文学”——“现代文学”也从具有特定内涵的意识形态概念变成了一个客观的、中性的“学科”范畴，也正是基于这一认识，才有了不绝于耳、听起来义正词严的取消“当代文学”的“说法”。——由“现代文学”收编“当代文学”，再由“当代文学”收编“当代批评”，恰如福柯指出的：“主体终有一天——以历史意识的形式——将所有那些被差异遥控的东西重新收归己有，恢复对它们的支配，并在它们中找到我们可以称为主体意识的东西。”①

遗憾的是，这种对“现代文学”与“当代文学”的知识谱系的分析总是被人理解为对“当代文学”合法性的辩护。福柯意义上对现代性的“反思”常常被一些不求甚解的假后学家以及后学的批评者简化为对现代性甚至是“历史”的“否定”，这是最令人遗憾的事情。所有的历史叙述都是后设性的，历史因为我们的现实需要被不断地重新叙述，这正是历史的意义所在。因此，重要的已经不是有没有这样的预

① [法]米歇尔·福柯：《知识考古学》，第15页。

设，甚至也不是有没有历史的偏见，而是能否对这种后设性形成清醒的自觉和反省。这或许是“知识考古 / 谱系学”给我们带来的最重要的启示。

我们的文学史知识是由一系列的分期概念组成。这些概念包括“中国文学史”（实际上特指中国古代文学史）、中国近代文学史、中国新文学史、中国现代文学史、中国当代文学史，等等。在线性的时间序列中，当然是先有“古代文学”，再有“现代文学”，先有“现代文学”，再有“当代文学”，但如果我们不是将线性的历史视为“客观规律”，如果我们意识到古代、近代、现代、当代等都不是客观的时间范畴，而是一些意识形态的概念，那么，我们面对的，就只能是概念的构造史。学科史就不能不成为意识形态史。也就是说，每当我们在“文学史”之内使用其中的任何一个概念时，都会唤起特定的形象——由于这些概念的意义都是在特定的历史叙述中定位，它们不是被作为一个单独存在的范畴，而是作为历史进程的一个环节来加以理解的。这样，每使用一次这个概念，我们都在对某种历史理论进行重新确认。这意味着当我们用这样的概念来理解文学的时候，有许多东西就消失了。

这样的工作是一种对文学史的“解构”。“文学史”是真正主题先行的文类，我们总是依靠一些理论预设去编织、演绎、整合甚至是虚构文学事实。“解构”是对结构的拆解。构成我们文学史基本结构的二元对立是结构主义把握世界的基本模式，结构主义人类学的理论基础就是自然与文化的二元对立，“解构”思想家德里达甚至认为这种二元对立模式可以追溯到西方自柏拉图以来的理性中心主义传统，这种所谓的“在场的形而上学”奠基在一系列二元对立之上，比如语言与文字的对立、意义与形式的对立、真理与谬误的对立等等。逻各斯中心主义不仅设置了各种各样的二元对立，如主体与客体、本质与现象、必然与偶然、真理与错误、同一与差异、能指与所指、自然与文化等，而且为这些对立设立了等级，对立双方在结构中从来不是一种对等的平衡关系，而是一种从属关系，也就是说第一项总是处于统治地位和优先地位，第二项则是对第一项的限制和否定。德里达将其称为“言语中心主义”，将其理解为“逻各斯中心主义”的特殊形式。按这种思维方式，言语是思想的再现，文字是言语的再现，阅读则是追寻作者的原意。也就是说，在这种哲学对立中，并没有对立双方的和平相处，而只有一种暴力的等级制度，其中，一方在价值上或逻辑上统治着另一方，占据着支配地位。与知识考古学的方法一致，解构批评致力于拆解这种人为的对立，所谓“解构”就是恢复这些看起来自明的概念的历史性，阐明这些被高度自然化的现代性概念其实是通过一系列人为的、虚构的方法来完成的。也可以说，所有现代性的主体认同都是依靠这种完全是人为的两分法，即通过建构一个本质化的“他者”来完成本质化的主体的自我认同。“解构”就是通过阐明看起来不共戴天的“主体”与“他者”之间的内在联系来瓦解主体的这种自足性。德里达认为只要我们追根溯源，在知识的层面上讨论这些问题，就可能全面而且系统地质疑这类概念的全部历史。当我们只会通过对立或者两分法来“认识”现实和历史的时候，问题显而易见，那就是在这种对立中，我们将看不到差异，理解不了多样性。

即使是最坚定的历史实在论者也不可能承认二元对立是历史本身的逻辑，如果历史要依靠这种人为的结构才得以建构，那我们又如何能够通过包括“文学史”在内的这些现代性的历史建制去接近和触摸真实的历史呢？事实上，文学史的建构过程不仅体现在这种隐含的结构之中，即使在文学史最外在的一些环节，如文学史的编年，文学史的分期与断代，都与“建构”有关。

第四章 “左翼文学”的“现代性”

“左翼文学”再度成为一个问题，是包括文学史写作和研究在内的人文学科近年出现的一个引人注目的变化。所谓“再度成为一个问题”是因为在相当长的时间内它根本不构成一个问题，或者说，这是一个已经被1980年代的知识解决的问题。那么，为什么会出现这种变化呢？或者说，为什么要重新关注“左翼文学”，或者说，1990年代以后我们讨论“左翼文学”的方式与80年代，与50—70年代究竟有什么不同呢？

对1990年代兴起的“十七年文学”与“文革文学”研究，南京大学的几位知名学者提出了严厉的批评：

> 我们认为，一些学者，尤其是一批青年学者，他们在远离了“十七年文学”和“文革文学”的历史文化语境后，单凭自己的主观臆想并借助某些外来理论来还原历史文化和文学语境，而这种“陌生感”给他们带来的所谓审美的新鲜和刺激，使他们在重新为中国当代文学史定位时，采用的是“否定之否定”的简单的逻辑推理。他们试图从历史虚无主义的泥潭中挣扎出来，以一种貌似公允的态度对“十七年文学”和“文革文学”进行一次终极的褒扬，这种褒扬首先是建立在对这一时期文学作品艺术的“重新发现”和重新肯

> 定的基础上。尤为不可理解的是，他们竟然能够用西方后现代的艺术理论在反现代、反人性的“革命样板戏”中发现一种巨大的现代性元素，竟然也可以大肆宣扬“红色经典”的“革命性”主体内容。当然，对“十七年文学”和“文革文学”中种种复杂的生成因素，乃至“新时期文学”中的诸多值得深刻思考的文学现象，我们都应该作出合理的历史解释和评价。但我们认为，那种忽略了具体历史语境中强大的以封建专制主义文化意识为主体的特殊性，忽略了那时文学作品巨大的政治社会属性与人文精神被颠覆、现代化追求被阻断的历史内涵，而只把文本当作一个脱离了社会时空的、仅仅只有自然意义的单细胞来进行所谓审美解剖，这显然不是历史主义的客观审美态度。我们所担心的是这些离当时历史语境和人性化的历史要求甚远的误读，会在变形的“经典化”过程中造成新一轮的文学史真相的颠覆。这种颠覆将误导学生，在他们的精神生活中注入新的毒素。①

为什么对“十七年文学”和“文革文学”的“现代性”的探讨，会被理解成“对‘十七年文学’和‘文革文学’进行一次终极的褒扬”呢？在80年代建构的知识语境中，无论是对“50—70年代文学”的“现代性”的讨论，还是对80年代主流文学的权力机制的揭示，常常被贴上“左派”的标签，甚至被理解为对已盖棺论定的“文革”的肯定。导致这一“误读”的原因，在于知识语境的差异。在这些批判者那里，“现代性”是“现代化”的同义词，其合法性是不容置疑的。因此，在“正确的”“现代性”而不是在“不正确的”“非现代性”的范畴内讨论“50—70年代文学”乃至全部20世纪左翼文学的意义，被顺

---

① 董健、丁帆、王彬彬：《我们应该怎样重写中国当代文学史》，《江苏行政学院学报》2003年第5期。

理成章地理解成对历史的翻案文章。然而，在后现代的知识语境中，“现代性”主要是一个反思性的概念。不同于长期以来被视为客观历史进程的“现代化”范畴，“现代性”使“现代”变成了一种不断被人们建构的主观意识形态，利奥塔形象地将“现代性”称为一个“宏大叙事”（grand narrative）。后学知识分子对“现代性”的反思，体现为对现代性知识与现代社会过程的双重检讨。福柯的一系列著作如《规训与惩罚》《癫狂与文明》《性史》等，都揭示了人的解放、人道主义和自由的许诺背后掩盖着的由排斥、监视和规训机制构成的权力关系。因此，将“50—70年代文学”放置在“现代性”范畴中进行认识，并不是对这一时期文学的重新“肯定”，而是对包括“50—70年代文学”在内的20世纪中国文学的现代性进行的“反思”。在1980年代的语境中，好像只有社会主义、革命才需要“反思”，事实上，在一个现代性环境中“反思”社会主义与革命的历史，意味着对一种历史意识的确认：如果不充分展开对现代性的“反思”，我们根本无法真正“反思”激进主义，“反思”革命。

1990年代以后，“现代性”这个概念变得非常时髦，大多数使用者只是简单地把用滥了的“现代化”换成了“现代性”。于是，就有了诸如“中国文学的现代性”“中国诗歌的现代性”这样的命题。其实，“现代性”是一个在后学语境中出现的概念。它不是“现代化”的同义词，否则就不需要创造“现代性”这个新词了。“现代性”其实是对“现代化”的反思。正如我们前面一再分析的，“现代化”是在“现代”与“传统”的二元对立框架中确立起来的一个概念，现代化理论倾向于把现代社会的成长——也就是从“传统”到“现代”视为一个“自然”的过程。而“现代性”则把这一过程和关于这一过程的话语，当成一种意识形态和权力结构加以反思。通俗地说，“现代性”不是一个肯定的概念，但也不是一个否定的概念，它是一个反思的概念。这两个概念使用起来差别是非常大的，在“现代化”的视阈中，如果批评家评价一个对象——比如文学或小说诗歌是“现代”的，或者批评家说一个国家和一种文化是“现代”的，常常意味着批评家对评价对象的肯定，因为是“现代”的就肯定不是“传统”的——在20世纪受进化论支配的中国知识语境中，“现代”与“传统”的对立常常被转化为“文明”与“愚昧”的对立。不过，如果批评家使用“现代性”这个概念，比如说，讨论中国文学的现代性问题乃至中国社会的现代性问题，则绝对不意味着研究者对研究对象的肯定，而是表达了研究者对这个对象的怀疑。在现代性的视阈中，“现代化”既是一个实际的社会过程，同时亦是一项从历史社会学上来建构的理论性“事实”。因此，使用“××”的“现代性”这样的命题时，意味着研究者把作为对象的××的合法性看成一个被建构起来的东西，一个虚构的东西。意味着研究者想将它历史化，看看它是如何被建构起来的，看看它与隐含的权力有什么样的瓜葛。也就是说，研究者把“现代”当成一种“性”，当成一种意识形态。套用我们前面讨论过的话，“现代化”是一个“历史”范畴，而“现代性”则是一个“知识”范畴。如福柯所说，是一种态度。如果你再想简化问题的话，还可以说，“现代化”是一个“现代”的问题，而“现代性”是一个“后现代”的问题。如同萨义德把“东方学”理解为“东方主义”，在后现代理论中，“现代”不是一个客观的历史时期，而应该被称为“现代主义”。

在“现代”的立场上要理解“反思”的意义其实并不容易。在这里，除了肯定，就是否定，非此即彼，我们只能在两种价值观念之间选择。但“现代性”问题却不是这两种归类所能穷尽的，它试图摆脱的恰恰就是这种“现代”意义上的二元价值选择。德里达解构批评的基本特征，即不是将一个传统的二元对立概念颠倒过来，以先者为后，后者为先，而是致力于抽换这个二元对立的哲学基础。也就是说，解构批评试图颠覆不对称的二元对立概念，但它不是简单以被压抑的后者来替代前者的地位，而是通过力图阐明后者为前者的可能条件所在，拆解二元对立的合法性。

福柯说过类似的话。福柯把自己的毕生精力用于对制度与权力对

“癫狂”“儿童”“罪犯”“性”的压抑的无情揭示，许多人觉得福柯因此肯定会站在被压抑的对象这一边，但福柯的回答却只能让他们失望：

> **福柯：**……你看，我今天感到尴尬和遗憾的是，十五年来的所有工作——这些工作常常是在艰难和孤独中完成的——对这些人来说只是一种归属的标记：他们希望站在“正确的”一方，站在癫狂、儿童、罪犯、性的一方。
>
> **莱维：**难道就没有好的一方吗?
>
> **福柯：**应该站在正确的一方，但是同时要努力消除造成两个方面对立的机制，消除我们选择的这一方的虚假的统一性和虚幻的“本质”。这才是今日历史学家需要着手进行的真正的工作。①

在这一意义上，当代文学研究在“现代性”层面对“左翼文学”的关注，源于对“文革文学”的关注，研究者想知道“文革”这样的“浩劫”是如何发生的，要解释这个问题，不得不上溯到“十七年文学”，而对“50—70年代文学”的理解，又不能不进一步上溯到40年代的“延安文学”以及30年代的“左翼文学”。也就是说，对“50—70年代文学”的探究必须联系到全部的“左翼文学传统”。

给左翼文学打上引号，说明“左翼文学”并不是一个一以贯之的文学事实，它是被80年代的知识所命名的一个本质化概念。在80年代的主流文学史叙述中，“左翼文学”是作为“启蒙文学”（或称五四文学）的他者存在的。80年代的主流文学史叙述将“左翼文学”与“五四文学”的对立放置到一个更加本质化的二元对立框架——“现代”与“传统”的框架中加以定位，将“左翼文学”的出现理解为对“五四”开始的“现代”传统的中断，是现代文学的歧路。这种文学史

① [法]福柯：《权力的眼睛——福柯访谈录》，严锋译，上海人民出版社，1997年，第45页。

的叙述方式不妨看成对胡适的双线文学史的继承，它的直接理论渊源，则是包括李泽厚的“救亡压倒启蒙论”在内的现代化历史理论。

《启蒙与救亡的双重变奏》是哲学家李泽厚发表于80年代中期的一篇非常有名的文章。在这篇文章中，李泽厚以“启蒙”与“救亡”两大“性质不相同”的思想史主题来结构中国现代史，认为在中国现代史的发展过程中，“反封建”的文化启蒙任务被民族救亡主题“中断”，革命和救亡运动不仅没有继续推进文化启蒙工作，而且被“传统的旧意识形态”“改头换面地悄悄渗入”，最终造成了“文革”“把中国意识推到封建传统全面复活的绝境”。[①] 1989年，李泽厚在为自己的文集《走我自己的路》的增订本所作的序言中，再次明确指出，20世纪中国现代史的走向，是“救亡压倒启蒙，农民革命压倒了现代化”。[②]

就对80年代人文知识的整体影响而言，将李泽厚的“救亡压倒启蒙论”称为80年代人文知识的一种“元叙事”(meta-narrative)，显然并不过分。“文革”后最普遍的历史叙述，是将“文革”解释为“封建法西斯”的“复辟”与历史的“倒退”，即认为“文革”的悲剧根源于中国现代史上“反封建”的不彻底。这种对“文革”性质的理解逐渐延伸到整个20世纪中国的“救亡”史及与之相关的社会主义实践——“封建主义披着社会主义衣装复活和变本加厉了”。[③] 李泽厚的“救亡压倒启蒙论”之所以能够迅速为广大知识分子所接受，成为80年代中国知识分子理解共同的历史与现实的一个基本的理论范式，显然是因为这一历史叙述使这种“后文革思想”获得了一种简洁明快的表述方式。“启蒙”与“救亡”的对立隐含的是“现代”与“传统”的对立，通过这种二元对立的方式，50—70年代的中国历史被视为“封建”时代或“前现代”历史剔除出“现代”之外，而“文革”后的“新时期”则

---

① 李泽厚:《中国现代思想史论》,东方出版社,1987年,第7页。

② 李泽厚:《李泽厚十年集·走我自己的路》(增订本),安徽文艺出版社,1994年,第10页。

③ 李泽厚:《中国现代思想史论》,第36页。

被理解为对“五四”的回归和“启蒙”的复活。这种“启蒙”与“救亡”及隐含其中的“现代”与“传统”的二元对立不仅是“文革”后不同知识——历史学、文学、政治学、社会学、思想史等得以建立的基本前提，而且也是80年代的“知识分子”界定自身的基本方式。通过将“文革”封建化来确立劫后余生的知识分子作为启蒙者的“现代”身份。

80年代的主流文学史叙述基本是在这一二元对立的框架中展开的，到后来，“左翼文学”与“启蒙文学”（五四文学）的对立竟成为一种根深蒂固的假设。显而易见，在这样的理论框架中，根本不可能存在所谓的“左翼文学的现代性”问题。

也正因为这种“左翼文学”与“启蒙文学”的对立源于“传统”与“现代”的二元对立，90年代以后在历史领域展开的对“传统”与“现代”的二元对立的后现代反思，当然会改变我们对“左翼文学”与“启蒙文学”关系的理解。“后现代”思潮的一个出发点就是对以往现代化理论中强调历史发展规律和终极目标的解释传统提出反思性批判，它的核心在于质疑西方的线性历史观，质疑“传统”与“现代”的对立。西方的殖民主义、帝国主义，以及非西方世界的民族精英推动的现代化革命等，其前提都是建立在“传统”与“现代”、先进与落后、文明与愚昧这样一系列的二元对立的基础上的。这至今仍是我们理解这个世界的一个基本框架。而“后现代”概念的提出，就是尝试打破这种二元对立，打破这种主宰我们的思维和认识实践的最主要的规范。

将左翼文学打上引号，意味着这是一个知识学的范畴，是一个知识考古学的对象。研究者无意于对其作出肯定或否定，而是想了解“左翼文学”为什么会发生，为什么“左翼文学”获得过如此广泛的认同，并且在“历史终结”以后的90年代能够重新焕发出活力。——1980—1990年代启蒙主义的维护者绕开了一个关键性的问题：人们为什么继续持有在我们看来显而易见是错误的信仰？换句话说，他们以这种明显是荒谬的方法行动的理由是什么？

最近，历史学界都在讨论美国历史学家何伟亚写的一本研究中国清代历史的著作《怀柔远人：马嘎尔尼使华的中英礼仪冲突》。1793年英国马嘎尔尼使团访华的事件，许多人都非常熟悉。熟悉它是因为它是一个笑话。当时的清朝政府要求英国使团会见乾隆帝时按中国礼仪行三跪九拜礼，遭到英方的拒绝，结果使团最后以失败告终。在这场外交纷争中，乾隆帝发出过一份给英王乔治三世的敕谕，陈述中方的立场，这个文献后来广为人知，成为中国闭关锁国、狂妄自大的证据，也成为历史的笑柄。但何伟亚的研究告诉我们的，则是这个在“现代眼光”里可笑的敕谕，如果从乾隆时代的眼光来看，或者就不一定可笑了。

“人们只有等到不再认为乾隆所言甚为荒谬时才会理解中国。”①罗素的这句话，同样可以用于对“样板戏”这样的“文革”文学的理解。或许只有到了“样板戏”不再被认为是荒唐可笑时，我们才可能理解中国现代文学，理解“左翼文学的现代性”命题。

第一节
没有“五四文学”，何来“左翼文学”？

与1980年代的主流文学史叙述在“传统”与“现代”的二元框架中讨论“左翼文学”不同，“左翼文学”带来的问题并不是“左翼”的问题，而是现代性本身的问题。或者说，“左翼文学”绝不只是“左翼”的问题，同时也必然还是“右翼”的问题，也是启蒙文学自身的问题。

1980年代的主流文学史叙述高度评价“新时期文学”的意义，认为所谓“新时期文学”“接续”了被中断了数十年的“五四”文学传统，

---

① ［英］罗素：《中国问题》，秦悦译，学林出版社，1996年，第38—39页。

使文学摆脱了政治的束缚，使文学回到了“文学”自身，或者说使文学回到了“个人”——有的评论家干脆认为是“回到了‘五四’”。

“文学的归来”意味着一个先在的前提，那就是文学曾经“离开”过“五四”，或者说“离开”过“五四文学”代表的“文学自身”。在显然并非“科学”的“当代文学”范畴中，这种离开了“文学自身”的“非文学”的阶段当然不言而喻，指的是“十七年文学”与“文革文学”。

这种文学史的叙述方式显然只是一个更为宏大的以二元对立方式建构的有关“启蒙”与“救亡”、“个人”与“民族国家”、“文学”与“政治”关系的历史叙事的一个组成部分。如同“十七年”与“文革”时期的文学史叙事以“救亡”“民族国家”“政治”为主体一举否定了“启蒙”“个人”“文学”的意义，“新时期”的文学史写作则以接续了30年代的“左翼文学”和40年代的“延安文学”的“十七年文学”与“文革文学”为“他者”，建构了以“启蒙”“个人”“文学”为主体的“新时期文学”。

但“回到五四”这样的命题并非完全不需要辨析。这些问题包括其一，“左翼文学”是否离开了“五四？”——换言之，“左翼文学”是否真正与“五四文学”无关？其二，即使我们假设“离开说”得以成立，那么我们应该同时回答的问题还包括：“左翼文学”为什么要离开“五四”？

当然，在回答这些问题之前，我们还得回答另一个更加重要的问题，那就是“何谓‘五四’？”

对“五四文学”与“左翼文学”关系的理解，实际上取决于我们对“五四”的理解和定义。五四运动被理解为“学生运动”“新文化运动”“革命运动”等，实际上折射出的是不同的意识形态立场。沟口雄三就认为存在三个“五四”：第一个是毛泽东为代表的马克思主义的五四观，第二个则是胡适等人代表的自由主义的五四观，第三个则是梁漱溟等人的文化保守主义的五四观。[①]这种三分法一直较为学界所认同。周策纵在其著名的《五四运动史》中亦将对五四运动的最为代表性的阐释分为三种，分别是胡适为代表的自由主义者的解释、国民党代表的“民族主义和传统主义”的解释和毛泽东为代表的共产党人的解释。其实有关“五四”的解释远远多于学者们的上述归纳，但究其最重要的、具有范式意义的解读，以上的分类还是比较确切的。

20世纪80年代文学史叙述的冲突主要发生在自由主义历史观和新民主主义历史观之间。主流文学史建构起来的历史断裂论，针对的其实是新民主主义历史观所定义的“五四”。自30年代开始，中国共产党一直将“五四运动”归纳为划分中国现代史的分界线和中共政治生涯的起点。主要有两个问题要关注：“五四运动”的实质是什么？谁领导了这场运动？1940年1月15日，毛泽东发表了他的《新民主主义论》。指出“五四运动”是中国“旧民主主义”与“新民主主义”的分水岭。“五四运动”前80年的特征是“旧民主主义”，而“五四运动”后20年的特征则是“新民主主义”。毛泽东认为，“五四运动”前，“中国资产阶级民主革命的政治指导者是中国的小资产阶级和资产阶级（他们的知识分子）”，而“五四”之后，“中国资产阶级民主革命的政治指导者，已经不是属于中国资产阶级，而是属于中国无产阶级了。这就是将五四运动视为分水岭的原因”。“五四运动”前中国的新学、西学主要是资产阶级所需要的自然科学和社会科学知识，当时的新文化运动及文化革命也是由资产阶级领导的，是世界范围内资产阶级文化革命的一部分。“五四”以后则不然。在“五四”以后，中国产生了完全崭新的文化生力军，这就是中国共产党领导的共产主义的文化思想，即共产主义的宇宙观和社会革命论。毛泽东还指出：“‘五四运动’是在当时世界革命号召之下，是在俄国革命号召之下，是在列宁号召之下发生的。‘五四运动’是当时无产阶级世界革命的一部

① 参见[日]沟口雄三：《另一个“五四”》，《中国文化》第十五、十六期，第306页。

分。"[①] 此后，毛泽东对五四运动性质的认识，便成为中国共产党对这场运动的官方解释。

在这一叙述中，从"五四"前的资产阶级革命发展到"五四"后的无产阶级革命，是历史的必然。"五四"是新民主主义革命的起点，这就意味着五四文学本身就是无产阶级文学或左翼文学的一部分，"中国现代文学是无产阶级领导的人民大众的反帝反封建的新民主主义的文学"[②]。

20 世纪 80 年代主流文学史挑战的正是这种新民主主义历史观—文学史观。所谓的"断裂论"以自由主义历史观重新定义"五四"，认为左翼文学的兴起中断了五四文学的传统。这种历史发展的断裂论其实并不是 80 年代文学史家的发明，甚至也不是李泽厚的个人创造。因为早在 30 年代，胡适就曾经以这种断裂论来解读"五四"后中国历史走向的变化。在 1932 年 12 月 22 日的日记中，胡适以 1923 年作为中国现代思想史的分期。称前一段是"维多利亚思想时代，从梁任公到《新青年》，多是侧重个人的解放"，从 1923 年开始中国历史则进入"集团主义时期，一九二三年以后。无论为民族主义运动，或共产主义运动，皆属于这个反个人主义的倾向"[③]。

胡适晚年在口述自传中用整整三章的篇幅叙述新文化运动和五四运动的历史。这时，他将新文化运动与五四运动区别开来。关于新文化运动，胡适给其一个特定名称——"中国文艺复兴运动"。关于五四运动，胡适认为它"实是这整个文化运动中的，一项历史性的干扰。它把一个文化运动转变成一个政治运动"[④]。这里包含有两层含义：一是新文化运动与五四运动两者之间的性质不同，前者是文化运动，后

① 毛泽东:《新民主主义论》,《毛泽东选集》第二卷,第 692—693 页。

② 唐弢主编:《中国现代文学史·绪论》,人民文学出版社,1979 年,第 8 页。

③ 1932 年 12 月 22 日《胡适日记》。

④ 唐德刚编译:《胡适口述自传》第九章《"五四运动"——一场不幸的政治干扰》,华东师范大学出版社,1993 年。

者是政治运动；二是五四运动作为一项不幸的政治干扰，把文化运动转变成政治运动。胡适晚年一直坚持这样的观点，似乎与他这一时期同时受到大陆马克思主义的围剿和台湾文化保守主义的批评有关。事实上，在胡适壮年的相当长一段时间，他也曾认为新文化运动从文化运动走向政治运动是合乎逻辑的自然发展，而且实际上一度同意对中国问题的“政治解决”比他提倡的“文化解决”更切合实际。所以罗志田认为：“胡适后来说从文学革命到五四运动是政治干扰思想文化运动，恐怕有倒着放电影的意味（倒放则有些看上去与结局无大关联的胶片就可以剪掉）。”[①] 胡适算得上是“五四”的亲历者，但他习惯以历史方法为依据随意剪裁历史，大家也就见怪不怪了。其实依周策纵的考察，所谓“新文化运动”这一名词，也是在1919年5月4日以后的半年内才开始逐渐流行起来的。对于胡适的见解，胡适当年进行文学革命的战友周作人后来也表示了不满。[②] 后来为胡适作《口述自传》的唐德刚对胡适的这个说法也颇不以为然，曾就此面质胡适。唐德刚认为：“一个新文化运动的后果，必然是一个新的政治运动，而所谓‘新文化运动’，则是近百年来中国整个的‘现代化运动’中的一个‘阶段’。”他还专门写了一篇文章来讨论此事。[③]

由此看来，80年代主流历史叙述中的“断裂论”不过是对胡适观点的“完全照搬”，因此，与其说80年代是回到了“五四”，不如说是回到了胡适。也就是说，所谓的回到“五四”，并不是要回到真正的“五四”，而是回到一种关于“五四”的历史叙述。

那么，我们今天对这种历史“断裂论”的解构，是否意味着对类似于新民主主义理论的历史连续性的再度回归呢？

如果你不准备否定“左翼文学”，那就意味着你准备赞美“左翼

① 罗志田：《乱世潜流：民族主义与民国政治》，上海古籍出版社，2001年，第109页。

② 见周作人：《知堂集外文·四九年以后》，岳麓书社，1988年，第27页。

③ 见《胡适口述自传》，唐德刚译注，华东师范大学出版社，1993年，第198页。

文学”，你反对“断裂论”就是赞同“连续论”。“知识考古学”的立场并不是“肯定”和“否定”这两种立场所能穷尽的。“知识考古学”并不是对历史发言。在“知识考古学”的视阈中，即使存在一个“真的五四”，那它也只能存在于文本中，存在于有关“五四”的历史叙述中。德里达所谓的“文本之外一无所有”说的就是这个问题，也许是为了避免虚无主义和相对主义的指控，詹姆逊（也译为杰姆逊）将这句话改成“我们只有通过文本才能接近历史”，口气平和了一些，但意思并没有多大的改变。当我们讨论“五四文学”与“左翼文学”的关联，并以这种关联来批评“断裂论”时，我们试图阐明的这种关联是一种知识的关联——它不是历史的联系。事实上，无论是自由主义的五四观，还是新民主主义的五四观，都是对“五四”的本质的认定，都是对历史本身的讨论。而我们关注的是作为知识的“五四”在整个现代性知识中的位置，“五四”的个人认同与晚清的民族国家认同乃至 30 年代的阶级认同之间的关系。换言之，我们的目的并不是要在多种五四观中做出选择，而是试图分析五四文学与左翼文学的知识关联。因为这些现代性范畴之间并不存在真正的断裂，就如同我们分析过的“新文学”与“旧文学”之间的对立一样，发生在现代性概念之间的所谓“断裂”，是“主体”和“他者”之间的断裂，这种“断裂”是建构出来为历史的连续性服务的。“知识考古学”的工作，就是要解构这种对立，揭示“主体”与“他者”的共谋，揭示“主体”与“他者”之间的知识关联。

或许正是因为看到“五四”以后的各派历史学家完全根据党派立场随意“重写历史”，周策纵的《五四运动史》只想对五四运动的“真正本质”作“一种仅供参考的阐释”。正是因为是将各种不同的五四立场作为考察对象，周策纵得以超越这些立场，为我们揭示出“五四”与整个 19 世纪中叶以来的中国知识的联系，并进而指出了五四时期的个人主义与“五四”以后兴起的具有社会主义倾向的国家主义之间的知识关联。周策纵明确将后者视为“五四运动”的“后果之一”[1]。周策纵这样定义“五四运动”：

> “五四运动”实际上是一场思想和社会政治相结合的运动，它企图通过中国的现代化来实现民族独立、个人解放和社会公正。……“五四运动”的最重要的目的就是维护民族的生存与独立，这实际上是19世纪中叶以来中国所有重大改革及革命的目的。……在“五四”时期，特别是其初期，个人解放是主流意识之一。1915年以后，多数激进的青年知识分子改革者开始认识到要振兴中华民族，就必须从陈腐的传统伦理论和制度的束缚中解放出来。将所有个人都从旧的被动思考的模式中解放出来，打破建立在农业社会基础之上的自给自足的家长制的家族制度，势必会增强民族的实力。……讲到批判传统的束缚，他们认为个人自由比循规蹈矩更为重要。另外尽管他们有情绪化色彩和爱国主义色彩……但这种个人解放的潮流并不等同于西方所宣扬的个人主义，而自由主义的意义也与西方所提倡的有所不同。对于救国的目的来说，中国许多年轻的改革者认为个人解放和维护个人权利相差不大。“五四”时期虽然比以往任何时候都更重视个人价值和独立判断的意义，但又强调了个人对于社会和国家所负的责任。这种情况不同于现代西方社会中个人主义的诞生，因为面对着帝国主义的侵略，当时中国的问题还是民族国家的独立。因此中国对个人从传统中特别是从封建大家族制度下解放出来的需求很快就被要有一个良好的社会与国家从而建立一个强大政府的要求给抵消了。……这样，“五四事件”后，民族主义和国家主义两股势力兴起，压倒了个人主义潮流。中国迅速兴起了现代西方的国家主义和民族主义思想，以及要建

---

① 周策纵：《五四运动史》，岳麓书社，1999年，第15页。

> 立一个独立的具有社会主义倾向的民族国家的观念。这些知识分子很快意识到，如果要拯救并振兴中华民族的话，就应该唤醒民众，使之意识到民族的危机和自身的利益，并且要组织和带领他们前进。所以青年知识分子认为群众运动、宣传、组织和革命纪律是用来与世界强权政治和国内军阀主义作斗争的重要的不可争辩的手段。①

社会主义思潮并非发生在“五四”以后，甚至也不是“五四”的产物，在“五四”之前，中国就有了社会主义的传播。中国近代社会主义思想的生成，40年代以后的左翼历史学家习惯于“从五四谈起”，这主要是受到毛泽东的《新民主主义论》的影响。毛泽东认为五四运动是在当时世界革命号召之下，是在俄国革命号召之下，是在列宁号召之下发生的：“在十月革命以前，中国人不但不知道列宁斯大林，也不知道马克思恩格斯。十月革命一声炮响，给我们送来了马克思列宁主义。”② 对这句话，可能要作一分为二的分析。因为中国人知道马克思、恩格斯其实是在十月革命之前，马君武、梁启超、孙中山、朱执信等人在踏入20世纪的最初几年就知道马克思、恩格斯及其著作、学说，并且做了介绍。③ 以梁启超为例，早在1890年秋，梁启超拜师康有为门下后即从那里接受了《大同书》空想社会主义学说及历史进化论。这成为梁启超研究西方社会主义学说及其如何在中国实践的思想基础。1899年以后，梁启超在《请议报》《新民丛报》上连续发表文章介绍宣传马克思及社会主义学说，对资本主义托拉斯与社会主义的关系，社会主义产生的原因及必然性、劳动价值论、唯物论、社会主义社会的本质特征、社会主义国家的管理方式、世界社会主义发展的

① 周策纵：《五四运动史》，第500—501页。

② 毛泽东：《论人民民主专政》，《毛泽东选集》第四卷，人民出版社，1969年，第1359—1360页。

③ 参见中央编译局编：《马克思恩格斯著作在中国的传播》，人民出版社，1983年，第241页；李其驹等主编：《马克思主义哲学在中国》，上海人民出版社，1991年，第22—26页。

总趋势以及如何在中国实行社会主义等问题，都相继作了介绍和粗略说明，又对马克思作出高度评价。虽然梁启超始终不认为中国具有实行社会主义的条件，并在1906年前后关于社会主义能否在中国立即实行以及如何实行的大辩论中持“渐进派”的立场，但社会主义对于他，却在相当长的时间内是一个类似于进化论的理想。

要回答“为什么会出现左翼文学”这个问题，必须首先回答“为什么选择社会主义”，这样的问题显然是本书无力解答的。但社会主义信仰的出现却肯定与晚清直到民国的特定历史语境有关，与20世纪初期资本主义开始暴露出的无数弊端有关。罗志田在一篇介绍民国初年“社会主义热”的文章中曾指出一种在我们过去的研究中“隐而不显”的事实，那就是在民国时期，不只是“先进”的共产党人及其同盟者追随社会主义，就是许多我们过去认为比较“落后”的人物其实也相当激进而且推崇社会主义。社会主义实已成为民初中国全社会的一种主流思潮。罗志田认为虽然各人各派所欣赏的社会主义并不相同，但这些社会思潮有一个明确的共同点，那就是对资本主义的贬斥。[①] 20世纪初，欧美、日本资本主义国家正由自由竞争阶段过渡到垄断阶段，出现了一系列包括贫富悬殊、阶级冲突、工人失业、小生产者破产和经济危机，以及少数大地主与资本家操纵国民生计和垄断政治大权等的严重社会问题，尤其是第一次世界大战的爆发撕开了西方近代资本主义文明的面纱，欧美日本资本主义国家里的社会革命运动因而逐渐兴起并且走向高涨，极大地冲击着资本主义的统治基础。社会主义思潮的兴起也给当时徘徊在传统与现代、东方与西方的文化十字路口的中国知识分子以巨大的冲击，当北方邻邦爆发了无产阶级领导的社会主义革命，开创出人类历史上第二种现代化类型时，中国现代化运动发生了关键性转折，这就是西方资本主义现代化发展道路

① 详见罗志田:《西方的分裂：国际风云与五四前后中国思想的演变》,《中国社会科学》1999年第3期。

失去了往日的魅力，而社会主义现代化发展道路渐渐受到了“五四”启蒙思想家的欢迎和信奉。1920 年 3 月，俄国政府宣布废止一切不平等条约的消息传到中国，更是激起中国各界的一阵骚动。一时间，苏俄成了人道主义的化身。人们普遍认为：“现在社会坏极了，不图改救是不可长久的了。……解救之道，当然是社会主义，因为它最公道，最平等，无有军阀财阀，无有种界国界，是相爱相信的世界，不是相杀相欺的世界，经济上固然好，道德上尤其好。”[①]

这是一个需要乌托邦并且产生了乌托邦的时代。面对三千年未有之变局，中国知识分子早就希望能在思想上做一个彻底解决，希望能毕其功于一役。他们不仅要以社会主义来建设一个强大统一的中国，也希望用它来避免西方社会的种种弊病，如贫富悬殊，少数有钱人控制社会的一切，弱势群体得不到保护，等等。建立一个和平、公正和均富的社会。在他们看来，一个强大统一的民族国家建立起来后，主要任务就是建立一个自由、平等和民主的社会。而既能接受西方优点，又能避免西方缺点的社会主义理想提供的正是这样一个帮助我们彻底摆脱两难困境的整体解决方案。中国知识分子之所以倾心社会主义，就是因为他们认为社会主义可以使中国人达到这个伟大的目标。

与此同时，接受社会主义肯定还与进化论的信念有关。按照进化——历史主义的立场，社会主义无论如何要比资本主义进步。进化论世界观和历史观使人们相信社会主义是比资本主义更高的历史发展阶段，当然也就更好。因为历史总是向着进步的方向，任何有助于历史必然性实现的行为都是正当的，都是无可非议的，都是为了人类的进步事业。比起历史的宏伟目标，任何个人的牺牲和痛苦都是不重要的，正如偶然与必然相比是不重要的一样。

“十月革命一声炮响，给我们送来了马克思列宁主义。”俄国革命的成功，使中国人看到了超越资本主义的希望。陈独秀在五四运动前

---

① 陈汉楚：《社会主义在中国的传播和实践》，中国青年出版社，1984 年，第 97—98 页。

夕就注意到：“欧洲各国社会主义学说，已经大大的流行了。俄、德和匈牙利，并且成了共产党的世界。这种风气，恐怕马上就要来到东方。”[①] 北大是五四运动的策源地，但北大既是自由主义的大本营，同时又是传播马克思主义的阵地。由北大学生创办的著名社团新潮社也打上了社会主义的痕迹。我们从傅斯年起草的“新潮社发刊旨趣书”中可以看到新潮社领导人物所主张的社会革命观念显然是部分地受到俄国“十月革命”的影响。罗家伦曾经发表过这样的看法：20世纪的世界新潮就是俄国的十月革命：“现在的革命不是以前的革命了！以前的革命是法国式的革命，以后的革命是俄国式的革命。”[②] 同期杂志中，后来像罗家伦一样转变为激烈反共分子的傅斯年，也发表了类似的意见，他认为俄国将会兼并全世界，不是在领土方面，也不是在国权方面，而是在思想上。[③] 在以后出版的一期《新潮》中，一位读者建议说，此后的革命会效法“美国革命”的形态，但这个见解受到编辑们的反驳。……罗家伦在上述一文说：“革命以后，民主主义同社会主义，必定相辅而行。”而且会更加接近，他又认为社会主义与个人主义是相关的，而不是对立的，而且“此后的社会主义并不是要以雷厉风行的手腕，来摧残一切的个性；乃是以社会的力量，来扶助那班稚弱无能的人，来发展个性”[④]。他相信这即是新潮流的真正意义。

胡适自己与当时许多读书人一样，曾长期向往社会主义，视其为世界发展的方向，他后来还把新俄的社会主义制度这一“空前伟大的政治新试验”纳入这一世界发展方向之中。一向反对专制的自由主义者胡适竟然能够赞许实行无产阶级专政的苏俄，就在于他相信苏俄“真是用力办新教育，努力想造成一个社会主义新时代。依此趋势认真做去，将来可由狄克推多（专政）过渡到社会主义民治制度”。正

---

① 只眼(陈独秀)：《纲常名教》，1919年4月6日《每周评论》第16号。

② 罗家伦：《今日之世界新潮》，《新潮》1卷1期(1919年1月)，第19页。

③ 傅斯年：《社会革命——俄国式的革命》，同上，第128—129页。

④ 罗家伦：《今日之世界新潮》，第20—21页。

是基于这一判断，胡适在1930年断言：苏俄与美国“这两种理想原来是一条路，苏俄走的正是美国的路”[①]。

一向“冲淡”的周作人在1926年时也认为“阶级争斗已是千真万确的事实，并不是马克思捏造出来的”。他根本以为“现在稍有知识的人（非所谓知识阶级）当无不赞成共产主义”，只有“军阀、官僚、资本家（政客学者附）”才不赞成共产主义；他自己就“不是共产党，但是共产主义者”。[②]几年前罗素描述他的中国见闻时，也说他在中国遇到的青年及其优秀教师中的大多数都是社会主义者。[③]社会主义在当时的影响由此可见一斑。

五四时期的东西文化问题论争就是社会主义对五四前后中国社会和思想产生巨大影响的又一个例子。东西文化问题论争约从1915年《新青年》创刊开始，到1927年被中国社会性质问题的争论所代替，持续长达十余年，文章、论著发表千余。论争双方阵线分明，一为东方文化派，一为西方文化派。他们在东西文化何优何劣、差异何在、能否调和、东西方文化各自在未来世界文化中的地位如何等问题上，争论不休，互不相让。然而，在激烈的对垒中，双方却对社会主义不约而同地给予了充分关注和赞许。这些都足以说明，早在社会主义成为主流意识形态以前，有关国家出路问题的社会心理倾向，已开始从资本主义向社会主义转移。

在胡适这样的自由主义者的眼中，“现代”的标志是“个人”的发现，而在毛泽东这样的马克思主义者看来，“现代”的标志则在于阶级意识的形成，在于无产阶级登上历史舞台。但这两种历史观是否构成真正的对立呢？在80年代的语境中，提到现代，在我们的脑子里马上就会蹦出“个人”这一字眼。80年代新启蒙主义的代表人物李泽厚

① 转引自罗志田:《二十世纪的中国思想与学术掠影》,广东教育出版社,2001年,第146页。

② 周作人:《谈虎集·外行的按语》,河北教育出版社,2002年,第169页。

③ 见罗素:《中国问题》,秦悦译,学林出版社,1996年,第176页。

正是把个人主义当作了一个与国家主义、民族救亡相对立的、具有既定意义的、本质化的概念来使用的，自然很容易得出了“启蒙”“救亡”双重变奏的结论。在他那里，“启蒙”总是跟个人主义具有某种同义语的关系，或者说，个人主义是启蒙话语的一个主要层面，所谓“启蒙”就是指知识分子启蒙愚昧的人民大众，促使人民大众个人独立意识的觉醒，注重的是对“个”的价值的发现和强调；而“救亡”自然是救亡民族国家，注重的是“群”的解放和独立，同时伴随着个人因服务于“群”的救亡而做出的服从和牺牲。这样一来得出 30 年代“救亡”压倒“启蒙”的结论就不足为奇了。80 年代主流文学史叙述得出的所谓“左翼文学”压倒“五四文学”的结论也就不足为奇了。

但“个人”与“民族国家”的关系显然应该在一个更广阔的空间来加以理解。“五四运动的最大的成功，第一个要算‘个人’的发见。”[①]“个人”之“发现”（其实准确地说应该是“发明”）当然是五四运动最重要的成果之一，但五四运动更是一个象征民族国家意识觉醒的标志性事件。“个人”与“民族国家”同为现代性范畴，根本就不可能构成真正的对立。它们相辅相成，互为他者。没有“个人”，“民族国家”根本无法确立自我，反过来，没有“民族国家”，“个人”的概念也根本不可能形成。如同我们在前面一再分析指出的那样，正因为“救亡”所救（建）的“中国”是一个不同于传统中国的“民族国家”，因此在“救亡”与“启蒙”这对现代性之间根本不可能存在真正的冲突，更不能将其理解为“传统”与“现代”的冲突。在这一意义上，“个人”与“国家”和“阶级”之间的冲突同样应该理解为现代性的内部冲突。“五四”建构的“个人”认同是为现代民族国家认同服务的，因为“民族国家”认同需要把“人”从传统的家族、文化、宗教乃至血缘认同中解放出来，因此，“个人”成为一个解放性的概念，它的批判矛头是封建文化。现代民族国家的功能决定了“民族国家”必须

① 郁达夫:《中国新文学大系·散文二集·导言》,上海良友图书公司,1935 年。

由“个人”组成，也就是说，没有“民族国家”认同的需要，也就不可能产生“个人”。同样的道理，没有“个人”认同，也就不会有“民族国家”认同乃至“阶级”认同的实现。

最形象地预示“个人”与“民族国家”内在关系的五四文学作品，莫过于郁达夫的小说《沉沦》。小说写的是一个中国留学生在日本的生活和感受。主人公是一个追求自由和个性解放并最终发现了自我的多愁善感的典型的新青年，无法忍受异国的压抑生活，最终蹈海自尽，蹈海之前，主人公悲愤疾呼：“祖国呀，祖国！我的死是你害我的！你快富起来，强起来吧！你还有许多儿女在那里受苦呢！”这样的结尾，在许多评论家眼中有些不伦不类。因为小说本来一直写的是青春期的压抑，是个体的生理—心理危机，结尾却简单而且牵强地把小说主题提升到爱国主义和政治层面，所以许多评论家认为小说在意识形态上是分裂的。这样的评论显然过于拘泥于“小说的常识”。郁达夫的这部小说其实是一个时代的寓言，它揭示了被现代性“发明”出来的个人“荷戟独彷徨”的窘境，“新文学”把“个人”发明出来，是为民族国家认同服务的，“个人”根本无法独立存在，“个人”如果不尽快在民族国家中找到自己的归宿，就始终只能是无路可走、无所归依的“零余者”，像鲁迅笔下的子君，“不是堕落，就是回家”[①]。——或许还有第三条路，就是蹈海自尽。由发明了“自我”的郁达夫来亲手毁掉这个“自我”，其实极具象征意义。郁达夫的小说以暴露“自我”闻名，暴露是“发现”，也是“发明”，常常表现破碎的、无目的以及充满不确定性因素的旅程中的零余者，这个带有作家自恋的形象刚刚诞生的时候的确带有一种时代赋予的破茧而出的美感，不过，这种“自我”注定是个短命鬼，《沉沦》中蹈海自尽的又何尝不是那个刚刚出生的“自我”，这个“个人”刚一出生就死掉了。郁达夫的“自我小说”是对日本“私小说”的模仿。而通过柄谷行人的追踪，我们得以发现

① 鲁迅：《坟·娜拉走后怎样》，《鲁迅全集》，人民文学出版社，1981年，第159页。

日本的私小说也是民族国家发明出的一个现代性装置，用来发明民族国家认同所不可欠缺的“自我”。在这一点上，中国现代文学的起源与日本现代文学的起源的确具有“互文性”。

提起五四运动，我们最先想起的当然是“德先生”和“赛先生”，也就是所谓的“民主”和“科学”。对此，早在1919年春，这场运动的精神领袖陈独秀在他那篇著名的《〈新青年〉罪案之答辩书》中便已“布告天下”：

> 追本溯源，本志同人本来无罪，只因为拥护那德莫克拉西和赛因斯两位先生，才犯了这几条滔天的大罪。要拥护那德先生，便不得不反对孔教、礼法、贞节、旧伦理、旧政治；要拥护那赛先生，便不得不反对旧艺术、旧宗教；要拥护德先生又要拥护赛先生，便不得不反对国粹和旧文学。……我们现在认定只有这两位先生，可以救治中国政治上道德上学术上思想上一切的黑暗。

这篇“答辩”确然给人以强烈的印象：《新青年》、进而整个五四运动，其宗旨不外乎民主与科学。但拥护“德先生”和“赛先生”并不是目的，那什么是目的？目的在于“救治中国”；“我们现在认定只有这两位先生，可以救治中国政治上道德上学术上思想上一切的黑暗。”也就是说，五四运动真正的精神动力，仍然是“救亡图存”这个自近代以来的强大主题，换句话说，是民族主义。早在《新青年》创刊之初，陈独秀便在《敬告青年》中写道：

> 吾国之社会，其隆盛耶？抑将亡耶？非予之所忍言者。彼陈腐朽败之分子，一听其天然之淘汰……固有之人伦、法律、学术、礼俗，无一非封建制度之遗……则驱吾民于二十世纪之世界以外，纳之奴隶牛马黑暗沟中而已，复何

> 说哉！于此而言保守，诚不知为何项制度文物，可以适用生存于今世。吾宁忍过去国粹之消亡，而不忍现在及将来之民族，不适世界之生存而归于消灭也。……国民而无世界智识，其国将何以图存于世界之中？……国人而欲脱蒙昧时代，羞为浅化之民也，则急起直追，当以科学与人权并重。

这篇发刊词一开始便已宣示了五四运动的精神基调，那就是民族主义。所谓“科学与人权并重”，便是后来所说的“民主与科学”，它们不是目的，而是“其国将何以图存于世界之中”的手段。陈独秀一生思想数变，而民族主义则是其一以贯之的精神。而且不仅仅是陈独秀，五四时期的思想精英们无不以民族主义精神为动力。当他们将个人与社会对立起来时，这里的社会指的只是旧社会，即专制社会，而新社会，则是与自由主义的个人本位原则完全一致的。陈独秀在1915年写的《法兰西与近世文明》一文中，依据进化理论把人类的文明史划分为古代和近代两个时期，并从其思想的特质上对此作了说明：“古代文明，语其大要，不外宗教以止残杀，法禁以制黔首，文学以扬神武。”“近代文明之特征，最足以变古之道，而使人心社会划然一新者，厥有三事：一曰人权说，一曰生物进化论，一曰社会主义是也。”[①] 可见在五四那一代人眼中，以“个人”认同为基础的“人权论”与以“阶级认同”为基础的社会主义其实并不矛盾。

刘禾通过对“个人主义”演变史的梳理指出：“个人主义的话语与通常的看法相反，它与民国早期出现的民族国家的大叙事之间有某种若即若离的关系。像当时流行的其他话语一样，它以自身的方式参与了现代意识形态和权力重组的重要进程。”“个人主义并不总是构成民族主义的对立话语，启蒙运动也并非是民族救亡的反面。”[②] 这样的

---

① 陈独秀：《独秀文存》，安徽人民出版社，1987年，第10—11页。

② 刘禾：《跨语际实践》，宋伟杰等译，生活·读书·新知三联书店，2002年，第123页。

分析是非常有道理的。我们不可能把“启蒙”与“救亡”分开，从一定意义上甚至可以说，救亡就是启蒙，启蒙也是救亡。——同样的道理，我们也不能把“个人认同”与“民族国家认同”，甚至“阶级认同”分开；无法把“五四文学”和“左翼文学”分开。

我们对“个人”与“民族国家”之间现代性关系的探讨同样适用于对“个人认同”与“阶级认同”的理解。这一点，对理解“五四文学”与“左翼文学”之间的关系同样是至关重要的。马克思主义当然不是一种民族国家理论，马克思理论中的“阶级”是一个超越民族国家的范畴。共产主义对民族主义者的告诫是：“全世界的人民团结起来，你们失去的只是你们的习俗和传统，但得到的将是整个世界。”[①] 因此，马克思主义常常被理解成对民族国家意识的批判与反动。然而，马克思主义革命是在民族国家的范畴内进行的。马克思主义对民族国家的超越，绝对不是要回到民族国家诞生之前的姿态，而是提供一种建立在民族国家之上并且能够超越民族国家的“解放”。马克思主义从来没有否认民族和民族主义的存在，相反，马克思主义强调民族主义是实现社会主义的重要手段。马克思列宁主义的世界革命理论以阶级理论为基础，把世界民族划分为两个阵容，即统治民族和被统治民族、压迫民族和被压迫民族。按照马克思的理解，民族不平等的起源在于国际资本的存在，帝国主义是国际资本的政治表现。所以，争取民族独立就要反对帝国主义即国际资本主义。只有建立一个独立的、享有独立完整主权的国家，民族才能真正独立。而革命是实现这一目标的唯一手段。因而，在马克思看来，每一个民族的民族解放运动，都是世界革命的组成部分。列宁则更进一步指出，世界社会主义运动已成为全世界无产者同被压迫民族的联合行动，它以世界帝国主义为革命目标，民族解放运动可以帮助无产阶级登上国际舞台。

对“被现代化国家”而言，马克思主义提供了一个将现实与未来

---

① 《马克思恩格斯选集》第1卷，人民出版社，1995年，第271页。

连为一体的全新的乌托邦。它既承诺民族国家的建构，同时又承诺对民族国家的超越。这种彻底解放的承诺——一种更高级的现代性，恰恰是包括中国在内的许多“被现代化国家”选择马克思主义的历史动因，这个由马克思提出的能够对近代以来以“资本”为中心的世界政治经济秩序提出挑战的伟大想象，被俄国的十月革命具体化了。作为世界上第一个社会主义国家，苏联的诞生经历了沙俄帝国解体、民族独立、内战和反对外来干涉以及各独立的苏维埃共和国联合等复杂的过程，它提供了解决帝国主义时代民族国家问题可能的历史途径，证明“无产阶级的世界革命”可以动员民族主义的资源，从而实现国家独立。在这个意义上说，十月革命在西方和东方之间架起了一道桥梁，加速了世界民族国家的现代化进程。

这个问题，还是杜赞奇谈得清楚：

> 阶级和民族常常被学者看成是对立的身份认同，二者为历史主体的角色而进行竞争，阶级近期显然是败北者。从历史的角度看，我认为有必要把阶级视做建构一种特别而强有力的民族的修辞手法——一种民族观。在中国，李大钊就是以阶级的语言来想象在国际舞台上的中华民族的：中国人民是一个被西方资产阶级压迫的无产阶级，是国际无产阶级的一部分（Meisner，1967：188）。当然这并非中国特有的情况。阿布杜拉·拉鲁依把处于这个阶段的民族主义称作“阶级民族主义”：在与欧洲的对抗中，原教旨主义者诉诸民族（中国文化、印度文化、伊斯兰文化），自由主义诉诸民族（中华民族、土耳其民族、埃及民族、伊朗民族），革命家诉诸阶级——这个阶级包括整个人类或者所有被欧洲资产阶级剥削的人们。我们可以称之为阶级民族主义，但其中仍然保留了政治的和文化的民族主义的若干动机……国际舞台上的阶级—民族在国内也有相应的表达方式。某个阶级的所

> 谓的特征被延伸至整个民族，某一个人或群体是否属于民族共同体是以是否符合这个阶级为标准的。中国共产主义就是一个很好的例证，尤其是旨在清除不受欢迎的阶级或剥夺他们的公民权，从而以理想化的无产阶级形象塑造中国的“文化大革命”时期。这里，民族的观念成为具有超国界诉求的革命语言与民族确定性之间的张力之所。以阶级斗争的革命语言界定民族的另一种手法是把阶级斗争的“普遍”理论置入民族的语境中。30年代毛泽东上升为与列宁和斯大林齐名的最高理论家的地位，以及“中国模式”的革命运动的诞生，都是马克思主义中国化的结果，民族特性便体现在由中国人领导的独特的阶级斗争的模式中。这种“民族观”与国民党人的准儒家式的民族表述相去甚远，就自不待言了。①

杜赞奇的这一看法与盖尔纳的极为相似。盖尔纳在谈到民族与阶级的关系时说：“只有当一个民族成为一个阶级，成为在其他方面都具有流动性的制度里的一个可见的、不平等地分布的范畴的时候，它才会具有政治意识，才会采取政治行动。只有当一个阶层碰巧（或多或少）是一个‘民族’的时候，它才能从一个阶级本身，变成为一个为自身利益奋斗的阶级或者民族。民族和阶级单独似乎都不是政治催化剂：只有民族一阶级或者阶级一民族，才是政治催化剂。”② 类似的看法其实非常多，比如日本学者野村浩一就指出：“前面已经提到过，中国革命的起因、动力，在于中国国家意识的觉醒。”③

杜赞奇等人解答的可能恰恰是大量五四时期信仰个人主义的自由主义知识分子皈依社会主义的重要原因。为什么说近代中国需要整

---

① [美] 杜赞奇：《从民族国家拯救历史——民族主义话语与中国现代史研究》，王宪明译，社会科学文献出版社，2003年，第10—11页。

② [英] 厄内斯特·盖尔纳：《民族与民族主义》，韩红译，中央编译出版社，2002年，第159页。

③ [日] 野村浩一：《近代日本的中国认识》，张学锋译，中央编译出版社，1999年，第82页。

合和组织起来？这是因为中国需要成长为一个统一的民族国家对抗外患。一个统一的民族国家是有效利用资源的前提，而有效利用资源离不开组织起来实现工业化。在中国传统农村社会以“国家一自耕农”为主要格局的社会结构中，由于经济联系的狭隘，人们几乎没有任何忠诚的对象。因此，五四以后许多知识分子的转向，是因为他们越来越发现中国的现实问题并不是个人自由的匮乏，而是缺乏高度统一的政治认同。在一盘散沙式的中国鼓吹个人自由，无疑会使情况更为恶化。毛泽东在 1937 年 9 月 7 日的《反对自由主义》中对自由主义进行了极其严厉的批判，他说：“自由主义……结果使党和革命团体的某些组织和某些个人在政治上腐化起来。”[①] 到了 1930 年代后，自由主义几乎没有了任何感召力，一些曾经坚定的自由主义者纷纷呈现出了失望情绪，有些甚至转而主张极端的国家主义。

马克思主义在中国的现代性实践，同样只能作如是观。在中国，依照清末民初盛行的社会达尔文主义图景，每个群体的命运只能由其自身负责。但“五四”以后马克思主义的进入却使知识分子认识到中国的问题只能从资本主义历史性的全球等级秩序中加以理解。曾是“五四之子”的郭沫若曾经这样忏悔道：“我从前是尊重个性，景仰自由的人，但在最近一两年之内与水平线下的悲惨社会略略有些接触，觉得在大多数人完全不自主地失掉了自由，失掉了个性的时代，有少数的人要来主张个性，主张自由，总不免有几分僭妄。”[②] 如果世界资本主义已经塑造出一种专制的制度，持续地、系统地制约着中国富强的可能性，那么首先要做的就不是埋头自强，而是改造世界体系本身。这意味着“中国”面临的问题不是“中国”自身的问题，不是“中国”的“现代”与“传统”之间的问题，而是整个全球化问题的一部分——是一个不折不扣的现代性问题。用马克思的话来说，是资本主义全球

① 《毛泽东选集》第 2 卷，人民出版社，1991 年，第 359 页。

② 宋阳：《大众文艺的问题》，《文艺月报》创刊号，1932 年 6 月 10 日。

化——全球经济一体化的结果。马克思主义使中国知识分子具有了前所未有的“全球化”眼光，将具有民族国家身份的“中国”放置在现代世界地缘政治的版图上进行体认，并提出了一种使“民族国家”获得彻底解放的巨大乌托邦承诺，因此才吸引了一代代的中国人的前赴后继。而建立民族国家的任务，也转而由一种被后来的研究者称为“左翼文学”的“现代文学”承担了起来。从“五四”一直到红色的30年代，小说主人公从个人的对婚姻这一个别事件的反抗，到集团的对于整个制度的反抗，从争取个人的人身自由，到争取多数人的自由，人生道路的巨大转变，最终促成了消极的个人感伤向积极的人生求索的转变。

我们讨论的“五四文学”与“左翼文学”之间的关系正是由这种“个人认同”与“民族国家”（“阶级”）认同之间的现代性关系所决定的。即使按照胡适的自由主义定义，“五四文学”与“左翼文学”之间也并无想象的遥远。“五四文学”就是“新文学”，什么是“新文学”呢？按胡适的定义，“新文学”就是白话文学，就是“国语的文学”。[①]也就是说，胡适的“新文学”是为民族国家认同服务的，是为了民族国家创造共同语服务的。“文学”为政治服务，“个人”为民族国家服务。胡适对“新文学”的这一理解，决定了“新文学”必然以大众化作为自己的基本诉求，同时也决定了“左翼文学”到“延安文学”的基本发展方向。

概而言之，“个人”和“白话文”这两个命题本身就蕴涵着向“非个人”和“非知识分子的白话文”发展的内在趋力。或者，更准确地说，从“个人”发展到“民族国家”乃至“阶级”认同，与从鲁迅、胡适式的白话文发展到延安时期的文艺大众化运动，并不仅仅源于外力的干预，而是表现为“个人”“白话文”的现代性逻辑的内在展开。

没有五四文学，何来左翼文学？

---

① 胡适：《建设的文学革命论》，《中国新文学大系·建设理论集》，上海良友图书公司，1935年，第128页。

第二节
道德批判与知识反省——以巴金《随想录》为例

研究左翼文学的“现代性”，显然还不能仅仅局限于这种理论和历史层面的探讨。本节将选择一个具体的个案，来讨论左翼文学的现代性问题，并进一步探讨历史的道德化如何影响了我们对左翼文学以及左翼历史的理解。

这个个案就是巴金先生的散文集《随想录》。

讨论这个问题，还得从 80 年代以后一直是知识界话题的“忏悔”谈起。“文革”结束以后，一直有一种声音要求“文革”的亲历者为自己的历史进行“忏悔”：

> 在人类真正的良心法庭前，区别真诚作家与冒牌作家的标尺只有一个，那就是看他是否具有起码的忏悔意识。没有忏悔意识的作家，是没有良心压力的作家，也就是从不知理想人格为何物的作家。从前他们没有理想人格的内在压力，当然就无从抵抗外在压力。一代博学鸿儒无可挽回地跌落犬儒哲学的怀抱。现在他们没有理想人格的内在压力，当然就迷失于补偿性的外向控诉，却躲避内在忏悔，躲避严酷的灵魂拷问。世界史上的优秀民族在灾难过后，都能从灵魂拷问的深渊中升起一座座文学和哲学巅峰，唯独我们这个民族例外。①

陈思和也发表过类似的观点：“在我看来，红卫兵之所以应该忏

① 朱学勤：《我们需要一场灵魂拷问》，《书林》1988 年第 10 期。

悔而且必须忏悔的，不是这些表面的现象，而是在于他们的灵魂深处所潜伏着的野兽本能。”[①]

另一个力主“忏悔”的著名学者徐友渔也表示：“作为‘文化大革命’的过来人和研究者，我对中国人忏悔之少感到吃惊。”他因此宣称：“忏悔是绝对必要的。”[②]

类似的说法不胜枚举。这些学者在强调“忏悔”的重要性时，几乎都会提到巴金的作品《随想录》，由于在这部散文集中率先进行了真诚的“忏悔”，巴金在这些学者眼中成为了“全民族道德与良知楷模”[③]。

要求“文革”的亲历者进行“忏悔”，实际上是把“文革”完全变成了一个道德问题。这种政治道德化的取向的确是《随想录》的基本特点。“政治道德化”本来是左翼文学作品的经典修辞方式，但被“文革”后的“新时期文学”不加反思地“完全照搬”。以反思革命历史为目标的80年代“伤痕文学”与“反思文学”大都采用这种“少数坏人害了多数好人”的泛道德模式去解释革命历史。古华在《芙蓉镇》里，将导致小镇大乱和好人受苦的原因，全部归之于“坏女人”李国香的恶劣品质。这种泛道德模式影响深远，一直没有得到有效的清理，因此始终没有失去其旺盛的生产力。充斥文学批评的，大都是这样的一些道德批评。比如前些年发表的一篇批评季羡林、汪曾祺、陈白尘等知识分子的文章，就很有代表性。在“从势者心态之一：麻木症”这一节，批评者指出：

> 这几个人都是较为著名的知识分子。他们这种悲屈、糊涂、昏昧的状态是很有代表性的。他们不敢对生命和世道这样严肃的问题进行审视，甚至对与具体人物联结的具体权

① 陈思和：《面对沧海看云时》，李辉编著《残缺的窗栏板——历史中的红卫兵》，海天出版社，1998年，第93页。

② 徐友渔：《忏悔是绝对必要的》，《南方周末》2000年6月2日。

③ 同上。

> 势也不敢稍有怀疑。将此状态命名为盲目症也许是中肯的。
>
> ……符号自我的过度膨胀，就是这样使人丧失个人性、独立性，丧失起码的理性和良知，这样导致精神的休克与人格的沦亡。
>
> ……知识分子彻底丧失了主体人格，丧失了理性和良知，丧失了判断力、想象力、批判力。他们越是受到集体的歧视，就越是要哀求着企图回归集体，而处于哀求中的乃是最驯服最奴性的人。[①]

这样激烈的文字，其实非常近似于“文革”时期的主流批评家姚文元的风格。既然真理在手，当然不需要“理解之同情”。对“文革”的批判常常会沦入对“文革”批判方式的复制，这是我们在 1980 年代屡见不鲜的知识景观。

《随想录》就是这样一部集中体现“政治道德化”原则的经典。巴金的道德批判不是指向他人，而是指向自我，是一部典型的个人忏悔录。巴金因此被称为“世纪的良心”。[②]“讲真话”是《随想录》中的一个核心概念。巴金在《随想录》中不厌其烦地告诫自己要“讲真话”，不仅 150 篇中随处重复这个概念，有 5 篇文章甚至干脆以“讲真话”“写真话”“说真话”为题。许多人称颂这是一部“力透纸背、情透纸背、热透纸背”的“讲真话的大书”，是一部代表当代文学最高成就的散文作品，它的价值和影响，远远超出了作品本身和文学范畴。[③]也正是在这个意义上，对《随想录》表达的政治道德化原则的反思，意义也就不仅仅体现于对一部文学作品的评价，甚至也不仅仅局限于对作家巴金的评价。

---

① 摩罗:《耻辱者手记　一个民间思想者的生命体验》,内蒙古教育出版社,1998 年,第 47—49 页。

② 上海文艺出版社 1996 年出版的“巴金与二十世纪学术讨论会”的论文集中,刊有曹禺的题词:“你是光,你是热。你是二十世纪的良心。”

③ 见人民文学出版社 1997 年出版的《随想录》的题记。

萨义德曾经分析过这种将历史道德化的问题：“我们总是喜欢把一个复杂的问题简化为因果关系简单豁然的问题，然后由此问题产生出责难与辩解的言语。”[1]对这种理解历史的方式，萨义德显然不以为然：“真正知识分子的分析不许把一边称为无辜，而把另一边称为邪恶。”[2]巴金的问题显然就在这里。巴金回顾自己的一生时，认为自己最大的问题是未能始终“讲真话”，换言之，为了保全自己和家人，面对“恶”的政治，他选择“讲假话”求得自保。巴金的忏悔的前提或最后结论却是：一个人只要真诚，只要及时地“下决心”“不说假话”“不吃那一套货色”，本来都可以不犯罪。这样的叙述方式，显然是简化了复杂的思想史命题。1949 年以后，巴金一直具有主流作家的身份，是历次重要的政治运动的参与者，如主要的“反胡风集团”“反右”，直到揭开“文革”的序幕，巴金都站在批判者的位置上。不管巴金当时怎么想，也不管巴金后来反省时有多少难言的隐衷，这种批判者的位置、身份和立场，决不单纯是为了“自保”“人云亦云”“传声筒”，而是，甚至主要是，它标志“自我改造”的成功。也就是说，巴金这时候并不是在说“假话”。

福柯就坚决反对这种将历史道德化的努力。福柯认为：“不应该把一切都归于个人的责任，正如存在主义一二十年前所做的那样——你知道，他们认为每一个人都应该为某一件事情负责，世界上没有一件不公正的行为我们不是同谋。”[3]在福柯看来，“忏悔”这样的“存在主义”命题应该为分析知识与权力关系的知识谱系学所取代。应该将“忏悔”历史化。

将严酷的政治斗争完全转化为个人的道德选择，归结为人性中虚

---

① [美]爱德华·W. 赛义德：《赛义德自选集》，谢少波、韩刚等译，中国社会科学出版社，1999年，第 246 页。

② [美]爱德华·W. 萨义德：《知识分子论》，单德兴译，生活·读书·新知三联书店，2002 年，第 99 页。

③ [法]福柯：《权力的眼睛——福柯访谈录》，严锋译，上海人民出版社，1997 年，第 178 页。

荣、软弱、自私、残暴、愚昧、无所不用其极的劣根性，是否恰恰掩盖和阻拦了我们对“文革”这场“浩劫”的认知呢？巴金在《随想录》中曾深有感慨地说：“大家死里逃生、受尽磨炼，我们有权利、也有责任写下我们的经验，不仅是为我们自己，也是为了别人，为了下一代，更重要的是不让这种‘浩劫’再一次发生。”[①] 巴金的愿望当然是十分美好的。但要阻止悲剧的重现，仅仅依靠“方便的道德主义审判”则远远不够。对于“文革”（其实又何止是“文革”），有的人采取的方法是“忘却”，因为对许多人来说，这段历史不堪回首；有的人则选择了“记住”，目的是为了不再让悲剧重演。冯骥才的报告文学（小说？）《一百个人的十年》[②]，还有巴金关于建立“文革博物馆”的建议，都是一种“记住历史”的努力，但在我看来，比“忘却”和“记住”更重要的，其实是“反思”或者“认识”。

如何认识二战中德国的纳粹主义，曾经也是西方知识界的一个问题。德国是启蒙运动的故乡，是一个曾经产生过黑格尔、康德、歌德、贝多芬、马克思这样的伟大思想家和诗人的民族，但就是在这块土地上，却爆发了原始、野蛮的纳粹运动，文化素养如此之高的德国民众激情投入这样一场违背了基本常识的癫狂，如何理解这一场非理性的悲剧呢？许多西方人采取了一种道德主义的立场，在启蒙之外理解这场运动，在理性之外理解这场非理性，将其看成启蒙主义的歧途，将纳粹的兴起归罪于狂人希特勒的煽动，将其理解为人类心中未被启蒙驯服的兽行，基于这一认识，他们试图尽快忘记这段历史悲剧，重新回到启蒙的正确道路上来。而另一类知识分子的理解却与此迥然不同。在他们看来，纳粹主义并非无源之水，无本之木，纳粹主义其实是理性的产物，是启蒙的产物。它发生在欧洲思想的内部，体现的是“启蒙的辩证法”。《启蒙的辩证法》是霍克海默和阿多诺在法

① 巴金：《随想录·真话集》，人民文学出版社，1997年，第88页。

② 冯骥才：《一百个人的十年》，江苏文艺出版社，1997年。

兰克福大学社会研究所迁徙美国期间完成的一本重要著作，其基本思路就是把对纳粹主义的批判追踪到启蒙精神的自我摧毁。[1] 这一思路在二战后的欧洲获得了越来越多的认同。越来越多的人文学者开始摆脱那种肤浅和危险的道德批评，把对纳粹主义的思考与对全部西方现代性的反思联系起来，在各自的领域重新思考现代性的意义。

“毕竟，纳粹主义在德国和欧洲不是像一颗蘑菇那般成长起来的。”德里达曾经在一次访谈中谈到人们因为著名知识分子海德格尔与纳粹的关系而进行的道德批评时，明确表述了这样的观点：

> 对纳粹主义的谴责（不管在这个主题上一致的意见是什么），不是一种对纳粹主义的思考。我们仍然不知道纳粹主义是什么，又是什么使得这个邪恶的，然而又是由多种因素决定的、充满内部矛盾的东西成为了可能。……为了思考纳粹主义，人们不能只对海德格尔感兴趣，必须对纳粹主义感兴趣。认为欧洲的话语能够像对待一个物体那样拒斥纳粹主义的逼近，这一假定从最好的角度来看是幼稚的，从最坏的角度来看是一种蒙昧主义和政治错误。这一假定表现出这样一种倾向，似乎纳粹主义与欧洲的其余部分，与其他哲学家，与其他政治的或宗教的语言等等毫无关联。[2]

“为了思考纳粹主义，人们不能只对海德格尔感兴趣，必须对纳粹主义感兴趣。”这句话显然可以用于对“文革”的理解。为了思考“文革”的悲剧，我们不能仅仅对“文革”中的个人行为感兴趣，把所有的悲剧都视为个人的选择，我们应该对“文革”的思想感兴趣，我们应该对一代人的知识和信仰感兴趣。这正是我们研究“文革”乃至

---

① 中译本见重庆出版社 1990 年版。

② ［法］德里达：《一种疯狂守护着思想——德里达访谈录》，何佩群译，上海人民出版社，1997 年，第 138—139 页。

“文革”前的文学与思想的意义所在。——也是我们从“文革”“地下文学”的研究，转向“样板戏”这样的“文革”主流文学研究的目的所在。

只着眼于个人责任而忽视社会、历史、体制乃至文化的因素，显然无助于我们对历史的了解。事实上，仅仅用“胆小”和“恐惧”这样“人性的恶”来解释“文革”甚至更为久远的革命历史是远远不够的。针对80年代以后对郭沫若的道德批评，王蒙就说过：“郭沫若胆小么？他可以在蒋介石如日中天之时当着蒋的面骂他，可以在重庆演话剧《屈原》，他什么时候怕过？考虑过个人安危？”①

与此相关的是，在20世纪的大多数时间内，知识分子投身革命，愿意做一颗革命的螺丝钉，愿意进行触及灵肉的自我批判，可能并不是因为他们“彻底丧失了主体人格，丧失了理性和良知，丧失了判断力、想象力、批判力”②，而是因为信仰、理性和良知的召唤。40年代，曾经写下《预言》这样的唯美诗篇的何其芳出现在延安的黄土高坡上，人们不解地问他：“你怎样来到延安的？”诗人用诗一样的语言这样回答：我是靠着“美、思索，为了爱的牺牲”这三个思想“走完了我的太长、太寂寞的道路，而在这道路的尽头就是延安”。③ 许纪霖说的一句话很有道理：“以九十年代‘历史终结论’的眼光回过头来看当年中国知识分子的社会主义狂热，似乎有些不可思议，但如果置身20世纪上半叶的国际背景，一个人不信仰点社会主义，才真正有点不可思议。”④

荷尔德林尝言：那些使一个国家变成地狱的东西，恰恰是人们试图将其变成天堂。⑤

---

① 与陶东风对话。原载《原道》第四辑。

② 见前引摩罗语。

③ 何其芳：《从成都到延安》，林默涵主编《中国抗日战争时期大后方文学书系》（第9卷），重庆出版社，1989年，第858页。

④ 许纪霖：《上半个世纪的自由主义》，《读书》2000年第1期。

⑤ 转引自[英]哈耶克：《通往奴役之路》，王明毅等译，中国社会科学出版社，1997年，第29页。

“我是一个有了信仰的人。”这是巴金的处女作小说《灭亡》的序言的第一句话。巴金对“文革”的理念，有没有认同的地方？或者说，“文革”的理念与巴金的信仰难道真的没有任何关联吗？本节试图分析的是巴金有过哪些信仰，而这些信仰又如何影响到他在“文革”前，“文革”中乃至“文革”后的人生选择。

一、巴金与民粹主义

巴金并不是在“文革”后才开始忏悔，在他进行文学创作的半个多世纪中，他一直在忏悔。忏悔成为20世纪中国知识分子思想中的普遍意识，其实与知识分子特有的原罪感有关，而原罪感，则与影响中国知识分子近一个世纪的西方民粹主义思想有关。

巴金始终将写《忏悔录》的卢梭视为自己的精神导师。“忏悔”是一个典型的西方文化概念。源自基督教的人类原罪说。因为人类始祖亚当、夏娃违背了上帝的意愿，偷食了智慧树上的禁果，因而失去了上帝的绝对保障，从此沦陷于无穷无尽的恐惧状态。原罪带来了忏悔，因而忏悔意识总是与赎罪意识伴生。

人类始祖被逐出伊甸园的神话故事同上帝创世神话一样，包含着深刻的文化内蕴。它透露出这样的文化信念：人之初始具有清白无辜和纯真无邪的本质，但是，那时人尚处于未觉醒的自在的状态；人的历史从人获得智慧和自我觉醒开始，但这同时也伴随着人的原罪。正因为如此，人在尘世中的生活必定是有限的、缺憾的、残缺的和悲剧性的，只有通过虔诚的赎罪和神之拯救才可能超越人之有限的存在境遇。从这一视角，有些文化学家把西方受犹太教和基督教精神影响的文化称之为罪感文化。

在巴金身上，隐含着一种自卑的心理和罪感的情绪，也可以说，巴金的创作从一开始就表露了强烈的赎罪意识和明确的赎罪的对象。

这是与巴金所接受的西方文化的影响分不开的。从 1928 年，24 岁的巴金翻译了克鲁泡特金的《伦理学的起源及发展》，同时他也开始如饥似渴地阅读柏拉图和亚里士多德的作品；有趣的是，他还熟读了基督教的福音书，当时他正在法国留学。“那时我也注意到《新约》，我喜欢读《四福音书》，我也常引证它”①，巴金在给法国明兴礼的信札中这么说。

巴金的罪感意识并非个人所独有，这不是巴金的个人病态，更不是传统中国知识分子的忧愁和感伤，而是典型的有着特定时代内涵的现代性思想。它与诞生于法国大革命，勃兴于俄国的民粹主义思想有着直接的关联。

“民粹主义”基本上是一个与“精英主义”相对抗的概念。直接向中国知识分子传授民粹主义的当然是深受民粹主义影响的俄国知识分子。但俄国的民粹主义的源头却在法国。朱学勤在《道德理想国的覆灭》一书中曾经给我们描述了民粹主义的这种知识谱系。从卢梭对巴黎为代表的城市的痛恨和对乡村的赞美到雅各宾专政下的文化肃清运动，法国很快成为后来席卷全球的民粹主义这股现代性浪潮的源头。后来巴黎被俄国军队占领。随沙皇亚历山大远征巴黎的青年军官，为法国的民粹主义深深撼动，开始将其带回俄国，引发了俄国历史上有名的十二月党人革命。事变军官的贵族出身，与事变纲领中的平民要求形成强烈反差，以致俄国人这样评价：“从来都是鞋匠们造反，要做老爷；未见过当今老爷们造反，却为的是——要做鞋匠！”② 19 世纪 40 年代后，以别林斯基、杜勃洛留夫等为代表的第二代俄国民粹主义知识分子开始兴起并产生了巨大的社会影响力。俄国革命党人通过融合本土思想资源，进一步发展和完善了这一诞生于法国的思想，

---

① 巴金:《至明兴礼　一九四八年五月三十一日》,《巴金全集》卷二十四,人民文学出版社,1986 年,第 117 页。

② [法] 亨利·特罗亚:《神秘沙皇——亚历山大一世》,世界知识出版社,1984 年,第 327 页。

并最终以俄语将其命名为“民粹主义”。[①]

虽然民粹主义的源头在法国，但将“民粹”与民族国家的建构联系在一起，转变为一种以超越资本主义为主体的民粹主义，却是俄国知识分子完成的。“民粹派的基本理论思想就是把俄国的社村制度理想化，肯定俄国的非资本主义发展道路。”[②] 村社是土地占有的一种形式。要理解民粹主义，一定要抓住“非资本主义发展道路”这个核心范畴。民粹主义是对西方冲击的反应，但不能纳入“传统”与“现代”对立的框架中理解，为什么呢？因为民粹主义并不是要回到传统的俄国村社制度，回到封建主义，而是要建立一个民族国家，一个超越了资本主义的更现代的民族国家，他们回归村社不过是为新的民族国家寻找资源。这与我们后来在中国看到的非常近似，与近代的中国知识分子一样，在西方冲击下走入现代的俄国人对资本主义产生了深深的厌恶和恐惧，企图通过被理想化的农村公社，绕过资本主义，“直接过渡”到社会主义。列宁就曾经指出，所有民粹主义者固有的一个特征，就是相信俄国有可能走非资本主义道路。他给民粹主义下了一个定义：它“是有关俄国可能发生非资本主义发展的学说”[③]。俄国著名哲学家和思想史家尼·别尔嘉耶夫又说：“民粹主义是俄罗斯的特殊现象”，“民粹主义的思想只能存在于农民、农业国家中”。[④] 如果我们把列宁和别尔嘉耶夫这两个命题综合起来，就是只有在落后的农民国度中，才能有民粹主义这种特殊现象，即相信俄国有走非资本主义道路的可能。

别尔嘉耶夫指出了民粹主义思想的一个重要特点：民粹派“所有的人都指望俄罗斯避免资本主义的非正义和罪恶，绕过经济发展的资

① 有关民粹主义的起源，参阅朱学勤：《道德理想国的覆灭》，上海三联书店，1994 年。

② 《俄国民粹派文选前言》，《俄国民粹派文学》，人民出版社，1983 年，第 1 页。

③ 《列宁全集》第 13 卷，中共中央马克思恩格斯列宁斯大林著作编译局编译，人民出版社，1955—1963 年，第 307 页。

④ [俄] 尼·别尔嘉耶夫：《俄罗斯思想的宗教阐释》，东方出版社，1998 年，第 58 页。

本主义时期变为更好的社会制度。甚至所有的人都想：俄罗斯的落后状态恰恰是它的优势”[1]。超越资本主义是我们的目标，但我们靠什么来完成这种超越呢？这就是我们的道德力量。正是在民粹主义那里，一个关于社会存在的经济学、政治学问题被置换为一个社会意识方面的伦理学问题。要超越资本主义，要在资本主义的先进生产方式和自身的落后状态的比较中找到自己存在的意义，就只能从精神上去寻找超越性的价值。正是基于这一逻辑，民粹派对俄国农村的“理想化”被转化成了一种道德上的美化。他们都相信，“在人民中保存着真正生活的秘密”，“在人民中潜藏着社会真理”，“人民是真理的支柱”。[2]与民粹主义发展出的对平民百姓、未受教育者、非智识分子的创造性和道德优越性的崇信相对应的，就是智识阶级的自我否定以及智识阶级道德上的自卑感。智识阶级觉得与身处社会底层的工人农民的生活方式相比，自己那种有钱有闲的生活是腐朽、堕落和病态的。他们崇奉工农，要求自身向工农归化，试图抛弃原有的生活方式，改变原有的生活态度，向工农大众看齐，做自食其力的体力劳动者。这方面，托尔斯泰的例子很典型。在《忏悔录》中，托尔斯泰说：“我离开了我们这圈子里的生活，我认清我们过的并不是生活，只不过表面像生活，这种优裕的环境使我们失去了对人生怀有理想的可能……在我周围，那平常的劳动人民是俄罗斯人民，我接近他们，接近他们所赋予人生的意义……”[3]于是，托尔斯泰把自己变成一个农民，穿上农民的衣服，自己做皮靴，过着像农民一样俭朴的生活。高尔基在《俄国文学史》中，谈到19世纪俄国“平民知识分子的民主文学”时，说这派作家都有一种无力感，都感觉到自身力量的渺小，而正是“这种对自己的社会脆弱性的感觉，激发了俄国作家注意到人民，感发他们唤起

---

① [俄]尼·别尔嘉耶夫：《俄罗斯思想的宗教阐释》，第100页。

② [俄]尼·别尔嘉耶夫：《俄罗斯思想》，生活·读书·新知三联书店，1995年，第102页。

③ [俄]列夫·托尔斯泰：《忏悔录》，上海外语教育出版社，1992年，第125页。

人民的潜在力量并且把这力量化为夺取政权的积极武器这一思想。也正是这种无力感，使得绝大多数俄国作家成为激烈的政治煽动者，他们千方百计阿谀人民，时而讨好农民，时而奉承工人”。[①]

80年代以后的中国现代文学史的写作一般注意到了民粹主义与左翼文学之间的联系，民粹主义的确成为左翼文学最核心的思想资源，但民粹主义的冲动却并非是一个由左翼文学所创造出来的怪物，相反，它早已内在地蕴涵于五四文学之中。与我们在俄国历史中见到的非常近似，中国的民粹主义表达的也是一个超越资本主义发展道路的现代化理想，我们要建立一个民族国家，但我们要建立的不是一个资本主义的民族国家，而是一个克服了所有资本主义弊端、克服了东西文化分裂的更先进的民族国家。这不是一个由资本家统治的国家，而是主要由“工人”和“农民”为主体的劳动人民组成的“人民共和国”。在这一意义上，民粹主义成为民族国家建构的重要方式。

对新国家主体的确认，必然意味着知识分子对自己阶级地位的重新理解，五四时期，知识分子是这个社会的主体，是西方（现代）知识的承载者，他们的基本使命是启蒙，是批判国民性。而在十月革命刷新了我们对民族国家的想象之后，劳动人民和知识分子的地位被颠倒过来，所有关于民族国家的美好想象以及对西方资本主义的拒斥都投射到一个新的“想象的共同体”——“劳动人民”身上。加上五四文化解放出来的“个人”急需在民族国家中找到归宿，带有浓重的历史宿命感的知识分子的“原罪”意识开始生成，导致作品中知识者形象强烈的自我批判色彩。

从五四时期起，知识分子开始在工农大众面前表现出一种自愧弗如的道德卑下感。鲁迅的《一件小事》与郁达夫的《春风沉醉的晚上》表达的就是“五四”一代知识分子民粹意识的觉醒。在这些作品中，知识分子都在自觉地将自我与劳动者进行人格对比，通过道德的自我

① [苏]高尔基:《俄国文学史》,缪灵珠译,上海文艺出版社,1979年,第7页。

反省表现出向劳动者的道德认同。这种道德人格的反差在冰心的小说《分》中甚至是先天的、相袭的。那两个生于同时同地的婴儿亦因其父亲身份的不同而从一开始便有了刚健与柔软、勇敢和怯弱的差别。而沈从文把城里的读书人的品格更放在妓女之下。沈从文是抒写城市文明与乡村自然矛盾冲突的最为典型的小说作家。自称"乡下人"的沈从文，作为"人性的治疗者"，手里捧着的当然是沾满泥土的"中草药"而不是"青霉素"或者"阿司匹林"。

在左翼文学创造出"工农"这个民族国家的变体之后，知识分子对于下层劳动人民的描述都远远超出了"相隔一层纸"的同情范畴。忏悔意识更加明确。他们更渴望与工农融为一体，对于工农大众他们有时不得不忏悔自己的"小布尔乔亚"的情调。从 1920 年代后期开始，"小资产阶级"问题一直是中国现代文学的一个热门话题。无产阶级文学的确立和文学的民族化大众化乃至最终占据时代前沿仿佛都必须有赖于作家的"小资产阶级"身份的蜕变。在阶级意识产生之后，主宰中国现代知识分子作家的"原罪"意识更加明确为一种标准的阶级罪孽感。

在标志性的《在延安文艺座谈会上的讲话》中，毛泽东明确指出："知识分子出身的文艺工作者"必须"把自己的思想感情来一个变化，来一番改造"，"一定要把立足点""移到工农兵这方面来，移到无产阶级这方面来"。《讲话》自始至终贯彻了彻底的民粹主义立场，毛泽东指出："最干净的还是工人农民，尽管他们手是黑的，脚上有牛屎，还是比资产阶级和小资产阶级知识分子都干净。"[①] 漫漫无期的自我改造之路此后几乎摆在每一位作家面前。

1949 年以后，知识分子的民粹主义被进一步制度化了。我们不妨举《青春之歌》这个例子来看 50—70 年代文学中的"忏悔"。杨沫

---

① 毛泽东：《在延安文艺座谈会上的讲话》，《毛泽东选集》第 3 卷，人民出版社，1991 年，第 851 页。

的《青春之歌》是一部描写中国知识分子成长的小说。小说出版后，杨沫又根据读者批评对小说进行了改写，加入原小说中不太明确的“忏悔”元素。小说初版写林道静在定县小学教书时，被伪装左倾的叛徒戴愉蛊惑，闹学潮暴露了身份，于是逃回北平。修改版则增写了林道静在河北农村经受锻炼的七章。在学潮失败后，出现了一位神秘的农村老太太，江华称为“姑母”的老革命，她安排林道静到邻县大财主宋家当家庭教师。当林道静表示不愿到财主家里去教学时，“姑母”充满慈爱地、“像哄小孩似的”笑着教育她：“不是叫你去享福，是叫你去工作呀。”“要明白，我那侄儿留下话，要叫你这个城市姑娘多受点锻炼。”这七章实际所描写的，并不是林道静在长工当中做了什么工作，而是她接受“姑母”和长工们的教育，“彻底改变阶级立场”，终于得到长工们的信任。尤其是林家过去的佃户郑德富终于接受了她，唤醒了林道静对自身阶级意识的“深刻、沉痛的自省”：“原来，我的身上，已经被那个地主阶级、那个剥削阶级打下了白色的印记，而且打的这样深——深入到我的灵魂里。”她决心“撕去地主小姐的尊严，向被压迫的佃户低头”，“彻底地把自己交给无产阶级”。进而在“立场多么坚定，见解又是多么尖锐”的革命长工许满屯的教育下，她承认自己有罪，要替剥削阶级的父母“赎罪”。最后她听从江华的决定回北平，离开农村前，“她感到身上有千万根针在刺痛，也像有多少忏悔的言语要说出来”：“‘赎罪，赎罪……’这时，她又想到了这两个字，可是，仿佛它们有了另外的一种意义。”杨沫加写这段情节，是为了表现知识分子只有和工农群众相结合，改造思想，转变立场，才能真正成为革命者。

其实，在50年代以后，“忏悔”不仅仅是文学创作的基本主题，它同时还是知识分子理解自我的唯一方式。对旧作、对过去的生活道路进行批判性的“忏悔”，在当时成为一股潮流。1950年，曹禺这样谈到自己三四十年代的剧作：“我的作品对群众有好影响吗？真能引起若干进步的作用么？这是不尽然的。《雷雨》据说有些反封建的作用。老实讲，我对反封建的意义实在不甚了解，我以个人的好恶，主观的臆断对现实下注解，做解释的工作。这充分显示作者的无知和粗心，不懂得向群众负责是如何重要。没有历史唯物论的基础，不明了祖国的革命动力，不分析社会的阶级性质，而贸然以所谓的‘正义感’当作自己的思想的支柱，这自然是非常幼稚，非常荒谬。”①

与此同时，茅盾也对自己的《蚀》（《幻灭》《动摇》《追求》三部曲）等作品作出相似的检讨。其实，《蚀》在20年代发表时，就曾经遭遇到提倡“革命文学”的创造社、太阳社的批评。只是当时茅盾并不认可，他在《从牯岭到东京》和《读〈倪焕之〉》等文章中，为自己的创作进行了申辩。但在现在，他转而检查自己：“对于当时革命形势的观察和分析是有错误的，对于革命前途的估计是悲观的，”因而，关于知识分子当时思想动态的描写，“也是既不全面而且又错误地过分强调了悲观怀疑、颓废的倾向”。对这三部小说没有出现一个肯定的“正面人物”这一老问题，他认为这也是自己思想弱点作祟：“1925—1927年间，我所接触的各个方面的生活中难道竟没有肯定的正面人物的典型吗？当然不是的。然而写作当时我的悲观失望情绪使我忽略了他们的存在及其必然的发展。”②

冯至对自己的旧作的批判表现得更为彻底。对于他20年代的诗，认为虽然“诗里也向往光明，诅咒黑暗，但基本的调子只表达了小中产阶级知识青年的一些稀薄的、廉价的哀愁，很少接触到广大人民的苦难和斗争”③。至于他的另一部重要诗集，则更明确地宣布：“……1941年写的27首‘十四行诗’，受西方资产阶级文艺影响很深，内容与形式都矫揉造作”，所以在他的“诗文选集”里“一首也没有选”。④

老舍是在50年代初从美国归来的，比起其他作家来，他更快地

① 曹禺：《我对今后创作的初步认识》，《文艺报》第三卷第一期，1950年10月。

② 《茅盾选集·自序》，开明书店，1951年。

③ 冯至：《西郊集·后记》，《诗与遗产》，作家出版社，1963年，第72—73页。

④ 《冯至诗文选集·序》，人民文学出版社，1955年。

投入新的生活和新的创作，并以《方珍珠》《龙须沟》等获得好评。他好像并不存在一个适应的、矛盾的阶段。在经历了这种高涨的创作热情之后，他也对自己过去的作品作了严厉的挞伐：“现在，我几乎不敢再看自己在解放前所发表过的作品。那些作品的内容多半是个人的一些小感触，不痛不痒，可有可无。它们所反映的生活，乍看确是五花八门，细一看却无关宏旨。那时候，我不晓得应当写什么，所以抓住一粒沙子就幻想要看出一个世界；我不晓得为谁写，所以把自己的一点感触看成天大的事情。这样，我就没法不在文字技巧上绕圈子，想用文字技巧遮掩起内容的空虚与生活的疲乏。”①

在这支长长的“忏悔”队伍中，我们当然很容易找到巴金的身影。把自己融入新生的以“人民”为主体的民族国家中，巴金真正感到自己的梦想实现了。

在 1954 年国庆节前写的《谁没有这样幸福的感觉呢？》一文中，巴金这样描绘“今天”的图景：“今天再也没有人关在自己的破屋中流泪呻吟了，今天再没有人冤死在黑暗的监牢里了，今天再没有人饿死、冻死在大街上了，今天再没有人为着衣食出卖自己的肉体和心灵了，今天再没有人在外国冒险家的面前低头了。”“今天在我们国家里，每一双手都在动，每一个脑子都在思索，每一颗心都充满了爱，每一盏灯都在发光，每一块炭都在发热，每一件工具都在被使用。从南到北，从东到西，哪一个地方不在变动？哪一个人不换上一件新衣服？不添一样新东西？不论热闹的城市或偏僻的乡村，都在不断地改变面目。新的道路修筑了，新的工厂修建了，新的学校开办了，新的农场成立了，更多的矿藏开发了，更多的铁路建筑了。过去没有的东西现在有了，过去有的东西现在改善了。谁没有亲眼看见这一类的事实？谁没有亲身感受到它们的益处？谁不因为这五年来的成就而对前途充满信心？谁不因为自己的心和六万万人的心结合在一起为共同的

① 老舍：《生活，学习，工作》，《北京日报》1954 年 9 月 30 日。

事业努力而感到幸福？”①

巴金洋溢着“个人”在民族国家中，同时也是知识分子在一个人民国家中找到归宿的幸福感。巴金写了许许多多的散文，“在这些散文中，人们仿佛又看到20年代初期的巴金，那时，他热情地描绘着憧憬中的新的社会，急切地呼唤着它的到来。而现在，新的社会已经在中国大地上实现了”②。他积极地投身到社会主义建设中——准确地说，投身到社会主义的思想建设——改造中。从1955年5月下旬起，巴金先后发表了《必须彻底打垮胡风反党集团》《他们的罪行必须受到严厉的处分》两篇表明自己批判、声讨胡风态度的文章，还写了一篇批判胡风集团主要成员路翎的《谈别有用心的〈洼地上的战役〉》。③

为了划清与胡风的界限，巴金又以自己与胡风的接触为例，写了《关于胡风的两件事情》，揭露30年代自己就觉得“在胡风身上有一种不自然、不真实的东西”，又揭露1955年2月3日在北京听周总理报告休息时，胡风“做贼心虚”地打“烟幕弹”，请他“多提意见”，并坚决表示“我们只有毫无怜悯地把他们打进他们自己亲手挖好的‘深坟’里去”。④ 此后，巴金还写了杂文《“学问”与“才华”》，继续批判胡风。

1957年6月起，党内整风转为“反击右派”，一场急风暴雨式的“反右派”运动在全中国大地上开展起来。巴金以积极的态度参加了“反右”斗争，他出席各种座谈会、批判会，作发言或联合发言。6月下旬，他在《文汇报》和《人民日报》发表《一切为了社会主义》《中国人民一定要走社会主义道路》两篇谈学习毛泽东《关于正确处理人民内部矛盾的问题》体会的文章，同时对右派分子进行声讨。此后，还发表了《是政治斗争，也是思想斗争》《反党反人民的个人野心家的

---

① 巴金：《谁没有这样幸福的感觉呢？》，《文艺报》第18号，1954年9月30日。

② 李存光：《巴金传》，1994年，第317页。

③ 这篇文章在《人民文学》发表时，题目改为《谈〈洼地上的战役〉的反动性》，文字亦由编辑作了增改。

④ 《文艺报》，1955年7月号。

路是绝对走不通的》，并同靳以联名发表了《永远跟着党和人民在社会主义——共产主义的道路上前进》（巴金执笔）和《狠狠地打击右派，狠狠地改进工作，狠狠地改造思想》（靳以执笔）两篇批判丁玲、冯雪峰等人的文章。

巴金不仅仅在批评别人，同时也在不断批判自己。在反右斗争中，巴金还写了三篇以“过关谈”为副题的杂文：《惨痛的教训》《“国士论”》《戴帽子》。这三篇以谈知识分子思想改造为中心的杂文不再署笔名而用“巴金”的名字。他认为：“所有的知识分子都应该接受这次惨痛的教训，我们都应该好好地检查一下：我们究竟有多少知识？我们究竟改造了多少？我们拿什么来为人民服务？又怎样过社会主义的关？”他反复强调，“谁要在新社会长期生存，就得过‘社会主义关’。”“在任何时候知识分子都不能放松这一件事，认真地改造自己。”他愿意走社会主义道路，愿意成为一个新知识分子，因此，决心认真改造自己。在1958年经受了两次公开批评、一场群众性大批判之后，巴金根本没有改变对新社会的一腔热情，继续讴歌伟大的祖国和伟大的人民，继续不断地忏悔。直到“文革”开始后巴金被造反派打成“上海文艺界的黑老K”，先被列为“审查对象”，被关押、被批斗，经历肉体折磨和精神摧残，再到1973年被作为“人民内部矛盾”“从宽处理”，调往上海人民出版社从事翻译工作，直到“文革”后获得“第二次的解放”……

巴金的个人经历其实并没有什么特殊，他走过的路不过是大多数中国知识分子走过的道路的一个缩影而已。但为什么是巴金，而不是其他知识分子成为“世纪的良心”呢？这完全因为巴金把自己的经历完全理解和表述成了一个“说真话”的问题，变成了纯道德化的个人“忏悔”。譬如巴金回忆当年为什么参与对冯雪峰的批判时，“忏悔”道：“我总是跟在别人后丢石块。我相信别人，同时也想保全自己。”[1]

① 巴金：《纪念雪峰》，《随想录》第一集，人民文学出版社，1997年，第131页。

通过这样的“忏悔”，巴金把所有的错误和灾难都当成了外力的结果，难道巴金所进行的所有批评和自我批评都是出于求生的恐惧吗？像我们一再指出的，巴金把复杂的知识问题道德化了，难道他没有真诚地相信这种革命的合法性吗？他似乎没有想过激进年代中发生的那些荒诞故事与他自己的毕生信仰之间的关系。事实上，巴金当年选择这种民粹主义信仰并不是由于“屈服于权势”。早年巴金是主动接受了克鲁泡特金、爱玛、高德曼等人的影响。在他前期作品中，主人公常常是激烈、虚无、狂热的革命英雄。俄国民粹主义的影子清晰可见：“不过那个时候我也懂得一件事情：地主是剥削阶级，工人和农民养活了我们，而他们自己却过着贫穷、悲惨的生活。我们的上辈犯了罪，我们自然也不能说没有责任，我们都是靠剥削生活的。所以当时像我们那样的年轻人都有这种想法：推翻现在的社会秩序，为上辈赎罪。我们自以为看清楚了自己周围的真实情形，我们也在学习十九世纪七十年代俄国青年‘到民间去’的榜样。我当时的朋友中就有人离开学校到裁缝店去当学徒。我也时常打算离开家庭。我的初衷是：离开家庭，到社会中去，到人民中间去，做一个为人民‘谋幸福’的革命者。”①

“我始终有这样的想法：通过苦行赎罪。”② 巴金的思想从一开始就为这种民粹主义所左右。他在第一部小说《灭亡》中即通过李冷、李静淑兄妹之口发出了这样的誓言：“我们叫人爱，我们自己底生活却成了贫民底怨毒底泉源：这样的生活现在应该终止了。我们有钱人家所犯的罪恶，就由我们来终止罢。”“我们宣誓我们这一家底罪恶应该由我们来救赎。从今后我们就应该牺牲一切幸福和享乐，来为我们这一家，为我们的人民赎罪，来帮助人民。”这虽然只是一种誓言，但它确实是深深地触动了人物心灵痛苦的悔悟，而且它在更深层次上

① 巴金：《〈巴金选集〉后记》，《读书》1979 年第 2 期。

② 巴金：《随想录·探索集·写真话》。

触动的又是巴金本人的悔悟。对自己家庭的痛切的负罪感，以牺牲自我来获取对这种罪恶的救赎，并以此达到自我心灵的拯救，这是李冷兄妹、也是巴金本人最真切的宗教情结，它不仅成为李冷兄妹投身“帮助人民”的事业的根本动因，实际上也成为巴金创作《灭亡》乃至进行整个文学创作的根本动因。在代表作《激流三部曲》中，巴金的忏悔意识通过封建家庭罪恶的负罪感和自我灵魂的拯救，有了更深层次的表现。

“通过苦行赎罪”其实并不是巴金个人的选择，而是20世纪中国知识分子的共同理想。在革命年代的叙事中，身体的磨难由于具备精神考验的功能，根本不可能带来恐惧，而常常成为英雄成长的必要环节。比如“十七年文学”的经典作品《红岩》中，受虐变成了一种资格，没有受虐经历的人才会深怀自卑，对出身于剥削阶级家庭的刘思扬而言，“多时以来，他始终感到歉疚，因为自己不像其他战友那样，受过毒刑的考验。他觉得经不起刑讯，就不配成为不屈的战士”。直到有一天，他终于如愿以偿地被戴上了重镣，他才终于感到一丝“自豪”；而在张贤亮笔下，知识分子的苦难之所以常常被美化、诗化、神圣化，是因为知识分子既感到所在阶级的“原罪”，又相信苦难所具有的“救赎”意义，并且在理性层面上把苦难看作历史发展的一个过程，一条从“此岸”到达“彼岸”的必由之路，从而将苦难理想化、圣洁化，把痛苦和磨难解释成期待再生的“炼狱”。因为苦难是“炼狱”，是过程意义上的苦难，在于经由痛苦与忍耐，能够达到对感性生活的“超越”，进而实现英雄主义的理想……

对巴金或巴金的同辈人来说，把他们批倒批臭乃至家破人亡的逻辑其实与他们把别人批倒批臭乃至家破人亡的逻辑完全一样。正是在这一意义上，如果我们仅仅把其简化为一个道德问题，那我们可能根本配不上我们所经历过的灾难。恰如昆德拉指出的：“如果我们想在走出这个世纪的时刻不像进入它时那么傻，那就应当放弃方便的道德主义审判，并思索这些丑闻，一直思考到底，哪怕它会使我们对于什么是人的全部肯定受到质疑。”[①]

二、巴金与无政府主义

其实讨论巴金的信仰，更应该谈的是无政府主义。在“鲁郭茅巴老曹”这样的成名的现代中国作家中，真正称得上无政府主义信徒的，只有巴金一人。

与民粹主义一样，无政府主义也是一个典型的西方现代思想。在进化论和西方哲学传入的同时，无政府主义思想的传播也在同步进行。中国历史上首先吸收、接受并打出无政府主义旗号的是中国留日、留法的部分学生。他们是中国早期无政府主义者。1907 年留日中国学生创办《天义报》、留法中国学生创办《新世纪》杂志宣传无政府主义，这是中国近代无政府主义产生的标志。

无政府主义之所以是讨论中国现代历史绕不开的一个话题，是因为无政府主义与改变整个 20 世纪中国历史面貌的社会主义的复杂关系。无政府主义理论与社会主义理论有很多一致的地方，它们的边界很不清晰。早期无政府主义者对社会主义的认知也非常含混。比如东京“天义派”的代表人物刘师培就认为社会主义同无政府主义可分为两派，都是“当今欲改造世界者”，他又分析说，社会主义仅重财产平等，承认权力集于中心，不废支配机关国家，由于支配权“仍操于上”人们仍会失去平等权、自由权，这是社会主义不如无政府主义圆满之处。[②] 有鉴于这种认识，他在发起社会主义讲习会第一次开会时，就标明宗旨“不仅以实行社会主义为止，乃以无政府为目的者也”。可见在他看来，无政府主义与社会主义虽有区别，但并不矛盾，社会主

① [法] 米兰·昆德拉:《遗嘱》,孟湄译,(香港) 牛津大学,1994 年,第 233 页。

② 葛懋春等编:《无政府主义思想资料选》上册,北京大学出版社,1984 年,第 85 页。

义其实只是实现无政府主义的手段。而无政府主义的另一派别，巴黎的“新世纪派”则干脆将社会主义和无政府主义混为一谈，如李石曾在其《革命》一文中宣称：“社会主义，一言以蔽之曰自由、平等、博爱、大同。欲致此，必去强权（无政府），必去国界（去兵）。”[①]“天义派”在表达自己所主张的言辞上采用过无政府说、无政府主义、社会主义无政府主义、共产无政府主义；“新世纪派”则主选“社会主义”一词来传达心声：“社会主义，以无政府冠其前，亦非根本之名辞，因能使无政府者惟教育之力也”，论者在反复推敲后，认为用“无政府教育的社会主义更为确实”。[②]

无政府主义是以极“左”面目出现在反封建阵营中的，它以攻击封建军阀统治和封建礼教的狂热性，以及对所谓“无政府共产主义”的宣传，在“五四”时期确实吸引过不少追求革命的进步青年和知识分子。以马克思主义者李大钊和毛泽东为例，他们在“五四”时期都受过无政府主义影响。李大钊在一些文章中将马克思主义的阶级斗争学说与克鲁泡特金的“互助论”相提并论，认为“互助的原理是改造人类精神的信条”[③]，他把政治上的普选权，经济上的平均分配，教育上人人受教育论等作为社会主义者追求的目的。[④]在延安接受斯诺的访谈，毛泽东也坦承无政府主义对自己青年时代的影响：“我读了一些关于无政府主义的小册子，很受了影响。……在那个时候我赞同许多无政府主义的主张。”[⑤]他在《论民众的大联合》里还介绍过克鲁泡特金。

随着新文化运动的深入，无政府主义者的人数激增，无政府主义也在中国思想界广泛流传开来。正在进行思想启蒙的五四一代人的确很难抗拒无政府主义思想的诱惑，是因为无政府主义是比新文化运

---

① 葛懋春等编：《无政府主义思想资料选》上册，北京大学出版社，1984年，第169页。

② 高军等编：《无政府主义在中国》，湖南人民出版社，1984年，第196页。

③ 李大钊：《阶级竞争与互助》，《每周评论》第29号，1919年7月6日。

④ 见李大钊《劳动教育问题》等文章，北京《晨报》1919年2月14—15日。

⑤ [美] 埃德加·斯诺：《西行漫记》，董乐山译，生活·读书·新知三联书店，1979年，第128页。

动更彻底的革命。无政府主义者的立场比新文化运动中的启蒙主义要激进得多。他们认为仅仅进行文化革命和思想启蒙是不够的，要建立一个真正的理想的社会，就需要彻底打碎所有的国家机器。在这一点上，无政府主义与社会主义观念确实不同。无政府主义主要是从道德上来评价阶级压迫，而不是像唯物主义的马克思主义那样，多半是从生产过程来理解阶级的划分和对抗问题。在讨论社会的不公时，无政府主义虽然也会提及资产阶级和无产阶级，但他们讨论的其实是抽象的穷人与富人的对立、脑力劳动与体力劳动的对立。认为强权和导致强权的是人性的自私。这样的观点，在马克思主义看来，当然是唯心主义的看法。这也是后来许多无政府主义者放弃无政府主义信仰走向马克思主义的原因。五四时期，中国无政府主义者与后起的中国共产主义者发生了论战。无政府主义在共产主义者的打击下“奄奄一息，几无生气”，渐趋沉寂了。[①]

在批判和摧毁封建统治乃至反对帝国主义强权这一点上，无政府主义与社会主义几乎完全一致。社会主义以资本主义为革命对象，而无政府主义则是以包括资本主义在内的所有制度为革命对象。它反对一切“强权”。可以说，无政府主义是“反政治”的。如果说社会主义是一个兼具“破坏”和“建设”双重功能的概念，无政府主义则是一个纯粹的破坏概念。无政府主义者把强权看作人类自然的美德被歪曲的根本原因，在他们看来，只有涉及全社会的广泛的社会革命才是克服“自私”和建立公道的不二法门。[②]他们认为，强权在当今社会比比皆是，成为支撑各种制度的柱石。正如黄凌霜所说，我们所说的强权，不仅仅是德国和奥国的军国主义，或是尼采的“超人主义”，而且是“阻止人类全体的自由的幸乐”的“现在社会的政治、宗教、法律和资本家”。[③]在无政府主义者看来，国家是强权制度最集

① 参见葛懋春等编：《无政府主义思想资料选》下册，北京大学出版社，1984年，第682页。

② 李石曾：《答旁观子》，《新世纪》第7号，1907年8月3日。

③ 黄凌霜：《本志宣言》，《进化》第1卷第1期，1919年1月20日。

中的体现，它既是社会中最大的压迫者，又是保护其他所有强权制度的堡垒，因而消灭国家是革命的首要任务，也是废除所有强权的先决条件。[①] 无政府主义者把国家看作强权的堡垒，在他们看来，所有的政治活动都以国家的存在为前提，因此革命的真谛就是消灭国家，而不是使之永久化。

无政府主义者相信，社会革命的最终目的是恢复当今社会中被强权扭曲了的人的本来面目。随着强权的废除，人类固有的基本美德就会得到维护，当今社会中的那些自私、掠夺和人压迫人的现象就会一扫而光。中国的无政府主义者早在1915年前就描绘了许多乌托邦的构想，其中在新文化运动中影响最大的，可能是师复对未来社会的描述，他有关无政府主义社会的学说在五四时期被称为“师复主义”。他把中国的乌托邦思想与克鲁泡特金未来主义相融合，描绘了一个没有国界、国家、私有财产或家庭，没有法律和强制机关，没有宗教迷信的未来社会。[②]

有过“文革”经验的人，对无政府主义的这些理念一定不会陌生。从“造反”的革命目标——打碎资产阶级的国家机器到毛泽东的“无产阶级专政下的继续革命”，从“政治革命”向“文化革命”乃至“日常生活的革命”的演进，我们其实并不难发现“文革”理念与无政府主义之间的知识关联。遗憾的是，国内的“文革”研究者从这个角度探讨这个问题的非常少，[③] 主要原因还是因为主流意识形态的制约。一方面，80年代以前的革命历史观非常忌讳将无政府主义与社会主义联系起来。在主流历史叙述中，无政府主义是一个早就被马克思主义克服的思想，是一个历史名词。历史学家只有在谈到早期中共历史时，才会很不情愿地，蜻蜓点水式地提一下。在马克思

---

① 参见师复：《无政府浅说》，《师复文存》，革新书局，1927年。

② 师复：《无政府共产党之目的与手段》，《师复文存》，第45—52页。

③ 只有一些零星而不深入的文章，如李振亚《中国无政府主义的今昔》，《南开学报》1980年第1期。

主义登上中国政治舞台后，无政府主义就失去了全部的正当性，作为形形色色的反马克思主义思潮之一，作为马克思主义在中国传播的障碍，最终为马克思主义所战胜。这一进程表现为中国的共产主义者从小资产阶级的民主主义者最终转变为无产阶级的马克思主义者。[①] 另一方面，80 年代的主流意识形态将“文革”放置到“传统”与“现代”的二元框架中加以理解，这使得有关“文革”的现代性，“文革”与无政府主义思想的关联这样的问题同样无法进入我们的视野。反倒是一些国外学者留下了一些研究成果。如阿里夫·德里克（Arif Dirlik）的著作《中国革命中的无政府主义》和《中国共产主义的起源》（*The Origins of Chinese Communism*），还有莫里斯·梅斯纳（Maurice Meisner）的《李大钊与中国马克思主义的起源》，都是这方面的代表。有许多发人深省的看法。比如在分析了中共领导人毛泽东、瞿秋白、恽代英、彭湃、周恩来、李立三、邓小平等与无政府主义的渊源之后，德里克指出：

> 无政府主义也许完全像共产主义的史学家们常说的那样，是中国小资产阶级的一个乌托邦运动。但决不能由此得出结论，以为无政府主义在当时的影响对中国激进主义的形成无足轻重。无政府主义的理想使一代中国青年倾心，并对他们产生了深远的影响，它的直接后果就是，通过提高中国知识分子的社会觉悟而使改造中国的理论激进化。进而，当无政府主义在 20 年代中期走向衰落，并在 20 年代末期不复为中国激进思想中的一支重要力量之时，其理想并未随之消失。值得我们深思的是，从工读主义的拥护者到后来的共产

---

① 相关观点见丁守和、殷叙彝:《从五四运动启蒙到马克思主义的传播》增补版,生活·读书·新知三联书店,1979 年;李新:《伟大的开端》,中国社会科学出版社,1983 年;蔡韦编著:《五四时期马克思主义反对反马克思主义思潮的斗争》增补版,上海人民出版社,1979 年。

主义者之间，似乎不过是咫尺之遥。[①]

新加坡学者顾昕在《无政府主义与中国马克思主义的起源》一文中指出：“1910年左右，无政府主义便构成了中国现代意识形态的主旋律。20年代末，它奠定了中国激进主义文化的一些基本要素，并在中国激进知识分子当中散播强烈的乌托邦意识，激发起知识分子的浪漫主义的热情和改造社会的冲动。”[②]顾昕显然不把无政府主义看成一个仅仅发生在20世纪初期的思想，相反，他认为是无政府主义思想“奠定了中国激进主义文化的一些基本要素”，包括“在中国激进知识分子当中散播强烈的乌托邦意识”，这种论述是发人深省的。实际上，我一直认为，当中国学者开始认识到“无政府主义是社会主义运动中一个持久的因素”[③]这样的问题及其类似的问题之后，我们对“文革史”的探讨可能会在一个不同于80年代的层面上展开。也正是在这一层面上，无政府主义信仰如何影响到巴金这一代知识分子对革命的理解和选择，才可能成为我们关注的问题。

关于巴金的无政府主义信仰，无论是巴金本人还是研究者，都将其限定在巴金早期。譬如陈思和和李辉1980年写的那篇著名文章题目就叫《怎样认识巴金早期的无政府主义思想》[④]。这意味着大家默认了一种叙述，那就是无政府主义只是给早年巴金带来了影响。其实，这种叙述默认的还是前面我们谈到的革命史观，在马克思主义诞生以后，无政府主义也就死亡了。像巴金这样的革命知识分子，在选择了马克思主义信仰的同时，也就必然放弃了无政府主义思想。

---

① [美]阿里夫·德里克:《新文化运动的回顾——新文化思潮中的无政府主义及其社会革命观》,刘勇译,中国社会科学院近代史研究所《国外中国近现代史研究》编辑部编《国外中国近现代史研究》第14辑,中国社会科学出版社,1989年,第283页。

② [新加坡]顾昕:《无政府主义与中国马克思主义的起源》,《开放时代》1999年第2期。

③ 张汝伦:《现代中国思想研究》,上海人民出版社,2001年,第269页。

④ 《文学评论》1980年第3期。

显然，在中国共产党正式“登上历史舞台”之后，无政府主义也就成为一个缺乏“政治正确性”的概念。这也就成了巴金本人对这个问题讳莫如深的原因。陈思和曾经在一篇文章中谈到过这个问题：

> 当时我和李辉在《文学评论》上发表了一篇与一位巴金研究者商榷的文章，那位研究者的观点是认为巴金早年思想不是无政府主义思想，他显然是要为巴金在“文革”中遭受的迫害辩诬……我记得那天谈话时也谈到了无政府主义的问题，当我表示对时下把无政府主义当作“文革”时期“打砸抢”来理解的不满时，巴金有点激愤地说：“这别去管它，他们要批判一个对象时总是要把无政府主义拖去‘陪绑’的。这个问题以后再说吧，现在说不清楚。”我当时很注意巴金对这个问题的态度，后来我多次与巴金先生谈到无政府主义时，他始终是这个态度：有些问题还是让历史去作结论吧，现在说不清楚。
>
> 巴金先生的态度给我带来一个疑问。我曾有缘拜访过几位与巴金同时代的老人，他们几乎都不忌讳自己的无政府主义信仰。比如翻译家毕修勺先生，我第一次去拜访他的时候，他就坦率地说：“我到死也信仰安那其主义。”出版家吴朗西先生没有直接参加过无政府主义的运动，但是他说到文化生活出版社的办社精神时，容光焕发地告诉我：“那时，我们都信安那其主义啊，所以搞得好。”我没有见过四川的教育家卢剑波先生，但听访问过他的朋友说，卢先生也说过，你只要信仰过安那其，就不大可能再忘记它。我总觉得“信仰”这个词对“五四”过来的一代知识分子而言，远比我们今天的人重要，他们的献身信仰往往是极其真诚的。不像今天的中国，到处钻营着做戏和看戏的虚无党。那么，巴金先生对自己过去的信仰持什么态度呢？

我对这个问题是犹疑的。虽然我曾多次与巴金先生谈到无政府主义，他始终没有说过他现在还信仰它，或者不信仰它。但有两件事我印象深刻，一次是我协助巴金先生编辑他的全集，我竭力主张他把1930年写的理论著作《从资本主义到安那其主义》和几篇与郭沫若论战的文章收入全集，因为前者不仅是巴金最重要的理论著作，也是中国最系统的一本宣传无政府主义的书，而后者，主要是批评郭沫若关于“马克思进文庙”的谬论，郭在1958年编文集时收入了他的辩论文章《卖淫妇的饶舌》，还特意加了注，说明当年与他论战的李芾甘就是巴金，这在当时显然是有构对方于罪的意图，但巴金却从未提过这件公案。当我这样建议后，巴金先生略加考虑就同意了，但他表示有些担心别人会说他还在宣传无政府主义。果然，最后出版社审稿时，还是将这些稿子删去了，那天巴金先生特意对我说了这事，他脸上略有笑意，有点揶揄地说：“还是他（指全集的责编）比我们有经验，我们太书生气了。”这使我感到，巴金先生还是有许多顾忌，没有把他心中埋藏的话说出来。还有一件事是我自己观察到的，巴金先生晚年写过许多创作回忆录，惟独闭口不提他最喜欢的《爱情的三部曲》，这部作品是根据他当年从事无政府主义运动的事迹来创作的，他有意回避了对这段历史的回忆，对此我一直觉得奇怪。直到他写《随想录》的最后几篇文章时，才涉及到当年的无政府主义者叶非英等朋友，并说，他终于找到了一个词来赞扬他们，那就是“理想主义者”。我马上意识到巴金是为了寻找一个能够被现在接受的语言来介绍他当年的信仰，才保持了那么久的沉默。[①]

---

① 陈思和：《巴金的意义》，《上海社会科学院学术季刊》2000年第4期。

最后这一句话非常有意思。巴金把无政府主义者称为理想主义者，那么，什么是无政府主义的理想呢？无政府主义者们的观点虽然各有所异，但他们共同主张的基本观点是认为，政府是万恶之源，为去除万恶，应采取无政府革命。刘师培等在《论种族革命与无政府革命之得失》中明确指出："无政府革命，凡种族革命之利无不具，且尽去某种族革命之害。况实行无政府，则种族、政治、经济、诸革命均赅于其中。"[①] 他们认为无政府是革命的终极目的："无政府即真自由，共产即真平等"，"欲实行自由平等，必去宗教、政府以绝迷信，毁军警、法律以覆强权，行公产以均教育而济公需，罢婚姻以行自由结合，废家庭以行人类之生长自由，于是共产主义实行，而自私之法度废绝，长幼无所侵凌，男女无所避忌，工作各从所适，而无精粗之重轻，是时也，人类乃脱于经济道德之束缚，乘其自由平等之良基，逐进化之道，而日就于光明。"[②]

1921年，17岁的巴金（觉慧？）在成都参加《半月》，变成了一个"安那其主义者"。他和《半月》的同人组织了一个"均社"。在《均社宣言》上，均社同人们这样宣示自己的理想：

> 吾人生来是彼此均等的，本能和遗传虽有智愚高下，但这不是吾人自身的罪过，不能不有相等的待遇，那一切权利义务的享受劳服应当均等，贵贱、主奴、治者被治者的阶级应当划除，凡畸形制度为造成阶级束缚力争杀的原动力，或障碍平等自由互助的，都应一律取消。……
>
> 生产资料归社会公有，废除私有权。
>
> 凡统治包办的一切制度，概废去之。
>
> 生活资料为社会公物，人人享受……

① 《天义报》第7期。

② 《续革命原理》新世纪第三十号。

受教育权利，无论何人，都应当平均的享受。

不劳动不能得生存权……不能使劳者独劳，逸者独逸。

私产政府法律军警教会都是妨害人类进化增加世界的黑暗的……不能不废除它。我们只晓得“各尽所能，各取所需”；普及教育，智能均等。[①]

无政府主义者在这里抒发的理想正类似“文革”的“旗号”。尤其是当我们还记得刘师培当年的理想的话，在他那里，中国现代革命“不仅以实行社会主义为止，乃以无政府为目的者也”。社会主义革命的目标是建设一个新制度，但是，在社会主义制度建立之后，像所有的制度一样，社会主义制度也可能发展成为对自由的禁锢，这个时候，我们需要继续革命。“1907—1911 年，一些先进的中国知识分子认为，无政府主义是社会主义的精髓。”[②] 如果你信奉民粹主义，你就必然会成为一个无政府主义者。别尔嘉耶夫在分析俄国革命的时候就曾这样指出：“在整个俄罗斯民粹运动中都有无政府主义因素。”[③] 无产阶级必须面对和解决民族国家的制度确立之后“革命退化”的问题——当社会主义革命在马克思主义指导下取得成功之后，无产阶级不可能永远是无产阶级。马克思早已指出，共产主义不仅要消灭资产阶级，也要消灭无产阶级。在“文革”时期一个重要的群众组织——湖南省无产阶级联合会（“省无联”）的宣言《我们向何处去》中，“红色资本家阶级”或“新的官僚资产阶级”是“文化大革命”的主要对象。官僚阶级剥削和压迫群众，并掌握着生产资料，因而，中国的“文化大革命”旨在“对财产和权力进行重新分配”。这就必须打碎旧

① 转引自谭兴国:《巴金的生平和创作》,四川文艺出版社,1988 年,第 34—35 页。

② [美] 伯纳尔:《1907 年以前中国的社会主义思潮》,符致兴译,福建人民出版社,1985 年,第 199 页。

③ [俄] 尼・别尔嘉耶夫:《俄罗斯思想》,雷永生、邱守娟译,生活・读书・新知三联书店,1995 年,第 149 页。

的国家机器，并按照公社的模式建立一个新制度。“省无联”认为不能容忍改良主义。“文化大革命”的初期只是停留在反对个别的执政者，而没有认识到必须彻底推翻已构成一个阶级的官僚主义。必须建立“中华人民公社”，以形成一个完全新型的政治制度。[①] 将这种所谓的“无产阶级专政下的继续革命”仅仅理解为封建主义的复活，可能会让我们把这个复杂的问题简化了。

如果可以用“理想主义”来定义无政府主义，那么，“文革”时期的“红卫兵”是不是也是一群这样的“理想主义者”呢？

80年代以后，面对类似于红卫兵的“灵魂深处”“潜伏着野兽本能”之类的指责，在红卫兵—知青群落中引起了强烈的抵触，“我不忏悔”的声音此起彼落，一位知青作家这样谈到那一代人的历史：

> 我要说，在红卫兵一代人身上发生的很多事情，其动机其潜力其源泉完全是正常的乃至是美好崇高的。……使我们追随毛泽东的最根本原因毕竟不是丑陋、不是私利，更不是恐怖。一个红卫兵的忠诚和英雄的灵魂，其外在表现是愚昧、盲从、打杀、凶暴，可是在他的内心中是正义的烈火、友谊的信念、斯巴达克思的幽灵，是壮美的精神世界的不屈不挠的追求。[②]

不知在“文革”的年代，面对“红卫兵”的时候，巴金是否在他们身上看到少年觉慧们的影子，想到过自己少年时代的理想，是否能够理解那些信奉恐怖主义的“红卫兵”的追求——在某种意义上，那也

---

① 参见［澳］格雷姆·扬：《毛泽东和社会主义社会的阶级斗争》，《国外研究毛泽东思想的四次大论战》，中共中央文献研究室编译，中央文献出版社，1993年，第347—348页。

② 李辉：《走出历史的阴影》，李辉编著《残缺的窗栏板——历史中的红卫兵》，海天出版社，1998年，第23页。

是一群“灵魂里充满了一种愿为崇高的理想而生活和死亡”[①]，梦想打碎一个旧世界，为创造一个没有压迫没有阶级没有政府的新世界而奉献牺牲的理想主义者，一群要把赤色的战旗插到美国白宫顶上的“恐怖主义者”，[②]一群把马克思的《共产党宣言》当成自己的红色圣经，相信共产主义即将到来，满怀着对世界上三分之二受苦人们的同情，准备迎接一场最后的斗争的“理想主义者”。非常有趣的是，在陈思和与李辉合著的《巴金论稿》这本书中，紧接前面谈到的第二章“巴金的无政府主义思想”的全书第四章，题目就是“巴金与欧美恐怖主义”。这一章分析了巴金对恐怖主义的态度。由于受无政府主义以及民粹主义思想的影响，巴金一直对恐怖主义抱有好感。不仅将那种“视死如归”、具有“献身事实和牺牲精神”的激进的俄国民粹派视为“梦中的英雄——主义的殉道者”，歌颂俄国和法国的恐怖主义者，而且还在自己的作品中精心刻画了以杜大新、敏为代表的恐怖主义者的群像。其实，这一点也不奇怪。恐怖主义者从来就是无政府主义者的题中应有之义。当你与一切政府和一切权力为敌的时候，你当然只能是一个不可救药的“恐怖主义者”。

在写《随想录》的时候，有一些问题不断叩击着巴金的心灵：“人为什么变为兽？人怎样变为兽？”为什么“连十几岁的青年男女也以折磨人为乐，任意残害人命？”那些造反派、“文革派”又为什么“兽性发作起来凶残还胜过虎狼”？在巴金看来，这些问题，“是必须搞清楚的”。但巴金对由自己来回答这些问题显然缺乏信心：“我至今还想不通”，“我探索，我还不曾搞清楚。”[③]想不通、不曾搞清楚，当然就只能留下空白。

但我们是否应该尝试搞清它，不让这个问题永远“空白”下去呢？

---

① 巴金:《信仰与活动》,《巴金全集》第12卷,人民文学出版社,1986年,第404页。

② 红卫兵诗歌:《献给第三次世界大战的勇士》,参见杨健《文化大革命中的地下文学》,朝华出版社,1993年,第65—70页。

③ 见《病中集》的《我的噩梦》《我的日记》等文。

三、“忏悔”与“辩解”

我们再来讨论“忏悔”。

应不应该“忏悔”，是80年代以后我们经常讨论的一个命题。但我们对这个命题的讨论始终在一些非常抽象的层面上展开。那些对巴金的“忏悔”进而对所有的“忏悔”极尽褒扬的知识分子可能忽略的一个事实，是巴金的“忏悔”并非始于80年代，他在自己一生的各个阶段都在“忏悔”：不仅仅在早年的小说中为自己的出身忏悔，在50—70年代为自己的阶级忏悔，到80年代为自己的盲从和软弱忏悔，其实，在70—80年代之交，他也有过忏悔的经历。1977年，获得了第二次解放的巴金连续在报刊上发表了几篇文章。如《一封信》（1977年5月25日《文汇报》）、《第二次的解放》（1977年6月11日《文汇报》）、《望着总理的遗像》（1977年8月号《人民文学》）等，在这些文章中，巴金结合自己在“文革”中受到的精神折磨和人身侮辱，愤怒声讨“四人帮”及其余党祸国殃民的行径，同时，诚挚地回顾了自己建国前“痛苦的写作历程”，追忆了自己从毛泽东的《在延安文艺座谈会上的讲话》中受到的启迪、教育，以及建国十七年中创作观的变化，并畅叙了自己得到“第二次解放”后欢乐而振奋的心情。让人注意的，不仅仅是这些文章基本上沿袭了“文革”的文风用语，不断提到“伟大的”“英明的”“敬爱的”“领袖”，提到“光辉的”领袖著作，更重要的是，文章对自己仍然全盘否定，严加谴责，他仍然责备自己在建国前的作品是“用我的痛苦折磨读者”，“对读者的确欠了一笔还不了的债”，悔恨自己在建国后“犯过这样或那样的错误，说过错话，写过坏文章”，认为“我身上从旧社会带来的垃圾，不扫除干净，就会发臭。我只有在受到多次的批判之后，才感觉到头脑清醒，才重视自己世界观的改造”。这样的自我谴责与“文革”时的思想汇报模式差别实在不大。看得出来，巴金实在不知道“文革”结束后这个朝我们扑面而来的“新时期”与此前任何一次革命有什么区别。也就是说，不论身处的时代发生什么变化，巴金都以同一种方式应对，那就是“忏悔”。

如果我们把巴金的“忏悔”历史化，我们可能就会追问，这种不分语境、对象的“忏悔”究竟有什么意义呢？巴金的“忏悔”显然不是80年代的呼唤“忏悔”者理解的“忏悔”。在那里，“忏悔”是对罪恶的“忏悔”，是为了不再犯罪。但如果一个人一生都在“忏悔”，不问青红皂白地“忏悔”，也就是说，“忏悔”并不能增进我们对世界的理解和对自我的认识，那这种“忏悔”到底是帮助还是阻碍了我们的良知呢？

喜欢巴金的人可能会不同意这种“指责”。因为在他们看来，巴金不同时代的“忏悔”的意义是不同的：

> 巴金《随想录》中的忏悔，完全是自觉主动的，既不同于《灭亡》《新生》《家》等作品里的忏悔和赎罪，也不同于五十——六十年代迫于政治压力的自我批评，更迥异于“文革”中的自我否定……①

以是否“主动”来区分“忏悔”的意义显然效果不大。在“他人归罪”与“自我归罪”之间，昆德拉就认为其实后者比前者更为可怕。在讨论卡夫卡作品的时候，昆德拉讲述了这样一件关于“虚构罪孽”的往事。1951年他的一位朋友和其他成千上万的共产党员一起，在布拉格的斯大林主义冤案中被逮捕定罪。这些人跟党跟了一辈子，即便党起诉他们，他们也还是照样心甘情愿地跟党走。他们就像卡夫卡小说中的K那样，“审视一下他们的全部生活，他们整个儿的过去，直到那些最鸡毛蒜皮的细节”。昆德拉的这位朋友却有些特别，她不肯照党的话去做，不肯在灵魂深处给自己挖罪证。党找不到罪证，居然没有把她和其他罪犯一起处死。她劳改十四年后被释放了。她被捕时

① 黄为群：《“忏悔的人”与“忏悔贵族”》，《世纪的良心》，上海文艺出版社，1996年，第288—289页。

才一岁的孩子，如今几乎长大成人。母子团聚，相依为命。十年后的一天，昆德拉去看望这位老朋友，见她正在生气，一问才知道是因为她二十五岁的儿子早晨贪睡迟起。昆德拉劝她不必小题大做。这时儿子在一旁为妈妈说话了。他说："不，我妈妈没有过分。我妈妈是个杰出、勇敢的女人。当其他人垮掉的时候她进行了反抗。她希望我成为一个真正的人。确实，我只不过是睡过了头，但我妈妈责备我是为深刻得多的事儿。那是因为我的态度，我自私的态度。我想成为妈妈要我成为的那种人。"昆德拉听了觉得很悲哀，这位勇于抵抗极权的妈妈居然在她儿子身上做到了党在她自己身上做不到的事情。她让儿子心甘情愿地接受了一个荒唐的指控，自觉自愿地检查思想，并当众承认了莫须有的罪过。目击这一幕家庭中发生的"微型的斯大林主义审判"，昆德拉省悟道："那种在重大的（看上去不可思议和毫无人性的）历史事件中起作用的心理机制，和这种控制私生活（非常平凡和十足人性的）情境的心理机制，其实是一回事。"[①] 在福柯看来，正是这种忏悔产生出了自我管制的主体。在《性经验史》中，福柯把心理分析看作这种世俗化的现代忏悔的范式。在这里，忏悔不是从被分析的主体中逼迫出来的，相反，忏悔的冲动深深地置于现代主体之中，以致它不再被觉得是强制的，而被认为是一种自愿的行为，以摆脱心理压抑，或者从心理压抑中解放出来。但是，在福柯看来，对一个人内在自我和欲望的揭露，并不导致更加丰富的自我知识，而仅仅是将这种主体更进一步地合并入一种约束性权力关系的网络之中："忏悔的义务通过如此多的不同的渠道被传递下来了，并根深蒂固地存在于我们之中，以至于我们不再觉得它是一种管束我们的权力的后果，相反，在我们看来，似乎真理寓于我们最秘密的本性之中，所需要的仅仅是将其暴露出来。"[②] 从而，现代社会中的控制不是通过直接的压制

① [法] 米兰·昆德拉：《某地背后》，《小说的艺术》，唐晓渡译，作家出版社，1992年，第109—111页。

② [英] 路易丝·麦克尼：《福柯》，贾湜译，黑龙江人民出版社，2002年，第104—105页。

而是通过更为看不见摸不着的规范化战略来达到的。通过一种对他们隐藏起来的“真理”的不断地反省搜寻，这种“真理”被认为存在于他们最秘密的身份之中，个人管制了他们自己。

巴金为什么需要不断“忏悔”呢？福柯注意到了“忏悔”的心理学功能，认为“忏悔”具有将人从“心理压抑中解放出来”的能力，这样的分析对我们思考巴金式的“忏悔”具有重要的启发意义。也许，除了“信仰”的作用，驱使巴金不断“忏悔”的，还有另外的力量。

巴金常常被称为现代中国的卢梭。《随想录》也常常被称为20世纪的《忏悔录》。巴金一生，也常常是将卢梭作为自己的精神导师。在法国留学的时候，巴金常常独自来到国葬院，在卢梭的铜像底下，伸手去抚摩那冰冷的石座，向着那个被托尔斯泰称为“十八世纪全世界底良心”的巨人，喃喃地倾诉自己心中的悲哀：“这个‘日内瓦’的公民至今还屹立在巴黎国葬院门前，他的遗体也安息在国葬院里面。在我的疑惑不安的日子里，我不知道有若干次冒着微雨立在他的面前对他倾诉我的痛苦的胸怀。现在又轮到他来安慰我了。他将永远是我的鼓舞的泉源。”① 1980年，在《随想录》之《探索集》的后记中，巴金仍然坚定地指出：“我写小说，第一位老师就是卢骚。从《忏悔录》的作者那里我学到诚实，不讲假话。”②

打动巴金的，是卢梭的“忏悔”。在《忏悔录》中，卢梭骄傲地向世人宣告：“我现在要做一个既无先例、将来也不会有人仿效的艰巨工作。我要把一个人的真实面目赤裸地揭露在世人面前。这个人就是我。”卢梭的确说到做到。他承认自己做过小偷，撒过谎，承认自己市井无赖式地行过骗，产生过最龌龊最可鄙的念头，他承认自己为了混一口饭吃而随意改变宗教信仰，他承认自己在好友最关键最需要自己帮助的时刻卑劣地抛弃了他，他承认自己偷窃丝带而把罪过诬栽到他

① 巴金：《静夜的悲剧·卢梭与罗伯斯庇尔》，文化生活出版社，1948年。

② 《探索集》后记，1980年11月9日《羊城晚报》。

人头上。在卢梭的"忏悔"面前，读者的确很容易自惭形秽，因为我们每个人都会犯错，但不是每个人都有勇气"忏悔"。

不过美国解构主义大师保罗·德曼却并不这样理解。在《辩解——论〈忏悔录〉》[①]一文中，德曼对卢梭的忏悔进行了精彩的解构。德曼选择了卢梭在《忏悔录》中讲述的一个故事来展开自己的分析。卢梭受雇于都灵一户贵族做仆人的时候，偷窃了主人家的一条"粉红银白相兼的丝带"，偷窃被发现时，他却栽赃给一位叫玛丽永的女仆人，说是玛丽永给了他这条丝带，因为玛丽永想引诱他，当众对质的时候，他仍然顽固地坚持自己的谎言，这样，这个无辜姑娘的忠诚和道德，便受到了无可挽回的怀疑，而她却从来没有对他造成过一点点伤害，品格非常善良。事后，卢梭一直在意味深长地考虑，这次诬陷将会对这个姑娘造成什么样的可怕后果。

对玛丽永事件的忏悔是卢梭的众多忏悔故事中非常经典的一个。但在德曼看来，卢梭的忏悔其实具有一种"辩解"的功能。因为忏悔是以真理的名义克服罪孽和羞耻，它凭借对事物真面目的申明，凭借对罪感的自我暴露，而获得一种赔偿性的心理平衡。一方面，如卢梭所说："我的忏悔是十分坦率的，谁也不会认为我是在粉饰我的可怕罪行"，另一方面，这种忏悔"又确实开脱了忏悔者的罪责"，因为"罪不上自疚之人"，谁会指责进行忏悔的人呢？德曼认为，偷窃丝带是一种"指涉性的犯罪"，是一种事实，而"忏悔"不过是一种言语，二者之间是不对称的。"就辩解而言，任何证明的可能性都是不存在的，而辩解就其言说、影响以及其权威性来说，又都是语言性的，其目的不在于陈述，而是使人相信，只有语词才能证明它本身是一种'内在的'过程。"也就是说，卢梭并不使自己仅仅局限于陈述"实际"上发生的事情，他还在进行议论，他在强调他忏悔的力度和深度，他通过言词上的自我指责，事实上也就摆脱了罪责，甩掉了愧疚，所

① 收入[美]保罗·德曼：《解构之图》，李自修等译，中国社会科学出版社，1998年。

以，与其说卢梭是在忏悔，不如说他是在开脱和辩解。“卢梭只要能为撒谎而辩解，就能为所有事情开脱自己”。

卢梭的“辩解”还并不因此而结束。在卢梭的继续忏悔中，他告诉我们他之所以栽赃在玛丽永身上，是因为“我正是想把这条丝带送给她”，因为丝带代表了卢梭对玛丽永的欲望（爱情？）——“在我诬陷那个可怜的姑娘的时候，我确实没有害人之心，我所以嫁祸这个不幸的姑娘，是由于我对她所抱的友情，说起来这太离奇了，但却是事实。”德曼指出，在卢梭这样解释之后，偷窃的动机就变得可以理解了，而且也易于为人所宽恕。他的一举一动，既然都出于对她的爱恋，那又有谁会冷酷得成为一个刻板的人，而让些许财物去妨碍年轻人的爱情呢？

除此之外，在德曼看来，卢梭的忏悔还有另一重功能，那就是满足卢梭的自我暴露癖，卢梭从忏悔中获得暴露的快感。这是德曼借用弗洛伊德的精神分析法推演出的结果。德曼认为这种欲望无论如何是与道德的原则相悖的，在这里，忏悔不过是为卢梭提供一个展览劣迹的舞台。德曼指出：“自我暴露欲望的暴露，比占有欲望的暴露更让人们感到羞耻；正如弗洛伊德梦见赤身露体一样，羞耻主要是展现性的。卢梭想真正得到的，既不是丝带，也不是玛丽永，而是他事实上已经得到的关于暴露的公众场景。他没有试图去隐瞒证据，便证实了这一点。罪行越多，每项罪行中的偷窃、撒谎、毁谤和固执愈多，情形便会愈好。暴露得愈多，感到羞耻的东西就会愈多，愈是抵抗暴露，场景愈令人满意、令人信服。……揭去面纱的每一个新阶段，都表明一种更深刻的羞耻，一种进行揭示的更大的不可能性，一种以机智胜过这种不可能性的更强烈的满足感。”①

通过这样的忏悔，卢梭得以完成自己的辩解。显而易见的是，卢梭的忏悔不是为了说明自己是个坏人，而是要说明自己是一个好人，

① ［美］保罗·德曼：《解构之图》，李自修等译，中国社会科学出版社，1998年，第271—272页。

一个与众不同、傲视众生的无辜者。在《忏悔录》中，“我”占据了叙事的整个前台，上帝和历史几乎没有任何位置：“我现在要做一项既无先例、将来也不会有人仿效的艰巨工作。”在《忏悔录》的开篇，卢梭就宣布他将完全如实地写出自己的“卑鄙龌龊”和“善良忠厚、道德高尚”的两面，即使让世上所有人都在上帝面前同样真诚地披露自己的心灵，也没有人敢说：“我比这个人好！”在《忏悔录》结尾处，卢梭宣称：“如果还相信我是个坏人，那末他自己就是一个理应被掐死的坏人……”[1] 因为忏悔解脱了罪恶，也因为忏悔显示了真诚，卢梭在自己眼中变成了“法国唯一信仰上帝的人”，“我对人类生来就那么亲切，又这么热爱伟大、真、美与正义……”，“我的心像水晶一样透明”。

德曼的分析启发我们重新理解忏悔的复杂意义。如果忏悔只是辩解的一种形式，如果忏悔在某种意义上是一种洗刷，一种撇清，一种惧怕惩罚相权择轻的取巧行为，我们如何指望能够从忏悔中获得一种反思的能力呢？忏悔故事中叙事者忏悔的口气、回顾的姿态听来或看来也许动人，却可能是种廉价的救赎手段，以解脱他们的不义，以求得个人内心的安宁，这是把忏悔变成了一种功利行为。

我们因我们的恶行忏悔，但反过来，恶行也可能正因为我们的忏悔而得以继续维持。在巴尔扎克的《幻灭》中，在巴黎文化圈找运气的小文人吕西安遇到了一个两难选择：如果他不卖身投靠保皇党并按照保皇党的要求出面攻击自己最崇拜的精神导师——巴尔扎克心目中“未来的真正的人”、“小团体”的领袖大丹士刚完成的一部作品，那么，他将在保皇党的攻击下失去自己的情妇，在情与理的选择中，吕西安选择了本能。临行前他在与自己的良心诀别，“坐在火炉旁边念了大丹士的书，近代文学最美的一部作品，他一边看一边哭，每一页上都留着泪痕”。随后，他带着自己写好的文章去见大丹士。

---

① [法] 卢梭:《忏悔录》第二部，范希衡译，人民文学出版社，1982 年，第 809 页。

> 吕西安眼泪汪汪的回答：“你的书真了不起，他们却要我攻击。”
>
> 大丹士道：“可怜的孩子，你这碗饭可不容易吃！”
>
> ……
>
> 看了他的文章，大丹士叹道：“聪明误用到这个田地！”他看见吕西安在椅子上垂头丧气，的确很痛苦，便不说下去了。一忽儿又道：“我替你修改一下行不行？明天还你。轻薄的讪笑是侮辱作品，认真严肃地批评有时等于赞美；我能使你的书评保持你我的尊严。并且我的缺点也只有我自己知道！”
>
> “一个人爬上荒凉的山坡，渴得要死的时候，偶尔会发现一个果子给他解渴，这个果子就是你！”吕西安说着，扑在大丹士怀里，一边哭一边亲他额角。“我把良心寄存在你这里了，将来再还我吧。”
>
> 大丹士庄严地说道：“我认为定期的忏悔是个骗局。那么一来，忏悔变成了作恶的奖品。忏悔可是一种贞操，是我们对上帝的责任。忏悔过两次的人是最可恶的伪君子。我怕你只想用忏悔来抵消你的罪孽！”①

虽然我们不应该在完全相同的层面上理解巴金的忏悔，但有一个问题仍需要讨论，那就是巴金从他的忏悔获得了什么。如果一个人一直在忏悔，那么我们应当追问他是从这种忏悔中获得了对错误的反思能力并进而不再犯错——至少不犯同样的错，还是通过这种忏悔摆脱了错误带来的罪感，从而走上继续犯错、继续忏悔的怪圈。

可能有的读者会觉得仅仅抓住巴金晚年的《随想录》来谈这个问题有些不公平，那么我们就换一个角度，来谈巴金的小说。在巴金的

---

① [法] 巴尔扎克:《幻灭》，傅雷译，人民文学出版社，1978 年，第 430—431 页。

代表作《家》里，也讲述了一个关于“忏悔”的故事，一个发生在主人公少爷觉慧和丫环鸣凤之间的故事。

鸣凤出身贫寒，从小失去父母，被卖到高家当了八年丫头，如今长到十七岁。她聪明善良，性格温柔，美貌多情，高家三少爷觉慧情窦初开的时候，倾心于她。觉慧的爱是如此热烈，以至当他在拿这位丫头与贵族小姐琴相比较的时候，尽管他在琴的脸上看到了更多的幸福和光明，他仍然更喜欢鸣凤，她那顺从的、哀求的表情显得更动人。但鸣凤毕竟是个丫头，一位少爷要和丫头结合，觉慧认为那实在是梦想。他想，要是鸣凤处在琴那样的小姐的环境里，那多好啊，但这也是痴想。在这样的困扰面前，无计可施的觉慧只好为自己找退却的理由，他找到一个“古训”来压抑自己的难以如愿的梦想：“匈奴未灭，何以家为？”“做一个男儿应该抛弃家庭到外面去，一个人去创造一番不寻常的事业。”觉慧以为就此摆脱了这个人生的难题，但这种自我欺骗其实并没有什么力量。有一次在花园里，觉慧又情不自禁地向鸣凤许诺要娶她做“三少奶”，说自己“一定有办法”，不让她走喜儿的道路，“如果永远叫你做我的丫头，那就是欺负你”。这些话激起了鸣凤心中强烈的爱情，暗中下定了非觉慧不嫁的决心。而觉慧可能说过就忘了，后来当他偶然听见鸣凤在与婉儿交谈时说她已有心上人，宁死也不肯嫁冯乐山做小老婆时，不由得暗暗心惊。当鸣凤被正式告知要嫁冯乐山后，她多么渴望与他商量，她多次找觉慧，但觉慧太忙，仿佛完全不知道有这一回事情，不给她谈话的机会。一直拖到鸣凤出嫁前的头一天的晚上，可怜的鸣凤好不容易找到机会溜进觉慧的卧室，想谈几句话，向觉慧求助，但觉慧仍说自己太忙。觉慧仿佛一点都没有想到会有什么严重的事情在鸣凤身上发生。绝望的鸣凤离开后，长久地徘徊在深夜里静悄悄的湖滨，用温柔凄楚的声音叫了两声：“三少爷，觉慧”，便纵身往湖里一跳，为爱献出了年轻的生命。

那天晚上，觉慧对鸣凤的处境其实并不是不知道。他明明是听见过要把鸣凤嫁给冯乐山的消息，可当时一点也记不起来。实际上自从那天晚上第一次听见鸣凤把他当心上人而且有可能要嫁冯乐山之后，他就感到事情的繁难艰巨，非他的勇气所可以对付的。可是他没有勇气说出自己缺乏胆量，所以只好“记不起来”。那个晚上，当鸣凤含泪离去，他在觉民提示下猛然忆起第二天鸣凤即要被逼嫁冯乐山时，他意识到，她刚才是抱了垂死的痛苦来向他求救，明天，她会咒骂那个骗去她纯洁的爱情而又把她送入虎口的人。

觉慧就这样送走了鸣凤。其实他已经决定放弃鸣凤了。他没有想到鸣凤会去死。他觉得鸣凤虽然痛苦但大概会勉强嫁冯乐山的，因为这是那个社会丫鬟们普遍的命运。他开始谴责自己，开始忏悔。但他很快找到了为自己辩解的理由，为一个丫环去与整个家族为敌，他没有勇气，更重要的是，他还有更重要的事要做，与这个更重要的救国救民的大事相比，牺牲一个丫环算不得什么。他自己也做出了牺牲，他自己也觉得非常痛苦。有了这样的冠冕堂皇的理由，觉慧推托了责任，找到了内心的平衡。

但鸣凤竟然自尽了。鸣凤的死让觉慧深感意外。鸣凤的死让觉慧产生了罪恶感。因为没有觉慧的撩拨，鸣凤不会产生希望，更不可能产生希望失败后的绝望。觉慧“始乱终弃”，当然有罪。觉慧开始了再度忏悔。谴责自己是杀鸣凤的凶手，说自己太自私了，说自己辜负了她平日的信任，没能救她，是害了她，他有责任，他的确没有胆量，他恨自己，甚至发出了这样的绝叫：“我是杀死她的凶手。”但与上一次一样，觉慧很快又给自己找到了辩解的理由。他觉得，通过这个事件，自己长大了，更深地看到了封建家庭的罪恶，因而也就更加激起了与封建家庭斗争的勇气。通过这种转换，觉慧把罪责归于封建家庭，而自己也就解脱了。“不，不单是我，我们这个家庭，这个社会都是凶手！”他当然在批判自己，但自己并不是造成悲剧的主要原因，悲剧都是这个社会造成的。鸣凤的死使觉慧认识到了这样的真理，所以鸣凤没有白死，她的死是有价值的。她帮助我们的主人公在灵魂的阶梯上不断攀登。

读《随想录》，觉得巴金就是那个始终长不大的觉慧。那个不断犯错，不断忏悔然后又继续犯错的觉慧。——如果你在不断忏悔，那只能证明你在不断犯错。从《灭亡》到《随想录》，跨度长达半个世纪，而巴金的思维方式，却始终没有多少改变，这是否与他找到了忏悔这种解脱方式有关呢？

正是在这一意义上，我们有理由对通过忏悔来反思历史的方式深怀疑惧。徐友渔说“我对中国人忏悔之少感到吃惊”，其实只要真正经历过“文革”的人一般就不会同意这样的看法，因为在“文革”中我们看到过太多的忏悔和逼人忏悔。在某种意义上，“文革”就是一场强迫人们集体对历史和传统进行忏悔的革命。“文革”中有一个很流行的名词叫“历史反革命”，无数人就是由于他们的“历史问题”而被“革命”的，无数旧中国的“残渣余孽”和知识分子都不得不被迫对他们昔日的历史进行忏悔。“文革”后有部电影叫《泪痕》（编剧：孙谦、马烽，导演：李文化）描写的是归国华侨知识分子孔妮娜，被谋杀的前县委书记的遗孀，为了躲避政治灾祸，装疯卖傻。她穿着破旧而鲜艳的外衣，手执一枝红玫瑰，不时发出令人揪心的笑声，见人就鞠躬，忏悔“我有罪”！那个场景非常经典。而且这种场面并非仅仅发生在“文革”，在历次政治运动中，都不缺乏忏悔，在“人人过关”的压力之下，每个人都不能不加入一场自轻自贱、自我毁谤的竞赛，实际上是一场变态的自我标榜竞赛。这种自我标榜不能说自己好，只能说自己坏，只有说自己坏，才表明自己的好。因此有人不惜给自己捏造罪名，以博得领导和群众的喝彩。每当一个人的忏悔得到人们的认可，他就会有一种解脱感和自我纯洁感，就有了表忠心、“帮助”别人和义正词严地上台批判的资格，也就是“以实际行动”进一步证明自己痛改前非、恢复到纯洁本心。

1980 年代以后的巴金的忏悔似乎是否定了从前的忏悔，但 80 年代的忏悔与这以前的忏悔到底有什么区别呢？尽管我们有过无数的记忆，甚至有过无数次的忏悔，但我们从中学到了什么呢？历史的经验教会了我们什么呢?

……

巴金研究者李辉曾在一篇文章中为巴金辩护:

> 假如忘记《随想录》发表的具体历史环境,在二十多年后的今天简单地贬斥巴金的努力与贡献,把所提倡的“说真话”讥讽为“小学二三年级水平”,显然是不公平的,是对一位老人的苛刻。至于把巴金写于《随想录》之前的作品,如悼念郭沫若的文章,重又孤立地拿出来按照现在的一些观念来予以“讨伐”,更是不可取的残暴与简单化。[①]

另一位巴金研究者陈思和也在《巴金的意义》一文中表达过与李辉大致相同的观点:

> 巴金先生已经是96岁的老人,用风烛残年来形容他的生命现象也不过分。听在巴金身边的工作人员说,1999年春节前老人因病不得不做气管插管手术,他先是坚决不愿意,经解释后被迫同意了。他沉重地说:“从今天起,我为你们(指他周围的人们)活着。”又听徐钤先生告诉我,巴金两次在病中说:“我已经不能再写作,对社会没有用处了,还是停止用药吧。”这说明巴金先生始终是清醒的,但根据今天的外部环境与身体状况,他显然不可能再根据自己的想法来做一些事情而作用于社会,也无法为今天他周围发生的事情(哪怕是与他有关的)负责。我们要理解和评价巴金在现代中国文化史上的意义,不能以今天他所处的地位和所获的殊荣为出发点,而是应该把握他一生的自觉追求及其实践过程中所呈现出来的复杂历史内涵,从中获取我们所需要的

---

① 李辉:《望尽天涯路——关于巴金思想与精神的历史叙述》,《书屋》2003年第9期。

启示。

> 我不想讨论前些日子网上出现的那些攻击性的文字，巴金先生从“文革”的阴影里走出来以后，社会上对他的指责从来就没有停止过。所不同的是，80年代他写作《随想录》、反思“文革”和极“左”路线时，对他的指责主要来自某种权力阶层；90年代他年老体衰，渐渐淡出社会视线，指责又来自更为激进的青年人。[①]

李辉和陈思和是《巴金论稿》的作者，他们合著的这本巴金研究著作至今仍是巴金研究著作中最有价值的一本，也是我们讨论巴金问题的主要参考书之一。如果有人“简单地贬斥巴金的努力与贡献，把所提倡的‘说真话’讥讽为‘小学二三年级水平’”，显然极不公平的。以巴金为例讨论人文研究中的政治道德化问题，以及左翼文学的现代性问题，完全是因为巴金的重要性。与鲁迅这样的作家相比，巴金不算“深刻”，在以“文学性”作为标准和信仰的现代主义时代，不讲求技巧的巴金实在是乏善可陈。指责巴金的“幼稚”，并非从今日才开始，夏志清在《中国现代小说史》中就认为巴金其实一直没有走出自己的青春期：

> 对于多数态度严肃的作家来说，一本十五岁所喜爱的书，往往在二十五岁时遭到淘汰；或者说，到了二十五时，因为对该书在智慧上或者文学上有所新发现，而产生了不同的阅读方法。很多中国作家（巴金更是一个极端的例子）却是：在他们未经指导、青春期间所嗜读的书，往往便是他们终身写作的灵感源泉和行动方针。[②]

---

① 陈思和：《巴金的意义》，《上海社会科学院学术季刊》2000年第4期。

② [美]夏志清：《中国现代小说史》，刘绍铭编译，（台湾）传记文学出版社，1979年，第259页。

显然，在夏志清眼中，长不大的巴金算不上“态度严肃的作家”。另一位“哈佛教授”李欧梵也表示过类似的观点，他指出“巴金并不是一位有良好素养的作家，尽管他的作品卷帙浩繁”，“与同代人的主要作品放在一起，巴金的那些激情奔放的小说，读起来相当枯燥乏味，令人难以忍受，它们既缺乏思想深度，又缺乏艺术技巧”。[①]

但这些批评都解释不了巴金的影响力。对这一点，李欧梵自己也不得不承认：“30 年代最受欢迎的小说家（特别是在青年读者中），那无疑就是巴金了。他的《家》被称为‘中国现代青年的圣经’。”[②] 巴金也许不是“最好”的中国作家，但他绝对是 20 世纪影响最大的中国作家之一。巴金对中国社会的影响力，是张爱玲、沈从文、钱锺书这样的作家根本不能比拟的。就如同胡适可能并不是一个好的学者，他的学问可能比不上陈寅恪、王国维甚至钱锺书，历史学甚至比不上自己的学生顾颉刚、傅斯年，文学创作更是后人的笑柄，但谈到对 20 世纪中国思想和学术的影响，却无人能与之比肩。就如同讨论中国思想的“现代性”，无人能够绕过胡适这座“界碑”，我们讨论中国文学的“现代性”，也无人能够绕过巴金这座“界碑”。正如奥尔佳·朗（Olga Lang）所指出的，通过《革命》（未完成）、《激流》《爱情》和《火》这一系列篇繁帙浩的三部曲，巴金“在知识青年中创造了一种情感气氛，促使他们接受中国的革命”。[③] 许多中国人走向革命，并不是因为马克思主义理论的感召，而是因为《家》这样的作品带来的感动，因为这些作品中的民粹主义与无政府主义信仰带来的震撼。正是在这一意义上，解构巴金，也是在与我们自己的时代和历史对话。事实上，我们所反对的并非巴金的“忏悔”，而是巴金的评论者把这种“忏悔”当成反思历史的唯一方式，把巴金变成“世纪的良心”。这种以占据道德

---

① 李欧梵:《现代性的追求》,生活·读书·新知三联书店,2000 年,第 284 页。

② 同上书,第 284 页。

③ 《巴金和他的作品》,第 265 页。

制高点的办法来代替和掩盖真正的历史和现实的分析，不仅仅造成不必要的自虐、自伤，更重要的是削弱了我们所期望的更深刻的省思力量。换言之，我们反对将“左翼文学”和“左翼历史”完全简化为一个道德的问题，反对将“左翼文学”和“左翼历史”对资本主义、殖民主义和文化普遍主义的反抗视为“传统”对“现代”的反抗。

杜维明曾经这样批评海外一些儒学研究者学术研究中的激烈的意识形态立场：“甚至连台港的资深儒者也有偏颇的一面；马克思就是罪恶，一笔勾销，没有任何好处。假如你不反共，那你人格就有问题。”[①] 经历过80年代的人，对杜维明描述的场景一定不会觉得陌生。“文革”结束后，知识分子对“文革”的理解仅仅停留在受害者的痛苦记忆层面，表现的常常是谴责、仇恨这样一种情绪性的姿态，而不是对于历史和现状的深入分析。其实，认识罪恶产生的机制比核实罪恶更能避免罪恶的再生。人文学者跟在民众的背后挥舞起道德批评的旗帜，不能不说是人文学者的失职。

① 《儒家与自由主义——和杜维明教授的对话》，曾明珠整理，哈佛燕京学社、三联书店主编《儒家与自由主义》，生活·读书·新知三联书店，2001年，第123页。

第五章　几个“关键词”

“文学史”的写作是由一些关键词组成的。如“传统”“现代”“现实主义”“浪漫主义”“人民性”“民间”“一体”与“多元”等，其中有些概念已成为文学史写作者的自觉意识，有些概念则是一些并不为“文学史”写作者自觉的“潜预设”。本章将选择几个这样的关键词来加以讨论。它们分别是“文学性”“个人性”和“日常生活”。这几个关键词虽然在结构文学史的二元对立等级制中层级不同，但其功能却是完全一致的。不仅在1980年代以后的“文学史”写作和研究中举足轻重，而且还是最流行的文学批评概念。我们将通过展示围绕这些关键词的争论，探讨将这些现代性范畴历史化的可能性。

第一节 “文学性”

“文学性”是俄国形式主义批评家、结构主义语言学家罗曼·雅柯布森（Roman Jakobson）在1920年代提出的术语，意指文学的本质特征。在《最新俄国诗歌》一文中，雅柯布森指出：“文学研究的对象不是笼统的文学，而是文学性，即那个使某一作品成为文学作品的东西。”①也就是使“文学”成其为“文学”，使“文学”区别于其他人文科学的东西。有时候，我们又称它为“文学的自主性”，或干脆称之为“纯文学”。

“文学性”当然是“文学史”写作中最核心的概念，它关系到我们这些文学研究者——也就是所谓的“吃文学饭的人”的自我认定。在讨论了“文学”的历史属性、“文学”的制度属性乃至“文学”的“现代性”之后，我们仍然必须面对的问题，就是“文学”有没有自己的特性。换言之，文学史与思想史、政治史、制度史乃至“历史”相比有什么不同呢？如果没有不同，为什么会有“文学”这门学科，“文学”的存在还有什么价值呢？

文学与其他学科，其他意识形态之间的区别是无法否定的，但我们试图追问的是这种差别是如何制造出来的。文学与历史、哲学之间的界限是依据什么样的原则建立起来的，“文学性”的观念是如何形成的，什么时候形成的。

克劳德·西蒙说过，尽管对文学有自己的看法，但“我还不至于狂妄自大或愚昧无知到不了解在艺术或文学领域中任何关于文艺本质的定义都可能有争论，某种程度上可以说是武断的”②。每一种关于文学的陈述都可能遭到观点完全相反的批评。如果有人说，文学是语言

---

① 转引自《文学批评原理》，王先霈、胡亚敏主编，华中师范大学出版社，1999年，第157页。

② [法]克劳德·西蒙：《弗兰德公路·农事诗》，林秀清译，漓江出版社，1993年，第586—587页。

的艺术，在文本之内，那么肯定会有人说文学是社会的事业，在文本之外；如果有人说文学是一种无功利性的关乎自身的游戏，那么肯定会有人说文学存在于历史之中有不可推卸的使命；如果有人说文学再现人们不同时期的生活，那么肯定会有人说文学表现人类亘古不变的精神。

任何一位“文学性”或“文学的自主性”的信奉者都知道关于这个问题的不同答案。马克思主义理论就不承认这种“文学性”的存在，认为文学作为一种意识形态是被经济基础所决定的。从马克思、恩格斯到普列汉诺夫、列宁和斯大林再到毛泽东、周扬的文艺批评，走的都是文艺社会学和阶级论的路子。周扬就认为：列宁对于文学的党派性的规定，是对于文学的阶级性的更完全的认识，是对马恩关于阶级社会中意识形态的阶级性命题的进一步发展和具体化；所以“愈是贯彻着无产阶级的阶级性、党派性的文学，就愈是有客观的真实性的文学”①。在批判胡秋原的“自由人文学理论”时，周扬根据列宁《党的组织与党的文学》②一文的观点，认为所谓“绝对的自由”只是资产阶级的虚伪的招牌，指责“胡秋原就是在自由主义这个虚伪的招牌底下，很巧妙地来拒绝列宁的原则之在文学上的应用的”。他推崇列宁“常常把政治、哲学、文学看作阶级斗争的形式”的思想，指出“胡秋原之抹杀文学的阶级性，文学的积极作用，其目的也正就是在取消文学上的阶级斗争”。③

马克思主义的文艺观点大家都不陌生，但不要以为强调文学的政治属性只是过时的老马克思主义的选择，其实在当代，“文学性”的批

---

① 《到底是谁不要真理，不要文艺？——读〈关于〈文新〉与胡秋原的文艺辩论〉》，原载1932年10月1日《现代》第一卷第六期，署名：周起应，收入《周扬文集》(第1卷)，人民文学出版社，1984年，第32页。

② 此文在1980年代改译为《党的组织和党的出版物》。

③ 《自由人文学理论检讨》，原载1933年12月《文学月报》第一卷第五、六号合刊，署名：绮影，收入《周扬文集》第1卷，人民文学出版社，1984年，第48页。

评者一点也不比从前少。伊格尔顿在他的文学理论著作中反复强调的一个观点，就是“一切文学批评都是政治批评”。詹姆逊也认为：“一切事物都是社会的和历史的，事实上，一切事物‘说到底’都是政治的。”[1] 新老马克思主义者从未在这个问题上放弃自己的立场。而且，无论在西方和中国，强调文学的社会性并不是马克思主义者的专利。譬如布尔迪厄就认为：“值得注意的是，所有那些忙于对文学或艺术作品进行科学性研究的人，总是忽略了对这样一种社会空间的思考，即创作了这些作品及创造了其价值的那些人所处的社会空间。”[2] 在布尔迪厄看来，对任何一个作为永久的和普遍的本质的艺术或流派的历史性定义的建构，都与那些掌握了某种特定资本的人的利益相关。也就是说，即使你不承认文学是社会生活的反映，即使你是文学表现论的信奉者，你也得承认作家是历史性的存在。由作家创作的文学就绝不是自由的、自足的和纯粹的，而是各种群体（阶级、种族、民族、性别等）利益冲突和争夺的空间，是意识形态斗争的战场。按照伊格尔顿的逻辑，主张文学自律的态度本身也与马克思主义文艺评论家一样呈现其政治立场，那就是相信每个个体以及单位具有自己固有的本性、自律性的立场，而这种立场反映的其实就是自由主义的政治立场。

对文学本质的不同理解当然会影响到我们对文学作品的价值判断。我们不妨以鲁迅的作品为例。鲁迅前期主要写小说，后期写杂文。在“文革”前的左翼文学史中，后期鲁迅战胜了前期的小资产阶级思想，变成了一个共产主义者，因此“杂文鲁迅”的价值在“小说鲁迅”之上。80 年代以后，这样的评价系统完全被翻转过来，鲁迅去写杂文，是不务正业，是从“文学”走向了“政治”。许多人研究鲁迅，只肯定他的小说，却否定他的杂文。把鲁迅 15 本杂文归纳为

---

① [美] 弗雷德里克·詹姆逊:《政治无意识》,王逢振、陈永国译,中国社会科学出版社,1999年,第 11 页。

② 《文化资本与社会炼金术——布尔迪厄访谈录》,包亚明译,上海人民出版社,1997 年,第 79 页。

“搬弄是非，罗罗嗦嗦”（夏志清语），看成全无文学价值的东西。（所以李敖就说，鲁迅不是伟大的作家，因为他没有长篇小说。）但这样的立场，自然又会有人反驳。张承志写的一篇题为《鲁迅路口》的散文，就认为鲁迅为什么不走“纯粹的文学道路”呢，是因为鲁迅还有“良知”：

> 那以后的历史可能是简单的：三一八，九一八。三一八在北京的执政府门前再现了绍兴的轩亭口，他绝不能再一次看杀学生的流血。九一八使那个日俄战争的幻灯片变成了身边的炮火，使他再也不能走“纯粹的文学”道路。
>
> 不是每一天都值得如陈天华那样一死，但是每一天都可以如陈天华那样去表现人格。回顾他归国后的生涯，特别是三一八和九一八之后，显然他竭尽了全力。他不能自娱于风骚笔墨中日掌故，如今日大受赏味的周作人。他不知道——苟活者的奋斗，是否能回报殉死者的呼唤。想着陈天华和徐锡麟以及秋瑾，我感到，他无法挣脱一种类近羞愧的心情。
>
> 在中国，凡标榜中庸宣言闲趣的，大都是取媚强权助纣为虐的人。同样，凡标榜“纯粹文学”的，尽是气质粗俗的人。[①]

最后这句话非常有意思。可能在我们的印象中，主张“纯文学”的都是一些见月伤怀，临风洒泪的不食人间烟火的“雅士”，没想到在张承志这里则变成了“气质粗俗”的“俗人”！这种关乎立场的问题，根本无法进行有效的讨论。

① 张承志：《谁是胜者》，现代出版社，2003年，第123页。在文章中，张承志继续说：“或许鲁迅的文学，本来就不该是什么大部头多卷本长篇小说，也不是什么魔幻怪诞摩登艺术。虽然他的文学包罗了众多……尤其包罗了伪士的命题，包罗了与卑污的智识阶级的攻战。”

对“文学性”的讨论，存在不同的路径，比如哲学的讨论方式，还比如“知识考古学”的方法，通过将这个概念历史化，看看“文学性”这个概念是怎样提出来的，是针对哪一个“他者”提出来的。

哲学的方式我们都熟悉。“什么是文学？”这个问题对于任何把自身交付给文学研究的学者来说肯定是一个中心问题。从柏拉图与亚里士多德以来，这个问题在西方的哲学传统中已经给予重复的设问。“文学性”的信奉者把文学划定在现实、功利、伦理相互分离、隔绝的感性领域，其内涵就是康德创造的概念：“纯粹美”——“审美无利害性”。不过在康德那里，“纯粹美”本身就是一个极其抽象的哲学范畴，很少涉及自然和艺术的审美对象，“根本没有提到诗和一般文学”[①]。所以以“文学就是文学”这样的定义来说明“纯文学”，本身就很不“文学”。因为这样的论证，本身就是一个“哲学”论证。海德格尔讨论过这个问题，《形而上学导论》中他把哲学的诗性与诗的哲思联姻在本体论的追问上。在海德格尔那里，如果说哲学的根本问题就是诗的问题，那么，诗学的根本问题又是哲学的问题。说到底，这是一个哲学问题，而不是一个文学问题；它必然招致关于文学本质的论述，招致把文学从所有的非文学中界分出来。在传统界分的文学与非文学中，只有哲学才能更为清楚地确立这两者的属性。但这种哲学问题如果不被历史化，很难讨论出什么结果。

德里达当然反对这种将文学本质化的方式。在《文学行动》中，德里达用“文学行动”取代“文学本质”，就是用“行动”的复杂性否定“本质”的纯粹性，用“行动”的介入性否定“本质”的被发送性即距离性，或者用德里达的原话，“文学的本质——如果我们坚持本质这个词——是于记录和阅读‘行为’的最初历史之中产生的一套客观规则”[②]。德里达的方法，及其与其异曲同工的福柯的考古学方法，都

① 朱光潜:《西方美学史》下卷,人民文学出版社,1980年,第366—367页。

② [法]雅克·德里达:《文学行动》,赵兴国等译,中国社会科学出版社,1998年,第12页。

是化解文学研究中这种已经上升为立场之争的“外部研究”与“内部研究”的二元对立的有效方法。

“外部研究”和“内部研究”是韦勒克在1948年出版的《文学理论》中对文学批评方法做出的著名区分。他认为，传统文学批评中的传记研究、作家研究、社会学研究、思想史研究以及各门艺术的比较研究均属于“文学的外部研究”。韦勒克自己是认同“文学性”的新批评理论家，因此对这种仅仅局限于对文学外部成因的探讨评价不高，认为它们不可能解决对文学艺术作品这一对象的描述、分析和评价等问题，将其看成对“以文学为中心”的内部研究的准备工作。“文学的内部研究”不仅包括格律、文体、意向、叙述、类型等修辞学范畴，还包括对文学作品的“存在方式”的考察。所谓文学作品的“存在方式”，韦勒克指的是艺术品就被看成一个为某种特别的审美目的服务的完整的符号体系或者符号结构。

社会历史批评是外部研究的代表。最早的社会历史批评是实证主义批评，强调文学是社会生活的反映，19世纪下半期以来，曾是西方批评的主要方法。这种方法几乎将批评的意义全部局限于对作品的事实性原因或起源的研究，如作家的水平、有案可查的作家的意图、作家的直接的社会和文化环境以及他的素材。把文学作为历史文献，研究文学的目的几乎全是为了认识过去时代的历史和作家本人体现的时代精神。我们非常熟悉的恩格斯对巴尔扎克的评论，列宁对托尔斯泰的评论，就是这种批评的代表。社会历史批评是一种对应于人道主义哲学的文学批评模式。人道主义是文艺复兴以来西方文化中的金科玉律，可以从两方面来理解，一是价值论，人是最宝贵的；二是人类中心本体论，人是万物之灵，世界的中心，世界以人为转移，人的本质是自由的，人的现实活动构成了历史。不过后来的女性主义批评说这个顶天立地的“人”，其实是男人，并不包括女人；后殖民主义则认为这个“人”是白人，西方人，并不包括非西方人。

形式主义批评属于韦勒克定义的“内部研究”，包括俄国形式主义、新批评、法国结构主义等，反对将文学视为对现实的反映，反对“文学是人学”，主张“文学本体论”，认为“文学性”是文学的本质，“文学是文学”。韦勒克指出诗必须作为诗来阅读，没有任何文化现象能够决定一首诗最后是什么，文学研究不是研究历史文献，而是研究伟大的文学作品。什么东西构成“文学性”，也就是使“文学”成其为“文学”呢，韦勒克就认为是文学的形式要素，比如音韵、格律、结构、措辞、隐喻等，就是这些要素使文学与哲学、历史等区分开来，此外，克林斯·布鲁克斯的“悖论”和“反讽”、阿兰·泰特的“张力”、兰色姆的“肌质”、沃伦的“语像”、瑞恰慈的“情感语言”、燕卜逊的“含混”等诗学概念都是从语言和修辞的角度描述文学性的构成。而新批评理论家 T. S. 艾略特则提出“反个人化写作”的口号，认为文学是超历史与超时空的永恒存在，“艺术从不会进步”，诗人在写作时虽然“有他自己那一代的背景”，但更重要的是“还要感到从荷马以来欧洲整个的文学及其本国整个的文学有一个同时的存在，组成一个同时的局面”。①

形式主义批评的出现与西方哲学中结构主义的发生有关。结构主义所说的“结构”不是事物本身的结构，而是人的心理模式整理现象材料而达成的认识结构。这种新的哲学思想认为经验现象是混乱的，变动不居的，要找出它的秩序，就先要有一个心理模式，用这个心理模式与经验现象比较。结构主义在建构这个心理模式时从语言学理论——尤其从索绪尔那里获得营养，基本方式就是在对立中找到要素，以要素组成结构，进行共时的研究。从哲学史的角度看，结构主义是反人道主义的。列维－斯特劳斯说，人文科学的任务就是要消解人，说明“人死了”。人如在海边沙滩上画的一幅肖像，是可以被抹掉的，人根本没有人道主义者宣称的那种自由。为什么呢？因为人受

---

① ［美］艾略特：《传统与个人才能》，《艾略特诗学文集》，王恩衷编译，国际文化出版公司，1989年，第4页。

到外在和内在的双重控制。以“外在”而言，个人受社会结构的控制；以“内在”而言，人的思维受意识和下意识控制。所以结构主义反对建立在历史主义之上的人道主义，认为“历史”是西方的神话，“历史”有几个特定的含义：有延续性、内在规律，历史是进化的，人是历史的主人等，结构主义反其道而行之，强调共时性，认为结构是共时的，是非连续的。也就是说，结构主义强调结构的超越性。

在某种意义上，现代西方文学批评理论中社会历史批评与形式主义批评的分裂体现的是人道主义与结构主义这样的哲学观念的冲突。它决定了对文学本质的不同认识，影响了文学“外部研究”与“内部研究”的分野，但这种二元对立却随着1960年代后结构主义的兴起被彻底打破了。1966年，在美国霍普金斯大学举办的结构主义学术讨论会上，德里达作了题为《人文科学话语中的结构、符号和嬉戏》的著名演讲，把矛头指向结构主义及其一代宗师列维－斯特劳斯，此后，德里达又相继推出了《语音与现象》《论文字学》和《书写与差异》等著作，将结构主义的内涵延展到整个西方的形而上学传统。他认为形而上学作为一种根深蒂固的思维方式，其根本特征是惯于为世界设立一个本源或曰“终极能指”，这个本源可以是理念、始基、目的、现实、实体、真理、先验性、意识、上帝、人，等等。由这个本源出发，形而上学设定了一系列的二元对立范畴，如在场/不在场、精神/物质、主体/客体、能指/所指、理智/情感、本质/现象、声音/书写、中心/边缘，等等，而所有这些对立都不是平等的，其中一方总是占有优先的地位，另一方则被看作对于前者的衍生、否定和排斥，如在场高于不在场、声音高于书写、中心优于边缘，等等。这样就逐步形成了“逻格斯中心主义”“声音中心主义”“男性中心主义”等。德里达认为人文学科不是科学，不可能形成统一的方法论。结构主义通过对立关系确定要素，又通过要素建立结构，很显然依赖的仍是自然科学的方法，也就是形式逻辑（归纳与演绎）的方法，也就是黑格尔的方法：通过与主体之外的一种客体——“他者”的对立，即通过否定“他者”

来确证主体。事实上，我们熟知的知识范畴都是以这种方式建构起来的，比如哲学与诗、逻辑与修辞、思辨与隐喻，都是从语言与文字的对立中派生出来的，我们前面分析过的“传统”与“现代”的对立、“新文学”与“旧文学”的对立、“启蒙”与“救亡”的对立、“个人”与“民族国家”的对立，乃至我们正在讨论的“政治”与“文学”之间的对立也莫不如此。德里达反对通过这种二元对立建构起来的等级制，他认为，结构是没有等级的，不存在固有的中心，结构中的任何一个位置都不具有优先性。语言是自由嬉戏的领域，自由嬉戏即是一系列没有最终所指的能指，此在总是被自由嬉戏所化解，文本只是在内部通过符号的相互追逐嬉戏而自得其乐。而结构正是对自由嬉戏的压抑和封闭，是对生命的丰富性的牺牲，在德里达看来，要摆脱这种暴力结构的压力，就必须对结构进行解构。如何对二元对立进行解构呢？德里达认为首要的办法就是颠倒这种既定的等级。德里达消解二元对立时，抓住了一个特征，即对立双方都使用了隐喻的方法。以诗（文学）与哲学的对立为例，我们一般都认为隐喻是文学的基本方法，而哲学则是在使用一种特殊纯粹的语言，所以哲学的论证与隐喻无关。德里达并不这么看，他认为所谓纯粹的哲学语言不过是一个“白色的神话”，因为哲学根本不可能摆脱隐喻，只是哲学家没有意识到他使用的语言的隐喻性，他们把哲学的文本磨光，去色，不留任何痕迹，把意义的印记去掉，在白色的空白纸上写下纯粹的语言，严密的表述，自我在场，没有意义的回味和分延，德里达认为这其实是假想。他通过对黑格尔文本的解读来解构这个“白色的神话”，德里达在历来被认为以最抽象的、最纯粹的哲学语言写成的黑格尔著作中找出隐喻，并进一步指出，隐喻在黑格尔哲学中并不是一种偶尔采用的修辞手段，而是一种基本方法，也就是说与文学作品一样，黑格尔的哲学大厦其实也是建立在隐喻之上的。在这一点上，哲学与文学没有什么不同。也就是说，“文学”和“哲学”都属于符号系统，都是隐喻和修辞的产物。“形而上学的历史就如同西方历史一样，大概就是这些隐喻及换喻的历史。”[①] 在这一意义上，一切文本包括哲学都可以当作“文学”来阅读，但反过来，一切语言和解释行为都依赖于哲学范畴和哲学的假设。“什么是文学性”这样的命题当然是一个哲学命题。

在《二十世纪西方文学理论》一书中，伊格尔顿这样描述德里达对结构主义的“解构”：

> 我们可以开始稍微折散这些对立组，证明在对立组中一项怎么样秘密地内在于另一项。结构主义如果能将本文分割成为一些二元对立组（高/低，明/暗，自然/文化，等等），并且揭示它们的活动逻辑，它一般就满足了。解构批评试图证明，这类对立组为了保持自己，有时竟导致了自己的颠倒或崩溃，不然它们就必须把某些琐屑的细节放逐到本文的边缘地带。人们可以使这些细节返回中心并以之折磨那些二元对立组。德里达的典型阅读习惯是，抓住作品中某些显然处于边缘的碎片——脚注，反复再现的小词或意象，偶然使用的典故——然后把它坚持不懈地推向威胁要粉碎那些支配本文整体的对立组的地步。这就是说，解构批评的战略是表明本文怎样妨碍它自己的起支配作用的逻辑系统；解构批评抓住“症候”点，即 aporia 或意义死角来证明这一点。本文在这些地方陷入困境，遭受顿挫，显出自相矛盾。……德里达称之为“播散”（dissemination）——它们很难被纳入本文的结构范畴或者传统批评方法的范畴。[②]

德里达对结构主义的这种解构在西方知识中开启了一个解构主义的时代，因为这种对哲学与文学二元对立的解构，必将影响我们对

---

① ［法］雅克·德里达：《书写与差异》，张宁译，生活·读书·新知三联书店，2001 年，第 504 页。

② ［英］特雷·伊格尔顿：《二十世纪西方文学理论》，伍晓明译，陕西师范大学出版社，1986 年，第 167 页。

其他二元对立构架的反思。诸如历史与叙事的对立、主观与客观的对立、男性与女性的对立、西方与东方的对立、传统与现代的对立，等等，都成为我们反思和解构的对象。女性主义、后殖民主义、新历史主义这些新起的所谓的“批判理论”都无一例外选取了这个新的思想平台展开了对西方现代性的反思与批判。德曼就认为，哲学、政治、法律等一切人文科学文本都具有文学性，都是由语言构成的，都具有修辞的特征，因而都是虚构的和任意的。

我们讨论的“文学性”问题也得以在这个平台上重新洗牌。德里达不认为文学有一种超历史的本质，文学也没有界线分明的属地——“人们可以对任何类型的文本做非超验的阅读，而且，没有任何文本实质上是属于文学的。文学性不是一种自然本质，不是文本的内在物。”[①] 任何文本只要您愿意都可以读作文学的或者非文学的。文学是一个具有某种欧洲历史的概念。可能很多非常伟大的思想文本或诗文本不属于这个“文学”范畴。“……文学作为现代建制乃是一种非宗教的、世俗化了的制度，也就是说是一种摆脱了神学与教会的建制。但事实上，它保存了一些它想要挣脱的东西。在西方还是有一种文学神圣化的过程。……我相信文学保存了与宗教的某种亲缘关系。”“从一开始我的工作就一直受到文学经验的吸引。而且从一开始我所感兴趣的问题就是：书写是什么？更确切地说是：书写是如何变成文学写作的？书写中发生了什么才导致了文学？”[②] 因此，在德里达看来，所谓文学的“自主性”不过“是一个被映照出来的面具”。

对“什么是文学”或“什么是文学的文学性”这样的问题，德里达不予回答。因为如果是直接的回答，无论答案可能是什么，结果将都是对文学之“文学性”、之“本质”的形而上学式的界定。不论是认为

① [法] 雅克·德里达:《文学行动》,赵兴国等译,中国社会科学出版社,1998年,第11页。
② 张宁:《德里达与汉译〈书写与差异〉》,《视界》第三辑,河北教育出版社,2001年,第191—192页。

“文学是政治”，还是认为“文学是文学”。在德里达看来，根本没有内在的标准能够保证一个文本的本质的“文学性”，没有可确认的文学本质或文学存在。如果批评家去分析一件文学作品的所有要素，批评家将永远见不到“文学本身”，批评家只能遇上一些它分享或借取的、批评家在其他文本中也可以发现的特点，无论是在语言、意义方面或是在被指示物，无论是“主观的”还是“客观的”。其实，文学就是互文性，就是文学史。

“文学性”的信仰者论证自己存在时，通常采取两种方式，一种是同义反复，比如说“文学就是文学”“诗就是诗”，另一种就是排除法，比如说“文学不是政治”“文学不是哲学”“文学不是道德”等，还派生出“文学史不是政治史”“文学史不是哲学史”“文学史不是通史”等。这两种方法实际上说的是同一个问题，前一个想法要依靠后一个说法才能成立，才有意义。否则就变成了顺口溜或者绕口令。这说明“文学”的主体性需要通过一个“他者”才能确立，不同的“他者”确立的是不同的“文学性”。比如五四时期的“文学性”以“旧文学”为“他者”来确立自己的主体性，1980年代的“文学性”以“政治”——准确地说是左翼政治为“他者”来确立自己的主体性，1990年代以后，关于“文学性”和“纯文学”的讨论再度升温，那是因为文学找到了“商业文化”和“大众文化”这个新的“他者”。[①] 如果我们避开对文学性本质的讨论，将文学性历史化，我们就不难发现文学总是需要借助文学之外的知识来加以说明，也就是说文学根本无法通过“文学是文学”这样的论述来自我求证。文学性并非文学自身的特性，文学作为一种知识总是与其他知识共处于一个知识的网络之中的，它的内涵是由与其他知识的关系来决定的。

伊格尔顿在谈到这个问题时指出：

---

① 见李陀：《漫说“纯文学”》，《上海文学》2001年第3期。

> 我的观点是，最好把“文学”视为一个名称，人们在不同时间出于不同理由把这个名称赋予某些种类的作品，这些作品则处在一个米歇尔·福科［福柯］称之为“话语实践”的完整领域之内；如果有什么应该成为研究对象的话，那就是这一完整的实践领域，而不仅是那些有时被颇为晦涩地称为“文学”的东西。我用以反对本书所阐述的理论的不是一种文学理论，而是一种性质的话语——人们称它“文化”还是“意指实践”还是其他什么并非头等重要——它将包括其他这些理论研究的对象（“文学”），但它会将其置于一个更广阔的关系结构之中，从而改变它们。①

通过不同“他者”确立的文学性当然是内涵不同的文学性，“文学”一直处于一个不断被构成和被塑造的过程中，过去如此，现在和将来亦会如此。历史在不同时期赋予它不同的意义。这样，我们能够知道的，就不是“文学”的意义，而是一系列不同时期的“文学”的意义以及它们之间相互转换的关系。因此，我们对文学的研究，就只有一条道路，即深究它们在各个特定的历史条件下的意义及其“谱系关系”。也就是说，与其追求一个“文学性”的规范性定义，不如把“文学性”当作一个历史的、社会的建构来看待。这样，我们对文学的论述就不能到“文学是政治”或“文学是文学”为止，而应该追问“何种文学”与“何种政治”。在这一层面上，我们将不仅仅讨论“文学的政治化”，还将讨论“政治的文学化”。在这一“政治”与“文学”的二元对立被消解的新的视阈中，我们将发现五四时期与1980年代的“纯文学”其实是一些不折不扣的政治学范畴，反过来，类似于“50—70年代中国文学”，甚至是一直为“纯文学”理论家所不齿的“文革”怪胎“样板戏”，可能都具有一种我们从前不了解的“文学性”。

---

① ［英］特雷·伊格尔顿：《二十世纪西方文学理论》，伍晓明译，陕西师范大学出版社，1986年，第257页。

第二节　“个人性”

对“文学性”的解读同样适用于对“个人性”和“日常生活”这两个“关键词”的理解。

“个人性”有时被称为“个人化”“个体性”“个体化”或“个性化”等，其价值指向是一致的，即是以“群体”意识——“政治”意识作为他者来确立自己的主体性。个人性的写作的对立面是模式化乃至概念化的写作。在1980年代的当代文学史叙述中，“新时期文学”被描述为一个文学逐渐摆脱模式化的、主题先行的政治写作方式而回归文学自身的写作方式，也就是个体写作的过程。文学史将这一过程表述为：从意识形态话语到个人话语，从公共空间到私人空间，从宏大叙事到个人叙事，从“大写的我”到“小写的我”等等。

在80年代的主流文学史叙述和文学批评中，文学摆脱“政治”回到“文学自身”，被表述为“文学”摆脱“政治”回到“个人”。这样，“政治”与“文学”的对立被表述为“政治”与“个人”的对立，当“个人性”被等同于“文学性”的时候，虚悬的“文学性”得以通过“个人性”来说明。因此，在文学批评中，当我们评价某某作家或某部作品“回到了个人”的时候，意味着我们对这位作家或作品价值的认可。意味着这是一个好作家，一部好作品。

可是，并非每个以“个人性”作为标准的文学批评家都意识到了这样一个问题，那就是关于“文学是个人的”这样一种定义，并非“文学”“自身”的特性（给“自身”打上引号，是因为根本不存在一个非历史和非知识的“文学自身”），而是我们对“文学”本质的一种理解和解读，而且，这种对“文学”本质的认识，根源于一种更庞大的历史—哲学—政治观念，既然是历史—哲学—政治观念，也就当然存在对这一观念的来自历史—哲学—政治的辩驳。在这一意义上，

"个人"就远远不是一个"文学"的概念。

是以"个人"还是"社群"作为理解世界的出发点，这是自由主义与马克思主义始终争论不休的问题，这种争论并没有因为"历史的终结"而休止，90 年代以后，在新自由主义与社群主义之间，在自由主义与"新左派"之间，这仍然是一个活跃的话题。

从理论上看，个人主义的真正对立面只能是集体主义。个人主义与集体主义代表了截然不同的两种方法论与价值观。在集体主义看来，集体的存在先于个体的存在，集体的属性决定个体的属性，集体利益高于个体利益，个人应该为集体服务。

西方自由主义传统的基石是个人主义。自由主义相信个人是其自身及自身能力的所有者，即自己的主人。霍布斯的基本前提是，人是一种动物。人就其本质而言，是自私、冷酷的动物。他们互相竞争、猜忌，追求权力、财富与荣誉。洛克学说的理论前提也是抽象的、非社会的个人。和霍布斯一样，在洛克的学说中，个人是第一位的，社会、国家是第二位的；个人是本源，社会、国家是派生的；个人是目的，社会、国家是手段。在自由主义哲学中，个人权利至高无上。对于自由主义者而言，"社会是由各有其自身利益的个人所组成，他们不得不走在一起并制定共同的生活准则"。[①] 这种个人主义本体论成为启蒙思想家的基本价值，"启蒙主义"把个人作为家族、群体、民族、国家、伦理观念的对立物，从而把个人的自由解放视为首要的任务，强调个体的权利、价值、尊严、利益，在席卷全球的欧洲启蒙主义浪潮中，"个人主义"成为影响深远的价值观和信仰。

但个人主义从发生的那一刻起，就一直有着如影随形的批判者。这些站在不同的"群体主义"立场上的批判者批判自由主义的"原子论个人主义"（atomistic individualism），批评个人主义理论对群体的

---

① ［美］斯蒂芬·霍尔姆斯：《反自由主义剖析》，曦中等译，中国社会科学出版社，2002 年，第 131 页。

漠不关心，对个人属于更大的整体的否认，对权利的首要性的信仰，对“政治性”的规避，对经济范畴不加批判的接受，道德怀疑主义(甚至是道德虚无主义)，抽象的程序和规则优先于具体的价值和责任的决定，对价值中立这一假象的矫情的依赖。最早系统批评自由主义的思想家是法国大革命时期的几位保守主义思想家。其中最著名的是法国的梅斯特尔与英国的柏克。梅斯特尔对自由主义的批评主要集中在自由主义的核心——个人主义上。梅斯特尔声称遇到过法国人、意大利人和俄国人，但没遇到过“人”本身：“至于‘人’我敢说我一生当中从未遇到过；如果他存在着，我并不认识他。”[①]

梅斯特尔提出的问题，后来经常出现于社群主义对个人主义的批评中。譬如麦金泰尔的就指出：“老自由主义的错误在于原子论的社会观，在于将社会理解为抽象个人的偶然汇集和遇合。”[②] 因而，在自由主义者眼中，“社会世界什么都不是，只是一个个人意志汇聚的场所”。麦金泰尔认为，他能够仅仅通过提请人们注意这样一个事实就可以驳倒这种自由主义的个人主义，即“我是作为某个特定家庭、特定家族、特定部落、特定城市、特定民族、特定王国的一员面对世界的，没有脱离这些的‘我’”。[③] 也就是说，在社群主义者眼中，从来就没有所谓孤立的、超社会、非社会的个人。世界上并没有“人”这种东西。你可能碰到中国人，美国人，也可能碰到黑人、白人、黄种人，也可能遇到女人、男人，甚至碰到原始人、现代人，农民、城里人。但你不可能碰到“人”。——“如果一个人最根本的自然权利是自我保存，那么又如何解释他没有带着自己的钱财和家人逃跑而是为国家死呢？”[④]

① [美] 斯蒂芬·霍尔姆斯:《反自由主义剖析》,第323—324页。

② 同上书,前言,第3页。

③ 同上。

④ [美] 弗朗西斯·福山:《历史的终结及最后之人》,黄胜强、许铭原译,中国社会科学出版社,2003年,第183页。

马克思主义将社群主义对自由主义的批判升华到了顶点。马克思认为，没有抽象的个人，只有具体的个人。在马克思眼中，“个人”不仅仅是一个哲学概念，还是一个经济学、政治学范畴。在对费尔巴哈的批判中，马克思指出：“费尔巴哈把宗教的本质归结于人的本质。但是，人的本质并不是单个人所固有的抽象物，实际上，它是一切社会关系的总和。”在马克思看来，正是因为费尔巴哈不是对这种现实的本质进行批判，所以他犯下了如下错误：1. 撇开历史的进程，孤立地观察宗教感情，并假定出一种抽象的——孤立的——人类个体；2. 所以，他只能把人的本质理解为“类”，理解为一种内在的、无声的，把许多个人纯自然地联系起来的共同性。[①]费尔巴哈所非常深地探索其灵魂的“个人”，是社会的一个颇为晚近而复杂的产物。所以，不能用归之于作为自然动物的个人的任何特征，去说明任何社会现象。如果人们必须谈到“人的本质”的话，那么，人们就必须在人的物质的和观念的文明中，而不是在生物学中去寻找。

在写于1859年的《〈政治经济学批判〉导言》中，马克思对历史唯物主义最基本、最核心的思想作了经典表述：

> 在社会中进行生产的个人，因而这些个人的一定社会性质的生产，自然是出发点。被斯密和李嘉图当作出发点的单个的独立的猎人和渔夫，应归入18世纪鲁滨逊故事的毫无想象力的虚构……我们越往前追溯历史，个人，也就是进行生产的个人，就显得越不独立，越从属于一个更大的整体：最初还是十分自然地在家庭和扩大成为氏族的家庭中；后来是在由氏族间的冲突和融合而产生的各种形式的公社中。只有到18世纪，在“市民社会”中，社会结合的各种形式，对个人说来，才只是达到他私人目的的手段，才是外在

① 参见《马克思恩格斯选集》第1卷，人民出版社，1972年，第5页。

> 的必然性。但是产生这种孤立个人的观点的时代，正是具有迄今为止最发达的社会关系（从这种观点看来是一般关系）的时代。人是最名副其实的社会动物，不仅是一种合群的动物，而且是只有在社会中才能独立的动物。[①]

显而易见，马克思理解的人始终是社会意义上的人。社会是有历史的，每一个人一诞生，就被置入了，或者说“被抛入”了一定的社会历史结构关系之中。人并不是作为纯粹的、孤立的个人，而是作为阶级和历史的人在参与历史的。一个中国人，或一个美国人，或者是一个非洲人，一个男人，一个女人，他们作为“人”参与历史的条件是非常不同的。这决定了他们从一开始对“自由”的理解就不同，他们所拥有的“自由”的程度也会绝对不同。有些人拥有更多的资源和能力来获取权力，实行自己的愿望，其他人却做不到。说穿了，自由是一个权力问题，追求自己的愿望的权力，并不是说其他人会阻拦你追求自己的愿望，而是社会现实本身就会阻挡你。

面对马克思主义和其余社群主义的批评，自由主义并未放弃自己的个人主义信仰。自由主义者反驳说，我们看到的根本不是一个美国人，一个中国人，甚至也不是一个北京人，一个湖南人，而可能是某个村庄的人，某条街道的人，或是某家的人。自由主义者说，难道民族特征比本地的、家庭的或个人的特征更为真实？难道一个民族国家这种“想象的共同体”的身份比适合于所有人的特性更为清晰可见，更加可靠吗？[②]

自由主义认为他们信奉的个人主义并不是要与所有形式的社群对立，而只与诸如派别、宗教、世袭等级制度和狭隘的乡村生活等令人窒息的或极权主义的类型对立。通过降低排外和不宽容的程度，自由

---

① 《马克思恩格斯选集》第2卷，人民出版社，1972年，第87页。

② 参见《反自由主义剖析》第323—324页的相关分析。

主义希望促进在异质社会中文化认同的自由表达。因此，自由主义者根本不是反社群的，他们努力想创造一种特殊类型的社群，在其中，公民能够享受由一种个人权利得到一致实施的体制所造就的互相合作、互相影响以及互相激励。针对社群主义的批评，自由主义觉得非常委屈："最古怪的是，现在自我利益通常被描述为公众利益的对立面，就好像为自己做些什么必然就无法爱国或必然会背叛他的同胞一样。"[①] 在自由主义者看来，为什么不能把"个人"利益和社会的、公众的、国家的利益统一起来呢？

社群主义，尤其是马克思主义对自由主义的攻击并不会因为这样的辩解而终结。因为只要历史没有终结，只要民族国家没有消亡，只要政治、经济、文化领域的不平等依然存在，社群主义就不会停止建设一个好社会的努力，就不可能将人类的未来完全交予个人，就不可能相信"个人"与"民族国家"或"民族国家"与"民族国家"之间甚至是不同的阶级之间的目标可能达成一致，利益也会完全一致。

一位儒学研究者陈名曾经这样追问"个人"如何可能的问题：

> 韦伯的名言是：个人必须自己裁决，孰是魔鬼，孰是神圣。这个选择不可能从外在获得，惟一的依赖就是个人自己。哈贝马斯称其为决策主义立场。把价值看作纯粹主观性的领域，事实上体现了一个重要的立场，反对任何形式的价值强制，没有人有权力把价值转化为一种暴力凌驾于每一个体之上，迫使其接受，必须让每一个人有选择价值的权利。这毫无疑问的是抗拒任何形式的思想专制所必需的底线原则。可是理论上的困难并没有解决，我把哈贝马斯的"决策主义"进一步地叫作"无凭的决策"，个人在对最终价值选择、决策时，他的凭据是什么？你凭着什么裁决此是神圣

① [美] 斯蒂芬·霍尔姆斯：《反自由主义剖析》，第 365 页。

彼是鬼魅？由于设定价值是主观性的，反对价值可以公共讨论，选择就一定是纯主观的，不可能有任何公共凭据介入个人选择，所以我称其为“无凭的选择”“无凭的决策”。这是工具理性太过铺张地发展之后，社会意义领域中最基本的特征。由于选择纯属个人主观，诺齐克便极端地喊出惊世骇俗的名言：人有选择当奴隶的自由！既然价值是中立的，选择是自我的，自我为什么不能选择做奴隶呢？我们可以看到极端的工具主义甚至连已经成为常设的价值底线都维持不住，这是真正令人恐惧的。它表现在，在公共领域中，价值教育已经被放逐了。①

事实上，我们凭什么相信“个人”，这并不是在马克思主义理论中才成为一个问题。在现代性的视阈中同样会出现这样的疑问。个人身上的自我可能是培育法西斯主义的温床，因为每一个固定化的、内敛的完整主体都可能埋藏着法西斯主义的人格种子，因此，德勒兹的主张是反俄狄浦斯，即反自我，因为自我正是欲望的首要编码机器，他总是求助于一种外溢式的突破、对任何禁锢之地的穿越、对所有框架的逃离、对一切中心性的拆毁。

既然在对“个人性”的理解上，存在如此尖锐的对立，那么，我们该如何选择呢？或者说，到底人是孤立的个体，还是关系网络的中心点，这两种理解哪一种更合乎事实、更有说服力呢？

社群主义对自由主义的批评其实是建立在二者对人的本质的不同的诠释之上的。因此，有关“个人性”讨论，与我们在“文学性”的论争中看到的情况几乎一模一样：那就是都不是个单纯的理论问题，都关涉论争者的信念。因此，这种争论是无法化解的。并且在可见的将

① 《儒家与自由主义——与杜维明教授的对话》，曾明珠整理，《儒家与自由主义》，哈佛燕京学社、三联书店主编，生活·读书·新知三联书店，2001年，第93—94页。

来一定会持续下去。

理解这一点后，我们对这个概念的使用应该非常小心。与“文学性”一样，不存在一个非历史的“个人性”。“个人性”不能自我说明，自我求证。“个人性”的意义只能在具体的历史语境中才能获得。也就是说，每一种“个人性”都是针对着特定的“非个人性”来确立自身的。意识不到这一点，个人性这个概念将变得毫无意义。

女作家残雪一直宣称自己是“纯文学”的信奉者。遇到有人追根究底，追问“什么是纯文学”时，残雪的回答是：“纯文学是个人的写作，是少数派的文学。”这个答案显然有问题。按这个说法，1980年代以后浩然的创作比残雪的小说更有理由被称为“纯文学”，因为在这个时代，怀抱浩然那样的写作理想（其中包括“为农民写作”）的人几乎就剩下浩然一人了。他的写作在政治上不正确，被人呵斥为“死不悔改”，在商业上更不讨好，没有人会去把他的小说改成电影电视剧。浩然所进行的，是真正意义上的“一个人的战争”。为什么写作？如果我们说浩然是为自己的艺术理想而写作，恐怕不会有人反对吧？

可见“个人”这个词并非在所有语境下都能获得意义。可惜80年代的文学批评和文学史都意识不到这个问题。一开始，我们说舒婷的写作是高度个人化的，她的诗歌使文学由政治回到了个人情感和个人生活，“知青小说”出现的时候，批评家又将“个人性”的帽子戴到王安忆等人头上，认为知青是从国家叙事回到了个人的日常生活，不久，“个人化”这顶帽子又戴到了高度去政治化的“新写实主义”的头上，等马原和残雪出现之后，我们好像终于找到了个人，可是，还没来得及松一口气，新的个人又出现了，那是女性表达的个人。在陈染、林白等“女性写作”中，对国家大事置若罔闻、只热衷在“自己的房间”之中打量自己的女作家再度成为个人写作的旗帜，这大约是我们能想象到的最纯粹的个人了吧，但很快，以身体写作的卫慧、棉棉出现了，批评家又说，“身体写作”完全剥离了上半身的意义，是真正意义上的“回到个人”……

这种有关“个人化写作”的批评显然进入了一种悖论。以陈染和林白等人为代表的“女性写作”为例，这种“女性写作”曾被认为是最彻底的个人写作（在更极端的身体写作出现之前），有人甚至认为应该用一个更加个人的“私人”来形容，称其为“私人写作”。但正是这种走向极端的“个人”挑战了“个人性”的边界。什么是“个人”的极限呢？如果“个人”是指一种完全非政治的、非知识的、非文化的、非历史的状态，那么个人的极限应该是人的身体——肉体。但在肉体中我们能找到真正的“个人”吗？在这些女性作家的创作中出现了大量的身体语言，使得这些小说在大众眼里越来越像是某种可供满足窥视欲望的商品。女性大胆的自传性写作，被强有力的商业运作所包装、改写的时候，女性作家对身体、情感的私人化书写不可避免地与消费意识形态纠结在一起。在这一层面，何谈“个人”？

更重要的问题还在于，这种女性的私人化写作沉溺于“自我宣泄”，她们多数是以抒写个人经验和自我感受而引起关注，并在自我膨胀和自卑意识的矛盾中不能自拔。过度的“自我”意识不但没有使叙事中的“自我”更加丰富多彩，相反使得“自我”概念化、公式化了，简单直露或一成不变的表现手法削弱了“自我”的感染力，使“自我”成为一种观念化的符号。以致到了后来，一提起“女性写作”，人们脑子里马上会出现一位裸体女人的形象。现在大家都说文学失去了想象力。写到身体了还会有什么想象力，不需要想象了。这种将女性欲望化的方式，当然违背了女性写作的初衷，也超逾了“个人写作”的底线。在这种千人一面的女性写作中，还有多少“个人”或“私人”存在呢？“个人”那个曾经的解放概念现在走向了它的反面，变成了另一个压抑性的概念。可是，批评界对这种“私人写作”的赞扬却不绝于缕，不少批评家将之看成个人写作的极致，将其看成妇女的彻底解放，以至于在与王干的一次对话中，戴锦华有些愤怒地质问王干：“在妇女在众多领域已介入了中国历史和社会之后，你是否仍认为她们最好不要写历史与社会，只管写隐私？”[1] 这个追问是非常有力量的。

再以卫慧、棉棉这样的“身体写作”为例，写作回到了自己的身体，回到了个人的赤裸裸的性欲，摆脱了所有的社会关系和群体意识，你能说这是彻底的解放，是彻底地回到了“个人”吗？其实身体是最不个人的，性欲是最不个人的。人的肉体之间的差异要比思想的差异小得多，神采飞扬的上海宝贝们在黑夜的温柔里发出蝴蝶的尖叫：对物质的迷恋、对欲望的顶礼膜拜、对城市的迷恋……那根本不是“个人”的独白，那是一个时代的最强音，是全球资本主义胜利交响乐的一个声部。可见如果我们不能对“个人性”进行知识的辨析，“个人性”常常会走向“个人”的反面。

当我们看到批评家在不同的场合在表扬一个作家的写作“回到了个人”的时候（这样的场景太常见了），我们其实完全可以追问他：你说他的写作回到了个人，也就是说，回到了他自身，那你又不是他，你怎么知道呢？怎么知道他不是回到了“别人”呢？“子非鱼安知鱼之乐”？

还可以举舒婷这个例子。舒婷在七八十年代之交登上文坛的时候，感动了许多人，为什么呢？我们在舒婷的诗中读到了久违的孤独感，这种感受在集体主义时代是很难产生的，即使产生了也无法表现。于是批评家说，舒婷的诗歌回到了“个人”。但这个“个人”仍然得加上引号，因为在舒婷登上文坛的同时，一大批写孤独感的诗人出现了。这么多人在言说个人孤独感的时候，“孤独”本身就已经不孤独了。也就是说，这个“孤独”已经不是一种个人的情感，而是一种社会的、思想的乃至政治的情绪。这么多人回归“个人”，那“个人”还成其为“个人”吗？这个所谓的“个人”不过是“以个人为名”的“个人主义”罢了。

王家新在一篇文章中说，“个人写作”并不等于“风格写作”或

---

① 王干、戴锦华：《女性文学与个人化写作》，《大家》1996年第1期。

“个性写作”，也与“文革”后一度时兴的“自我表现说”无关，“它是在特定的历史语境下提出来的”，“抽去了‘个人写作’的历史背景及上下文，它就什么也不是”。[1]这一看法是非常有道理的。对个人性的思考不能以“个人性”这个概念为终点。个人是针对不同的对象发言和确认自己的主体性的，并不总是具有合理性。因此，如果抛开历史的语境，“个人性”什么都无法说明。“个人性”的文学不一定比“不个人的文学”更有存在的理由，模式化的文学也不一定要比非模式化的小说差。（比如通俗小说就常常是模式化的，类型化的，中国新文学史的写作就是以这个理由将通俗文学排斥在“文学史”之外。）事实上，即使在文学的内部，也一直不缺乏这种反个人性的声音。弗莱的原型批评就要求把单个文学作品的研究放在整个文学大系统中。用弗莱的话就是“诗歌总体中的诗篇”。用一个比喻来说，单个棋子只有放到棋盘整体中才能显示它的价值和作用，同样，一部作品、一个主题、一个意象、一种结构，都只有在历史地形成的文学总体中才能得到真正透彻的理解。原型批评的这种系统性的特点突出地表现在对文学传统的高度重视上。荣格和弗莱都曾强调，艺术作品不是某个艺术家个人的凭空创造，而是传统的产物，其特殊意义是超个人的。新批评的理论家艾略特提出的“非个人化理论”，更是对控制欧洲文坛一个多世纪的浪漫主义表现论的反拨，也与克罗齐的表现论、柏格森的直觉论针锋相对。而此后的结构主义文学批评力图超越具体作家作品和时代，以探求支配和制约文学作品的深层结构和普遍规律。叙事学的分析则力图从大量叙事作品中抽取为数有限的深层结构模式，并以此为纽带，将一个时期、一个国家、一种文学运动乃至不同时期、不同国家、不同文学运动中拥有的相同或相近的深层结构的作品联系起来，进入情节类型的宏观研究。

既然在“文学理论”的内部，也存在如此众多的反个人性理论，

---

① 王家新：《夜莺在它自己的时代——关于当代诗学》，《诗探索》1996年第1期。

我们以“个人性”来解释“文学性”，就显得不那么正当了。更何况还存在那么多来自社群主义的对“个人性”的合法性的尖锐质疑。在那里，“个人性”并不是文学范畴，而是一个与国家相对的现代政治学概念。因此，完全有必要化解80年代建构的关于“个人性”的迷思。如何化解呢？当然最好的办法还是将这个关键词“历史化”。概念本身没有意义，概念的意义只能生成于产生这一概念的上下文(context)——语境中。因此，拆解这种形而上学的最有效的方法就是将它重新历史化。看看它在它产生的语境中的意义到底是什么。如果我们进行这种知识考古学的分析，我们就会发现完全不同的“个人”。比如五四时期的“个人”，80年代的“个人”，90年代的“个人”，它们的意义不仅不同，有的还截然相反。

以五四时期的“个人”为例。那么多五四青年奔向的“个人”，怎么可能是真正的“个人”呢？“五四”是发明“个人”的年代，但理解这个“个人”，还需要上溯到更早的晚清寻找原因。“个人”这个概念的提出是在作为现代民族国家雏形的民国建立之后，与民族国家的制度化框架中的国语重建运动——白话文运动乃至五四运动这样的政治运动同时出现的。没有这些运动和制度化背景，“个人”根本不可能被“发现”—“发明”出来。五四时期是民族国家建设加速的时代，民族国家的制度已经确立起来，而“个人”并不单是作为反制度的东西，相反其自身正是作为制度而出现的。而80年代的个人则同80年代知识分子热衷于参与的思想启蒙的受挫或失败有关，也同90年代欲望化社会的到来有关。80年代它是反政治的政治，90年代以后，“个人”又与最大的政治——市场结盟，成为历史终结论的代言者。市场已经成为一种新的意识形态，正在复制千篇一律的“个人”。“私有领域自以为独立于私人领域之外，事实上它深深地被卷入到了市场需求当中。”①

① [德]哈贝马斯:《公共领域的结构转型》,曹卫东等译,学林出版社,2002年,第59页。

正如杜赞奇所指出的：“像历史的自我一样，现代的自我及其利益也是由其不能完全控驭的象征与权力构成的。”[①] 杜赞奇的《从民族国家拯救历史——民族主义话语与中国现代史研究》一书之所以发人深省，正是因为他这种将“个人”范畴历史化的努力，他始终在民族国家的框架中讨论“个人”的意义。他说：

> 不论在这里还是在别处，我的锋芒都指向那种假定有一个认同于社会或文化表述的先验的、原始的自我的观点。在此，我们无需赘述汗牛充栋的文献，请允许我声明：我使用身份认同来指称由某些表述在与其他表述的关系中所产生的主体位置。换言之，一个认同或被联系于某种表述（如民族）的“先验”的自我本身就已经是由另外的表述所产生的一系列主体位置，如妇女、朝鲜裔美国人、浸礼会教徒等等。故此自我不是原初的或单一的建构，而是在许多变化的、常常相互冲突的表述网络中建构的。[②]

刘禾的《跨语际实践——文学，民族文化与被译介的现代性（中国，1900—1937）》是另一部讨论中国“个人性”—“个人主义”的富于启发性的著作。“我所特别注重的是个人观念的历史建构，或者说是个人观念的谱系学。”[③] 下引一段系书中第三章“个人主义话语”的导言，刘禾在这个导言里交代了自己的工作目标和基本方法。引录如此，作为本节的结语：

---

① [美] 杜赞奇：《从民族国家拯救历史——民族主义话语与中国现代史研究》，王宪明译，社会科学文献出版社，2003 年，第 79 页。

② 同上书，第 5—6 页。

③ 刘禾：《跨语际实践——文学，民族文化与被译介的现代性（中国，1900—1937）》，生活・读书・新知三联书店，2002 年，第 42 页。

"个人主义"（individualism）这个概念，经过近百年的使用，早已被常识化，即本质化了。提到它，人们自然会想到"集体主义""国家主义""民族救亡"等与之对立的一些其他概念……我想提出以下问题："个人主义"在本世纪初进入汉语时，怎样作为一种话语策略参与了中国近代民族国家理论的创造？…… 我的论点是，"个人主义"的话语自入中土以来，从来就没有过一个稳定的意义。它在现代民族国家理论内部所扮演的角色极其关键，但同时又十分暧昧。因此这里研究的重点不在于汉语的译名"个人主义"对英文 individualism 之本义究竟有多少"偏离"，而在于"个人主义"（individualism）在跨越彼此语境时——即在建构语言之间"对应关系"的过程中——做了一些什么事？意义是如何给定的？被谁给定的？这个译名与我们所熟悉的其他现代性的范畴，如民族、社会、国家之间都有哪些复杂的互动关系？这种"跨语际实践"为我们揭示了一种怎样的历史想象？它对我，解释中国近代思想史的演变和中西理论之间的关系，能够提供哪些新的思路。本章将以一个跨越东西方的实践活动为背景来探讨关于个人主义的话语问题，主要着眼于分析本世纪初中国知识分子是如何通过操纵个人主义这一"西方"话语来建构他们关于现代民族国家的理论的。①

① 刘禾：《跨语际实践——文学，民族文化与被译介的现代性（中国，1900—1937）》，第 109—110 页。

第三节　“日常生活”

“日常生活”是80年代以后文学史写作和文学批评中另一个重要的关键词，对这个概念的内涵与功能的不同理解，凸显出了90年代以后自由主义思想和左翼思想的分野。因此，对这个概念做一番知识考古，还是很有意义的。

在“文革”结束后的相当长的时间内，中国文学的基本主题是去政治化，是赋予被左翼政治压抑的日常生活以正当性。在某种意义上，这个时代的告别革命、放逐诸神的时代主题是通过“回归日常生活”来实现的。

北岛有一首很有名的诗歌，叫《结局或开始》。诗是这样写的：

我是人
我需要爱
我渴望在情人的眼睛里
度过每个宁静的黄昏
在摇篮的晃动中
等待着儿子的第一声呼唤
在草地和绿叶上
在每一道真挚的目光上
我写下生活的诗
这普普通通的愿望
如今成了做人的全部代价

“结束或开始”是一个极具象征意义的诗题。“政治”结束了，“生活”重新开始了。

与北岛齐名的舒婷也写一些大诗，祖国、女性、人民、一代人、祖国儿女，等等。但她真正打动人的是一些写亲情比如母女之情，男女之情，朋友之情的小诗。舒婷以女性独有的温柔、细腻与忧伤书写人性、人情的美丽和温馨，舒缓了特定年代人们共同的匮乏。所以引起了读者，尤其是知识分子读者的欢迎。

作为“新时期文学”开端的“伤痕文学”是用小说讲述的同一个故事，那就是政治对亲情、爱情、家庭生活组成的日常生活的伤害。中国人太习惯于把“国”与“家”相联系甚至相混同了，政治风云仿佛非得纠缠着伦理矛盾才更“触及人们的灵魂”。因此，老师家访时“救救孩子”的诚恳呼吁远比政治家雄辩路线是非更能令普通人感动和震动。几乎所有轰动一时的“伤痕文学”都是在父子、母女等家庭人伦关系之间展开的政治论辩。以《芙蓉镇》为例，古风犹存的芙蓉镇上，女主角胡玉音原本过着幸福的生活：夫妻恩爱，米豆腐摊子生意兴隆，与乡邻和睦相处。虽说此前胡玉音由于“成分”问题未能与青梅竹马的恋人黎满庚结合，与桂桂结婚后一直没有生育，显得生活不那么完满，但是日子过得红红火火，夫妇俩攒了一笔钱，盖了新屋，打算抱养一个孩子。不料“运动”陡然来临，夺走了桂桂，没收了新屋，避难归来的胡玉音被宣布为“富农婆”。在被罚扫街的岁月中，胡玉音与同病相怜的右派秦书田互生情愫，一对苦命人走到一起。而他们的结合招致更大的灾难，秦书田含冤入狱，胡玉音在怀孕生子和抚育幼子的岁月中备受煎熬。直至平地春雷响，“上头”派人宣布平反，胡玉音被没收的钱、屋物归原主，秦书田也回到家中，三口人从此过着其乐融融的生活。

《芙蓉镇》的主题是“政治”对“日常生活”的破坏。在这里，“政治”是作为“日常生活”的对立物出现的。“政治”使无辜的人蒙冤、丧命、入狱，使有情人不能成眷属，使社会出现了懒汉和异化的“政治机器”——“运动员”王秋赦，使社会生活不能正常进行。所有的灾难和罪恶，都直接指向政治。在价值观和哲学的层面上，强调主人公在灾难之前生活幸福，也隐含着一层更普遍意义的对世俗伦理价值系统的肯定：肯定生活幸福是（或者至少应该是）常态，而不幸、厄运、灾难则是特殊状态，是病态。例如雷达评《芙蓉镇》，就说在小说结尾处：“生活回到了正常轨道，人们回到应有的位置。”[①]

“伤痕文学”在对革命历史的否定上显然还不够大胆，这种叙事假定在五六十年代的中国大陆，社会安定民众幸福是常态，只是因为“文革”等政治运动，这种常态才被打破。这样的“文革叙述”显然在对革命意识形态做一种非常简单而直接的维修工作。因此，在七八十年代之交，“新时期文学”的自我理解，是所谓的回到“十七年文学”。但这种革命内部的批判并没有持续太长的时间，随着“反思文学”的出现，对“文革”的批判上升到对整个革命历史的“反思”，包括“文革”“十七年”乃至延安时期乃至左联时期在内的更久远的革命历史都受到了质疑。这种逻辑变成了革命前的中国社会是一个自治的和谐的社会，是“日常生活”，这种传统社会的宁静与和谐正是革命以暴力打破的。到这个时候，“十七年”已经不再是回归的目标了，更响亮的“文学—历史—政治”的口号是“回到五四”。80 年代以后的中国现当代文学史写作，基本上被这种以“新启蒙”或是“现代化”为基本诉求的文学史观所垄断。

90 年代以后，这种被本质化的“日常生活”开始遭遇“新左派”的挑战。在“新左派”的视野中，“日常生活”这样的概念如果说针对“文革”这样的极“左”政治还有某种批判能力的话，那么当它面临 90 年代转型后的市场社会，却不仅丧失了批判的能力，而且变成了对现实的另一种辩护。变成了一个压抑性的范畴，变成了一个极端的自由主义概念。

准确地说，“日常生活”本身并不是一个自由主义的概念。但将“政治”完全同“日常生活”对立起来，继而又将“日常生活”与“幸福

① 雷达:《一卷当代农村的社会风俗画——略论〈芙蓉镇〉》,《当代》1981 年第 3 期。

生活”等同起来，这种被本质化的“日常生活”却与自由主义的原则相关。以哈耶克的思想为例，哈耶克强烈反对针对这种人的自然状态的任何形式的外在干预。在哈耶克的自由宪章中，人的自由，是由市场所造成的景观，是人的理性永远无法充分了解的，它有一套内在的机制，它有内在生发的内在的秩序，不是通过政府干预和搞任何意义的社会工程所能预见的，所以他基本上反对任何形式的政府干预，他用constitution（宪章）的意思是在表面的混沌中存有内在的秩序。他对政府在整个社会中的作用基本上是完全从负面来了解，认为政府不能起任何积极作用，甚至最低限度的作用他都不能接受。也就是说，自发的就是合理的，任何干预都是无理的。在经济上，为了不“干扰”市场经济的“自然进化”，哈耶克要求取消中央银行，由私人各自发行货币竞争，在政治上，他要求限制民主对市场的“自然秩序”的干扰，在文化上，他要求取消“社会”这一“毒化了的名词”，因为“社会”给人以“人为”而非“自然”的感受，故“社会主义”“社会权利”等名词应从字典中取消。在《知识分子为什么反对市场》中，哈耶克认为工人并不反对资本主义，因为工人从资本家那里得到工资养活自己是感谢市场的，是知识分子说服工人起来造反。学者、思想家永远是书斋里的实验家，如果要把实验蓝图作为社会改革方案提出，在哈耶克看来，多少有些“致命的自负”。

左翼批评家对自由主义的批评常常由此展开。剥离了全部政治以后的处于“自然状态”的“日常生活”果然如此可爱吗？在最早的自由主义理论家霍布斯那里，人的自然状态，就是所有人以所有人为敌的战争状态，也就是所谓的“一切人对一切人的战争”。霍布斯的基本前提是，人是一种动物。人就其本质而言，是自私、冷酷的动物。他们互相竞争、猜忌，追求权力、财富与荣誉，弱肉强食，适者生存，这种“自然状态”的“日常生活”是否真正合理呢？

马克思认为人是一切社会关系的总和。因为在马克思看来，人自己的自我价值和身份的意识与其他人赋予他的价值密切相连。人们的

“日常生活”为他们的经济地位所决定。也就是说，根本不存在外在于任何政治的“日常生活”。马克思对资本主义的批判在某种意义上正是对这种建立在资本主义秩序上的不合理的日常生活的批判。马克思并不是要否定日常生活的意义。詹姆逊专门谈到过这个问题。他认为马克思对资本主义的批判是一种辩证法的批判。所谓的“辩证法”就是“力求同时考虑积极面和消极面”。[①] 在詹姆逊看来，《共产党宣言》中对资本主义的态度就是运用辩证法对历史事实进行意识形态分析的范例。一方面，马克思指出，“资产阶级在历史上曾经起过非常革命的作用”，摧毁了封建贵族的势力，极大地解放了生产力；肯定“资产阶级在它的不到一百年的阶级统治中所创造的生产力，比过去一切世代创造的全部生产力还要多，还要大”[②]。另一方面，马克思又敏锐而深刻地指出，资本主义是人类历史上最消极的东西，比资本主义社会以前的任何制度都要更严重地从社会和心理角度摧残人类。在这种社会制度下，价值交换原则主宰一切，人日益物化、异化。詹姆逊认为，马克思对资本主义社会的这种分析“明确地建立起对意识形态、文化变化和历史进行辩证考察的方法”[③]。

自由主义者理论家通过把自由抬高到天赋人权的地位，来与人类社会相对比。他们把自由置于人类历史的黎明时期，处于完全独立和无政府的状态。这样的立场当然会遭遇反自由主义者的批评。“人们就相信，自由放任的后果必然是社会通往某种低级的、残酷的丛林状态。”[④] 更重要的理由还在于：“在自然状态下人并不自由，而是自然的奴隶。人不是生来自由，而是通过社会与国家等手段成为自由。”[⑤] 将

① [美] 杰姆逊：《后现代主义与文化理论》(精校本)，唐小兵译，北京大学出版社，1997 年，第 51 页。

② 《马克思恩格斯选集》第一卷，人民出版社，1972 年，第 253、256 页。

③ [美] 杰姆逊：《后现代主义与文化理论》(精校本)，第 51 页。

④ [美] 伊斯雷尔·柯兹纳：《丑陋的市场：为什么资本主义遭人憎恨、恐惧和蔑视》，秋风编《知识分子为什么反对市场》，吉林人民出版社，2003 年，第 100 页。

⑤ [意] 圭多·德·拉吉罗：《欧洲自由主义史》，杨军译，吉林人民出版社，2001 年，第 30 页。

人的自然状态理解为人的本质，实际上取消了所有的文化的意义。但是人类文明除了最低要求以外，还有理想世界，还有更高的理念，所有的宗教、所有的价值系统的开发都是为了避免人成为一个普通庸俗的人，是要让人能成为真正充分体现人文价值过程的人。大众革命和社会主义意识形态本身在价值论上是一种有关人类幸福的论述。这正是马克思的着眼点，共产主义意欲恢复被物和私有制异化了的人的本质，胡克指出：

> 这是用另一种方式来确立这样一个真理，即：人的本质不是一个生物学上的事实，而是一个社会事实。社会的有机联系和传统并不是给各个个人加上和拿走某种东西，它们深深地进入到初看起来是单个有机体的直接反应的东西中去。……根据马克思的观点，“社会化的人类”，并不毁灭个性；而是修改个性的形式，丰富它的内容，并使它成为一种可以为一切人接近的价值。①

在“新左派”的视阈中，社会主义就只是资本主义或自由主义生活的对立面，而不是“日常生活”的对立面。革命时代的确存在一种“日常生活的焦虑”②。“样板戏”这样的作品在今天的观众眼中可能难以理解，因为那里面没有“日常生活”，没有家庭的亲情，也没有男女之间的爱情，剩下的只有阶级情，男主角都没有妻子，女主角都没有丈夫，所以我们说“样板戏”非常虚假，不真实。但“样板戏”根本不是“现实主义作品”，根本就不追求“生活的真实”，它要表达的是理念，阶级的理念，革命的理念，平等的理念，反自由主义的理念。为什么要革命呢？革命并不是不要日常生活，是因为日常生活不得才

---

① [美]悉尼·胡克：《对卡尔·马克思的理解》，徐崇温译，重庆出版社，1989年，第302—305页。

② 唐小兵语，见唐小兵：《〈千万不要忘记〉的历史意义——关于日常生活的焦虑及其现代性》，唐小兵编《再解读》，（香港）牛津大学出版社，1993年，第184页。

闹革命。红色经典《白毛女》讲述的就是这样一个中国农民要日常生活不得而不得不走上反抗道路的故事。除夕夜，在外面躲债的农民杨白劳偷偷溜回家中，想与自己相依为命的女儿喜儿欢欢喜喜过个年，买了一根红头绳送给喜儿。喜儿觉得非常幸福。可就是这样简单的幸福都被打破了。地主黄世仁带着狗腿子上门逼债，抢走了喜儿，绝望的杨白劳喝卤水自尽。这个作品后来引起了很大的反响，许多解放军战士在自己的枪托上刻上“为喜儿报仇”，奋不顾身地冲锋在“阶级斗争”的战场上。为什么革命呢？革命就是为了更好的“日常生活”。孟悦有一篇文章曾经对《白毛女》中的“民间伦理逻辑”与“政治话语逻辑”之间的关系进行过非常精彩的分析。[①] 讨论的也就是这种“政治”与“日常生活”的关系。在某种意义上，不妨说，如果不了解“革命”与“日常生活”之间的这种关系，我们很难真正理解“革命”。但为什么革命胜利了，我们仍然要抗拒日常生活呢，仍不能摆脱这种“日常生活的焦虑”呢？这就与“现代性”本身有关了。因为从1917年后，中国革命成为世界革命的一部分。准确地说，是因为这个革命已经被纳入一个非常抽象的层面加以理解，在这个全新的现代性框架中，革命的意义和目标都有了更加复杂的内涵。

在80年代以后的自由主义历史叙述中，革命前的中国社会是一个自治的和谐的社会，在这个问题上自由主义和左翼思想当然无法达成共识。对左翼知识分子而言，不能容忍的还不仅仅是这种对历史的“歪曲”——因为这种“歪曲”取消了全部革命历史——当然也包括左翼文学史的正当性，更重要的是，90年代的知识界依然把“日常生活”当作一种天然的非意识形态的准则加以接受，这是非常危险的，因为90年代以后的中国“日常生活”已经被充分全球化——资本主义化了。在某种意义上，90年代以后中国的改革开放不过是世界资

① 见孟悦：《〈白毛女演变的启示〉——兼论延安文艺的历史多质性》，唐小兵编《再解读》，（香港）牛津大学出版社，1993年，第68页。

本主义体系得以完成的一部分，资本主义体制制造出可怕的意识形态陷阱：让生活在其中的民众与知识者认为这就是世界本来的面目，这也是历史上最好的制度。意识形态终结了，政治没有了，剩下的只有生活。我们只要努力做好自己的工作就够了。当一个好水电工，好厨师，好作家，好上司，好店员，那么，活在其中的每个成员都会得到拯救。“再没有什么值得去奋斗、去欲求、去爱了。”[①]“日常生活神话”成为“历史终结论”的另一种表述方式，是所谓“柔性权力”的宰制。所谓的“柔性权力”，按美国自由主义的理论家约瑟夫·奈就的解释，是一个与“刚性权力”相对应的概念。刚性权力是钢铁、武器、军队等物质上的东西，而柔性权力是“一揽子计划”，包括流行音乐、美国职业篮球、人权等，总之就是所谓的“美国生活方式”。[②]通过把这种生活方式普世化，“美国”已经渗透到日常生活每一个细节之中，成为一种生活方式。这其实就是哈贝马斯定义的所谓“日常生活的殖民化”，或如福柯、德勒兹和加塔利等人都曾分析过的对于生活领域进行教化、干预的“生活的政治”。这其实是一种比政治殖民、经济殖民和文化殖民深刻得多的殖民运动。

自由主义者一贯重视亚当·斯密那只“看不见的手”的独立运作，但在左翼知识分子眼中，日常生活的方式深深地依赖于政治和社会安排。因此，与其说我们面对的是非政治的日常生活，不如说我们面对的是一系列以日常生活为名的政治安排。在世俗化进程中，日常生活不仅只是大众社会的图腾，而且还是权力机构和利益关系的交汇点和敏感区。正是通过日常生活领域，国家权力和市场资本都从其中发现了彼此的利益和各自的合法性：权力在其中找到了制定国家现代化发展政策的现实依据——日常生活是人民大众根本利益的直接表达，同

① [美]麦克尔·哈特、[意]安东尼奥·奈格里：《帝国——全球化的政治秩序》，杨建国、范一亭译，江苏人民出版社，2003年，第86页。

② [美]佩里·安德森等：《三种新的全球化国际关系理论》，《读书》2002年第10期。

时也找到了权力秩序的合法性；资本则意识到日常生活就是广阔的消费市场，是实现利润和资本再生产的物质场所；如此一来，权力的发展主义和资本的消费主义就在日常生活的公共领域达成了共识，协调了利益，并且满足了大众社会对日常生活的物质诉求，从而就使“日常生活”获得了整合社会多边利益的神奇功能，并使“日常生活”不可阻挡地成为世俗时代的新神话。这样的历史情景明确无疑地表明，“日常生活神话”是国家权力、市场资本和大众社会关于现代性的共同诉求，是世俗化进程中文化想象的历史产物，它不但是权力与资本利益的公共桥梁，而且又引导着大众社会的梦想，它因此也合逻辑地成为市场时代和消费社会的主导神话，拥有了意识形态的话语霸权。日常化写作制造的这种“日常生活审美观”，在客观上表现出来的意识形态倾向事实上已经背离了它的写作初衷，渐渐走向了它的反面——它本来是为了消解传统文学的本质主义规定及其意识形态性质，但在消解对象的过程中，它也在日常事物上强行设置了一种本质性的规定，变成了新神话的制造者。

在左翼知识分子眼中，日常生活神话论者的最大问题是虚拟了一种超阶级的、普遍的日常生活。因为在这个存在巨大的贫富悬殊和社会不公的世界上，根本不可能存在共同的、为所有社会成员共享的日常生活。譬如在成功人士和下岗工人之间，农民与官员之间，美国人和非洲人之间，以色列人和巴勒斯坦人之间，是否享有同样的日常生活呢？譬如说，一个下岗工人又如何能够拥有一个由卡布基诺咖啡三得利汽水 Esprit 毛衫 Gucci 西装施特劳斯钢琴 TKPA 布沙发 CK 牌内衣等组成的“上海宝贝”的日常生活呢？

作家李锐曾经在一篇文章中这样讨论日常生活的差异：

> 就像那个大家都听说过的比喻：看到一只苹果从树上掉下来，虔诚的信徒会说这是神的意志，严谨的科学家会说这是因为地球的引力，辛苦的果农也许会担心今天的收成，

> 而一个孩子会立刻笑着把苹果放进嘴里。谁也说不清楚，看到同样一个事件会产生出多少完全不同的结论。不仅结论不同，仔细想想，大千世界芸芸众生，大家到底是否真的生活在同一个世界里，也要打一个大大的问号。比如现在，我们这些坐在斯德哥尔摩宽敞舒适的房间里讨论文学的人们，和黄土高原上在寒风烈日下辛苦劳作的农民们，对世界的体验和看法肯定不会相同。当我们或者机智或者深刻地在讨论“目击者文学”的时候，也许什么地方正有一枚炸弹在人群中爆炸，投放炸弹的人和被炸得粉身碎骨的人们，对于世界的看法肯定也不会相同。①

日常生活的定义，指的是不同阶层的人如何理解日常生活。但既然日常生活从一开始就不是一个抽象的概念，经历不同的群体必然对其有不同的定义。界定自由的过程一定与不同群体的社会条件有关。正是在这一意义上，如同左翼思想不承认普遍的人性，他们也不可能承认存在普遍的“日常生活”。对于任何有关“日常生活”的讨论，他们都会提出类似于“何种日常生活”和“谁的日常生活”这样的问题。

“新左派”对日常生活的意识形态性的批评必然会影响我们对文学中的所谓“日常生活写作”的理解。其实，从80年代开始，“日常生活”就是文学写作的一个基本主题。1987年前后，随着池莉的《烦恼人生》、方方的《风景》、刘震云的《塔铺》、刘恒的《狗日的粮食》和《伏羲伏羲》等作品相继问世，日常叙事的流向初露端倪。而在1989年以后的社会与文化情境中，对精神困境既敷衍又关注的日常叙事极为契合知识分子的彷徨心态，加上《钟山》等传媒的推波助澜，各路作家趋之若鹜，新写实小说异军突起，成为90年代前期最为壮观的文学风景线。从新写实小说、新历史小说到晚近的“晚生

---

① 李锐:《被克隆的眼睛》,《当代作家评论》2002年第2期。

代”，再到“70 年代作家”及至更为年轻的一代，作家纷纷不约而同地开始了一种立足于当下生活、走进个人生活真实、描述日常经验的日常化写作。在“后革命”与“去革命”的精神氛围里，生活褪去了精神的光泽，只有“生存的人生”和“欲望的人生”，“它不允许一个人带过多的幻想色彩——那现实的琐碎、浩繁，差不多能湮没、消融一切”。[①] 以池莉、方方、刘震云、刘恒、叶兆言等为代表作家的“新写实”小说为日常叙事奠定了基调。“新写实主义”小说否定了生活的神性虚幻，把物质化、欲望化的生活视为生活的本真状态。刘震云的《单位》，写小林为了入党（意味着提级、长工资、分房等），“夏天也不能嫌女老乔狐臭，得一月一次挨着她的身子与她汇报谈心”，而且“光汇报谈心还是不够的，总得在一定时候做些特别的表示，人家才会给你特别出力”，于是，在“五月二日这天，单位仍然放假，小林坐地铁到女老乔家拜访去了。去时带了两袋果脯、一瓶香油（母亲从老家带来的）、一袋核桃（孩子满月时同学送的）、几瓶冷饮。老婆一开始不同意，说你怎么能这样，小孩下月订牛奶还没有钱……”池莉的《烦恼人生》叙述了一个普通公民的日常生活。构成印家厚日常生活的全部内容的，是无尽的家务琐事与无尽的人生烦恼，“早晨是从半夜里开始的”，没有太阳，有的只是“昏蒙蒙的半夜里‘咕咕咚’一声惊天动地，紧接着是一声恐怖的嚎叫”，是“母子俩在窄狭拥塞的空间撞翻了几件家什，跌跌撞撞抱成一团”，是儿子的摔伤，老婆无休无止的抱怨，然后是起床，排队刷牙洗脸，然后匆匆忙忙地抱着孩子出门，进入战争状态般的“跑月票”……人生于此，已经无可选择，所有的浪漫与诗意都早已远去，宿命般地承受着人生重压的印家厚本身亦拒绝着浪漫和诗意（比如雅丽的爱情），甚至拒绝对往事的回想，“记忆归记忆”，“少年的梦总是有着浓厚的理想色彩，一进入成年便无形中被瓦解了”，现在的印家厚只是“随着整个社会流动、追求、关

---

① 池莉：《我写〈烦恼人生〉》，《中篇小说选刊》1988 年第 2 期。

心”，“关心火柴几分钱一盒了”？“他几乎从来没有想是否该为少年的梦感叹……只是十分明智地知道自己是个普通的男人，靠劳动拿工资生活。哪有工夫想入非非呢？”只是对自己说：“你现在所经历的这一切都是梦，你在做一个很长的梦，醒来之后其实一切都不是这样的。”现实成了梦境，梦境中的人不仅安然承受着一切，同时亦充满一种无奈的自我嘲讽。

在某种意义上，《烦恼人生》这样的作品不仅仅是对革命文学的反拨，甚至也是对张承志这样的后革命作家的一种超越。在张承志的作品中，同样存在嘈杂的都市，八平方米的小屋，蜂窝煤……存在着日常生活的窘迫，不过，这种几乎窒息人的精神的日常生活却为他痛恨并无情地加以拒斥，他执着于新大陆的追求，而在草原，在戈壁，在黄河，在他的族人聚居的黄土高原，在虚拟的黄泥小屋和金牧场中，他才真正感觉到另一种诗意人生的存在。对张承志而言，对理想的追求，是人的精神的自由长旅，那才是真正富有意义的壮阔人生，它构成一个人生命的全部信仰和遥遥的光辉彼岸。而在 80 年代后期，这种理想主义同样受到怀疑和拒绝，“我们似乎看到生活像一个宏大的虎口在吞噬我们”，“于是我们被磨平了，睡觉时连张报纸都不想看”，“过去有过宏伟理想，但那是幼稚不成熟。一切还是从排队买豆腐白菜开始吧”。[①]

在《一地鸡毛》中，瘸老头托小林帮忙处理一个批文，并送上一台价值“七八百元”的微波炉。小林起初担心地对老婆说：“这不合适吧？帮批个文，收个微波炉，这不太假公济私了？再说，也给瘸老头留下话柄了呀！”小林老婆却说：“给他把事情办了，还有什么话柄？什么假公济私，人家几千几万地倒腾，不照样做着大官！一个微波炉算什么！”小林想想也是，“就不再说什么”，同时“得到一个启示，看来改变生活也不是没有可能，只要加入其中就行了”。

---

① 刘震云：《磨损与丧失》，《中篇小说选刊》1991 年第 2 期。

曾有学者撰文比较当代文学史上的两个小林，一个是王蒙的《组织部新来的青年人》中的林震，另一个就是《一地鸡毛》中的这个小林。两个小林都是从学校毕业后去机关工作的年轻人，学生时代的理想主义在工作单位的官僚主义面前屡屡碰壁，但两位小林选择了不同的方式，前一个小林决不同流合污，下决心与不良风气进行斗争，因为他相信党一定能革除弊端，焕发青春，所以在小说的末尾，走上了向官僚主义宣战的战场：“他坚决地、迫不及待地敲响了领导同志办公室的门。”而后一个小林接受了生活的逻辑，对生活中的陋习，小林从最早的不适到逐渐适应，完全放弃了抵抗。既然我们无力反抗现实，就让我们接受现实吧，“打不过你，就加入你。”小说末尾，终于悟出了人生真谛的小林对老婆说：“其实世界上事情也很简单，只要弄明白一个道理，按道理办事，生活就像流水，一天天过下去，也满舒服。舒服世界，环球同此凉热。”明白了这个道理后，小林“这天夜里睡得很死。半夜做了一个梦，梦见自己睡觉，上边盖着一堆鸡毛，下边铺着许多人掉下的皮屑，柔软舒服，度年如日”。

两个小林表现了两种不同的人生选择。作家如何表达自己的人生立场，当然是作家的自由，问题是在评论家那里。1980 年代后的批评家对后一个小林评价非常高，理由是什么呢，是因为刘震云对后一个小林的塑造体现了现实主义的原则，是真实的，前一个小林要去抗拒这种真实的现实生活，并且相信党的力量能够克服这些官僚主义，是一种盲从与迷信。所以，王蒙对这个人物的刻画是虚假的，王蒙对生活的理解和认识也有问题。刘震云、池莉、范小青这时候已不只埋头写小说，而且开始为这种“日常生活”在文学中的“合法性”提供宣言和理论。1991 年范小青在一个关于新写实小说的座谈会上不无自负地说：“过去强调的是艺术真实，现在则强调生活真实，比过去的真实更进了一步。”[①]

---

① 参见《新写实作家、批评家谈新写实》，《小说评论》1991 年第 3 期。

1980年代以后文学批评的这种转变显然与历史—政治观念的转变有关。在激情的灰烬中，很少有人再敢谈理想。以前我们相信现实可以改变，“石油工人一声吼，地球也要抖三抖”，现在我们才知道现实是无法改变的，我们只能与现实媾和，我们只能妥协，唯一的办法是融入“日常生活”中去。文学与现实的关系改变了。作家改变的不是这个世界的现实，而是自己的命运。在现实强大的制约力量面前，只好在“烦恼人生”和“不谈爱情”的叹息中宣泄内心的郁闷，然后，无可奈何地满足于“热也好冷也好活着就好”的苟活状态。余华就说：“过去我的理想是给世界一拳，其实世界这么大，我这么小的拳头，击出去就像打在空气上一样，有屁用。”[①] 先锋小说从形式探索到日常叙事的转向，体现的就是这样一种从反抗到认同的文化选择。在余华的《活着》中，“活着”本身便成了目的，企图改变生活的人，都“死了”，而顺应生活者，比如福顺，却“活着”。它形成一个存在的悖论。如何应对这种生存的悖论呢？那就是“实用主义”。刘恒的《贫嘴张大民的幸福生活》中流露的苦中作乐的精神，这种传统美德在某种程度上就有着一种自我麻醉的意味。这样的人物，在鲁迅笔下，可能是阿Q，在今天，却可能成为一种时代英雄，一种洞悉了生存真相、清醒地活在这个世界上的时代英雄。刘震云就说：“50年的现实主义实际上是浪漫主义。它所描写的现实生活实际上在生活中是不存在的。浪漫主义在某种程度上对生活中的人起着毒化作用，让人更虚伪，不能真实地活着。”[②]

生活观念的改变必然带来艺术观念的变化。被视为“新写实小说”标志的所谓“零度写作”便由此而来。为了还原出生活的原生状态，新写实作家力图将叙事情感压制到“零度状态”，以“流水账”式的“只作拼版工作，而不是剪辑，不动剪刀，不添油加醋”（池莉语），

---

① 余华、潘凯雄：《新年第一天的文学对话》，《作家》1996年第2期。

② 《新写实小说家、评论家谈新写实》，《小说评论》1991年第3期。

使“当下此时的真实”凸现出来。作家对艰辛困苦、无所适从的尴尬处境的津津乐道，使日常生活的皱褶与沟回纤毫毕现。作家在返回“事物本身”的归途中，将生活还原成了日常状态。刘震云以一种赌气的口吻说：“我们似乎看到生活像一个宏大的虎口在吞噬我们”，“这个世界原来就是复杂得千言万语都说不清的日常身边琐事”。[①] 王干说：“用一种客观冷静的态度面对现实，诉说世界的原生态。具体地说，就是作家把自己创作的情感降低到零度，以避免作家的主观情感和主体意向的干扰，对生活进行纯粹的客观还原，以最大程度地接近生活的真实性。”[②]

“零度写作”后来成为新写实小说之后几乎所有的“日常生活”的写作者恪守和维护的准则。90 年代以后兴起的众多小说写作派别，如“新市民小说”“新体验小说”“新生代小说”“女性主义小说”“70 年代作家小说”乃至“新现实主义冲击波”等，都打上了这一准则的烙印。但是，冻结和悬置了写作主体的叙述情感，被宏大叙事和精神饰物“遮蔽”了的日常生活的本真状态是否能够“还原”出来？抑或真正回到事物本身？这显然是一个问题，而且并不只是一个艺术观念的问题。是不是存在不经阐释的日常生活呢？其实这种“原生态”的生活只能存在于理论的想象中，它反映的其实是一种对历史的阐释。也就是说，日常生活的所谓“原生态”，其实是被日常化写作者“看”出来的，与其说是日常生活的原生态，不如说是一种日常生活观，本质上亦是一种价值观。因其如此，日常化写作者才可能强行取消日常生活的精神性，用一种形而上学的“减法”，削减掉日常生活的丰富性和复杂性，解构理想、诗意和爱情在日常生活中的位置，把一种平庸琐碎的日常生活解释乃至最后规定为我们的全部世界。这当然不是什么“零度写作”了。对生活的描述一定加入了对生活的理解。我们只有通

---

① 刘震云:《磨损与丧失》,《中篇小说选刊》1991 年第 2 期。

② 王干:《近期小说的后现实主义倾向》,《北京文学》1989 年第 6 期。

过文本才能进入生活。写作如同翻译，正如伽达默尔所说，一旦翻译就已经是阐释。对于外语文本或者传统文本，即便仅仅是“忠实的”翻译——甚至是鲁迅所谓的“直译”——也都已经是在阐释了，更不用说那种转述、介绍之类的东西了。并不是说日常生活（现实）本身就是文学，如果是那样的话，文学写得多好，都不可能像生活本身那样真实，那还要文学干什么？

更重要的问题还在于，日常化写作的倡导者把日常生活提升到了本体论的地位上来，使日常生活成了“我们判断世界的标准，也成了我们赖以生存和进行生存证明的标志”[①]。这种“日常生活观”看上去是反形而上学和反本质主义的，但实际上它还是沿袭了形而上学的思维方式，对“日常生活”做了一种本质性规定：日常生活只是物质化、平庸化和欲望化的生活，只有这种生活才是我们唯一的存在，是我们可能拥有的真正世界和真实人生，而理想、崇高、诗意和爱情等精神价值纯粹是虚幻的泡影，是传统文学编织假象掩饰生活本质状态的代码。唯有像刘震云《一地鸡毛》那样的小说，才是接近“生活本质”的小说，王朔认为：“他把我们这种波澜壮阔的历史全部庸俗化了，是不是不真实呢？我觉得更真实了。”[②]

问题在于，对于你而言的真实生活可能对别人而言却并不真实。

这种对“日常生活”的本质化理解还不仅仅体现在现实题材的小说写作中，它还体现在诸如“新历史小说”之类的历史写作之中。“新历史小说”的重要一脉就是通过将革命历史个人化与欲望化来颠覆革命历史叙事。比如“新历史小说”经常讲述的同一个革命故事，就是农民为了实现自己的情欲走上革命的道路，比如爱上了地主的姨太太等。这样的叙事当然是对经典革命叙事的颠覆。但问题在于，“新历史小说”的作者和批评家并不把这种小说视为一种解构，理解为一种

① 刘震云：《磨损与丧失》，《中篇小说选刊》1991年第2期。

② 王朔：《我是王朔》，国际出版文化公司，1992年，第74页。

策略，而是将其本质化。“新历史小说”想告诉我们的是历史的车轮永远是在个人情欲、权欲乃至物欲的推动下徐徐前行，而且历史的方向盘也永远是由个人的欲望随意操纵的。批评家最大的问题是将这种历史观本质化了。在他们的理解中，如果没有“新历史主义”小说的警觉与犀利，我们极有可能仍未认识到历史生产背后权力机制的运作，也不会现在就从对理性主体呈现所谓历史本身真实的狂热信仰中清醒过来。譬如一位研究者就这样指出：“欲望化叙事打破了以往的小说成规，叙述者不再选择重大历史事件作为小说叙述重心，而是开始挣脱意识形态束缚，充分发挥主体艺术重构自由，将历史人性化、情感化和生活化，有助于反映历史本真面目。”[①] 这样的言论非常多，批评家比较一致的看法，是“新历史小说”为使历史更加接近其本身做出了自己的贡献。这种观点的问题显而易见。与其说“新历史小说”使我们更加接近历史本身，还不如说是使我们更加接近了新历史主义的历史叙述本身。农民为了阶级意识而革命可能是不真实，但农民为了性欲去革命难道就是一定真实的吗？其实，为什么革命，什么是真实的历史，并不取决于革命和历史本身，而取决于我们对历史的理解。陈思和认为“新历史主义”是由“新写实小说”派生而来，这是很有道理的。因为二者的历史观与文学观完全一致。

左翼批评力图揭示的就是这种日常生活的意识形态性质，把握和诠释日常生活神话的文化意蕴及其背后复杂的权力网络和结构关系。在左翼思想家眼中，人总是生活在一定的意识形态之中，阿尔都塞宣称：“人本质上是一种意识形态的动物”，人通过意识形态将自身构成或限定为“人”，“主体范畴构成一切意识形态……只有在一切意识形态具有把具体的个人‘构成’主体的这一作用（作用规定了意识形态）这个范围内，主体范畴才构成一切意识形态”。[②] 这就是说，意识形态

① 详见《中国现当代历史题材创作国际学术研讨会综述》，《文学评论》2004年第1期。

② ［法］阿图塞：《列宁和哲学》，杜章智译，（台北）远流出版公司，1990年，第189页。

将社会中的人建构为主体的同时，也使主体形成了自己的意识形态，主体范畴成为意识形态的基本成分。因此，社会中的个体主体，常常觉得自己在意识形态的想象关系中仿佛是自主的主体，但是，这样的主体实际上是意识形态按自身的需要而召唤、建构出来的，意识形态在使人们应答这种召唤的同时意识到自己的主体身份，并内化于主体之中，主体并不觉得他们接受的是居于支配地位的阶级用“意识形态国家机器”强加给他的思想观念、价值体系等，反而觉得是他作为主体自主选择的结果，但实际上这个主体被限定在既定现实与自我关系的多元框架之中，这个框架构成了主体同真实世界的已然关系。正是在意识形态对社会主体的建构进程中，意识形态成功地掩盖、扭曲、压抑了人与现实的真实关系，实现了自我神秘化。詹姆逊把意识形态的这种诡计称为“遏制策略”——一种“政治无意识”。[①] 因为置身意识形态中的个人主体往往意识不到意识形态的强制性，反而相信自己是自立的主体，从而把那些想象性的再现关系当作理应如此的真实关系。进一步，意识形态遏制的东西实际上就是历史和社会现实本身，即人们在特定的现实境遇中的真实的阶级处境和社会关系。一旦我们认识到一切事物都是社会性和历史性的，而且在终极意义上，一切事物都是政治的，我们就能从这里找到突破口，从必然性的强制中找到解放的途径。这意味着，意识形态批判就是对意识形态或者社会历史本身的解神秘化过程。

正是在这一意义上，左翼批评家提醒我们不要遗忘了日常生活的政治性。1990 年代以后的中国文学都被“日常生活化”了。当我们的文学都被一些日常生活的细节所充满的时候，“历史”没有了。在《审美特性》中卢卡契就曾开宗明义地指出：人在日常生活中的态度是第一性的。“人们的日常生活态度既是每个人活动的起点，也是每个人活动的终点。这就是说，如果把日常生活看作一条长河，那么由这

① 参看［美］詹姆逊：《政治无意识》，王逢振、陈永国译，中国社会科学出版社，2000 年。

条长河中分流出了科学和艺术这两种对现实更高的感受形式和再现形式。”[1] 由人们的日常生活，卢卡契从历史发生学、逻辑系统学两方面推演出其审美特性。他批评海德格尔忽视了日常生活的“进步性”，把日常生活看成“完全由使人畸形的异化力量所支配”的“毫无希望的没落领域”，并且提醒人们关注日常生活“作为人的行动中的认识的源泉和归宿的本质性”，理解“日常性的本质和结构”的丰富性。[2] 用卢卡契的话来说，历史的动感也没有了，只剩下细节的肥大症了。“文学”的意义何在呢？

日常生活写作与理想主义写作反映出的不仅仅是 80 后与 80 前这两个时代的差异，它们代表了不同的知识谱系。左翼文学的时代当然是一个理想主义的时代，譬如在反映中国知识分子成长史的寓言性写作《青春之歌》中，林道静拒绝的，不仅是余永泽这个人，还意味着她拒绝了与时代、与社会改造、与理想、与浪漫主义格格不入的日常生活。80 年代以后，这种拒斥日常生活的理想主义书写并没有随着“文革”的结束而终结。80 年代，不仅有着像《男人的风格》《乡场上》等改造社会的主题，更有着对神圣人生的追求，比如孔捷生和张承志的小说，易杰（《南方的岸》）的重返海南和白音宝力格（《黑骏马》）的重返草原，都意味着一种对平庸生活的拒绝，意味着一种诗意人生的追求，而这种追求本身就意味着彼岸（新大陆、理想、终极真理、神圣人生）的存在可能，从而构成理想主义在这个时代的一个长长的尾音。这种浪漫主义的乌托邦倾向一直延续至今，在当代文学的版图上，坚守理想主义信仰，拒绝向现实妥协的作家始终没有退场，尤其是在 90 年代左翼思想重新勃兴之后，理想主义写作获得了新的资源与动力，因此，在可见的将来，日常生活写作与理想主义写作之间的这种拉锯还会延续下去。

---

① ［匈］乔治·卢卡契：《审美特性·前言》，徐恒醇译，中国社会科学出版社，1986 年，第 1 页。

② 见［匈］乔治·卢卡契：《审美特性》，第 35 页。

有必要对日常生活和理想主义这两种写作方式进行知识谱系学的分析，它的目标当然不是判断何种写作更接近生活的本质或真实。但是，知识谱系学的目的不仅仅在于揭示文学观念的差异、哲学与历史观念的差异、政治观念的差异——甚至不仅仅是知识与观念的差异，它还将揭示出权力与制度的深刻变化。

知识谱系学的分析当然不同于左翼批评，但在不相信存在未被政治化的“日常生活”这一点上，二者确有共通之处：

> 后现代主义仅仅表示了这样一个事实：我们已经不再天真地或无批判地看待现代性。我们认识到，现代性既包含着许诺又隐藏着杀机。在用于人类改良的潜力中蕴含着一股强大而邪恶的力量。我们再也不会单纯地相信像亚当·斯密的“看不见的手”、孔多塞的“人类的无限完满性”和康德的“非社会的社会性”之类让人上当受骗的启蒙专用语了。不存在引导人类弃恶从善的自动进步。相反，一厢情愿地把人类历史过程置于自动控制之下的愿望将会导致后患无穷的灾难。因此，后现代精神以新卑微性的多种方式向世人发出了忠告。作为男人和女人，我们已经清楚地认识到了人类自身的可错性。①

---

① ［美］理查德·沃林：《文化批评的观念——法兰克福学派、存在主义和后结构主义》中文版序言，张国清译，商务印书馆，2000 年，第 6 页。

第六章　“中国问题”“中国方法”与“中国性”

本章将集中讨论与“西方性”相对的“中国性”概念。

我们已经讨论了福柯的理论、德里达的理论、萨义德的理论，为什么我们不讨论中国人自己的理论呢？这些西方理论都是在西方语境中产生的，有自己的对象，自己的问题，把西方理论搬用到中国语境中来，是不是能解释或者解决中国问题呢？这些理论会不会有些水土不服呢？

如何用中国自己的声音说话，如何面对中国自己的问题，这些都是近年来在包括文学研究在内的国内人文学科研究中被反复提及的问题。1990 年代一些从事文艺理论研究的学者提出的所谓中国文论的“失语症”及重建中国文论话语命题的努力就是一个例子。如下的论述大家一定不会陌生：

> 长期以来，我们一直在“搬演西方来表达中国”。20 世纪中国批评的历史几乎就是西方各种批评流派在中国、在汉语文化圈轮番上演的历史。应该承认，今天这种“演出”已接近尾声。这种借用他人以言说自己的理论批评模式是造成理论与本土生活世界相疏离、造成文学理论失语症的直接原

> 因。我们首先应有自己的问题性，其次要有植根于汉语语体、发之于汉语本身的切身的理论言说，再次要在理论上构建忠于自身生活经验、立足本土的文化立场。
>
> ……
>
> 我们失去了对本民族生存独特性的内在关切。我们以西人的理论眼光和问题意识来打量中国人，长此以往，我们丧失了对本民族独特生存之域的领会、穿透、照耀和理论表达的能力。进一步，在文化建构上，我们终将丧失了自身的文化立场。①

这样的观点已经变得如此普遍，以至你打开任何一本文学研究杂志，都能找到这种呼唤中国主体性意识的文章，参加任何一次与文学研究有关的学术会议，都会听到这样义正词严、政治正确的发言——对西方普遍主义的批判，在人文学科已经日渐变为一种新的“政治正确”。批判西方，也就直接意味着对“中国”的肯定，或者对“中国”的“发现”。每当遇到这样的场合，我们这些迷失在西方理论旅行中的理论贩子——其实准确地说是“二道贩子”就觉得非常惭愧。得出这样的结论其实一点也不难，更用不着连篇累牍地写学术文章。你是中国人，当然要研究中国问题，研究中国问题，当然要用中国方法。“文革”中我们在学校最喜欢念的一段顺口溜，就是“我是中国人，何必学外文，不学 ABC，照样闹革命”。问题是，既然道理如此简单，为什么还有这么多人坚持要用外国的方法呢？

要回答上述问题，必须首先回答另一个问题，我们认同的“中国”，是何种意义上的“中国”，或者说，我们是在何种意义上使用“中国”这个范畴，“中国”是一个政治学概念，还是一个文化概念，换言之，是什么东西在最终极的意义上构成了中国认同？

---

① 见《求索》2001 年第 4 期发表的专题《汉语批评：从失语到重建（笔谈）》中的相关文章。

那些强调“中国问题”和“中国方法”的学者不知道，今天我们谈论的这个“中国”其实恰恰是西方创造出来的。作为一个民族国家范畴，近代以后的中国认同都建立在对以文化认同为基本内核的传统中国认同的超越之上。也就是说，“中国”是一个人造的事实，一个“想象的共同体”，是西方全球化的产物。这意味着在民族国家的框架内出现的所有“中国问题”必然也是西方问题，所有的中国理论都必定是西方理论。

曾经这样批评西方的东方主义：“人们以为事实上存在着一个完整的西方，对此少有疑义，正如人们认为存在着一个完整的原殖民地世界，这个世界被人一而再、再而三地笼统概括为一个整体。”[①] 与萨义德在《东方学》中看到的极为相似，“中国性”的研究者认为这个世界上存在一个完整的“西方”，又存在一个与之相对的完整的“中国”。萨义德发人深省地指出，这种将世界划分为“东方”—“西方”或“中国”—“西方”的方式，恰恰是西方的方式。因此，以“东方”去反抗“西方”，恰如以“中国”去反抗“西方”，或者去建构以“西方”为他者的“中国”的主体认同，不过是进一步加强了西方的逻辑。因为“中国”这个观念本身就是一个西方概念，是一种民族国家认同。在这一意义上，如果所谓的“中国问题”与“中国方法”乃至“中国性”指的是“非西方的问题”“非西方的方法”或“非西方性”，那么这样的装置根本不可能存在。在这一框架中，我们根本不可能拥有“自己的历史”或“自己的问题”。

也许有人会问，我们能否不在这个现代性框架中认同“中国”呢？或者说，我们能否在民族国家的政治认同之外重建中国的文化认同呢？就是说，我们能否把中国理解成一个文化共同体呢？

答案当然是否定的。

对这个问题的解答也关系到我们对“文学史”的理解。“中国性”

---

① [美]赛义德：《赛义德自选集》，谢少波译，中国社会科学出版社，1999年，第208页。

其实是文学史写作中的另一个关键词。如同杜赞奇一再指出的那样，民族国家及其意识形态工具从根本上构建了我们对历史的理解和有关范畴。民族国家为包括“文学”在内的现代学科提供框架、动力和目标。迄今为止，我们讨论的全部“文学史”都是“中国”的“文学史”。无论是古代文学史，还是现代文学史，还是当代文学史，都置身于民族国家意义上的“中国”框架之中。因此，讨论文学史写作中的现代性问题，不能放过“中国性”这个基本范畴。

第一节
民族国家框架中的文化认同

为什么说，我们不能通过文化认同来超越民族国家认同呢？这其实与民族国家的构造有关。一方面，民族国家常常并不是什么自然发生、本质不变的人群的聚合，没有任何一个族群拥有纯净的血缘与一致的文化。我们之所以接受国家认同的召唤，是因为在特定的时空条件下，这个过渡性的国家组织能凝聚大众，安内攘外。因此，民族国家认同完全不同于传统的建立在血缘、种族、语言乃至历史文化认同之上的集体认同。也就是说，民族国家的政治认同比文化认同要抽象得多，政治认同的建构需要超越文化认同，在这一点上，政治认同和文化认同之间的确存在着对立，但另一方面，也是更重要的一方面，民族国家政治认同的确立，又需要文化认同的支持。一个民族国家如果缺乏具有领导地位的文化价值作为精神主体，而仅仅以意识形态维系的话，那这个国家的认同一定是不牢固的。因此，为了建构政治认同，民族国家需要借用传统的资源，或者说要把整体性的“文化传统”创造出来。所以，在民族国家的建构中，“传统”扮演了非常重要的角色。在这一意义上，可以说民族国家认同是一种涵盖了文化认同的政治认同。这种文化认同与传统的文化认同并不完全重合，它是一种被创造的文化，一种被发明的传统。在这一语境中，我们建构文化中国认同的努力，将始终无法避免被民族国家收编和改造的命运。

安德森把现代民族国家称为“想象的共同体”，依据就是民族国家——这个西方国家1870年以后为了巩固既有政治秩序而发明出来的一个政治理念。因为民族国家的认同超越了我们每个人的个人经验，所以安德森才说需要想象。一个生活在海南岛的渔民要想象几万里之外的一个新疆的牧民与自己的关联，不通过想象肯定不行，得知沙俄入侵东北，他感到愤怒，认为沙俄的入侵侵犯了他的利益，当然也需要想象。安德森称民族国家是一个“想象的共同体”，说的就是这个意思。所谓一个民族休戚与共的感情，在他看来不过是印刷资本主义在特定疆域内重复营造的“想象”。也就是说，靠什么把这些不认识的，甚至是不同人种和血缘、语言、文化的人相互连接起来呢？安德森认为靠的就是小说和报纸。每天阅读报纸，那些报纸上讲述的都是与你有关的故事，虽然可能离你非常遥远。报纸拉近了这个距离，使你觉得这些事情就发生在你的身边，而小说却可以把你讲述到一个共同的故事里边去。所以，小说和报纸都是现代性的发明，都是为了民族国家的认同才发明出来的。

但我们是不是可以说民族国家完全是杜撰，完全是凭空捏造呢？这恰恰是安德森反对的，安德森说：

> 当盖尔纳（Gellner）判定“民族主义不是民族自我意识的觉醒：民族主义发明了原本并不存在的民族”时，他是带着几分粗暴提出了一个类似的论点。但是，盖尔纳这个表述的缺点是，他太热切地想指出民族主义其实是伪装在假面具之下，以致他把发明（invention）等同于“捏造”（fabrication）和“虚假”（falsity），而不是“想象”（imaging）与“创造”

(creation)。在此情形下，他暗示了有“真实”的共同体存在，而相较于民族，这些真实的共同体享有更优越的地位。事实上，所有比成员之间有着面对面接触的原始村落更大（或许连这种村落也包括在内）的一切共同体都是想象的。区别不同的共同体的基础，并非他们的虚假/真实性，而是他们被想象的方式。[①]

显然，对安德森而言，把民族国家定义为一个“想象的共同体”，并不意味着在民族国家之外还存在一个不需要想象的“真实的共同体”，在安德森看来，不仅仅民族国家是“想象的共同体”，连建立在血缘认同、人种认同、语言认同、文化认同之上的共同体同样需要想象。即使是最小的民族的成员，也不可能认识他们大多数的同胞，和他们相遇，或者甚至听说过他们。所以，安德森认为区分各种认同之间的标志，并不是“想象”与“真实”，而是“何种想象”的问题。

史密斯谈到过这个问题，他也认同民族国家是一种“国家建构”(nation-building)，但他认为在讨论民族国家的建构性时，还应当考虑民族国家作为一个现代认同方式对传统认同方式的借用，也就是说，在他看来，这个“想象的共同体”并非完全出于虚构和想象。他指出：

只要进入一个现代民族国家的“历史”，我们就不难发现一种“被发明的传统”，这种“被发明的传统”其实是对过去历史的“重新建构”。种族的过去当然会限制“发明”的想象空间。虽然我们可以以不同的方式“解读”过去，但“过去”毕竟曾经存在，它具有明确的历史事件的线索、独特的英雄人物和特定的背景谱系。我们绝对不可能任意取用另外

① [美]本尼迪克特·安德森：《想象的共同体——民族主义的起源与散布》，吴叡人译，上海人民出版社，2003年，第6页。

一个共同体的过去以建立一个现代民族国家。[①]

正是基于这种理解，史密斯认为任何一个特定民族国家的起源都必须借用“族群”认同的资源。所谓族群（ethnic community）是一群意识到自己拥有与其他群体不同的历史记忆、起源神话、生活文化与共同家园的人群。族群的本质同样不属于原始发生，它由历史经验及象征性的文化活动（如语言、宗教、习俗）所凝聚产生。在近代欧洲民族国家出现之前，欧洲族群并立，彼此之间或者争战不休，或者根本不知对方之存在，随着战争、天灾、宗教活动的影响，族群生灭起伏不定。一直到中世纪结束前后，若干较强大的族群透过招抚与吞并的手段将邻近的弱小族群吸纳进自己的势力范围，而形成“族群核心”(ethnic cores)。现代国家政府的组织形态出现后，这些新兴的政治势力就自然以境内主要族群核心为基础建立所谓的民族国家，它们继续以国家的武力、教育、税收等手段驯服境内及邻近的弱小族群，得以最终完成民族国家的建构。

由于充分考虑到了民族国家的现代认同与前现代认同之间的复杂关系，史密斯的观点显然深化了我们对这一问题的认识。作为典型的现代性范畴，民族国家是一个高度抽象的概念。把“我们”和“他们”分开的标准，不是种族、语言、宗教，甚至也不是文化、传统——因为不同的国家之间完全可能有同样的语言或宗教甚至文化。然而，这种自我理解和自我规定的实现并不以单纯的个人和集体意志为转移，而是有着复杂深刻的历史、社会、文化、心理和政治根源。民族国家由成员的认同意识构成，它是通过共同的价值、历史和象征性行为表达集体的自我意识。无论在西方还是在中国，民族国家的建构都无一例外地借用了大量的“传统”，无一例外地具有自己的特殊的大众神

---

① Smith, Anthony D., “National Identity, Ethnonationalism in Comparative Perspective”, University of Nevada Press, 1993, pp.15—16.

话及文化传统。在这些为共同体成员认同的文化传统、历史和命运等集合性的符号的“制造”过程中，作为民族国家原型的传统共同体的认同方式如种族、宗教、语言以及文化等都成为重要的资源。虽然民族国家的历史是根据共同体认同的需要“编造”出来的，但这一“编造”过程被不断地擦抹，民族国家被自然化和非历史化了。当一个全新的民族国家被解释为有着久远历史和神圣的、不可质询的起源的共同体时，民族国家历史所构成的幻想的情节才能被认为是曾经发生过的真实的存在。“这些概念以最严格的方式使主权物化；它们把主权关系变为一件可触及之物，从而涤净任何社会对抗的残余。民族成了一条意识形态捷径，由此可把主权和现代性概念从对抗和危机中解脱出来。”[①] 正是通过这种驯化和熏陶，民族国家神话被内化为民族国家成员的心理、心性、情感的结构。

民族国家本身实际上主要是19世纪的产物，是欧洲帝国所缔造出来的，但是，在对民族国家的虚幻想象中，它却被描述成一种统一的、内部整合的，甚至是单一的自古就有的实体。现代中国的建构也完整地体现了这一过程。尤其在中国这样一个几千年完全靠文化立国的国家，借用传统文化认同来达至认同政治文化当然是事半功倍的捷径。这就是有关现代中国的表述常常与传统中国缠绕不清的原因。建构一个现代民族国家的努力甚至被形象地表述为“救亡”，政治使命被表述为文化使命，这种偷梁换柱的手法一用再用，屡试不爽。除了毫无障碍地将现代中国表述为传统中国的延续与再生，学者们以中国古代文献中的“文学”来翻译意义完全不同的“literature”，用西方知识概念“哲学”来命名孔子、孟子的思想。知识分子对民众的启蒙体现为在两种政治、两种文明、两个“中国”之间建立准确的对应关系。整个中国的现代知识就是通过这种刘禾指称的“翻译的政治”得到确

① [美]麦克尔·哈特、[意]安东尼奥·奈格里:《帝国——全球化的政治秩序》,杨建国、范一亭译,江苏人民出版社,2003年,第101页。

认，并落地生根。——人们都知道中国的近代是由于欧洲的侵略而开始的，但是，却很少有人愿意了解，中国的"传统"也是因为西方的侵略而开始的。

正因为民族国家具有政治一文化的双重特点，要对这两种不同的政治一文化形态作出区分就远不是一件容易的工作。而且越是成功和富于说服力的民族国家想象越显得与虚构无关，因为只有这样，新的忠诚才可能建立起来并牢不可破。在非常成功的民族国家想象中，想象的痕迹常常被完全擦抹掉，被想象出来的民族国家被理解为自然的存在。

霍布斯鲍姆反复提示不要被这种民族国家的现代性伎俩所迷惑。虽然他认为不应当忽视现代民族国家对"传统"的挪用——即所谓的民族国家"需要不断动员即存的象征符号和情感"，但他明确指出这种挪用"并不意味二者是同一件事，更不表示这二者之间必然具有逻辑上的因果关系"。[①] 霍布斯鲍姆总结说："并不是民族创造了国家和民族主义，而是国家和民族主义创造了民族。"[②]

换言之，并不是文化传统创造了民族国家，而是民族国家创造了文化传统。或者说，是民族国家的建构需要创造出"传统"。民族国家认同需要传统的支持，因此，必须把"传统"创造出来。政治需要有文化的依据并得到文化的支援，但文化并不能随时随地创造，文化是历史的产物，因此民族国家总要回到历史中去寻根。现代国家政治的民族性、文化性依据只能通过学术活动到历史中去发掘，才能制造出一个同一的，从远古进化到现代并且通向未来的共同体。但散落在历史深处的文化并不天然地就是这种能符合现代需要的"传统"，它需要学者们根据现代的要求重新发掘、阐释、整理和转换，并最终能够将"传统"同一化和本质化，才能真正为建构现代民族的象征符号提供重

① [英]埃里克·霍布斯鲍姆:《民族与民族主义》,李金梅译,上海人民出版社,2000年,第87页。
② 同上书,第10页。

要文本。这正是我们下面将要重点分析的“国学”的功能。当一个想象的文化共同体被“国学”虚构出来之后，特定群体才能够据以把自我想象为一独立的政治共同体。

汪晖曾这样论述民族国家对文化同一性的建构：

> 第三世界民族国家的形成是现代性的历史成果之一。在对抗帝国主义的殖民活动过程中，新的、超越地方性的民族及其文化同一性逐渐形成，为独立的、主权的现代国家创造了条件。“民族—国家”模式基本上是以近代欧洲主权国家的形成为原型的，这一模式诉诸种族、语言、宗教等作为民族主权的基本理由。在殖民主义时代，第三世界国家的民族自决运动也明显地诉诸欧洲民族国家的主权模式。但是，在世界范围内，单一民族国家是极为罕见的，许多研究欧洲历史的学者也证明即使在传统上被视为单一民族的国家并不是单一民族。就中国而言，建立现代国家的过程，即创造超越并包容地方性和汉族之外的其他民族的文化同一性。文化同一性的创造不仅诉诸种族、语言和传统，而且也诉诸时代，因此，这种文化的同一性被理解为“新”的同一性。20世纪40年代发生的“民族形式”的讨论就是形成和创造现代民族文化同一性和主体性的努力之一。值得注意的是，讨论发生在延安、重庆、成都、昆明、香港、晋察冀等地区，显然超越了阶级和党派的范围，但无论从讨论的直接起源来看，还是从讨论的主导方向来看，“民族形式”的讨论主要是在“左翼”文化界进行。与此同时，尽管讨论不可避免地诉诸柯仲平所说的经济、地理、种族和文化传统来界定和说明“民族形式”，但几乎所有的讨论者都认为“民族形式”并不是现成的形式，而是需要创造的新形式。这显然意味着在“抗战建国”的总目标下，各派政治和文化力量都认为“民族

> 形式”是一种现代形式。“民族形式”既不是“地方形式”，也不是“旧形式”，既不是某个多数或少数民族的形式，也不是某个阶级或阶层的形式。所有这些已有的或现存的形式仅仅是“民族形式”的素材或源泉，但却不是“民族形式”本身。其理由显然是：在帝国主义的殖民体系中，中国作为一个“民族”既不是某个地区，也不是某个种族，而是一个现代国家共同体。由此，“形式”不是某种地方性的形式，也不是某个种族的形式，而是一种现代的、超越地方性的形式，是一种新的创制。“创造性”是“民族形式”的主要特点之一，从而也表明了“民族形式”问题与现代性的关系。[①]

文化同一性的创造是为政治同一性服务的。正是在这一意义上，文化认同成为民族国家认同中的一个环节。刘禾就指出：“‘文化’或者‘culture’的现代含义是近代东西方遭遇的历史产物，这一遭遇促使本土知识分子不得不关注种族、发展、文明和民族认同的问题。”[②]在刘禾看来，与“文学”“中国”这些概念一样，“文化”也是“跨语际实践”的产物：

> 尽管文化一词在汉语中古来有之，但是，古汉语的“文化”一词却并不具有“文化”现代意义上的民族志含义。在古汉语中，文化指“文”的状态，即，文艺修养，与“武”即，军事技能相对。直到19世纪末20世纪初，bunka，“文化”的日语“汉字”对等词被汉语借来，“文化”的新的民族志含义才进入汉语之中。这段历史告诉我们，考察“文化”

---

① 汪晖：《地方形式、方言土语与抗日战争时期“民族形式”的论争》，《汪晖自选集》，广西教育出版社，1997年，第345—346页。

② ［美］刘禾：《跨语际实践——文学，民族文化与被译介的现代性（中国，1900—1937）》，宋伟杰等译，生活·读书·新知三联书店，2002年，第343页。

> 一词的含义在20世纪中国的变化，必须注意到它与其他语言和话语特定的历史关联，并且不能总是追溯到汉语最初的词源。……萨义德的问题要求我们视文化为一种话语观念，而非一种民族志对象，西方便以这种话语观念为工具，历史地建立关于他者的东方主义/帝国主义知识，并使之合法化，以与自我相对立。①

既然“文化”本身就是一个现代性的范畴，以“文化”去超越现代性就无异于试图“拔着自己的头发离开地球”了。这意味着文化认同根本不具备超越民族国家的能力，相反，它本身是民族国家的要素。文化认同的功能不在于对民族国家框架的拆解，相反，它只能加固这一框架。也就是说，不管是否情愿，文化认同只能在民族国家的政治框架中找到自己的归宿。

这种理论探讨可能过于抽象，我们不妨以“新儒家”做例子来讨论这个问题。因为“新儒家”最集中地体现了这种重建中国文化认同的努力。现代新儒学是一种以中国文化为本位，承续儒家思想传统，以复兴儒学为己任，以宋明理学为归宗，企图融合中西，以重建中国文化的文化思潮。从本质而论，它这是一种文化传统主义的现代形式。

“新儒家”与“旧儒家”也就是传统儒家的不同，是因为旧儒家认同的儒家文化既是伦理文化，也是政治文化。儒家讲求修身齐家治国平天下，因为儒家思想中家国是合一的，国是家的放大，君君臣臣父父子子，这种政治文化结构必然导致政治道德化——也意味着道德的政治化，强调“以德治国”。也就是说，儒学是一种“入世”的思想，它的实践观念原来兼有“内”“外”，即不但指“正心”，也指“平天下”。“新儒家”放弃了政治层面的儒学理想，单独论证儒学在道德

---

① [美]刘禾:《跨语际实践——文学，民族文化与被译介的现代性(中国，1900—1937)》，第343页。

层面的合理性，并希望以此来统合“中国性”。为什么“新儒家”要把政治和道德分割开来呢？这是因为中国传统政治的失败已成为包括新儒家在内的所有中国人的共识。最极端的新儒家也不至于认为封建君主制度这种中国传统的政治形式要好过现代的民族国家。从章太炎和梁启超开始，民国以后出现的新儒家都不赞成任何形式的君主制度，他们论证的都是儒家文化的价值，他们的理想都是一些“道德的乌托邦”的理想，诸如中国文化“将主宰世界”（梁漱溟，1921），中国哲学挑战西方（傅伟勋，1985），儒家哲学对现代工商业文明的人的生命意义的拯救（刘述先，1966，1980），相信中国哲学将有伟大的未来（冯友兰，1984；费孝通，1992），21 世纪是东方文化的世纪（季羡林，1993），等等。

将政治与文化分离，显然是“新儒家”的问题所在。“新儒家”对传统文化的理解是在民族国家的框架中展开的，民族国家框架中的这种文化认同直接服务于民族国家的政治认同，这种新儒学实际上是一种再造的、西化的儒学，与中国传统的那种儒学其实没什么关系了。中国古代并不存在这种统一的传统，以儒家文化来定义“中国传统”或“中国文化”更是以偏概全，是一种抹杀差异的现象。

新儒家直承宋明理学和心学，在中国文化的“花果飘零”之际，慧命传薪，试图重建儒家的学统和道统。但他们也每每苦于传统儒家只能自我升华为“内圣”（达到圣人境界），却开不出“外王”来，即在现代生活中能够发用。“在西方哲学史课本中，无论亚里士多德或洛克，可以一字不提他们重要的政治思想；而在中国‘哲学史’的课本，无论孔、老及他人，不谈‘礼’‘仁’等政治思想，‘哲学’即无从谈起。”[①] 儒学与中国传统社会的组织结构、政治秩序和文化制度本是有机结合在一起的整体。新儒家将修身齐家治国平天下割裂开来，也就是说，新儒学想跳开政治，但不谈政治的儒学还能算是儒学吗？文

① 李泽厚：《思想史的意义》，《读书》2004 年第 5 期。

化认同只能为政治认同服务，在舍弃“三代之治”的政治理想后，“新儒家”建构的文化认同只能成为民族国家认同的一个环节。我们又如何能够指望通过这种完全西化的思想“挑战西方”和“主宰世界”呢？

“新儒家”不可能摆脱民族国家——西学的框架，是因为“新儒家”只能在西方的知识框架中进行自己的学术表达。现代世界的意义系统在很大程度上就是由西方文化的概念符号所构成的，而东方民族的传统思想要在现时代为人们所认识并产生影响就必须以某种方式与这种现代学术系统发生联系。也就是说，“新儒家”对儒学的表述，不得不采用西方的学术范畴，如“传统”“文化精神”“人文主义”“现代化”“过渡时代”等。而为了比较不同的文化，他们也不得不采用新的分析方法，像“哲学”的“本体论”或“认识论”等。在纳入这些框架之后，儒学被“哲学”化了。但问题在于，儒学被装进哲学这样的西学框架之后，“儒”还存在吗？因为哲学不过是民族国家制度中的学术分科，把儒学纳入这个框架，也就是把儒学的文化认同纳入到民族国家的框架。

儒学不能摆脱民族国家的框架，除了知识框架上的限制，还与制度的制约有关。有关儒学的讨论只能在民族国家的学科制度中展开。专业化分工是现代社会区别于传统社会的基本特征之一，而现代社会的专业化首先是通过高等教育体制来体现和确立的。现代中国不存在西方神学院意义上的儒学院，具有儒学院意义的书院更是名存实亡。因此儒学研究者只能在大学体制内栖身，分别属于中文系、历史系、哲学系这样的现代科系，当然也就不得不使用这些学科限定的专业语言进行表述，更重要的是，要受到现代大学的功能规约。与传统书院不同，现代大学的宗旨首先在于传授知识和培养各种类型的专业人才，与此相适应，大学需要的自然是某一方面的专家——包括儒学研究方面的专家，而非传统意义上的儒者。后者根本没有理由在现代大学中占有一席。在这样的制度环境下，儒学只能变为一种与生活无关的客观研究对象。“一方面儒学已越来越成为知识分子的一种论说

(discourse)；另一方面，儒家的价值却和现代的‘人伦日用’越来越疏远了”。[①]

“新儒家”不可能看不到这种“知”与“行”、“文化”与“政治”之间的分裂，他们当然想逃离知识的框架，知道在这个框架中儒家的思想逃脱不了被阉割的命运。但出路何在呢？除了将自己宗教化，似乎没有别的道路。“新儒家”后来越来越形而上学化，以弘道者的身份出现在中国现当代思想学术舞台之上，基本上是从“道”的层面而不是“学”的层面把握儒家思想，认为儒家之“道”具有某种超越的、恒久的意义，其基本内涵乃至其应世的基本方式都不能够也不需要有实质性的改变。这就是后来唐君毅、牟宗三等人强调儒家是宗教的由来。“出于同样的理由，儒家思想也不再是一个固定的知识实体，而是一种超验的精神，能够在全球化的语境中产生新的意义，并提供新的象征资源。由此而有新词‘新’儒家思想。”[②]

但将儒学宗教化是否就能够摆脱民族国家这个陷阱呢？答案可能仍是否定的。正如我们在前面论述过的，民族国家需要被解释为有着久远历史和神圣的、不可质询的起源的共同体，只有这样，民族国家历史所构成的幻想的情节才能被认为是曾经发生过的真实的存在。而在这一点石成金的过程中，还有什么比被信仰化的儒学更有力量呢？

这可能正是“新儒学”的问题所在。因为它太偏重对文化超越性本质特征的探索，而不打算破解“儒学”作为经验表述在各个历史时期被权力构造的制度表现形式，更不打算探究它在基层的变异及其社会根源，所以“新儒学”根本无助于我们摆脱对民族国家的控制。

德里克将以杜维明为主要代表的儒学复兴纳入全球资本主义体制内加以抨击。德里克在美国《边界 2》(*Boundary 2*) 杂志 1995 年秋季

---

① 余英时:《中国思想传统及其现代变迁》,沈志佳编,广西师范大学出版社,2004 年,第 214 页。

② [美] 刘禾:《跨语际实践——文学,民族文化与被译介的现代性(中国,1900—1937)》,第 357 页。

号发表了一篇题为《全球资本主义与儒学的重新发明》(Confucius in the Borderland：Global Capitalism and Reinvention of Confucianism）的长文，该文随即译载于香港《中国社会科学季刊》1995年冬季号上。在这篇文章中，德里克集中对新儒家这种“东方人的东方主义”进行了批判性思考，指出资本主义全球化力量怎样重新发明了种种民族性想象与认同，而这些民族性想象与认同又是如何为资本的全球化渗透提供缝隙与掩饰的。儒学的兴起是在东亚“经济腾飞”的基础上产生的，因此，儒学在此与中国的传统无关，而是与资本主义理念发生关联，这意味着儒家精神是在一个资本主义的现代性阐释框架中诞生的，它首先是承认了西方普遍主义的角色，在此基础上倡导儒家文化参与、修葺、反思现代性的能力，重新论证儒家精神与资本主义现代化的意识形态和社会的相关性。因此，“传统”在此并未获得真正的肯定，而是在“他者化”过程中沦为“自述东方主义（self-orientalism)”的工具——一套争夺资本主义世界文化霸权的民族话语策略，“传统”与“西方”只是话语层面的对立，它们并未构成实质性对抗，实际上都成了激发和制造民族认同和民族想象的力量。

从表面上看，“文化中国”以其历史的纵深性、内容的广泛性与价值的多元性消弭了意识形态差异，甚至超越了民族国家认同，建立了一个大中国的理念。它不仅在内容上成为可以客观定义“中国人”的价值观、行为模式和传统的形态与依据，同时，“文化中国”又能够在那些美籍华人、东南亚华人等离开了中国本土的“中国人”中确立一种中国认同。与此同时，“文化中国”“儒教中国”顺应了政治正确的文化多元主义潮流，针对西方现代性危机与困境，提供了非西方文化的疗救良方，也为进入西方学术中心的第三世界知识分子找到了恰当的发言机会和话语策略。但这种儒学是“重新发明”的儒学，是根据西方文化的需要发明出来的儒学，是西方文化建构出来的他者。在这一点上，新儒学是为资本主义的全球化服务的。因为在这里，儒家及其代表的中国文化究竟是什么并不重要，重要的是西方文化出了哪些毛病，西方文化需要什么样的疗救办法，我们儒家就“生产”什么样的药丸。所以有人说，海外新儒家知识分子很像“救生艇哲学家”。德里克就讽刺杜维明的儒学“没有社会性，没有历史性，无论何种背景，对任何人都适用，极像商店出售的消费品”①。事实上，随着 90 年代以后文化多元主义的兴起，这种以“文化”为卖点的商品已经成为全球市场上最为畅销的产品。从小说到电影（比如我们最熟悉的张艺谋陈凯歌的电影），从中国菜到中国古代艺术，所有具有“中国性”的物品成为各种新浪漫主义、怀旧主义追逐的对象。全球资本主义的逻辑正是通过承认“差异”和“他性”，重新满足各地的“传统”自恋感，甚至有意制造文化群落之间的冲突来实现其目的的。用阿帕杜莱的话来说，民族性——这个曾经装在瓶子里的区域性妖怪——现在已经成为一种全球力量，民族性认同与想象现在已经成了资本主义全球化的有力武器。② 因此德里克认为，儒学话语不过是“全球资本主义下关于权力的话语”，“儒学的‘核心价值观’与全球资本主义的意识形态相嫁接，在世界‘文化中国’中得到重新肯定，这是全球经济、政治和意识形态目标作用于地方的又一实例”③。

“东亚性”是这一“中国性”的进一步延伸。与“中国性”强调“中国”是一个独立于西方的命运共同体一样，“东亚性”强调的也是自己的“非西方性”，强调文化同源的“东亚”是一个命运共同体。这种东亚共同体的建构不仅忽略了中国文化内部的复杂性与历史性，同时也忽略了东亚文化的多元性，它通过建构一体化的东亚文化来超越西方文化，但这种局限于文化的努力又如何能够摆脱民族国家这个现代性的框架呢？又如何能够超越东亚内部复杂的权力结构关系呢？

韩国“东亚性”的倡导者白元淡曾经与中国女性主义学者李小江

---

① [美] 阿里夫·德里克:《后革命氛围》,王宁等译,中国社会科学出版社,1999 年,第 250 页。

② [美] 阿帕杜莱:《全球文化经济中的断裂与差异》,汪晖、陈燕谷主编《文化与公共性》,生活·读书·新知三联书店,1998 年,第 541 页。

③ [美] 阿里夫·德里克:《后革命氛围》,第 260 页。

对话，其中有一段非常有趣：

> 白：2001年，我成立了“东亚论坛”。在此之前，我学习了不少东西，写了文章讨论“为什么要建立‘东亚共同体’”。韩国主要的期刊对这个问题都很关注。他们借用了这个概念，却抛弃了我的观念。
>
> 李：“他们”是谁？
>
> 白：是国家。他们把这个概念拿去了，已经写进了一些文件，可是他们的目标是在先行资本体制中做大市场，提高经济效益，重塑体制以加强地区性的经济合作。为了挣钱，而不是为了和平。欧洲有一个共同体，主要是资本的联合，它没有解决工人的问题，没有消除不平等，反而是坚强了这些现象。①

这段对话非常有意思。知识分子总是相信文化的力量，以为文化认同可以超越政治认同。但这种超越民族国家的文化努力，最终又都会在民族国家的政治框架中碰头。知识分子好不容易发现了一个文化上的东亚性，但却很快被政治家移花接木为东亚的经济一体化和政治一体化服务。为资本主义的全球化铺路。事实上，在90年代以后亚洲语境中出现的“东亚性”命题很容易让人联想起上世纪40年代日本知识界提出的“近代的超克”的命题。在同样貌似挑战西方现代性、充当了大东亚共荣圈意识形态的以“近代的超克”为名的两个座谈会中，日本知识人基本上只发出了支持战争和支持大东亚共荣圈的声音。从文化认同走向政治认同，从反民族国家到回归民族国家，已经成为非西方知识分子的宿命。②

---

① 李小江、白元淡：《阶级、性别与民族国家》，《读书》2004年第10期。

② 对“近代的超克”命题的分析，详见孙歌：《竹内好的悖论》，北京大学出版社，2005年。

第二节
“国学”即“西学”

有没有一种学术能够体现出“中国性”呢？大家马上想到的答案应该是“国学”。1990 年代以后兴起的所谓“国学热”就是在这一意义上发生的。曾成为媒体焦点的中国人民大学国学院的成立，大约算得上一种将建构“中国性”的努力落实到制度层面的努力吧！什么是“国学”呢？按照时任人民大学校长的纪宝成在《重估国学的价值》一文[①]中的解释：“相对于新学它指旧学，相对于西学它指中学，引申而言，即今人眼中中国的传统学术文化。”为什么要建国学研究院呢？当然是因为自“五四”以后，传统文化被全面否定。现在重提国学，是为了拨乱反正。尤其是中国国力不断上升，“在这种背景下重建国学，乃是属于均势地位条件下的对话，而要进行世界范围的文明对话，重要的前提之一，是必须凸显中华文化的主体性”。虽然文章中没有点出对话的对象，但世界文明范围内的强势对话，主体间的对话，当然主要是中国文化与西方文化。这一点，应当是国学倡导者的共识。“国学”的对话对象是“西学”，如同“中国性”的“他者”就是“西方性”，爱国主义、民族主义的对立面是全盘西化。其实，人民大学校长为建立国学院所列举的这些理由，一般人都能理解。90 年代以后，重建中国文化的正当性，吁求“中国问题”“中国方法”和“中国性”，已经成为一个“政治正确”的命题。但问题在于，依靠“国学”的教学和研究是否能够真正增进中华文化的主体性，并进而增强与西方文化“对话”的能力呢？

不知道人民大学的决策者在决定成立国学院的时候是否考虑过北

---

① 刊于《南方周末》2005 年 5 月 26 日。

京大学等校的前车之鉴。同样是《南方周末》，此前三年曾经以一个专版的篇幅介绍北京大学等校办国学班失败的案例。[①] 这篇文章介绍了90年代初期以后以北大为代表的重点大学国学班试点情况。1991年初，在有国家教委社科发展研究中心和北京高校部分教师参加的“如何正确对待中国传统文化”的学术座谈会上，许多学者严厉地指出：“近几年来，在理论界、学术界、文化界和社会上重新泛起一股以‘反传统’为时髦，乃至全盘否定民族文化和全盘肯定西方文化的民族文化虚无主义思想，这股思潮给社会主义精神文明和文化建设带来了十分恶劣的影响。”这种危机意识给传统文化研究注入了相当的动力。1994年2月16日，《人民日报》发表了季羡林先生的文章，进一步说明国学“能激发爱国热情”的作用，并强调这是“我们今天‘国学’的重要任务”。在这样的背景下，以培养国学传人为目标的“文史哲综合试验班”计划形成了。1994年9月，北京大学“文史哲综合实验班”正式开学。在教学上，“实验班”前两年的课程采用拼盘的方法，几乎囊括了文史哲三系所有基础课的内容。但国学班的结局却令人失望。据北大校方统计，几届国学班毕业生中除了极个别的留在北大深造（其中还包括改学非“国学”的中国现代文学），大多数都出国了。调查还发现：实验班的同学四年中对“国学”印象不深，倒是很多人外语学得好，西方小说和理论也看了不少，学到中间就出国了，因此，“实验班”学生反倒比文史哲系的普通学生“西化”得多。这一切都给推行“国学大师”培养计划带来困难。2001年，北大校方终于痛下决心，决定取消“文史哲综合实验班”的招生，国学大师培养计划因此告吹。

据记者报道，北大试验班取消之后，汤一介先生感叹地对记者说：“‘实验班’不能算是一个成功的范例”……要办一个“大文科”，就应当着重中国古典原著和西方经典著作的结合，而不能依靠“单纯

---

① 见2002年3月28日的《南方周末》:《国学班：开始或结束》。

古典”“忽视西方”的教科书来教学。

最令国学倡导者尴尬和不解的，应该是这篇报道中揭示的一个事实，那就是国学班学生反而比在西方学术分科中学习的普通学生更西化，更向往西方，离西方更近。这一结局当然会让许多人困惑。国学班的学生比非国学班学生有更多的机会接触中国传统文化的精华，有最好的师资为他们传道解惑，为什么会出现这样的结局呢？

其实这样的结局一点都不奇怪。“国学”之所以并不能使我们离开“西学”或保持与“西学”的距离，而是使我们更加接近“西学”，是因为“国学”本来就是一门“西学”。“国学”是为民族国家认同服务的。我们的“国学”倡导者想当然地认为“国学”指的是中国传统的学术，其实大谬。这里的“中国”并不是传统意义上的“中国”，这里的“传统”也根本不是一个与“西方”或“现代”对立的概念，“传统”其实是一个典型的现代性范畴。当我们可以将“传统”变成一个客体，变成一件类似于文物的客体来研究的时候，说明我们已经不在“传统”之中而是在“传统”之外了。既然“国学”就是“西学”，“传统”其实是现代性范畴，那么，我们又如何能够指望通过国学的学习和研究来建立所谓的“文化主体性”呢？

人民大学决定设立国学院，可能还有一个重要原因，那就是试图仿效已成为神话的20年代的清华国学研究院。其实当年的清华国学研究院远没有今天人们解读的那样成功和辉煌。不然就解释不了为什么拥有当时中国学界顶尖的四大导师的清华国学研究院只办了四年（1925—1929）就寿终正寝。

要解释“国学”与“西学”的内在关联，仍需要把“国学”历史化。

“整理国故”，是胡适在1919年重新界定的一个名词。胡适曾给“国学”下过如下定义：“‘国学’在我们的心眼里，只是‘国故学’的缩写。中国的一切过去的文化历史，都是我们的‘国故’；研究这一切过去的历史文化的学问，就是‘国故学’，省称为‘国学’。”[①]“国学”的概念以及“国学”研究早在晚清就已经出现，1937 年钱玄同在为《刘申叔遗书》作序时，曾对“国故研究”作整体性回顾。认为国故研究运动分为两期：第一期始于民国前 28 年（1884 年），代表性学者包括康有为、宋平子、谭嗣同、梁启超、严复、夏曾佑、章太炎、孙诒让、蔡元培、刘师培、王国维、崔适。第二期始于民国后的 1917 年，代表学者即胡适。[②]只是到新文化运动中，因为新文化运动旗手胡适的大力推广才成为一场声势浩大的社会运动。1919 年，胡适在他的文章《新思潮的意义》中主张，新思潮的一个重要任务就是整理国故。1921 年 2 月，他创办《读书杂志》，鼓励年轻人研究古书。

唐德刚尝言：“近六十年来，不论左右、前后或中间派的中国知识分子，对胡适都有一项共同的责难。那便是胡氏在‘五四’前后搞了‘新’文学、‘新’思想、‘新’文化……最多不过六、七年他就不再‘新’了。相反的，他却钻进了‘旧’书堆里去，大搞起国‘故’来。激进派和国粹派对他底冷嘲热讽，固不必多提，而最为他惋惜的则是那所谓中间派自由主义知识分子。他们原是以适之先生马首是瞻的。大家正在追随他，鼓噪前进，他忽然‘马首’一掉，跑进故纸堆里去了，怎不令人摇头叹息，不得其解！？”[③]不论在当时还是在今天的语境中，人们的这种“不得其解”显然是有道理的。晚清中西学战的结果是中学已被认为“无用”，新文化运动更以彻底的反传统主义著称，承认我们从政治到学术“事事不如人”，主张以西方“民主”和“科学”再造一个中国。轰轰烈烈的五四运动、文学革命都摆出的是一副彻底埋葬传统，不达目的誓不罢休的架势，很少有人相信在全盘西化论的攻击下“传统”还能幸免，但出乎许多人预料的是，“传统”不仅很快

① 胡适:《〈国学季刊〉发刊宣言》,《胡适文存二集》卷一,(上海) 亚东图书馆,1924 年。

② 见《刘申叔遗书》,江苏古籍出版社,1997 年,第 28 页。

③ 见《胡适口述自传》,唐德刚译注,华东师范大学出版社,1993 年,第 221 页。

回来，更让人觉得不可思议的是，这种以“整理国故”为名的对“传统”的价值重估，恰恰是那些主张彻底埋葬“传统”的北大学人。其中更以新文化运动的旗手胡适为代表。既然西学那么好，解决了所有关于意义的问题，还要“国学”干什么？这种局面的确超出了以进化论写历史的学者的想象力。陈独秀是胡适参与文学革命的战友，一开始就对“整理国故”抱有疑虑，他说：“现在新文化运动声中，有两种不祥的声音：一是科学无用了，我们应该注重哲学；一是西洋人现在也倾向东方文化了。……西洋人也许有几位别致的古董先生怀着好奇心要倾向他；也许有些圆通的人拿这话来应酬东方的土政客，以为他们只听得懂这些话；也许有些人故意这样说来迎合一般朽人底心理；但是主张新文化运动底青年，万万不可为此呓语所误。‘科学无用了’‘西洋人倾向东方文化了’这两个妄想倘然合在一处，是新文化运动一个很大的危机。”[①] 到1923年，陈独秀已经完全不能容忍这种转向，直斥胡适提倡整理国故是“要在粪秽里寻找香水”，徒然“自寻烦恼”。[②] 而新文化运动的另一位大将鲁迅当时也有类似的观感，他在1924年1月说：“自从新思潮来到中国以后，其实何尝有力，而一群老头子，还有少年，却已丧魂失魄的来讲国故了，他们说，‘中国自有许多好东西，都不整理保存，倒去求新，正如放弃祖宗遗产一样不肖’。”其实，“就现状而言，做事本来还随各人的自便，老先生要整理国故，当然不妨去埋在南窗下读死书，至于青年，却自有他们的活学问和新艺术，各干各事，也还没有大妨害的，但若拿了这面旗子来号召，那就是要中国永远与世界隔绝了。倘以为大家非此不可，那更是荒谬绝伦！我们和古董商人谈天，他自然总称赞他的古董如何好，然而他决不痛骂画家、农夫、工匠等类，说是忘记了祖宗：他实在比许

① 陈仲甫:《新文化运动是什么》,《新青年》第7卷5号,1920年4月1日。

② 独秀(陈独秀):《国学》,《前锋》第1期,1923年7月1日。

多国学家聪明得远”。[1] 在鲁迅眼中，“中国国粹”“等于放屁”；[2]“创造社”的郭沫若、郑伯奇、成仿吾等人都加入了批评队伍，成仿吾更站在纯粹的“世界主义”立场上呼吁，“从事这种运动的人能够自省，我尤切愿他们不再勾诱青年学子去狂舔这数千年的枯骨”。[3] 类似的批评不胜枚举。认为“现代”与“传统”根本不相容毕竟是五四时代占统治地位的思想，因而，有“开历史倒车”之嫌的“整理国故”运动与新文化人发生价值冲突就变得不可避免。无论是比较东西文化差异的性质，还是说明新旧文化之间的关系，其目的都是为了回答中国文化向何处去这个自鸦片战争以来多少人试图回答但又未能回答的既老且新的问题。在新文化派看来，既然中国文化是“古”文化、“旧”文化，西方文化是“今”文化、“新”文化，而“今”又胜于“古”、“新”又胜于“旧”，“古”“今”“新”“旧”不能调和，那么，中国文化的唯一出路只能是以西方的“今”文化、“新”文化，来取代中国的“古”文化、“旧”文化。因而：“无论政治学术道德文章，西洋的法子和中国的法子，绝对是两样，断断不可调和牵就的。……若是决计守旧，一切都应该采用中国的老法子，不必白费金钱派什么留学生，办什么学校，来研究西洋学问。若是决计革新，一切都应该采用西洋的新法子，不必拿什么国粹什么国情的鬼话来捣乱。”[4]

对陈独秀等人的批评，胡适显然不以为然。在 1919 年所撰《新思潮的意义》一文，胡适说明五四新文化运动“实在是个彻头彻尾的文艺复兴运动”。他将新思潮概括为“研究问题，输入学理，整理国故，再造文明”四个密不可分的环节。尤其强调“整理国故”乃新文化运动中重要的一环，在他看来，新文化运动的最后目标原是“再造文明”，而“整理国故”则是走向“再造文明”的前提，因此，新文化运

① 鲁迅：《坟·未有天才之前》，《鲁迅全集》第 1 卷，人民文学出版社，1981 年，第 167 页。
② 鲁迅致钱玄同（1918 年 7 月 5 日），见《鲁迅书信集》，人民文学出版社，1976 年，第 17 页。
③ 成仿吾：《国学运动的我见》，《创造周报》28 号，第 1—3 页。
④ 陈独秀：《今日中国之政治问题》，《独秀文存》，安徽人民出版社，1987 年，第 152 页。

动中包含“整理国故”，本来就是件合乎逻辑，顺理成章的事。胡适认为，中国旧有的学术思想向来紊乱，没有条理、没有头绪、没有系统，在长期的传承中又不断被曲解，因此，要从中寻找传统价值，首先必须“从乱七八糟里面寻出一个条理脉络来，从无头无脑里面寻出一个前因后果来”[①]，找出——准确地说是“建构”出这种因果关系之后，下一步就是“评判”：“既知思想的变迁和所以变迁的原因了，哲学史的责任还没有完，还须要使学者知道各家学说的价值：这便叫做评判。”[②]

按照胡适的这一逻辑，我们显然无法将“国学”与“西学”对立起来。“新文化运动”和“整理国故”，这一在批评者那里看起来完全不能沟通的二元对立在他那里并不见得真正不能沟通。因为“整理国故”的重点不在“国故”，而在“整理”，用什么方法来整理呢？当然是西方的方法。更重要的是，“国学”的服务对象已经与旧学完全不同。

其实早在胡适之前就有不少国学研究者意识到了“国学”与中国固有学术的不同。罗志田的《国家与学术：清季民初关于“国学”的思想论争》一书[③]对这一段历史有非常详尽的介绍。譬如邓实就提出要对“国学”与“君学”进行区分，他认为中国两千年来只是君有学而民无学。他又根据“知国家与朝廷之分”这一近人“政治之界说”提出一种“别乎君学而言”的“国学”概念，而“国学”与“君学”之辨即落实在学者“知其君”还是“知有国”。由于昔人长期“知有君不知有国”，无所谓国自然“无所谓一国之学”，故也可以说中国无“国学”。[④]在邓实看来，国学以国家和民族利益为归旨，君学以人君之是非为是非，两者势不两立。邓实的观点清楚表明了国粹派试图剔除其

① 胡适：《新思潮的意义》，《新青年》第7卷第1号，1919年12月1日。

② 胡适：《中国哲学史大纲》(导言)，商务印书馆，1919年，第4页。

③ 生活·读书·新知三联书店，2003年。

④ 邓实：《国学真论》，《国粹学报》第3年2期。

中的“君学”和“在朝之学”等封建性糟粕，而致力重塑国学形象，弘扬其爱国民主性精华的意图。邓实的“君学”论与梁启超《新史学》的关系，相信熟悉《新史学》的人都能看得出来。考虑到梁启超《新史学》的巨大影响，虽然晚清的其他学者不是人人都对国学的现代性有如此清醒的自觉意识，但大多数研究者进入国学研究时都已经自觉或不自觉地采用19世纪末至20世纪初传入中国的西方进化论方法，却应该是确定无疑的。在西方近代史学理论的影响下，许多国粹派人士直接以封建史学为批判对象，认为史学本应叙述一群一族进化之现象，因此要求效法西方近代史学，改造中国旧史，他们力主编写包括种族、语言文字、风俗、宗教、学术、教育、地理、户口、实业、人物、民政、交通等各方面内容的“民史”，以真实反映广泛的社会面貌和各时期人民的生活，“一面以发明既往社会政治化之原理，一面以启导未来人类光华美满之文明”[①]。与此同时，在肯定西方近代民主政治的认识基础上，国粹派着力对儒家学说中蕴含的所谓“民德”“民权”等思想因素进行挖掘。这些工作的目的都在于为现代中国提供民主集中制和民族同一性的想象或幻想的整合符号。可以说，民族国家及其意识形态工具从根本上构建了国学倡导者对历史的理解和认识历史的基本范畴。已经不仅仅是“藉西学以证明中学”，且已进一步“藉中学以肯定西学”。

陈独秀等人站在新文化的立场的反对国学，其实是不了解“国学”的现代性。他们把对古代中国典籍的研究当成“国学”。对典籍的研究，古已有之，比如经学就是代表，但经学不等于国学，不仅是方法不同，功能目标都不一样。前者为天下中国服务，后者却为民族国家认同服务。清季国粹或国学概念的出现与西潮特别是西学的冲击直接相关。就连“国粹”和“国学”这些概念本身，也不是中国的土产。许多国学家曾经对“国学”概念的来源进行过考据，虽然答案不同，

① 邓实:《史学通论》,见《政艺通报》1902年第12、13号。

但认为"国学"西来却是大家的共识。与"文学""哲学"这些现代性概念一样，"国学"也是通过日本这个中国和西方的中介传入中国的。"国学"是西方"中国学"一词的对译，因此我们在中国古书中根本找不到"国学"这一概念。王缁尘编著《国学讲话》论及国学时说："国学之名，古无有也，必国与国对待，始有国家观念，于是始以己国之学术称为国学。"[①] 这一定义是非常准确的。现代国家的建构需要借助黄帝、尧、舜、禹、汤、文、武、周公、孔子以来历代先民所创造的传统学术思想与文物制度以期共时性地表达民主社会原则兼民族国家原则。故许守微指出："一言以蔽之，国粹也者，助欧化而愈彰，非敌欧化以自防。"[②]

胡适之所以不赞同将"新文化运动"与"整理国故"对立起来，是因为在他的理解中，"整理国故"运动被等同于"中国的文艺复兴运动"。文艺复兴当然是一场现代性的革命。欧洲通过文艺复兴进入近代，日本通过"王政复兴"完成明治维新，19 世纪欧洲浪漫主义者回到古代历史文化中去为现代民族国家发掘精神资源，所有这些复古的目的都是为了创新。这就是为什么以"整理国故"为号召的新国学研究，虽然在国内往往被激进派视为新文化运动的倒退，国际上的反应却相当积极。[③] 在外国人的眼中它是文化更新的象征，所体现出来的"打鬼"精神，从根本上动摇着以经学为主体的中国传统思想与学术的根基。所以，"整理国故"不仅是在文学革命、思想改革之后继续新文化运动，更是将精神文化的更新引向深层。

"国学"的"西学"性质不仅仅体现在知识关联上，还体现在更重要的制度关联中。与旧学不同，"国学"一直在现代意义上的学科体制中发生发展。从清季兴办学堂开始，西方学科分类逐渐在中国教育

---

① 王缁尘:《国学讲话》,世界书局,1935 年,第 1—3 页。

② 许守微:《论国粹无阻于欧化》,《国粹学报》第一期,1905 年 2 月。

③ 详见桑兵:《五四新文化运动的国际反响》,《晚清民国的国学研究》,上海古籍出版社,2001 年,第 89—107 页。

体系中确立，国学研究从一开始就接受了这种分类标准，这使得“国学”在基本内涵上一开始就不同于旧学。国学保存会算得上是最早的国学研究机构之一，从拟议中的国粹学堂计划，可以约略知道国学保存会以西学研习国学的风格。国粹学堂章程规定，本学堂“略仿各国文科大学及优级师范之例，分科讲授，惟均以国学为主”[①]。这就是说，他们研习的范围是国学，方法却是西学的分科研习法。他们制定的《拟国粹学堂学科预算表》，将一百多门国学课程归入经学、文字学、伦理学、心理学、哲学、宗教学、政法学、实业学、社会学、史学、典制学、考古学、舆地学、历数学、博物学、文章学、音乐学、图画学、书法学、译学、武事学等二十余门学科中。可见，国学保存会的古学复兴，与中国学术近代化是不矛盾的，甚至可以说，这种意义的古学复兴，实在是意在推动传统学术的近代转化，本质不在复古，而在创新。所以马叙伦早在胡适之前就声称《国粹学报》“有文艺复兴的意义”[②]。郑师渠指出：“国粹派最初迎受西学的途径虽然各有不同，但有一共同点，就是许多人曾经或始终是西学的热心传播者。”“同时，国粹派主编的其他一些刊物，也都有相当篇幅用以介绍西学。”[③]在学理层面，国粹派领袖、骨干如章太炎、邓实、刘师培等人也曾是传播西学的健将。刘师培、邓实等已经开始以这种西方近代学术分类为据对中国学术（特别侧重周秦和清代两时段）进行了全面的解构和重构；与此同时，国学倡导者大都从事新式文教事业，从私人书院式传习转向凭借近代大众传媒向社会广泛宣传；尤其是在以北京大学为代表的现代意义上的大学彻底取代旧有的官私学登上历史舞台后，为民族国家寻找历史依据的“国学”研究才真正获得了制度支持。“五四”后国学大兴，恰与大学开始走向中国政治舞台的前台有

① 《拟设国粹学堂简章》，《国粹学报》1905年第1期。

② 马叙伦：《我在六十岁以前》，生活·读书·新知三联书店，1983年，第21页。

③ 郑师渠：《晚清国粹派——文化思想研究》，北京师范大学出版社，1993年，第63—64页。

关，“新文化运动”的策源地的北京大学为什么同时又是“整理国故”的大本营，也因此得到解释。事实上，五四时期的北京大学形象地再现了现代大学制度与民族国家的必然联系。普遍的国民教育为现代的国家机器不可或缺的基本制度之一，不仅仅体现于北京大学、日本的东京大学，乃至在柏林大学建校以后，所有现代国家的重要大学都经历过非常类似的一幕。

作为西方学科分类在中国教育体系中确立的直接后果，置身其中的中国学者就只能据西学分类以言中学。学科并不是我们今日所见到的静态的知识分类，而是以一定的措辞建构起来的历史产物。汉语中的“学科”一词译自英文 discipline，这个词一方面指知识的一个分支，另一方面则指矫正和控制的体系。福柯的知识—权力的理论探究的就是二者看似分裂其实是相互蕴涵的关系。通过对这一关系的谱系学分析，福柯令人信服地指出社会生活等于 discipline 的平方。Discipline（纪律）使 discipline（知识学科）这两个名词可以互换，前者使后者成为可能。知识来自于社会控制，又为社会控制提供了基础。社会控制的每一个特定形式都建立在知识的某种形式之上，又使知识的某种形式成为可能。学科首先是一门经过分类的知识，而这种分类方法同时也成为这门学科的规范和要求，因此学科代表了知识和权力两方面的结合。这些建立在大学内的国学研究机构完全按照西学分类设科。北大国学门设文字学、文学、哲学、史学、考古学等 5 个研究室，并相继创立歌谣研究会、风俗调查会、整理档案会、古迹古物检查会（后改名考古学会）、方言调查会，以贯彻其学术宗旨；1925 年清华学校设立研究院，年初制定《研究院章程》规定，“先设国学一科，其内容约为中国语言、历史、文学、哲学等”①。燕京大学国学研究所确定的国学范围是历史、文学、哲学、文字学、考古学、宗教、美术。②

---

① 《研究院章程・缘起》，《清华大学史料选编》第 1 卷，第 375—376 页。

② 《燕京大学国学研究所征求名著稿本通告》，《燕京学报》第 4 期，1923 年 12 月。

而其他大学的专业设置也大同小异。在这种专业设置中进行的“国学”研究，当然不可能是旧学的延续。当时尚在留学的刘复就说：“我们只须一看北京大学研究所国学门所做的工，就可以断定此后的中国国学界，必定能另辟一新天地，即使是一时还不能希望得到多大的成绩，总至少能开出许许多多古人所梦想不到的好法门。我们研究文学，决然不再做古人的应声虫；研究文字，决然不再向四目苍圣去跪倒；研究语言，决然不再说五行志里的鬼话；研究历史或考古，决然不再去替已死的帝王做起居注，更决然不至于因此而迷信帝王而拖大辫而闹复辟！总而言之，我们‘新国学’的目的，乃是要依据了事实，就中国全民族各方面加以精详的观察与推断，而找出个五千年来文明进化的总端与分绪来。”①

“国学”的发生是以科举制的改革为前提的。晚清国运衰微，上自封疆大吏，下至文人学士，大家在纷纷谋求救亡图存之道之时，都不约而同地注意到了科举制与现代学校制度的差异。梁启超对这一思潮，有一精彩而简洁的概括：“故欲兴学校，养人才，以强中国，惟变科举为第一义。”② 科举与学校之争，在晚清不只是个学术问题，而是一场激烈的政治斗争。废除科举制的努力进行了一百多年，从戊戌变法开始，中间虽曾一度复旧，到 1905 年袁世凯等奏请“立停科举以广学校”，清政府昭准自丙午（1906）科起停办科举，实行了一千三百年的科举制度才终于被废止，这种废旧立新不仅仅影响了知识分子的形态，同时也决定了知识的形态。经学变成“国学”，变化的不仅是知识的概念，而是知识的功能。经学根本不能在现代意义上的大学找到自己的位置。国学家们必须通过西学的框架来认识中国思想。问题在于，当中国思想被装入诸如哲学、文学之类的西学框架的时候，中国思想已经变成不折不扣的西学。

① 刘复：《〈敦煌掇琐叙目〉叙》，《北京大学研究所国学门周刊》第 3 期，1925 年 10 月 28 日。

② 梁启超：《论科举》，《饮冰室合集·变法通义》一·文集之一，中华书局，1989 年，第 27 页。

如果我们像福柯那样把学科规训同时作为知识的形式和权力的形式来看待的话，我们不难发现“经学”与“国学”其实对应于不同的制度。“国学”将作为研究主体的西方对作为客体的中国的建构指称为客体本身的结构规律，将在殖民主义权力关系支配下发生的认知活动看作客观的科学研究，以一种不偏不倚的中立姿态掩盖了自身携带的符号暴力。如果说中国古代的政治制度的合法性是由“经、史、子、集”这种知识分类所提供的，那么，为中国现代社会和国家的权力关系提供知识规范的则正是这种现代意义上的“国学”研究。

我们都知道胡适是一个彻头彻尾的全盘西化论者。在去世前作的最后一次演讲中，胡适这样说：

> 我认为我们东方这些老文明中没有多少精神成分。一个文明容忍像妇女缠足那样惨无人道的习惯到一千多年之久，而差不多没有一声抗议，还有什么文明可说？一个文明容忍“种姓制度”（the caste system）到好几千年之久，还有多大精神成分可说？一个文明把人生看作苦痛而不值得过的，把贫穷和行乞看作美德，把疾病看作天祸，又有什么精神价值可说？……现在正是我们东方人应当开始承认那些老文明中很少精神价值或完全没有精神价值的时候了。那些老文明本来只属于人类衰老的时代——年老身衰了，心智也颓唐了，就觉得没法子对付大自然的力量了。的确，充分认识那些老文明中并没有多大精神成分，甚或已没有一点生活气力，似乎正是对科学和技术的近代文明要有充分了解所必需的一种智识上的准备。因为这个近代文明，正是歌颂人生的文明，正是要利用人类智能改善种种生活条件的文明。[①]

① 胡适：《科学发展所需要的社会改革》，《文星》杂志（台湾）第九卷第二期，1962年12月1日。

不难发现，胡适至死没有改变他的文化普遍主义的立场。胡适这个演讲发表以后，马上就引起了一些热爱传统的学者的反对，比如徐复观就在报纸上登出了文章，反对胡适，说你是中央文学院的院长，居然说这样的话，这是中国人的耻辱，胡适一气之下就住进了医院。但胡适又同时是“国学”——“国故学”最重要的倡导者和奠基人，并且将自己的后半生完全投入到这项事业之中。这种选择与他的观念有矛盾吗？当然没有。为什么这样说呢？因为“整理国故”就是为“全盘西化服务”的。

国学倡导者把“国学”的衰败归因于五四新文化运动的全盘西化，很大原因就是因为没弄清这个关系。其实这也是人们对“五四”的普遍误解。谈到“五四”，人们马上就会想到全盘西化，但五四新文化运动不仅有激烈反传统的一面，还有与这种反传统相辅相成的“整理国故”一面。“国学”其实是“五四”的产物，胡适不仅是“新文化运动”的领袖，同时也是“整理国故”的最重要的倡导者，而作为新文化运动策源地的北京大学更是国学的大本营。“五四”以后，“国学”迅速上升为中国大学中的“显学”，显然源于“五四”的推动。也就是说，没有“五四”，就没有“国学”，没有“中国”——民族国家意义上的“中国”，就不可能有“国学”这个概念。在中国经学向西学过渡的过程中，“国学”发挥了重要的中介作用。1930年代后，中国大学的国学研究机构逐渐被西学分类的文学、历史、哲学等取代，正是因为“国学”的中介使命已经完成。“国学”走向“西学”，其实是“历史”中的必然。因为“国学”本身就是西学的一个部分。——因为这一特点，指望依靠“国学”的学习和研究去抵御“全盘西化”是极不现实的。

第三节
“普遍性”与“特殊性”

“国学”即“西学”这样的命题帮助我们反省“国学”与“西学”这样的二元对立范畴的相互关联，但“国学”和“西学”之间是否完全没有任何冲突呢？在国学的研究者中，的确有许多类似于胡适这样的文化普遍主义者，但也有同样多的“国学”研究者，始终坚持中华文化的特殊性，拒绝向西方文化臣服。这种思想始终是“国学”观念发展中的一条重要线索。在最早提出“国粹”概念的晚清“国粹派”那里，“国粹”作为民族或国家特有的文化精神和传统，在一国之学即“国学”中有着最为集中的反映，故保存国粹，首先是保存国学。“国粹”的这一文化定位，不仅为后来的“国学”研究者所继承，甚至直到“新儒家”都没有真正改变。——虽然“国学”研究者并非总是能够对这一价值立场形成自觉。曹聚仁曾经谈到这种“国故学之独立性”。在他看来，“国故学所含蕴之中华民族精神，与他民族完全异其趋向”，故“国故，虽可调整之以归纳于各学术系统之下，而与他文化系统下之学术相较，仍有其特点”。即使各学分立，将来“吾人欲知此大民族在此长期中所产生之特殊思想，必于此中窥其消息”①。因为“国学”既然是为民族国家的政治认同服务的，它就必须捍卫民族文化的特殊性。

如何理解文化研究中的这种特殊主义和普遍主义的关系，是我们理解“国学”乃至“传统文化”的现代性的关键——当然也是我们理解“中国性”的西方性的关键。

在发表于1987年的长文《现代性与其批判：普遍主义和特殊主

---

① 曹聚仁：《国故学大纲》(上)，《再版自序》，(上海)梁溪图书馆，1926年，第18—19页。

义的问题》中，酒井直树集中解构了特殊主义与普遍主义的对立。他指出：

> 持有普遍主义观点的人和持有特殊主义的观点的人各自都说他们与对方不同。与双方所宣扬的相反，普遍主义和特殊主义是相互加强和相辅相成的；它们之间从不存在真正的冲突；它们彼此需要而不得不努力寻求一种对称的互相关系以便避免一场对话式的碰撞，这种碰撞势必会破坏它们的所谓安全和和谐的独白世界。普遍主义和特殊主义为了隐蔽自己的毛病而互相认可对方的毛病，恰似两个同谋犯的狼狈为奸。在这一点上，国家主义这样的特殊主义绝不可能是对普遍主义的认真的批判，因为二者是同谋犯。①

酒井直树为我们揭示了普遍主义和特殊主义这一对现代性范畴的共谋。在酒井看来，特殊性不但不是普遍性的对抗力量，相反，普遍性需要借助特殊性才能够展开自身，需要特殊性才能证实自身。特殊性的追求内在地蕴涵于普遍性之中，因此，普遍性的拓展总是通过对特殊性的寻求才能得以实现的。没有特殊性，普遍性根本无法展开。

酒井直树的思路与萨义德的《东方主义》不谋而合。在萨义德对“东方学”或“东方主义”的批判中，“东方”这个看起来与“西方”对峙的概念根本不构成对“西方”的反叛。东方不过是西方制造出来的“异己性”。“西方”为了自我确证，就必须先把“东方”创造出来。在这一意义上，“东方”是为“西方”的“他者”，是“西方”的特殊性，是为了“西方”的普遍性而存在的。“欧洲文化正是通过这一学科以政治的、社会学的、军事的、意识形态的、科学的以及想象的方式来处

① [美] 酒井直树:《现代性与其批判：普遍主义和特殊主义的问题》，张京媛主编《后殖民主义与文化批评》，北京大学出版社，1999 年，第 396 页。

理——甚至创造——东方的。”[①] 也就是说，为了论证“西方”的特殊性，西方学术需要把包括“中国性”在内的东方性创造出来。这个工作最早是由西方传教士、西方学者来完成的。继而，西方找到了在非西方的代理人，通过唤醒包括中国学者在内的非西方学者的民族自觉，继续进行这种建构“中国性”的努力。中国，或者至少说我们通过“国学”所了解到的“中国”，是话语的产物，它在欧洲被制造出来，再被返销回中国。也就是说，“中国”是西方造出来的。所谓中国人“自己的主体意识”，不过是将西方的观念内在化了。不过是将“西方人的东方主义”变成了“东方人的东方主义”，将西方人的“中国学”变成了中国人自己的“国学”。这种寻找民族自主性的努力常常是以西方为“他者”展开的，常常被理解为对“西方”的反抗，但在这种反抗的背后，却是普遍主义与特殊主义的共谋。“首先，辩证的结构表明斗争中的同一性并非原质。白人和黑人、西方人和东方人、殖民者和被殖民者，这些概念都只是表征。它们只有处在相互关系中时才会发生作用，它们在自然、生理、生理性上并没有必要的基础。殖民主义是一部制造出同一性和他者性的抽象的机器。”[②] 哈特和奈格里说的最后这一句话非常好，殖民主义有两大发明，一是同一性，二是他者性。我们对殖民主义创造的同一性——普遍主义当然不会陌生，但对殖民主义创造的他者性——也就是中国的特殊性，却严重缺乏警惕和反思。

周蕾干脆就把这种中国人对中国文化特殊性的追寻称为是一种“对西方的敬意”：

> 在历来强调“遗产”的汉学以及中国研究里，对于西方的敬意，长久以来似乎是用一种相反的形式表现出来的，即理想主义地维护一种独立的、自足的“中国传统”，以对抗

---

① [美]爱德华·W. 萨义德：《东方学》，王宇根译，生活·读书·新知三联书店，1999年，第5页。

② [美]麦克尔·哈特、[意]安东尼奥·奈格里：《帝国——全球化的政治秩序》，杨建国、范一亭译，江苏人民出版社，2003年，第133页。

> 西方的传统，因为即使不承认中国的传统比西方传统更加伟大，至少也是和西方传统同样伟大的。像这样的“摈弃”西方，的确令人肃然起敬：通过高举“中国”的大旗，它重复了它所摈弃的霸权色彩。[①]

中国现代学术史的研究者都知道这样一个奇怪的现象，那就是中国近代的著名思想家大都经历过从文化普遍主义者向文化特殊主义者的转换，他们常常是年轻的时候信仰全盘西化，年纪大了就转而认同传统文化，重新肯定中国文化的价值。我们最熟悉的例子可能还是胡适。胡适当然是坚定的西化论者，但转向“整理国故”后，却“喜旧厌新”到产生了放弃使自己暴得大名的北京大学教职而专门从事整理国故的工作的念头。张彭春 1923 年 2 月记下了胡适的这一转变：“昨晚饭在 B［按似为张伯苓］家。适之说将来不再教书，专作著作事业。整理国故渐渐的变为他的专职。国故自然是应当整理的，而适之又有这门的特长，所以他一点一点的觉悟出来他一身的大业。”[②] 其实，胡适的民族主义思想并非突然发生。从主办《竞业旬报》时期开始，胡适就接受了章太炎“以国粹激动种姓”的思想，[③] 主张有意识地以昔日的光荣来激发国人的爱国心。胡适指出：“一个人本分内第一件要事，便是爱国。”爱国正如爱家，只要“一国之中，人人都晓得爱国，这一国自然强大”。而“祖国强了，便人人都可以吐气扬眉”，“人人不受人欺”。反过来，如果一国之中爱国者众，便“牵带得那祖国也给人家瞧得起了”。[④]“五四”以后，伴随着“整理国故”的热情，胡适的思

① 周蕾：《妇女与中国现代性——东西方之间阅读记》，（台北）麦田出版公司，1995 年，第 15—16 页。

② 张彭春：《日程草案》，1923 年 2 月 20 日。

③ 参见王汎森：《章太炎的思想——兼论其对儒学传统的冲击》，台北时报文化出版公司，1992 年，第 77—82 页。

④ 铁儿（胡适）：《爱国》，《竞业旬报》第 34 期，第 1—6 页。

想更加趋向于他所谓的集团主义之一的民族主义运动，1925 年 9 月他在武昌大学讲“新文学运动的意义”时明确指出：“新文学运动，并不是由外国来的，也不是几个人几年来提倡出来的……新文学运动是中国民族的运动。”一年多后在美国，胡适更系统地把他所谓的“中国文艺复兴”定义为“按照我们自己的需要、根据我们的历史传统去制订方案以解决我们自身问题的一种自觉尝试”。这样一种民族主义的定义，实在让人很难相信出自全盘西化论者胡适之口。用罗志田的话来说，这样的定义“与五四前后面向西方的新文化运动相去甚远，但与北伐前开赴广州的国民党言论倒有几分相似”[①]。这一转折不可谓不激烈。可惜的是，胡适对他内心深处这种明晰的民族主义意识并不自觉。1928 年胡朴安发起成立中国学会时邀请胡适参加，按理说与胡适的上述思想全无二致，不料却遭到胡适的婉言拒绝，胡适的理由是：“我不认为中国学术与民族主义有密切的关系。若以民族主义或任何主义来研究学术（那实用主义呢，胡适说这句话的时候肯定忘了他奉为圭臬的实用主义。引者注），则必有夸大或忌讳的弊病。我们整理国故只是研究历史而已，只是为学术而作功夫，所谓实事求是是也，从无发扬民族精神感情的作用。”[②]

胡适要做一个世界主义者，当然不敢承认自己内心深处的民族主义思想。由于只能在“传统”—“现代”、“中国”—“西方”的二元框架中来认识世界和自我，胡适看不出这种“特殊性”和“普遍性”、“国学”与“西学”之间的内在关联。他总是出于本能地维护自己的世界主义立场，他不知道在普遍性和特殊性的辩证关系中，世界主义与民族主义并非不可调和。胡适的世界主义必然遭遇民族主义，其实这根本不是胡适个人的选择，而是胡适信奉的世界主义逻辑的必然展开。因

① 罗志田：《乱世潜流：民族主义与民国政治》，上海古籍出版社，2001 年，第 231 页。

② 胡适致胡朴安函（1928 年 11 月），见《胡适书信集》（上册），耿云志、欧阳哲生编，北京大学出版社，1996 年，第 465 页。

为胡适选择了以再造中国文明（包括物质文明与精神文明）为志业，他的思想和活动就不可能真正摆脱民族主义。事实上，一个全盘西化论者不见得就不是一个民族主义者，相反，激烈的反传统主义者常常会同样激烈地回归传统。这样的例证在20世纪知识分子中可以说俯拾皆是。除了胡适，梁启超、章太炎、严复等都是现成的例子。梁启超当年倡导西学、批判传统文化何等慷慨激昂，在许多重要的层面，梁启超甚至可以说成为传统中国向现代中国转变的路标，但新文化运动一起，他不仅支持胡适的“整理国故”，对新文化运动的“专打孔家店”表示强烈不满，还通过《儒家哲学》《世界伟人传第一篇孔子》等书的写作，对“儒家道术的价值”和孔子的历史地位作了高度评价，认为儒家哲学提出的仁、智、勇等范畴适应于一切时代和全人类。特别是在1920年发表的《欧游心影录》中，他一面向人们描述了战后欧洲的萧条景象和重重危机，认为中国文化理应承担起“超拔”对方的历史责任。梁启超的转折如此之大，甚至开始怀疑自己赖以成名的进化论信仰。在1923年发表的《研究文化史的几个重要问题》一文中，梁启超表示对于“本来毫无疑义”的历史进化说，他近来已“不敢十分坚持了”。因为，“平心一看，几千年中国历史，是不是一治一乱的在那里循环？何止中国，全世界只怕也是如此”。从哲学文学方面看，能说“孟子、荀卿一定比孔子进化”？“顾炎武、戴震一定比朱陆进化”？“杜甫比陶潜进化”？“但丁比荷马进化，索士比亚比但丁进化”？“黑格尔比康德进化”？虽然“人类平等及人类一体的观念，的确一天比一天认得真切，而且事实上确也著著向上进行”，“世界各部分人类心能所开拓出来的‘文化共业’，永远不会失掉，所以我们积储的遗产，的确一天比一天扩大”。大概“只有从这两点观察，我们说历史是进化，其余只好编在‘一治一乱’的循环圈内了”。①

① 梁启超:《研究文化史的几个重要问题——对于旧著〈中国历史研究法〉之修补及修正》,《饮冰室合集》文集之四十,中华书局,1989年,第2页。

章太炎20世纪初年对孔学的抨击也是人所皆知，他激烈地攻击孔子“湛心利禄”、好弄权术，认为“六经”不过是古代的史料，本不足以神圣化。到了1922年，却在给柳诒徵的回信中对自己的“妄疑圣哲”表示追悔，自称彼乃“狂妄逆诈之论”。并解释当时因康有为“孔教之说，遂至激而诋孔。中年以后，古文经典笃信如故，至诋孔则绝口不谈”[①]。从此以后，更一再提倡尊孔读经，力倡“读经有千利而无一弊”，以为挽救世道人心。严复的情况亦颇相似，他声称：“鄙人行将近古稀，窃尚究观哲理，以为耐久无弊，尚是孔子之书。四子五经，固是最富矿藏，唯须改用新式机器，发掘淘炼而已。”[②]

此外，东方文化派的主要代表人物章士钊，早年也曾“持极端之革命论，并主废学以救国。后亡命往东京，渐变易其观念，竟由废学救国，反而为求学救国。已因与革命老友握别，留学英伦，而极端之革命思想，变化不少”[③]。“五四”前后，其思想已明显倾向维护固有道德与文化，甚至认为当此“世界大乱纷纷不能休”之时，唯中国旧有的农业社会文化“差足济之”。[④]

更明显的转折，发生在“五四”这一代人身上。新文化人特别提倡的世界精神（世界主义）也在20年代中期向民族主义转化，胡适和周作人都是显例。这样，除科学外，似乎大部分“五四”基本理念在后五四时期都有从量到质较大的转化甚至基本转到对立面。即使科学，也曾受到强烈的挑战。除了胡适，鲁迅、周作人、郭沫若都有类似的转化。对中国文明批评最激烈者莫过于鲁迅。鲁迅是“整理国故”的激烈批评者，主张青年人不读中国书、直斥中国国粹“等于放屁”，但他自己的工作却不见得与“整理国故”完全无涉。他不仅花时间和精力对中国古代小说进行系统研究，而且私下对郑樵、顾亭林等人的

---

① 《章太炎先生至柳教授书》，《史地学报》第1卷第4期，1922年。

② 严复：《与熊纯如书》，《严复集》第三册，中华书局，1986年，第668页。

③ 章士钊：《新时代之青年》，《东方杂志》第16卷第11号，1919年11月。

④ 章士钊：《原化》，《甲寅》第1卷第12页，1925年10月。

学术成就评价甚高。在致曹聚仁的信中，鲁迅说："渔仲、亭林诸公，我以为今日无从企及。此时代不同，环境所致，亦无可奈何。中国学问，待从新整理者甚多。即如历史，就该另编一部。古人告诉我们唐如何盛、明如何佳，其实唐室大有胡气，明则无赖儿郎。此种物件，都须褫其华衮，示人本相，庶青年不再乌烟瘴气、莫名其妙。其他如社会史、艺术史、赌博史、娼妓史、文祸史……都未有人着手。"他自己"数年前曾拟编中国字体变迁史及文学史稿各一部，先从长编入手"，终因许多具体困难而未能实行，"直到现在，还是空谈"。① 而且即使在"整理国故"受到广泛批评后，鲁迅仍然在暗中筹划"从新整理"中国学问，不仅有自己的计划，而且有较全面的思考。② 郭沫若一方面对"整理国故"不以为然，指出："整理国故的流风，近来也几乎成为了一个时代的共同色彩了。国内人士上而名人教授，下而中小学生，大都以整理相号召，甚至有连字句也不能圈断的人，也公然在堂堂皇皇地发表著作。这种现象，绝不是可庆的消息，所以反对的声浪也渐渐激起。"③ 另一方面，就在进行这种批评的同时，展开了对中国古代神话和社会的系统研究……

"五四"之后，这种转折仍在不断发生。甚至不局限于中国大陆。殷海光被称为台湾自由主义第二代代表人物，在将近二十年的时间里，成为台湾自由主义思潮的一面旗帜。他曾在中国历史文化问题上与徐复观一度决裂，并演变成《自由中国》杂志和《民主评论》杂志的激烈论战。1957 年殷海光曾在《重整五四精神》一文中指出："凡属稍有知识的人士都看得明明白白，时至今日而讲复古，无论讲得怎样玄天玄地，根本是死路一条，不会有前途的。"④ 但到了 60 年代后期，殷

---

① 鲁迅致曹聚仁，1933 年 6 月 18 日，《鲁迅全集》第 12 卷，人民文学出版社，1981 年，第 184 页。

② 详见罗志田：《国家与学术：清季民初关于"国学"的思想论争》，生活·读书·新知三联书店，2003 年，第 332 页。

③ 郭沫若：《整理国故的评价》，《创造周报》36 号，1924 年 1 月 13 日。

④ （台湾）《自由中国》半月刊，十六卷九期，1957 年 5 月 5 日。

海光发生了巨大变化，他在病床上写道：“中国的传统和西方的自由主义要如何沟通？这个问题很值得我们深思。如果我的病能好，我要对这问题下一点功夫去研究。许多人拿近代的西方思想去衡量古代的中国而后施以抨击（胡适和我以前就犯了这种错误），不想想看：在思想上，老子和庄子的世界是多么的自由自在？……再从社会层面看，中国在强大的帝制下，人民却有很大的社会自由。……历史的社会应与历史的社会比较，拿历史的社会与近代西方的社会比较，是一个根本的错误。”①

类似的例子还可以举出许多。指责这些学者表里不一显然过于简单。事实上，同时具有这种面向普遍性和特殊性的冲动几乎可以说是20世纪的中国学者的共同特点，而在许多学者身上呈现的这种由青年时的激烈反传统向中年以后回归传统的转变，更不能以个人的怀旧或颓唐加以解释。这些思想家的思想“危机”不是外在的，不是由外部历史事变决定的，而是内在于启蒙思想运动的现代性逻辑的展开。民族矛盾的尖锐化和中国社会政治的分化只是促成了“危机”的爆发。这些学者都不是妄图“开历史倒车”的封建残渣余孽，而是晚清以来思想界倡导新学的名流巨子。把他们放置在“传统”与“现代”的二元对立中来衡量，局限在激进和保守两个阵容当中站队，采取一种非此即彼的态度，是不能很完整地描述出这些中国思想家的全貌及其演变的。他们的转变只能以“普遍性”和“特殊性”的辩证关系加以说明。对于生活在20世纪的中国学者而言，只要他曾经是一个彻底的普遍主义者，在追求普遍性的过程中他就必然遭逢特殊性。梁启超自己承认他是在写完《中国历史研究法》后不久便改变了对史学的基本看法。②可见“西学”只要在中国落地，就不能不变成“以中国为中

---

① 殷海光：《春蚕吐丝》（增订版），陈鼓应编，台北远景出版社，1979年，第70页。

② 参见梁启超：《研究文化史的几个重要问题》，《饮冰室合集》文集之四十，中华书局，1989年，第2页。

心”。这就是为什么普遍主义和特殊主义的追求常常以如此不可思议的方式统一在一个人身上的原因。我们也因此能够理解为什么在势不两立的反传统主义者和传统主义者之间会发生令人如此不可思议的转换。“传统”与“现代”的二元对立的认知框架长期以来遮蔽的正是这种复杂的关系。罗志田曾以傅斯年为例谈到这种在中国学者身上普遍存在的矛盾状况：“傅斯年自己在‘九一八’后治学颇从民族主义立场出发（如仓促赶出颇受苛责的《东北史纲》第一卷），然其到1940年仍特别强调国学与‘近代’的对立，并观察到‘复古运动横流狂奔’的现象而力图反对；一个民族主义立场甚强的学人却持有这样一种看似与民族主义冲突的主张，最能反映新文化人在新旧中西之间进行时空换位的取径，同时也提示着他们难以超越新旧之分的时空窘境。”[①] 其实这种带有普遍性的冲突与其说发生在“新旧中西”之间，倒不如说发生在“西学之内”更为准确。因为只有在现代性之中，我们才会遭遇认同的问题——换言之，“西方”产生之后，就必然需要创造一个与“西方”相对应的“中国”。没有作为特殊性范畴的“中国”—“传统”的存在，以“西方”—“现代”代表的普遍主义的诉求就根本无法达成。因为“中国”—“东方”“有助于欧洲（或西方）将自己界定为与东方（中国）相对照的形象、观念、人性和经验。”[②] 对普遍性的追求有多激烈，对特殊性的追求就有多激烈。这也说明了为什么以“国粹派”为名的发掘“传统”的生命力来抗拒西化的努力在晚清没有市场，在除新布旧的新文化运动中却能够以“整理国故”为名如日中天，并开创了一个长达十多年之久的国学研究的鼎盛期。说穿了，“整理国故”的出笼满足的其实是文化普遍主义的需要。由一直以全盘西化为己任的胡适来倡言“整理国故”，实在是对“普遍”和“特殊”这一对现代性关系的生动说明。

---

① 罗志田：《国家与学术：清季民初关于“国学”的思想论争》，第358页。

② [美]爱德华·W.萨义德：《东方学》，第2页。

文化特殊主义与普遍主义的联系还表现在特殊性本身就是一个普遍性范畴。恰如萨义德在分析东方主义的功能时指出的，东方主义有两个特点，一、它把东方同质化，整个东方被描绘成哪儿都差不多；二、它把东方原质化，东方和东方特点被描绘成千秋万代，一成不变的同一性。中国的“国学”研究者和“新儒家”对中国文化主体性的建构就完整体现了这种东方主义的策略。在现代性的语境中，中国文化是作为西方文化的特殊性存在的，但这个特殊性本身必须是一个整体性范畴。也就是说，普遍主义的“现代”需要的他者是一个本质化的、能够表达特殊性的整体的“传统”，而这样的“传统”显然并不天然地存在。要创造这样的“传统”，必须对特殊性采取普遍主义的立场。用酒井直树的话来说，“强调特殊性的论述实践的结果，常常就是排除其自身范围内的差异而已”。“国学”的使命就是创造一个整体性的“中国”。通过消除这个“想象的共同体”内部的异质因素，制造出一个同一的，从远古进化到现在并走向未来的共同体。在将“中国”塑造成一个黑格尔式的“普遍同质性的领域”（universal homogeneous sphere）的过程中，虽然“中国”是作为与“西方”相对的特殊性概念而存在，但其构造方式却是对普遍主义的完全照搬。无论是在千差万别的中国人——男人、女人，城里人、乡下人，穷人、富人，广东人、湖南人……那里抽象出共同的条理清晰的“国民性”，还是如“新儒家”那样把复杂纷繁的中国思想简化为儒家思想，“普遍的特殊主义”[①]所创造的“是一个旨在容纳某些群体并常常以暴力的形式排斥其他群体或将其他群体边缘化的历史建构”。[②]它必然表现为民族国家的自我殖民和内在殖民。“现代性危机从一开始就同种族征服和殖民有着密切联系。在自己的内部，民族国家和它的侍从意识形态结构一刻

① 哈贝马斯语，见［德］哈贝马斯：《公共领域的结构转型》，曹卫东等译，学林出版社，2002年，第23页。

② ［美］杜赞奇：《从民族国家拯救历史——民族主义话语与中国现代史研究》，王宪明译，社会科学文献出版社，2003年，第13—15页。

不停地忙碌着，努力创造出，再生产出纯净的人民；在外部，民族国家则是一部制造他者的机器，它创造出种族差异，划定疆界，以支持主权的现代主体，去除统治的限制。”[①] 也就是说，那些针对西方、强调中国性的特殊主义者在处理民族国家的内部关系时，采取的却是普遍主义的方法。强调国家至上的民族国家在处理内部的差异问题时，不得不复制西方对中国的认知、理解和处理问题的方式，通过不断将内部的差异对象化，完成将“自我他者化”的轮回。这样的行为，充分暴露了特殊主义者的普遍主义实质。

因为“普遍主义”和“特殊主义”存在这种内在的沟通，“普遍性”和“特殊性”常常可以互相替换。胡适治学的特长是“用比较的研究来帮助国学的材料的整理与解释”，其实这也是胡适的同代人用得最多的方法。陈独秀发表于 1915 年的《东西洋民族根本思想之差异》一文如此讨论东西民族的不同：“西洋民族以战争为本位，东洋民族以安息为本位”；“西洋民族以个人为本位，东洋民族以家族为本位”；“西洋民族以法制为本位，以实力为本位；东洋民族以感情为本位，以虚文为本位”。[②] 不久以后的 1916 年 10 月，杜亚泉以“伧父”之名发表《静的文明与动的文明》一文，批评国人崇洋媚外，认为中西文明之差别主要表现在西洋重人为，中国重自然；西洋人生活为外向型，中国则为内向式；西洋社会喜竞争、多团体、重公德，中国社会则往往反之。这些差别是由不同的社会历史、地理环境等因素造成的，两种文明各有长短优劣，“而吾国固有之文明，正足以救西洋文明之弊，济西洋文明之穷者”[③]。非常有趣的是，陈独秀是有名的文化普遍主义者，而杜亚泉则是一个传统文化的深情维护者。虽然他们对中国文化的价值判断完全不同，但他们论证问题的方式却几乎完全一

---

① ［美］麦克尔·哈特、［意］安东尼奥·奈格里：《帝国——全球化的政治秩序》，杨建国、范一亭译，江苏人民出版社，2003 年，第 121 页。

② 《新青年》第 1 卷第 4 号。

③ 《东方杂志》第 13 卷第 10 号。

致，那就是将中国作为一种与西方相对的特殊性加以认识并作为立论的基础。由此我们不难见出这些貌似对立的理论其实分享着共同的知识前提，都是在现代性之内辗转腾挪。一方面，普遍主义需要特殊主义作为“他者”来证实自身，因此必须创造出与自己对立的特殊性；另一方面，由于特殊性的构造完全依赖普遍主义的原则，特殊性最终将不可避免地变成普遍性。现代普遍主义的历史叙述总是采用这种典型的“比较”方式，这种关于东方/西方、传统/现代的比较叙述的背后，无非是关于普遍性/特殊性的叙述，在这里，特殊性，无非就是普遍性得以历史地展开和表达自己的方式而已。

酒井直树在他的文章中一再提醒我们不能忘记所谓的“特殊性”和它所拒绝的普遍性之间的同谋关系：

> 为了建构他们的民族共有的身份认同，亚洲国家的很多人不得不排斥所谓的西方人和殖民者，通过承认他们外来者的身份，不无讽刺意味地接受那些西方人和殖民者同一性的西方身份来达到这一目的。（我们是否应该称之为西方主义呢？）通过颠倒强加给他们的欧洲中心主义的分类学，他们得以建构他们自己民族的神话主体。类似地，亚洲研究者为了重新确信在与研究对象社会的实践关系中越来越被质疑的西方同一性的特性，他们往往竭尽全力强调亚洲社会、文化结构乃至生理学的结果无可动摇的非西方特征。在甘愿认同西方种族歧视强加于他们的陈旧观念的亚洲文化本质主义和罗伯特·杨所提到的类似于西方的自恋癖之间，我们不是经常可以看到一种共谋么？
>
> 亚洲研究者并不是在“中间”的临界的普通概念中偶然遇到他们身份认同的危机的，他们是被迫在此临界性的批判性“接触地带”中面对他们作为危机的身份认同的。这是由于他们陷入这样一个危机：他们明显地使自己认同于他们

> “自己”的西方或日本。如此通过对紧张的否认而被设置的身份认同是一种基于“同质社会性”（homosocialty）的身份认同，它最终只能通过否定性的排外主义来建构自我同一性。而且，在某一历史特定阶段，迫于对抗殖民主义与帝国主义侵略，建立近代国民的需要，不得已而产生的亚洲文化本质主义，与“西方自恋癖”之间的相互转移，事实上也证实着这两种“同质社会性”的要求之间必然存在的共谋关系。[①]

在20世纪的中国，对“中国性”的强调常常意味着对“西方性”的反抗，但恰如酒井直树指出，这些试图反对西方的思想尝试，虽然揭露了一些关键的大问题，可是在批判的过程中难免从批判对象的西方吸收一些本质性的东西，导致批判变成了另外一种复制体系的机制。“民族主义否认殖民地人民低人一等的说法；它还断言，一个落后的民族能够使自己‘现代化’，而同时又保留其在文化上的特性。因此它制造出了一种话语，在这种话语中，甚至当它向殖民地的统治权提出挑战之时，它也还是接受了这些‘现代性’的智识前提，而殖民主义的统治就是建立在这些前提之上的。我们又将怎样去弄清民族主义话语中的这些矛盾的因素呢？”[②]显然，在酒井直树这里，一个以“民族国家”为本位的东方，本质上已经深深地陷入了“西方”的范围，这样的一个东方即使能够战胜西方，结果不免是“西方”再次经过移动以后的再重建。在这一视阈中，所谓的“多元历史”最后只不过是“一元历史”的翻版而已。中国文化自主性的倡导者常常忽略的一个事实，是“中国”从来没有在西方以外的位置。即使将“中国”理解为一种外在于西方普遍性的特殊性存在，“中国”也还是在“西方”的内部。这意味着我们如果要批判西方，批判现代性，就得从对“中国”本身

---

① ［日］酒井直树：《主题和 / 或者主体和文化差异的烙印》，贺雷译，《学术思想评论》第七辑，贺照田主编，吉林人民出版社，2002年，第283—285页。

② 同上书，第267页。

的批判开始。对于第三世界来说，要获得真正意义上的“人的解放”，不仅意味着对外来殖民压迫的解除，同时更体现为对“内部殖民”的解除，民族国家的解放与独立应该完成双重的“解殖”任务，而不是在告别西方殖民者的过程中塑造新的本土统治者。

无论如何深刻和富于启发性，酒井直树对普遍性与特殊性关系的分析不可能终结我们对文化自主性问题的探讨，在酒井直树之后，仍然会有许多中国知识分子献身以“中国性”为目标的文化建设，因为建构本土主体性既然是现代性最重要的遗产，当然也就会成为非西方的知识分子无法摆脱的宿命。如何摆脱西方的牢笼，找到我们自己，将永远成为我们的梦想。但在酒井直树之后，我们的努力，却必须首先面对酒井直树提出的问题。尤其是当我们以“民族主义”来重建政治认同——落实我们的“政治正确性”的时候，我们确实不应该忘却历史，尤其应当警惕重蹈覆辙——那就是以反西方的方式再度落入西方主义的陷阱。

我们不妨以一个文学领域的争论来结束本节的分析。诗人于坚骄傲地宣称：

> 我的愤怒是诗人的愤怒，如果民族主义在这个国家已经遭到所有知识分子的唾弃，那么诗人应该是最后一个民族主义者。我是一个母语意义上的民族主义者，在此意义上，我永远拒绝所谓的“国际写作”。①

但不知于坚是否知道，“民族主义者”恰恰是一种“国际写作”的成果。“民族主义”绝对是殖民主义的遗产，既然如此，你又如何能够指望能依靠“民族主义”来反叛“西方”呢？

---

① 于坚、谢有顺：《真正的写作都是后退的》，《南方文坛》2001年第3期。

第四节
“中国性”及其“中国的现代性”

“中国性”已经成为越来越多的不愿接受西方普遍性的知识分子（西方安排好的现代性道路的中国知识分子）的归宿。什么是“中国性”呢？“‘中国性’，亦即它的特殊性”。[①]“中国性”是一个与“西方性”相对应的概念，“中国立场”意味着非西方的立场，“中国问题”意味着不是西方的问题。也就是说，这里的“中国”是一个以“西方”为他者确立的主体概念。虽然不一定是一个反西方的视角，但至少含有“非西方”的要素，或者强调存在一个以“中国”为名的不能被西方视角涵盖的角度。

在对“中国性”的讨论中，有一本书被经常提及，那就是美国学者柯文的《在中国发现历史——中国中心观在美国的兴起》[②]。柯文的主要观点是说，统治美国的中国近代史研究的三种主要模式，即“西方冲击—中国回应”模式、“传统—近代”模式、帝国主义模式，都是“西方中心观”的产物。因为这三种模式均涉及这样一个前提，即近代中国经历的一切有历史意义的变化只能是西方式的变化，而且只有在西方的冲击下才能引起这些变化。柯文认为，美国中国近代史的研究要改变这一现象，做到正确理解 19、20 世纪的中国历史，必需“不仅把此段历史视为外部势力的产物，而且也应视为帝制时代最后数百年出现的内部演变的产物”。柯文强调史家应采取“内部取向”来研究中国历史的嬗变，认为应该更多地关注中国内部文化传统及其社会结构的运动在社会变迁中的影响和作用。——它侧重于从中国而

---

① [美] 列文森：《儒教中国及其现代命运》，郑大华、任菁译，中国社会科学出版社，2000 年，第 118 页。

② 柯文：《在中国发现历史——中国中心观在美国的兴起》，林同奇译，中华书局，1989 年。

不是西方来解释中国现代思想的兴起，并尽量设身处地地采取内部的（即中国的）而不是外部的（西方的）理论视点和价值取向来决定中国历史中哪些现象具有重要意义。

柯文的这本书1984年在美国出版，1989年就有了中译本，在1990年代的中国知识界引起了广泛的反响。柯文这本书讨论的对象虽然是美国的中国近代史研究，但这些问题也同样是中国近代史研究中的基本问题。对90年代的中国史学界而言，柯文这本书的出现可以说是生逢其时。它的到来对中国知识界的“中国意识”的觉醒起了重要的推波助澜的作用。如果早来几年，这样的“中国中心观”在中国知识界是绝对没有市场的。“文革”结束后的80年代，是一个以“西方中心观”为主体的文化普遍主义取得了政治正确性的时代，在“文革”后的主流历史叙述中，“文革”的悲剧被放置到“传统”与“现代”的二元对立框架中加以理解，“文革”被解读为封建思想的复活，中国的主流历史叙述最大的问题是摆脱“反帝国主义”模式的宰制，回归所谓的“挑战—应战”与“传统—现代”模式。在这些“西方中心观”之间的位移，根本不可能产生所谓的“中国中心观”。90年代以后，伴随着世界政治经济形式的变化，文化多元主义思潮的兴起，后殖民主义等后现代知识的勃兴，“中国性”乃至与之相关的“中国中心观”才得以重新变成一个问题。尤其是90年代以后中国经济的快速“崛起”，更为建构“中国性”提供了直接的动力。

与“中国性”相关的一个概念是“中国的现代性”，“中国的现代性”当然是针对“西方的”而言，以前我们谈到“现代”，马上就会想到“西方”，现代化实际上是指西方化，中国与西方的对立被解读为“传统”与“现代”的对立。“中国的现代性”概念的提出意味着我们认同了“多元现代性”的范畴，人们越来越认同的一种描述，就是现代性不应该只有西方现代性一种。不同的民族国家及其文化传统应该有一整套自己民族/文化特色的现代性。

“中国性”认同还被放大为“亚洲认同”，这两项认同的一致性在于它们的非西方性。近几年，中国、韩国和日本学者在研究各自国家的“现代性”时，几乎不约而同地提出了“东亚现代性”的概念，甚至进一步提出了“东亚现代性的主体性”问题。在多元现代性的视野中，亚洲不再是一个地理范畴，而是一种文明的形式，它代表着一种与欧洲民族国家相对立的政治形式，一种从无历史状态向历史状态过渡的形式。这一衍生性的亚洲话语为欧洲知识分子、亚洲革命者和改革者，以及历史学家提供了描述世界历史和亚洲社会、制定革命和改革方略以及勾画亚洲的过去与未来的基本的框架。也就是说，亚洲近代的发生有着自己的历史前提，它表现为包括中国社会的亚洲内部的某些转变。比如最近学界评价非常高的日本学者沟口雄三对中国“近代性”的研究就是这方面的代表。在沟口眼中，“近代”（即“现代”）的概念，“本来是地区性的欧洲的概念，至多不过是他们欧洲人内部对旧时代而言的自我歌颂的概念，可是随着欧洲自我膨胀到世界一样大，不知不觉地就成了世界性的概念”。面对这种西方的强势影响，沟口提出：“如果要在本来和欧洲异体的亚洲看透‘近代’，那就只有上溯到亚洲的前近代，并在其中找到渊源。也就是说，以亚洲固有的概念重新构成‘近代’。”[①] 沟口对明清两代中国思想中现代性潜在资源的研究，便是以这样一种主张为前导的：“中国的近代既不是超越欧洲的，也并不落后于欧洲，它从开始就历史性地走了一条与欧洲和日本都不相同的独特道路”，于是沟口将近代中国之思想遽变的议题，在时间向度上，向上拉长了四五百年，他把朱子学和阳明学看作现代思想的起源，并认为这一与“乡约”和田制论密切相关的思想传播构成了东亚地区的总体变化的一部分。沟口的独特方面还在于：他援用

① [日]沟口雄三：《中国前近代思想的演变》，索介然、龚颖译，中华书局，1997年，第7页。除此书外，沟口雄三的著作翻译过来的还有《日本人视野中的中国学》（李苏平、龚颖、徐滔译，中国人民大学出版社，1996年）以及论文《中国思想与中国思想史研究的视角》（李云雷译，《比较文学研究通讯》，北京大学比较文学与比较文化研究所，2002年）。

滨下武志有关朝贡贸易的研究，把长途贸易和跨区域的文化传播看作是理解亚洲的“近代”的关键环节。

显然，“中国的现代性”已经成为超越西方普遍主义的一个重要范畴，或者说，在这个概念身上，寄予了超越西方普遍主义的希望，但这个范畴能够真正帮助我们摆脱西方吗？在我看来，答案仍然可能是否定的。为什么这样说呢？“中国的现代性”可能的确不是“西方的现代性”，但它仍然是一种“现代性”。也就是说，不管沟口将中国的现代性上溯多远，他论证的都是“现代”（他用的是“近代”这个词）的发生，都是“现代”或“近代”与“传统”的断裂。而这种“断裂”是一个只能在西方文化，在线性历史观念中才会出现的范畴。中国何时进入“现代”或“近代”本身就是一个西方文化中才能出现的命题。在这一意义上，沟口为代表的这种对“非西方的现代性”的论证最终没有摆脱酒井直树提出的问题——沟口在《中国前近代思想的演变》中坦陈，他自己是“从一开始就把理解中国的独特性作为自己的研究课题的”[①]。沟口以“特殊性”的名义回归了“普遍性”，以“中国”的名义回归了“西方”。“中国主体”就这样被吸纳进了“普遍性”—“特殊性”共谋的怪圈。

沟口将中国近代的起点前移，目的是要避免柯文总结过的“挑战—反应”模式与“传统—现代”模式，避开西方的影响。在探讨中国自己的“现代性”的时候，这一方法比在晚清或“五四”语境中辨析中国传统的意义要便捷得多，因此也为越来越多的中国学者所采用。但是，把现代的起点前移，并不能真正摆脱中国与西方的关系。美国学者艾尔曼在对常州今文经学的历史进行了深入的分析后，深有感慨地指出，那种把常州今文经学视为晚清变法之先驱和源流的看法，恰恰是堕入了现代化论者设计好的圈套，因为现代化的设计者总是把原来毫不相干的历史事实有意串接起来，构成社会发展的普适目标作注

① ［日］沟口雄三：《中国前近代思想的演变》，索介然、龚颖译，中华书局，1997年，第29页。

解的若干阶段和环节，从而形成了人为的历史神话。[①] 这个圈套，沟口也一定逃脱不了。——这也正是周作人的《中国新文学的源流》的问题所在。

“作为方法的中国”是沟口雄三提出的极为中国研究者感动的口号。他一再指出，过去我们一直把世界作为看中国的方法（尺度），中国是一个样子；如果我们把中国作为方法去看世界，世界会是另一个样子。

但沟口以中国为方法看到的世界，很有可能与以世界为方法看到的世界没有真正的不同。

在一篇与沟口雄三商榷的文章中[②]，葛兆光对沟口提出的多元现代性理论表示了自己的疑惑。在葛兆光看来，近代并不只是一个客观的时间分期概念，它的背后有种种特定的历史意味和价值判断，并不是所有“距今若干年”的时间都可以称作“近代”或“前近代”的，如果各有各的“近代”，那么，“近代”一词中所包含的落后、先进之类的标准，以及一个国家是否进入近代的标准，是否可以舍弃？反过来，如果我们还是要在价值评判和社会分期的意义上使用这个“近代”的话，那么是否又得回到欧洲“近代”所确立的一些标准上去？如果不回到西方的定义上去，这中国的或亚洲的“近代”的内涵到底是什么呢？我们以什么作为标准来区分前近代和近代呢？如果没有标准，将“近代”变成了一个“空洞的能指”，那我们讨论这个问题的意义又何在呢？葛兆光认为沟口在瓦解了欧洲经验和道路的普遍性的时候，同样也瓦解了日本、中国近代历史经验的普遍性和连带性，这种“相对”的观照下已经变得“零碎”的近代图像，当然否定了欧洲理性化和工业化的近代经验，但也否定了日本“脱亚”的近代经验，也否定了中

---

① 见艾尔曼：《中国文化史的新方向：一些有待讨论的意见》，《台湾社会研究季刊》第十二期，1992年5月。

② 见葛兆光：《重评90年代日本中国学的新观念——读沟口雄三〈方法としての中国〉》，《读书》1995年第3期。

国“革命”的近代经验。葛兆光问，这样的经验对“亚洲”有什么意义呢？换句话说，“亚洲”究竟应当按照谁的想象来建构和描述呢？

葛兆光的疑虑是有道理的。沟口确实在中国发现了“历史”，问题是他在中国发现的这种“历史”是何种“历史”？如果仍然是西方的“历史”，那是不是在“中国”发现，就无所谓了。如果发现的是传统中国的循环的、静止的历史，那又如何能叫作“历史”呢？或者又有什么意义呢？

葛兆光显然并不是要否定沟口提出的问题的合理性。他只是想提醒我们，沟口对中国问题的讨论首先是针对日本，特别是针对日本中国学而来的，他表述的是他对日本中国学研究的看法——这一点其实与写《在中国发现历史》的柯文针对的是美国的汉学界一样。在这一视阈中，中国其实是作为日本的他者存在的。战后许多日本学者都对中国怀有好感，甚至对现代中国革命寄予了希望，把中国想象成一个与西方完全不同的理想世界，其实是已经脱亚入欧的日本在确认自己的主体性时建构的一个“他者”形象。这种确立“他者”的目的，其实是在于确立“自身”。因此，在沟口这里，日本的中国学，并不是中国之学，而是日本之学，是在“抛开中国读中国”。因此，葛兆光对中国学者不假思索地认同这些所谓的“多元的近代”与“前近代”、“没有中国的中国学”以及“亚洲历史和文化共同体”等理论表示了质疑。

沟口对“中国现代性”的描述的确让人耳目一新。然而问题在于，我们如何描述中国自己的现代性呢？现代性不仅仅是一种制度，还是一种知识。在西方现代性知识已经成为我们理解和表述这个世界的唯一方式之后，我们还有没有另外的、非现代的——准确地说是非西方的知识方式？换言之，能否不以“西方现代性”的概念来描述？在今天，还有“非西方的现代性”的空间吗？

迄今为止，中国的现代历史是被现代性的历史叙事笼罩的历史，传统主义和启蒙主义对现代性的批评或坚持，都是以现代性的历史叙事为前提的。近年来，在中国史学研究中的确出现了某种“超历史”

的努力，尤其是一种被命名为“后现代”的历史解读，力图把历史按时间框架安排的叙事置换为“空间”状态加以解释，以破除线性史观强调连续性的制约。如杨念群关于“儒学地域化”概念的提出，就是想把中国思想史发展的线性解释置换成一种空间分布的状态重新加以解读。罗志田曾在评价这一研究意义的时候指出：“杨著首要的新意在于将后现代主义提倡最力的空间概念引入我们中国通常为时间概念所‘控制’的史学领域。”[①] 但这种空间概念可能同样无法摆脱时间的宰制。因为没有时间，就根本不会有所谓的空间。事实上，我们对“传统”与“现代”二元对立的拆解同样适合于对“时间”和“空间”关系的解读。如同我们说“传统”是“现代”到来之前的状态一样，我们会说“空间”是未为“时间”分割的一种原始状态。然而，如同“传统”是被“现代”照亮的一样，“空间”只有在“时间”的映照下才得以确立。

作为一个人文学者，对西方霸权的批判绝对是必要的。但问题不在于要不要批判，而在于如何批判，以何种方式进行批判，或者说，在何种框架内批判。

孙歌是近年讨论非常热烈的“东亚知识共同体”的重要组织者和参与者。作为“东亚自主性”的一种形式，“东亚知识共同体”聚集了中、日、韩三国优秀的批判知识分子。面对美国的巨大压力和不断挑战，“什么是亚洲”这个问题日益严峻地摆到了亚洲知识分子和政治家面前。但在多次参与了“知识共同体”的讨论后，孙歌发现，人们期待的中、日、韩三国知识分子对话的局面并未形成。“这不是我们所情愿的，但却是一个真实的状况。与此相反，另一个饶有兴味的事实是，韩国学者的在场并未促成韩国的思想资源真正进入我们的学术视野，而不在场的‘西方’却从来没有缺席过。我们发现，无论怎样调

---

① 罗志田:《乾嘉考据与90年代中国史学的主流》,《二十世纪的中国思想与学术掠影》,广东教育出版社,2001年,第227页。

整对话者，以西方理论为基点的视角都是不可动摇的。事实上，无论怎样刻意规定，亚洲国家的知识分子之间都已经不可能进行独立于西方之外的‘纯亚洲’的对话了。”[①] 我觉得孙歌的这一发现是非常有意思的。她经历的这种困境其实并不是她个人的困境，甚至也不只是中国知识分子和亚洲知识分子的困境，而是“全球化”时代所有非西方知识分子都会遇到的问题。文化的民族主义者绝对有理由坚持我们的目标应当是解决我们自己的问题，而愈益突出的则是由于全球化无所不及的整合力，我们将很难找到所谓纯粹的中国问题，也同样找不到纯粹的亚洲问题。

有关“中国问题”“中国方法”乃至“中国性”的讨论，非常近似于女性主义批评家克里斯蒂娃对“女性”的讨论，克里斯蒂娃说，“作为一个女人来说话”无论如何都是毫无意义的。因为正如我们已经知道的，“这样的女人并不存在”。

这句话完全可以用来回应“作为一个中国人来说话”这样的吁求——“这样的中国人并不存在”。

在这个问题上，后殖民主义与女性主义的确存有共识。女性主义批判的真正革命性意义绝不在于以女性的经验取代男性的经验，以文化价值秩序中的边缘性夺取文化价值秩序中的中心性，并且使之普遍化为人类文化的价值新规范。如果说女性主义之所以提出并强调文化秩序中的边缘性（marginality）地位这一概念，是为了意识到并且向文化的中心性回归的话，那么，这就无异于扼杀了这一概念的强大生命力。因为这一概念的警醒作用恰恰在于避免向文化的中心价值回归。边缘性开启了审视主流文化结构的可能性，而在此之前，主流文化是无法从其内部得到批判性审视的。“中国”对“西方”的反思，也应该在这一层面上理解。如果将对西方霸权主义的批判转变为对“只要是我的国家，我不计对错”的狭隘民族主义认同，这样的民族主义

---

① 孙歌：《全球化与文化差异：对于跨文化知识状况的思考》，《东方文化》2001 年第 2 期。

其实并不会比西方中心主义好到哪里去。“亚洲认同”也同样面临类似的问题。如果“东亚共同体”或“亚洲共同体”的奋斗目标是按照美利坚合众国的模式将未来的亚洲建立为一个亚洲合众国，美国之后的一个超级大国（亚洲国），一个寻求与美国平起平坐的“亚洲民族国家”，那与臭名昭著的“大东亚共荣圈”又有什么区别？统一的中国认同与统一的东亚或亚洲认同一样，都必然既是文化认同又是政治认同，而政治认同必须要有共同的敌人。这显然不是后殖民主义所追求的目标。如果说西方的全球化是一种进攻型的帝国主义，那么在我们狭隘的民族主义意识里则徘徊着防御型帝国主义的阴影，即通过对作为“他者”的帝国主义的回击，显示自己坚不可摧的永恒的特殊性和地方性，而任何事物只要被本质化、超历史化，则都可能导向一种普遍性、整体性，与帝国主义精神无二。后殖民批评的真谛在于解构一切本源性思维和“中心主义”，不管它是西方的还是东方内部的，尤其是对后者我们不能有意忽略、逃避甚至掩盖。1994 年，萨义德在他为《东方学》撰写的长篇后记中重申，他不接受任何形式的本质主义，他对东方学的批判不是出于对伊斯兰文化“本质”的辩护，而是完全由于他在东方学中发现了一种本质主义立场，这种立场“既暗示着存在一个经久不变的东方本质，也暗示着存在一个尽管与其相对立但却同样经久不变的西方本质，后者从远处，并且可以说，从高处观察着东方。这一位置上的错误掩盖了历史变化”[①]。因此可以说，萨义德的研究首先基于他对东方学的本质主义立场及存在一个所谓“本质化”东方的说法的批判。同时，萨义德也否认后殖民理论可以胜任对“真正”的东方文化的揭示与研究，他在《东方学》的序言中明确地说：“东方曾经有——现在仍然有——许多不同的文化和民族，他们的生活、历史和习俗比西方任何可说的东西都更为悠久。对于这一事实，我们除了明智地予以承认外，几乎别无他途。但我研究东方学的目的主要不

① ［美］萨义德：《东方学》，第 429 页。

是为了考察东方学与东方之间的对应关系，而是为了考察东方学的内在一致性以及它对东方的看法……不管其与‘真正’的东方之间有无对应关系。”①

我们讨论的对象其实是在文学研究中如何选择和坚持“中国方法”研究“中国问题”的问题，但对“中国”乃至“中国性”的理解却无法在“文学”之内完成。因为所谓的“中国方法”并不仅仅是“文学”的方法。如同孙歌指出的，无论怎样刻意规定，亚洲国家的知识分子之间都已经不可能进行独立于西方之外的“纯亚洲”的对话了，在文学研究中，无论怎样刻意规定，中国的文学史家和文学批判家都已经不可能依靠纯粹的“中国方法”研究“中国问题”了。正如德里达在批判西方形而上学的传统中所指出的：“为了摆脱形而上学而不用形而上学的概念是毫无意义的。我们并不拥有外在于这个历史的任何一种语言、任何一种句法，以及任何一部字典；我们不能说出任何一个单一的解构性命题，它还没有陷入恰恰是它所要抨击的那种形式、那种逻辑和那些蕴涵的假设中。”② 在这一意义上，值得特别强调的是，在今天中国的语境中，阅读西方理论和使用西方方法，已经不再只是在阅读和使用“文化他者”，它实际上也是一种本土文明或文化的自我阅读和自我理解，当然也是一种自我反思与自我批判。我们不能以为我们是中国人就先天拥有讨论“中国问题”的能力，或者说我们一定比非中国人更有能力表述“中国问题”。何伟亚在《怀柔远人》中就曾经指出：“生在一国并说那国的语言并不意味着对当地之过去有着先天的接近能力。他还必须转译和阐释。这两者都需要心通意会与想象力。”③ 这话说得极有道理。刘东在为收录有何伟亚《怀柔远人》的“阅读中国系列”丛书写的序言中也发表过类似的看法：

---

① [美] 萨义德：《东方学》，第 7 页。

② [法] 雅克·德里达：《书写与差异》，张宁译，生活·读书·新知三联书店，2001 年，第 506 页。

③ [美] 何伟亚：《怀柔远人：马嘎尔尼使华的中英礼仪冲突》，邓常春译，社会科学文献出版社，2002 年，第 253 页。

> 如果借用康德的一个说法，我们可以尖锐地揭露和批判说，人们对于生于斯长于斯的文明环境本身，往往会产生某种“先验幻象”，以致对那些先入为主的价值或事实判定，会像对于“太阳从东方升起”之类的感觉一样执信。也正因为这样，那些学术研究家的文化使命，才恰在于检讨现有的知识缺陷，适时地进行修补、突破和重构。在这个意义上，我们必须毫不犹豫地挑明：任何人都不会因为生而为“中国人”，就足以确保获得对于“中国”的足够了解，恰恰相反，为了防止心智的僵化和老化，他必须让胸怀向有关中国的所有学术研究（包括汉学）尽量洞开，拥抱那个具有生命活力的变动不居的“中国”。[①]

在这一视阈中，所谓的“中国问题”或“中国方法”或许是一个伪问题。“在这些严肃慎重的讨论之中，一些中国学者以国家作为分析角度或最小的分析单位，看来是（或有意或无意地）翻版了欧美对中西冲突的阐释。”[②] 我们不妨举大家非常熟悉的中西文论比较来说明这个问题。“中国方法”的倡导者常常热衷于对中国文论与西方文论进行一种比较分析。比如说西方文论是怎样的，中国文论是怎样的，这样的论证当然是要说明中国文论的独特性。但这种对中国文论乃至中国文论表现的中国哲学与中国美学独特的精神义理的阐释并非真正在中国的内部展开。且不说“中国”“文学”“哲学”这些概念本身具有的西方性——因为无论是“中国哲学”还是“中国美学”抑或“中国美学”本身不能够“自说自话”，自说自话或许可以成就某种另外的东西，但却不会是“中国”的“哲学”或“美学”。与之相关的还有一个问题，当我们一再以西方文论作为参照来讨论中国文论的特点时，我

① 见刘东：《阅读中国序》，《怀柔远人：马嘎尔尼使华的中英礼仪冲突》，第2页。

② [美]何伟亚：《怀柔远人：马嘎尔尼使华的中英礼仪冲突》，第248页。

们不得不强调中国文论的特点，强调中国文论表现的中国哲学的“内在性”品格，不得不把中国文论和哲学齐一化，本质化，这样的方式，本身就没有真正超出西方的“两分”架构。因为中西美学和哲学之间的实质性差异并不在于这种“超越性”与“内在性”的对比，而在于中国美学和哲学中原本就不存在超越与内在、本体与现象、真实与变异、存在与过程、程序与混沌、一般与具体、理性与感性、形式与内容、说理与叙事、思与诗等的截然两分。可见要真正超越西方的范畴和问题框架并不是一件容易的事情。

这大约就是文学研究领域重建“中国方法”的努力始终只能停留于空洞的理论探讨的原因。近几年来，不少学者一再批评中国文学研究“没有一套属于自己的独特的话语系统，而仅仅是承袭了西方文论的话语系统”，他们对中国文论与文艺研究的“失语症”问题进行了深入研讨，并提出一系列对“失语症”症候的解决方案，包括多种“重建中国文论话语”的纲领，比如“汉语批评”“美文批评”，还有什么建立“中国学派”，等等。这些表态符合当下的“政治正确性”，每每还可上升为对西方中心主义的批判，因此怎么重复也不会有问题。但这些吁求“流于言辞”（德曼语），始终未能转化为具体的批评成果。我们实在不知道那个想象中无限美好的“中国批评”著作究竟是什么样子。钱锺书在《围城》中曾自嘲：“理论是由不实践的人制定的。”用这句话形容那些主张“中国方法”的文艺理论家显然同样贴切。

结 语 文学的“内”与“外”

问题一：将文学与其他知识等同起来是否忽略了文学的特性？这样的研究还是文学研究吗？类似的问题，与我们剖析过的“我们是中国人，为什么不使用中国方法研究中国问题”之类的问题差不多。以“文学”为专业的学生要以“文学”为研究对象固然不错，但要研究文学问题，得首先回答什么是“文学”。就如同你觉得中国人应该使用中国方法，你得首先回答“中国”在哪里。

学科意味着追问某些特定的问题，采用某类特定的术语和研究相对稳定的某一系列事物。福柯的著作帮助我们看清这些局限性，这种戒律是如何通过与特权等级相关的各种奖惩而以法律的形式得到加强的。最终的惩罚就是：将你排除在外。如果一个人不在学科话题范围内说话，他就不再被看作其中的一员。① 这种体制使得人们失去了发现问题和回答问题的能力。因为不管这个世界发生了什么变化，不管“文学”发生了什么变化，我们都要把这些变化纳入这个学科框架里面来，而不管这个框架——这个专业是不是能够装得下这些问题。

现在中文系研究现当代文学的学者要写出周作人的《中国新文学的源流》那样的著作已经不太可能了，因为大家已经没有勇气去碰自

---

① 参见[法]亨利·吉罗等：《文化研究的必要性：抵抗的知识分子和对立的公共领域》，罗钢、刘象愚主编《文化研究读本》，中国社会科学出版社，2000年，第80页。

己专业以外的题目了，不是现在的人智力低了，学养差了，而是现在的学科体制更成熟更现代了。现代学科制度通过标准化、科层化的区分体系形成一种“专业态度”（professionalism），这种“专业态度”把我们分别限制在不同的领域。做现代文学的就该研究“现代文学”，做完了一流作家就做二流作家，做完了二流作家还有三流四流作家，做完了小说诗歌还有戏剧散文。至于现代文学的“源流”吗，对不起，那是隔壁教研室的事，但隔壁教研室才不会放下身段做你们这些没有学术含量的现代文学题目呢！——更不用说如“朝菌”“蟪蛄”般朝生暮死的“当代文学”了。他们做什么，当然是做“古代文学”。各人自扫门前雪，哪管他人瓦上霜。在这样的学术格局（割据）中，出刘禾那样的学者太难了，更不用说出萨义德、詹姆逊了。其实这些人都是文学系的教授。

“当代文学”专业中出现的问题常常并不是“当代”才有的问题，如果研究者想了解当代文学的知识谱系，就必须到当代文学之外去寻找，甚至到“文学”之外去寻找，就得去进行这种知识的考古。——除非你并不真正想弄清这些问题。这些问题显然在“文学”之内得不到解答。也就是说，驱使我们研究这些问题的不是“学科意识”而是“问题意识”。用福柯的话来说，“考古学所涉及的范围不构成一门科学，一种合理性，一种精神状态，一种文化”①。

我们每个人确实都面对着学科的制约。但与“文学”一样，学科本身也是一种现代性的建构物，“文学”成为大学的学科，在中国只有不到一百年的历史，在欧洲也是在 19 世纪才开始出现的。因此，作为学科的“文学”既然是某种历史条件的产物，当然也就可能随着历史条件的改变而消失——或者至少说是发生改变。“文学”的特性是在现代性的学科分类中出现的，它与政治、哲学、历史等分属不同的专

---

① [法]米歇尔·福柯：《知识考古学》，谢强、马月译，生活·读书·新知三联书店，1998年，第205页。

业，而专业化、职业化都是“现代”的成果。“儒家文明所推崇的是非职业化的人文理想，而现代的时代特征则是专业化。”[1]我们的问题意识不是去判断文学是否存在某种特性，也就是说，我们不否定这种特性的存在——当然，我们同时也不肯定这种特性的存在。我们想了解的是，“现代”为什么要创造出“文学”的特性来。“文学”在一个巨大的现代性知识体中具有何种功能？扮演什么样的角色？我们试图追问的是学科的话语形构与社会权力的关系。福柯是主张把学科规训同时作为知识的形式和权力的形式来看待的。在“知识考古学”的视阈中，学科并不是我们今日所见到的静态的知识分类，而是以一定的措辞建构起来的历史产物。学科首先是一门经过分类的知识，而这种分类方法同时也成为这门学科的规范和要求，因此学科代表了知识和权力两方面的结合。因此，如果坚持在“文学”之内进行文学研究，也就意味着研究者首先接受了这个关于文学特性的现代性的知识预设。而知识考古学则试图把这个预设当成一个问题，当成一个在历史中产生出来的概念。这些“非文学”的概念不仅为我们理解、表述“文学”提供了基本的框架，更重要的还是为“文学”的发生和发展提供了不可或缺的制度保证。——也就是说，是它们使“文学”变成了“文学”。因此，我们可以承认这不是“文学”的讨论，但却不能否认它是“关于文学”的讨论。

在柄谷行人的自我理解中，《日本现代文学的起源》这样的著作，已经不能被简单归于“文学”研究的范围，而是一部研究“文学”发生历史的书。准确地说，是一部探究日本“现代性”之“历史”的著作。

伊格尔顿在《二十世纪西方文学理论》一书的导论《文学是什么？》中曾对许多传统的和现代的文学定义提出了质疑，并最终论证，所谓“具有永远给定的和经久不变的‘客观性’”的“文学”并不存在，

---

① [美] 列文森：《儒教中国及其现代命运》，郑大华、刘菁译，中国社会科学出版社，2000年，第367页。

这样的"文学"只是某些特定的意识形态给人造成的幻觉。伊格尔顿这样说并不是为了取消文学研究，而是为了不使文学研究封闭于狭隘、"自足的"范围之内。因为在伊格尔顿看来，这种"纯文学"研究将文学视为独立的"客体"，因而就很容易导致文学的神秘化，而这种神秘化只会有助于加强某些特定的意识形态的统治力量。①

纯文学是许多人的信仰，但如果从社会整体结构——或者说从这一社会结构和成员之间的互动关系来考察，那么任何主体，包括从事文学研究的研究主体都不可能自外于或超越于这一社会结构。也就是说，即使存在一种超历史的纯文学，我们每个文学研究者都生活在具体的历史中，生活在特定的社会权力结构中。正是基于这种认识，本书讨论的对象就不是"文学"本身，而是评价和理解文学的"文学史"。在反思社会结构的同时，我们这些文学研究者应该同时反思自己在这一结构中的主体位置，反思制约这种位置的各种社会的和文化体制的权力关系——这种反思当然包括对"学科"的反思。这种反思是如此必要——尤其在这些社会历史条件经过复杂的内化过程已融入文学研究者的集体无意识以后。

如果一定要追问这样的研究是不是属于文学研究这个问题，我们仍可以福柯的方式来加以回答：在你提出"这是文学吗"这样的问题时，你究竟想剥夺哪些种类的知识的资格。在你说"我运用的话语是文学话语，我是一个文学研究者的时候"，你想"贬低"哪一类说话和言谈的主体，哪一类经验和知识的主体？②

有一年，南帆来北大中文系做过一次演讲，演讲的题目是文化研究，但听课的同学老是问他一个问题，就是文化研究与文学研究的关系，大约在这些中文系同学的眼中，在中文系做文化研究总之是有点

---

① 参见［英］特雷·伊格尔顿：《二十世纪西方文学理论·导论》，伍晓明译，陕西师范大学出版社，1986年，第1—20页。

② 参见［法］福柯：《权力的眼睛——福柯访谈录》，严锋译，上海人民出版社，1997年，第220页。

不务正业。因为这个问题老提，南帆可能有些烦了，就反问同学道：“我发现大家一直把问题集中在这个方面，用弗洛伊德的话就是‘大家都很焦虑’。大家意识到的一个危险是‘文化研究’脱离了文学研究本身，但是我现在非常想知道的是，‘文学研究’本身想研究什么？你说的最正规的文学研究是在研究哪些问题呢？谁能告诉我？”①

洪子诚也曾经发出过类似的反问。他显然对类似于“让文学史回到文学”这样的口号不以为然。既然大家都在呼吁一种纯粹意义上的文学史写作，但为什么口号喊了这么多年就不见一部这样的文学史面世呢？以前写不出“文学”的“文学史”是因为政治不允许，现在允许了，政治上正确了，怎么还不赶紧写啊？洪子诚说：“让影响、联系、演化什么的都见鬼去吧，就某一个时期，挑选你认为杰出的作家作品，一一品评，这也不失为文学史的一种方法。希望有一天，我们会有机会来试试看，试试看这种强调‘独创性’‘文学性’标准的文学史写作，会暴露什么样的矛盾和问题。”②

其实南帆和洪子诚的问题是有现成答案的。那就是形式主义主张的“纯文学”批评。形式主义认可的“正规的文学研究”不仅包括文学批评，还包括文学史的写作。韦勒克在《文学理论》一书的最后一章“文学史”中勾勒的图景就代表了这样的梦想。韦勒克在考察了西方历史上的文学史写作，即华顿、莫利、斯蒂芬、托普的文学史观之后指出：“大多数的文学史著作，要么是社会史，要么是文学作品中所阐释的思想史，要么只是写下对那些多少按编年顺序加以排列的具体文学作品的印象和评价。”“上述这些文学史家和许多其他文学史家们仅仅只是把文学作为图解民族史或社会史的文献；而另外有一派人则认为文学首先是艺术，但他们却似乎写不了文学史。他们写了一系

---

① 南帆：《纯文学的焦虑》，丁超整理，旗歌编《旗与歌——在北大的六次对话》，中央编译出版社，2004年，第97页。

② 洪子诚：《问题与方法——中国当代文学史研究讲稿》，生活·读书·新知三联书店，2002年，第46页。

列互不连接的讨论个别作家的文章，试图探索这些作家之间的互相影响。但是却缺乏任何真正的历史进化的概念。”① 显然，韦勒克也意识到了“历史进化的概念”对于“文学史”的重要性。但他仍然不愿放弃写一部“真正的文学史”的愿望。他认为如果按照如下的原则，我们可能能够写出一部真正意义上的——其实也就是符合新批评理想的文学史：1. 应该将文学“作为一门艺术”来写文学史，应以纯粹的文学内部考察为主，尽管有时外部考察也是必要的。2. 文学史考察或者说文学史建构可以分为三个层面：首先是类型史，其次是系统变迁史，再次是整体的民族文学史。3. 文学史考察的根本问题是它的标准问题，应该反对绝对论——那种认为可以依赖超历史的标准、永恒的标准来衡量历史的思想，但也应反对怀疑主义——认为文学史无法进行历史考察，无标准可言的思想，而应坚持文学史的标准来源于文学史过程本身的动态的标准观念。概而言之，这是一部反映文学本体系统的内部变迁的文学史。韦勒克将这一文学史模型与那种将文学史看作作家写作史、读者阅读史或社会反映史的模型区分开来，既反对了绝对主义、历史决定论，又反对了怀疑主义，在文学的“内部”与“外部”，在“历史”与“文学”中找到了一种平衡。无疑，韦勒克的这个文学史想象在理论上是能够成立的，但始终缺乏真正的文学史实践来加以证明。韦勒克自己承认：“我们毕竟还只是开始学习如何从总体上去分析一部艺术作品，我们所使用的方法仍然非常笨拙，这些方法和理论基础仍然还在不断地变动”，因此要彻底实现这个构想，“我们还有许多事要做”。到今天，时间又过去了数十年，不但韦勒克为之努力的纯文学史始终未能浮出历史地表，连倡导纯文学的“新批评”本身也开始沉入历史的雾霭，与这个世界渐行渐远了。

不过问题还在于，中国的文学批评家，乃至纯文学的倡导者并不完全认同形式主义对文学的理解，也就是说，在他们的想象中，所谓

---

① [美]韦勒克、沃伦：《文学理论》，刘象愚等译，生活·读书·新知三联书店，1984年，第290页。

的“正规的文学研究”还有比文学形式更加复杂和丰富的内涵，那是一个能解决所有现实问题的乌托邦。如同卡勒指出的：“提出文学区别于其他活动的特质，即提出了文学性的问题：成为文学作品的标准有哪些？尽管这一问题似乎是文学研究的核心问题，应当承认，关于文学性，我们尚未得到令人满意的定义。”① 在这一意义上，南帆和洪子诚提出的问题依然存在，只是谁也无法提供现实的答案罢了。

许多人担心把现代性问题带入文学研究会冲击“文学性”，使文学再度沦为文化学、社会学、历史学乃至政治学的附庸，大家都有过“文革”的惨痛教训，觉得文学好不容易摆脱了政治的干扰回到自身，因此很自然对任何有关文学的外部研究抱有警惕。——“我们发现，今天的中国现代文学研究似乎正在为思想史的考察所代替，一部文学史正在‘沦落’为思想史的附注，‘文学之外’真正混同于‘文学之内’。”② 这种心情可以理解，但这种担心其实是多余的。在文学研究中导入现代性研究的视角并不是要使“文学”成为思想史的附庸，而正是要解构包括思想史在内的“历史”对“文学”的宰制。福柯的“知识考古/谱系学”正是以“思想史”对批判对象的，他要释放的正是被“思想史”宰制的思想。在《知识考古学》中，福柯如此表述他自己与“思想史”之间的关系：

> 思想史是一门起始和终止的学科，是模糊的连续性和归返的描述，是在历史的线形形式中发展的重建。但是，它也同样可以由此描述从一个领域到另一个领域交换和媒介的全部活动，即：它指出科学知识是怎样传播的、怎样产生某些哲学概念的和怎样可能在一些文学作品中形成的；它指出

---

① [美] 乔纳森·卡勒：《文学性》，[加拿大] 马克·昂热诺等著《问题与观点——20世纪文学理论综论》，史忠义、田庆生译，百花文艺出版社，2000年，第27页。

② 李怡：《现代中国：我们究竟有着怎样的文化与文学——对于“现代性”批评话语的质疑》，《文艺争鸣》2002年第6期。

> 问题、概念、主题，怎样可能从它们得以形成的哲学领域向科学的或者政治的话语转移；它在作品与机置、习惯或者社交活动、技术、需求和无声的实践之间建立联系；它试图在具体背景中，在话语形式从中产生的增长和发展的境遇中，复活话语最完善的形式。因此，思想史已成为研究相互影响的学科，成为对同心圆的描述，这些同心圆把作品圈在中央，突出它们，把它们连结起来，并把它们插入所有并非它们的范围中去。……我们清楚地看到思想史的这两种作用是怎样相互连接的。就它的最一般的形式来看，我们可以说它不停地描述着——在这种作用发挥的各方面——从非哲学到哲学，从非科学性到科学，从非文学到作品本身的过渡。思想史是对暗中的诞生、遥远的关联、在表面变化之下滞留的持久性，借助于无数盲目的同谋的缓慢形成的分析，是对这些渐渐地衔接起来又突然凝聚在作品顶端上的全部的形态的分析。起源、连续化、总体化，这就是思想史的重要主题，也正是由于这些主题，它才同某种现在看来是传统的历史分析形式重新连接起来。……不过，考古学的描述却恰恰是对思想史的摈弃，对它的假设和程序的有系统的拒绝，它试图创造另外一种已说出东西的历史。①

福柯的考古学就是在这种同“思想史”的竞争中建立起来的。作为现代历史学的一种类型，“思想史”以描述思想发展的历程为目标，是一门有起点、有开端、有源头的学科，是对连续性的描述，对线性发展的重建。通过描述不同思想之间的关系，“思想史”将各种主题、概念和问题整合起来，将那些边缘的、准学科性的零散知识有效地组织起来，将它们纳入一个具有共同方向性的进程。这个思想系统

① [法] 米歇尔·福柯:《知识考古学》,第174—175页。

由各种各样的过渡、关联、转换、衔接构成，被用来描述从非哲学到哲学，非科学到科学，非文学到文学之间的过渡。对“思想史”带给我们的这种虚假的统一，福柯进行了尖锐的质疑：“思想史”要把所有的东西都放到这个“合乎逻辑”的链条中，那么，如何处理那些不合“逻辑”的部分呢？在福柯看来，“思想史”为了建构这种线性的、连续的历史，要把所有的事件嵌入普遍的解释图式，就必然要排斥掉许多这种单一的“历史”无法容纳的东西。很多被“思想史”（当然也包括“思想史化”的“文学史”）遗弃的边角余料，之所以被遗弃，正是因为它们不能被安放到线性历史中的某个部位，它们的存在将有损于“思想史”结构的完整性，无法说明这种建构的连续性。譬如“新文学”对“晚清文学”“通俗文学”的遗弃，“左翼文学”对张爱玲、沈从文的遗弃，80 年代文学史对“左翼文学”的遗弃，等等，都可以以这种“思想史”的特征来加以说明。

“知识考古学”关注的是正是这些被“思想史”删除的历史。福柯指出了“思想史”和“考古学”的四个重大区分，这四个区分原则是：1.“思想史”将话语作为隐藏了主题和秘密的资料和符号，它要破译这种不透明的符号而抵达话语背后的本质深度；“考古学”却截然相反，它不是有关深度的阐释学，它描述的对象是话语，也仅仅是话语，即那种剔除了“寓意”的话语容量本身，那种纯粹构成性的话语。2. 与“思想史”寻求过渡性和连续性不同，“考古学”致力于话语的差异性。“思想史”注意话语演变的时机和瞬间，注意它缓缓地变化的连续性；而“考古学”不想完成这种从模糊到系统或明晰稳定的学科过渡。3.“思想史”试图寻求话语的社会原因和心理原因，试图将作品的理由和一致性原则归于作者个人，而“考古学”则断然拒斥这一点，它反对将作品作为分割话语的单元，也明确地抛弃了创作主体决定论，对“考古学”而言，话语实践是自主性的，它们自有其类型和规则。4.“思想史”信仰还原性原则，试图寻求话语的起源，还原话语被说出时的各种心理情境和各种核心性的背景要素。“考古学”

明确反对这一点，它不愿通过说出的东西去复原，去寻找说出话语的瞬间渊源，它不是向起源的秘密深处的回归，而是对某种话语对象的系统描述。①

“知识考古学”当然不是“文学研究”的方法，但它是一种把文学研究纳入自己的视野之内的方法。因为“思想史”既是哲学确立非哲学与哲学的标准，是科学确立非科学与科学的标准，同时也是文学确立非文学与文学的标准。正是在这一意义上，当我们面对福柯这样的表述：“考古学的描述正好是对思想史的摈弃，对它的假设和程序的系统性拒绝，它试图实践一种同人们所言的截然不同的历史。”我们是否可以说，“知识考古学”对思想史藩篱的拆除，将那些被压抑、被删除的思想释放出来，是否意味着“文学”的解放呢？我们是否因之可以说，包括“知识考古学”在内的批判理论不是压缩了“文学”的空间，而是拓展了“文学”的空间呢？

在本书中，我们曾多次讨论过德里达的“解构批判”对文学批评的启示。解构批评一直在消解类似于“理性”与“感性”之间的二元对立，这种对立还表现为“历史”与“文学”、“哲学”与“文学”乃至“政治”与“文学”之间的二元对立。德里达对这些二元对立的消解就是指出前者的“隐喻性”。德里达通过细致的论证证明了这些冠冕堂皇的政治学、历史学和哲学文本都是依靠隐喻这样的文学手法来表述和确立自身的。也就是说，任何文本内部都隐含了这种“文学性”，都必须依赖这种“文学性”。德里达以这样的方式拆除了文学和其他意识形态之间的界限。批评者当然可以说德里达把文学政治化了，但反过来，我们也可以说他把政治文学化了，把历史文学化了，把哲学文学化了。在这一意义上，完全可以说德里达的解构批评方法其实是拓展了文学的空间。“如今理论研究的一系列不同门类，如人类学、精神

---

① 对“知识考古学”上述特征的归纳，详见汪民安的博士论文《福柯的界限》，中国社会科学出版社，2002年。该书对福柯的思想轨迹有非常清晰的描述。

分析、哲学和历史学，皆可以在非文学现象中发现某种文学性。”① 事实上，时下处于批评前沿的包括新历史主义批评、后殖民主义批评、女性主义批评等在内的批判理论的主角都是昔日的一些文学批评家，这些人的文学出身其实很能说明问题。

问题二：将文学变成为知识，是否会使文学失去社会影响力，使文学家失去宝贵的社会责任感？知识考古学热衷于知识分析时搁置价值判断，是否意味着包括文学在内的人文领域中的价值问题已经解决？

如果上一个问题站在维护文学特性的立场上，认为将文学批评知识化将导致对文学性的忽略，而在反对“文学”的自主性，主张“文学”的意识形态性、批判性和公共性的批评者眼中，对文学知识化的努力存在的一种危险，是可能使“文学”失去公共性。这其实是“知识考古学”之类的批判理论经常遇到的处境。因为“知识考古学”不导向立场的选择，所以不被任何一种立场认同。在“右派”眼中，它是“左派”，但在“左派”眼中，它又是“右派”。——虽然它其实即不是“左派”也不是“右派”。

“知识考古学”对文学知识化的努力是否可能使文学离开现实与社会？这种担心显然是多余的。如果我们对文学批评得以存在的历史前提与理论预设缺乏清醒的自觉，如果我们至今仍坚持在“文学之内”而不是在“文学之外”来讨论文学的意义，那么，这种以“面向当下”“面向现实”为名的“文学批评”是否才真正意味着对现实的回避乃至逃避呢？用萨义德的话来说，在研究文学时，“专门化意味着愈来愈多技术上的形式主义，以及愈来愈少的历史意识”②，当“纯文学”批评使文学批评变为纯粹的形式分析，知识分子的社会责任也就被技术上的细节彻底埋没了。在伊格尔顿眼中，这仍然是一种意识形态：

---

① [美] 乔纳森·卡勒:《文学性》,[加] 马克·昂热诺等著《问题与观点——20 世纪文学理论综论》,第 40 页。

② [美] 爱德华·W. 萨义德:《东方学》,第 67 页。

> 新批评是失去依傍的、处于守势的知识分子的意识形态；这些知识分子在文学中重新虚构了他们在现实中所无法找到的一切。诗是新宗教，是一个挡开工业资本主义异化而使人可以怀旧的避风港。诗本身对于理性探究来说就像全能的上帝本身一样难解：它作为一个自我封闭的物体而存在，它的独特存在神秘地完整无缺。诗是不能被自己以外的任何语言释义和表达的东西：它的每一部分都在一个复杂有机统一体中与其他部分相融合，破坏这一统一体无异于某种亵渎神明。[①]

知识考古学一直在进行对文学历史化的工作，看起来好像与现实无关，但对文学的历史化绝不“为历史而历史”，更不是只对历史问题感兴趣。在福柯那里，这种对历史的兴趣恰恰源于现实的关怀：“我起初是从一个用当代术语表述的问题出发，我想弄清它的谱系。谱系意味着我的分析是从现实的问题出发的。”[②]

何伟亚将这种通过历史来介入往昔的方式称为“介入往昔”。他指出：“重构过去不仅仅是简单地发掘新证据、运用新方法，或揭露以前的偏见。它也意味着主动介入所有学术研究都要卷入的知识的产生与传布的政治之中。故问题不在于怎样使叙述更少偏见或更少带有意识形态色彩，而是如何在多重诠释立场与我们日常应对的权力结构的关联之中确定我们自己的史学研究的位置。”[③]

据柄谷行人自己说，诱发他在上世纪70年代末写作《日本现代文学的起源》这样的将文学历史化的工作的直接原因就在于他对当时

---

① [英]特雷·伊格尔顿：《二十世纪西方文学理论》，伍晓明译，陕西师范大学出版社，1986年，第59页。

② [法]福柯：《权力的眼睛——福柯访谈录》，第144页。

③ [美]何伟亚：《怀柔远人：马嘎尔尼使华的中英礼仪冲突》，邓常春译，社会科学文献出版社，2002年，第229页。

“正在走向末路”的“日本现代文学”的不满。对“现代文学已经丧失了其否定性的破坏力量”的直观感觉，使他意识到“赋予文学以深刻意义的时代就要过去了”。而他尤为不满的是这个日益丧失否定性的“文学”却成为60年代左翼政治运动失败后知识分子的退路。有意无意地把“外面的政治”与“内面的主体”对立起来，使得“文学”被视为主体免受伤害、独善其身的避难所，“自我”“表现”的工具。可这种对立在作者看来是虚幻的，它的不证自明恰恰是“现代文学”掩盖其真实起源的结果。“现代文学”或者说“文学”是一种机制的确立，而不是自然的“文学”长河的下游，无限制地去追溯它的源头正是对其规定性不加反思的结果。在作者看来，“现代文学”的规定性和现代发生的一系列“颠倒”密切相关，“把曾经是不存在的东西使之成为不证自明的，仿佛从前就有了的东西”，这才是“起源”的真实性。如果说“现代文学”的特性在于它一旦确立自身就抹去了其“起源”的历史性，而以普遍性的架构宰制“前现代”的文学，那么，拆解这种“自然性”就成为揭示其意识形态性的首要步骤。正是通过写作《日本现代文学的起源》这样的文学历史化的工作，柄谷行人得以将对历史的解读和对社会现状的批评合二为一。

当然，“知识考古学”这种在话语层面对现代性的批评，在以立场为出发点的左翼批评看来是远远不够的。伊格尔顿就曾指出：“后结构主义无力打碎国家的权力结构，但是他们发现，颠覆语言结构还是可能的。总不会有人因此来打你脑袋。学生运动从街上消失了，它被驱入地下，转入话语领域。”[①] 好像福柯、德里达这样的后结构主义是出于对政治革命的恐惧才转向颠覆资产阶级的思想——语言结构。伊格尔顿认为德里达和其他人的著作怀疑真理、现实、意义和知识这些古典概念，与1968年革命失败后左翼知识分子的历史幻灭感有

---

① [英]特雷·伊格尔顿:《二十世纪西方文学理论》,伍晓明译,陕西师范大学出版社,1986年,第178页。

关。他把后结构主义视为知识分子逃避政治问题的一条捷径。在伊格尔顿这样的传统马克思主义者眼中，真正的革命就意味着对现实问题发言，而不是只对历史或是话语、知识感兴趣。问题是“现实”是什么呢？现实不仅仅是我们看到的一切，还包括我们对现实的理解和解释。在某种意义上，我们甚至可以说，现实是知识建构起来的。我们不仅只能通过文本进入“历史”，我们也同样只能通过文本进入“现实”。就“全球化”这个当今世界最大的“现实”而言，进行全球化征服和支配的不仅仅只是军事力量或工业力量，而且还有思想本身。恰如刘禾在《跨语际实践》中所总结的：“我本人对于跨语际实践的强调，绝不是要把历史事件化约为语言实践；恰恰相反，我的目的是要扩展历史的观念，也就是说把语言、话语、文本（包括历史写作本身）视为真正的历史事件，其中很重要的一点是话语行为在构造历史真实的过程中所具有的制造合法化术语的力量。”[①] 因此，不应该把后学家们对资本主义话语的批判与马克思主义对资本主义现实的批判完全对立起来。在某种意义上，他们是在不同的战线上与共同的敌人作战。对资本主义的理念来说，后现代主义的危险性一点都不少于马克思主义。事实上，我们很容易在萨义德和斯皮瓦克这样的后学理论家的思想中找到与意大利马克思主义理论家葛兰西之间的思想关联。他们认为，在西方殖民历史中，为西方建构“霸权”地位的不仅是国家机器对殖民地的政治、军事和经济方面的控制，更重要的还在于由教育、家庭伦理、宗教等一系列文化体制所形成的文化霸权；在对东方学和各种殖民话语的考察过程中，文化体制方面的历史研究因而成为必要的内容，当然这就意味着，需要对西方现代文化体制进行历史的反省。由这两方面来看，确实可以说，以萨义德、斯皮瓦克、霍米·巴巴为代表的后殖民理论是福柯（还有德里达）等法国哲学家的

---

① 刘禾：《跨语际实践——文学，民族文化与被译介的现代性（中国，1900—1937）》，宋伟杰等译，生活·读书·新知三联书店，2002年，第4页。

结构—解构主义理论与葛兰西（还有雷蒙·威廉斯）所代表的当代马克思主义的历史文化研究的延续与综合。

可喜的是，伊格尔顿对这一点也并非完全视而不见。在对后结构主义进行激烈批评的同时，他也注意到了“后结构主义的故事也有它的另一面”[①]。在下面这一段引文中，我们多少可以看出这位马克思主义者对“后学”的“理解”：

> 德里达显然不想仅仅发展一种新的阅读方法，对于他来说，解构批评最终是一种政治（着重号为原文作者加，引者注）实践，它试图摧毁一个特定的思想体系和它背后的整个政治结构和社会制度系统藉以维持自己势力的逻辑。他并不是在荒诞地力图否定相对确定的真理、意义、同一性、意向和历史连续性，他是在力图把这些东西视为一个国家深广的历史——语言、潜意识、社会制度和习俗的历史——的结果。……认为解构批评否认除话语以外的一切东西的存在，或它只肯定一个分解一切意义和同一性的纯粹区别领域(a realm of pure difference)——这种广泛流传的看法只是对于德里达自己的工作和它所引出的最有创造性的工作的一种歪曲而已。[②]

如何理解包括“知识考古学”在内的这些“批判理论”的批判性，始终是挑战我们时代人文知识的一个难题。其实早在1937年，霍克海默在《传统理论与批判理论》一文中就对“传统理论”与“批判理论”作出了区分。他指出，在传统理论中，研究对象被看作先于再现行为的客观存在，主体与认识对象是截然分离的，这使得理论被看作一种纯粹的思想行为，理论家被看作不带偏见的观察者，理论描述则

---

① [英]特雷·伊格尔顿：《二十世纪西方文学理论》，第185页。

② 同上书，第185页。

被看作对客观世界的真实反映。霍克海默把这种将研究对象看作一系列有待检验的既存事实，将研究主体看作认识行为中消极因素的理论称为“传统理论”。他所推崇的“批判理论”与之相反，首先将科学和它研究的现实都看作社会实践的产物。换句话说，研究对象和主体都是由社会建构的，研究对象不是摆在我们面前、等待我们去把握的自然的事实，研究主体也不是一个简单的现实的记录者，无论是研究对象还是研究主体都是复杂的社会过程的结果。因而，批判理论的主要任务是去反思既产生社会现实又产生寻求对这种现实进行解释的理论的社会结构，其中包括对于批判理论自身的建构过程的反思。[①] 在批判理论的视阈中，包括文学研究在内的人文学科都不是一种既定的事实，而是一种社会建构，一种创造了价值、信仰和知识形式的相互交织的权力关系结构。它绝不是自由的、自足的和纯粹的，而是各种群体（阶级、种族、民族、性别等）利益冲突和争夺的空间，是意识形态斗争的战场。正是通过形形色色的意识形态的交锋，产生于西方的现代性作为一种知识概念已经被确立为一种据认为具有普遍性的思想框架的道德与认识论基础，在某种真实的而不仅仅是隐喻的意义上，这个普遍性的思想框架使殖民统治永久化了。它是一种声称自己具有普遍性的知识框架，它宣布自己的有效性与文化毫不相干。那么知识是独立于文化的吗？如果不是，可能存在独立于权力的知识吗？如此，提出这个问题也就是要把知识本身放置在一种将文化与权力关联起来的辩证法之内。这一点，恰如华勒斯坦指出的，现代人文一社会科学参与了现代政治进程的构建，它对我们所处的现实环境，尤其是人类的思维模式负有主要责任。他写道：“对我来说，推翻公认的真理似乎是学者的责任，并且只有当它反映了一种尽我们所能投身于和理解真实世界的严肃企图时，这种推翻就能对社会

① 参见［德］霍克海默：《传统理论与批判理论》，曹卫东编选《霍克海默集》，上海远东出版社，1997年，第167—211页。

有用。”[①] 因此，类似于华勒斯坦这样的知识的探究者就认为自己的工作远远不仅仅是学术性的，更是政治性的。

在这个问题上，最有效的方式仍然是回到福柯。福柯确实不直接对政治发言，因为在他看来，政治行动的目的是放弃反思和取消自我意识。对福柯来说，既然自主性的主体是权力征服的产品，政治行动的目的就无法加强或扩大这种主体性。福柯没有对预设的政治立场的认可，没有实现明确的政治规划的企图，他只是质疑用语言去表达现实的哲学传统，怀疑将语言用作未被曲解的交流的工具的可能性，正是这种怀疑导致了对话语及文本的关注。——与其说福柯不关心政治与现实，不如说他是试图改变我们讨论和进入政治与现实的方式。他的目标不是一种政治立场，而是通过批判分析现代社会的“真理政治”的特征来“质疑政治”。对福柯来说，知识分子的角色不是告诉别人做什么，不是颁布法令，也不是帮助建构“预言、诺言、命令和秩序”，而是要批判地质疑不证自明的东西，打破习惯的东西，消除熟悉的和被接受的东西，重新检验规则和制度。实际上，“知识考古/谱系学”要挑战的是现行的“生产真理的政治、经济和机构体制”。

“知识考古/谱系学”的确不同于传统意义的批判，无论是对社会，还是对现代性，因为福柯发现我们曾有过的批判不管多么激烈，最终的结果是强化了批判对象的内在逻辑。“如果没有批判的反思，这些历史观念的任何一种都可以被用做权力的工具。如果不透彻地思考时空是如何在历史中被想象和生产，我们将被动地受到权力的控制，就像‘民族—国家’对相关范畴的诸种意义的控制。”[②] 杜赞奇在这里谈到的民族国家就是一个典型的例子。从民族国家进入历史，一个多世纪以来，我们一直以民族国家为主体来反抗西方的殖民主义，

① [美] 伊曼纽尔·沃勒斯坦:《沃勒斯坦精粹》(导言),黄光耀、洪霞翻译,南京大学出版社,2003年,第8页。

② [美] 杜赞奇:《从民族国家拯救历史——民族主义话语与中国现代史研究》,王宪明译,社会科学文献出版社,2003年,第23页。

但这种反抗最终极大地强化或巩固了西方的殖民主义统治。正是因为意识到这一点，对我们今天的工作来说，或许现在更重要的，是展开对包括民族国家在内的这些西方发明的，已经成为我们认识世界的基本工具的现代性范畴进行反思。只有在这些批判或反抗的工具得到清理之后，真正有效的批判和反抗才可能出现。马克思的确说过，哲学家只是解释世界，而问题在于改造世界。但是，我们也不应将解释世界与和改造世界完全对立起来。在大多数情况下，我们如何改造世界常常取决于我们如何理解世界。也就是说，对世界作出重新解释本身就意味着对世界的改造。在这一意义上，类似于“知识考古 / 谱系学”这样的批判理论并不是放弃了反抗或批判的立场，而是改变了反抗和批判的方式。

用福柯自己的话来说，我们不能听到“斗争”就马上举手赞同，马上热血沸腾：

> 据我看来，对“斗争”的简单而纯粹的肯定在权力关系的分析中不能作为一切解释的开端和终结。这一斗争的主题只有当具体地明确了——在个案中——谁在进行斗争，这种斗争为的是什么，如何进行，在哪里进行，凭借何种理性的方式，这时候才能是有效的。[①]

价值的终结确实是近年人文学科的一个命题。最著名的是福山在冷战结束后提出的“历史的终结”。所谓的“历史的终结”指的就是价值的终结，用福山的话来说，就是意识形态的终结。“它是指构成历史的最基本的原则和制度可能不再进步了，原因在于所有真正的大问题都已经得到了解决。”[②] 福山的历史终结论是典型的自由主义理论。

---

① [法] 福柯：《权力的眼睛——福柯访谈录》，第 167 页。

② [美] 弗朗西斯·福山：《历史的终结及最后之人》，黄胜强、许铭原译，中国社会科学出版社，2003 年，第 3 页。

准确地说，他所谓“历史的终结”指意识形态争论的终结，即他认为所有的意识形态论争都终结于对自由主义的认同。这显然不是福柯的立场。福柯“知识考古 / 谱系学”置疑和解构的正是这种以自由主义信仰为核心的西方形而上学。它通过恢复现代性知识与特定权力的关联，揭示“现代”的真相。在对现代性的反思和认知上，还没有一种思想武器能像福柯的思想这样具有力量。因为福柯的批判不仅指向普遍主义的迷思，而且出于对特殊主义与普遍主义的关联的深入了解；他提醒我们不要坠入与普遍主义对抗的特殊主义的陷阱。

福柯在将对象历史化的同时始终不忘记将自己历史化。他一再反对把自己变成“福柯主义”。他反复强调：“我在某一特定领域工作，我并不创造一种普遍的关于这个世界的理论。”[1] 如果我们记住了福柯的提醒，如果我们能够将福柯历史化，并进而将我们对福柯的理解历史化，我相信我们能够理解福柯的意义，也将因此理解我们自己的工作的意义。

---

① [法] 福柯：《权力的眼睛——福柯访谈录》，第 33 页。

2006年版后记

本书根据我在2004年秋季为北大中文系研究生开设的同名课程的讲稿修改而成。课程结束后，按我原来的计划，是准备将讲稿中自己较能把握的一些章节整理成论文发表。正在我开始着手这项工作的时候，我原来的学生、现供职于山西教育出版社的邓吉忠先生来北大组编这套“北大讲义”，希望我这位昔日的班主任能够支持他们的工作，将这部讲稿修订后交由他们出版，我犹豫再三，最终听从了他的建议。以“讲义”的形式与读者见面，虽然肯定会要失去一些学术的严谨，但也因此得以保留一些课堂特有的氛围和对话意识，同时，也使我无法通过修改来对一些自己感到困惑的问题避重就轻，这反而与这门课程的内容有切合之处。我讲的这门课既不是大家熟悉的学术史，也不是学科史，如果一定要给它一个名称的话，我觉得最接近的可能是“问题史”。也就是说，我尝试把“文学史”放置在一条“问题史”的相关脉络里，细究不同类别的文学史框架如何在不同时代的知识和制度语境的支配下累积起自己的问题意识和表述这种问题的方式。因此，课程的目标并不在于建构起一个完整和严密的方法论体系，只能算是在反思层面上提出的研究取向的导引。我主要介绍了国内外对相关问题研究的一些成果，提供了一些资料，也陈述了自己的一些看法，希望对同学们进一步思考这些问题能够有所帮助。至于是否实现了这个目标，或者说是否能够实现这个目标，就不能由我自己来判断了。

讲义的好处还在于它是一种纪念。它把课前课后与同学们交流和争论的场景永远铭写在我的记忆中。在被这些问题困扰了相当长的时间后，我终于把它们交付给了我的学生们。当第四教学楼那些晦暗的下午被这些“现代性问题”悄悄照亮的时候，一种快乐，一种解脱的快乐在我的心底生长起来。许多年前，当我开始遭遇这些问题时，我就知道它们都是一些有边界的思想。当产生这些问题的语境已经不存在了的时候，这些问题自然就会随风而逝。我清楚地知道，我们中间的任何人都无法摆脱这种“历史中间物”的宿命。

越界旅行的危险性人所尽知，好在一路行来，随处可见前驱者的足迹，使我不至于过于感觉孤单。在《文学史的形成与建构》一书的“小引”中，陈平原先生称：“除非不穷根究源，否则无法不跨越原有的学科边界；可一旦越界追击，并非通人的我辈，往往捉襟见肘。没有胆量瞒天过海，只好以此素面见人。”此话恰能表述我此刻的心情，故引录于此，为本书做结。

为满足出版社方面提出的尽量保持课堂气氛的要求，本书在修订过程中参照了同学整理的课堂录音，虽然由此增加了一些“现场感”，但也可能使得全书的风格不够统一。希望读者见谅。此外，在整理文稿的过程中，黄敏劼、李李、朱滨丹等几位同学出力不少，他们帮助整理录音，核对注释，非常辛苦，在此一并致谢。

2005 年秋于北京

2018年版后记

这本书初版于十多年前。此次由北京大学出版社重出精装版，面对这些变得遥远和陌生的文字，我最终还是放弃了大面积修改甚至重写的念头。只是对初版的“讲义”体例做了一些必要的调整，使其在形式上更接近“文学与当代史丛书”的风格。十多年前我试图回应或处理的问题直至今天仍未消逝，福柯亦未真正离开我们。在这一意义上，无论作为学术史还是个人生命史的一个部分，维持本书的原貌都比改写或“补救”更有意义，这样可以保留原有思路的运行轨迹及其所针对的问题情境。也许我现在不会像写这本书的时候那样处理有些问题了，但这未必意味着现在就能做得“更好”。

2016年冬于北京